Hermann Löns

Das zweite Gesicht

Hermann Löns

Das zweite Gesicht

Unveränderter Nachdruck der Originalausgabe.

1. Auflage 2023 | ISBN: 978-3-36861-951-0

Verlag: Outlook Verlag GmbH, Zeilweg 44, 60439 Frankfurt, Deutschland
Vertretungsberechtigt: E. Roepke, Zeilweg 44, 60439 Frankfurt, Deutschland
Druck: Books on Demand GmbH, In de Tarpen 42, 22848 Norderstedt, Deutschland

Eine Liebesgeschichte

272. bis 290. Tausend

Verlegt bei Eugen Diederichs in Jena 1926

Vorspuk

Die Brennhexe lag im Moore und schlief. Da kam der Süd=
ostwind angegangen und kitzelte sie mit einem Grashalm in
der Nase, so daß sie niesen mußte, und davon wachte sie auf.

Sie gähnte herzhaft, reckte sich, sprang auf, schüttelte ihre
Röcke zurecht, klopfte sich die Schürze glatt, bückte sich über
eine Torfkuhle, um zu sehen, ob ihr Haar noch in Ordnung
sei und ob die Haube nicht schief sitze, stemmte die Hände auf
die strammen Lenden, wiegte den Kopf hin und her, lächelte,
summte eine frische Weise vor sich hin und tanzte los.

Schön war das anzusehen, wie sie sich herumdrehte, daß
der feuerrote Rock, die knallgelbe Schürze und die schwar=
zen Bindebänder an der goldenen Haube nur so flogen; so
schön war das anzusehen, daß dem dürren Moose, dem mür=
ben Wollgrase und dem trockenen Haidkraute ganz sonder=
bar zu Mute wurde, denn sie bekamen allerlei Hübsches zu
sehen: die Schleifenschuhe mit den roten Absätzen, die weißen
Strümpfe mit den grünen Zwickeln, die blauen Strumpfbän=
der und was es sonst noch gab. Darum verliebte sich alles,
über dem der rote Rock und das weiße Hemd sich drehte, so
sehr in sie, daß es auf einmal lichterloh brannte, sogar der
stumpfsinnige Torf; aber als er mit heißen Händen nach den
strammen Waden packte, juchte die Brennhexe auf und sprang
ein Ende weiter.

So ging es eine ganze Weile. Sie tanzte hier, sie tanzte da;
aber sobald die Flammen sie in die Beine kneifen wollten, wipps

war sie schon anderswo und drehte sich dort umher, und ging
es da ebenso, wupps war sie wieder fort, und die Flammen
machten lange Hälse hinter ihr her.

Doch auf die Dauer wurde ihr das ledige Tanzen zu langweilig; sie blieb stehen, daß das weiße Hemd über der runden
Brust auf- und abging, hielt die Hand über die Augen und
sah über das Moor, das ganz weiß vom Wollgrase war.

Mit einem Male erblickte sie dort, wo hinter den Birkenbüschen Wasser blitzte, etwas Rotes, das hin- und hersprang,
und das war ein menschliches Angesicht, und es gehörte zu
einem Manne im grünen Rocke, der ein Schießgewehr auf dem
Rücken trug, an dem Rucksacke drei Birkhähne hängen hatte,
und mit dem Springstocke über die Gräben und Abstiche hin-
wegsetzte.

„Deubel auch!“ sprach die Brennhexe und lachte; „das ist
aber ein glatter Tanzeschatz für mich; der kommt mir gerade
paßlich.“ Sie ging schneller, aber sie konnte den Mann nicht
einholen. Sie hielt die Hände um den Mund und rief: „He, du!“,
aber der Jäger hörte sie nicht. Sie versuchte zu flöten; doch damit hatte sie erst recht kein Glück.

So lief sie denn, was sie laufen konnte, blieb ab und zu stehen
und schrie: „He!“ und „Holla!“ oder „Teuf!“, bis der Mann,
als sie schon ganz außer Atem war, sich endlich umdrehte und
nach ihr hinsah. Sie winkte ihm zu, aber da merkte der Jäger,
mit wem er es zu tun hatte, setzte den Springstock ein und machte,
daß er weiter kam.

„Du Flegel!“ schimpfte die Brennhexe und lief wieder hinter
ihm her, so daß er hin- und herspringen mußte, denn sie kam ihm
immer dichter auf die Hacken. Als es gar nicht mehr anders
ging, sprang er in einen alten Abstich, warf Gewehr und Rucksack von sich, duckte sich so tief, daß ihm das Wasser bis an die

2

Brust ging und wartete, bis das verliebte Frauenzimmer an ihm vorbeigerannt war.

Dann stieg er heraus, schüttelte sich, lachte, hängte den Drilling und den Rucksack um, nahm den Stock wieder zur Hand und sprang nach der anderen Seite hin über das schwelende Haidkraut, den glimmenden Torf, an den knisternden Wachholderbüschen und den lichterloh brennenden Krüppelkiefern vorüber, ab und zu hinter sich sehend, wo alles ein Rauch und eine Glut war; einmal blieb er stehen, verpustete sich und zog ein Büschel Torfmoos aus, das er aus einem Graben riß; aber da sah er auch schon das rote Gesicht der Here hinter sich und hörte die gemeinen Schimpfworte, die sie ihm nachschrie, und so sprang er dahin, wo der Bach an den Wiesen vorbeilief.

Erst als er den hinter sich hatte und an dem großen Weidenbaume angekommen war, machte er Halt, ließ den Stock fallen, hängte die Büchse an den Baum, legte den Rucksack ab, warf sich in das Gras, lehnte den Rücken gegen den Stamm und atmete tief, dahin sehend, wo die Brennhere stand und ihm mit der Faust drohte, während um sie her allerhand schwarze und graue Gesichter nach ihm hinglotzten, ihm Fratzen schnitten, Ruß nach ihm spuckten, Rauch nach ihm pusteten und ihm ihre roten Zungen ausstreckten. Er lachte sie aus, machte ihnen eine lange Nase, steckte sich eine Pfeife an und blies dem Gelichter den Dampf entgegen, mit kleinen Augen nach ihm hinsehend.

Die grauen Fratzen verzogen sich langsam, und auch die Brennhere war verschwunden; aber nun kam ein Mädchen über das ausgebrannte Moor gegangen. Schlank war es und hatte einen stolzen Schritt; ihr aschblondes Haar sah sanft aus, ihre Augen hatten einen zärtlichen Glanz, und ihre Hände waren weiß und sehr klein. Sie nahm damit an beiden Seiten ihr Kleid auf; das war von weißem Wollstoffe und so lose geschnitten, daß es schöne

Falten warf; der Halsausschnitt und die halblangen, weiten Ärmel waren mit einer goldenen Borde besetzt.

Immer näher kam das Mädchen, ging gerade auf ihn zu und blickte ihn mit freundlichen Augen an; die kamen ihm erst schwarz vor, dann meinte er, sie wären braun, und schließlich sah er, daß sie blau waren, blau mit goldenen Blumen darin. Da erkannte er das Mädchen, nickte ihm zu und rief: „Swaantje, wie kommst du denn hierher?"

Davon wachte er auf und merkte, daß er eingeschlafen war und geträumt hatte; aber er war über den Traum so erschrocken, daß ihm das Herz bis in den Hals hinein schlug. Er stand auf, warf die Büchse über den Rücken, stellte den Springstock in den Busch und sah sich nach seinem Hute um, bis ihm einfiel, daß der ihm vom Kopfe geflogen war, als er vor der Brennhexe fort= laufen mußte. Er lachte und ging langsam dem Walde zu, in dem der wilde Täuber ihn bedauerte; „O du, du, du!" rief er; aber der Häher lachte den Jäger aus, weil er so schwarz und schmierig im Gesichte aussah und nichts davon wußte; er flog vor ihm her und schrie in einem fort: „Ätsch, ätsch, ätsch!" Doch als der Jäger ihm drohte und zum Spaß nach der Flinte griff, kreischte der bunte Vogel laut auf: „Nein, nein!" schrie er und flog schnell in den tiefen Wald hinein.

„Du lieber Himmel, Herr Hagenrieder", rief die Wirtin vom Blauen Himmel und schlug die Hände zusammen; „wie sehen Sie denn aus!" Als der Jäger ein dummes Gesicht machte, drehte sie ihn an der Schulter um, daß er in den Spiegel sehen mußte, und da lachte er, denn er war schwarz und grau gestreift von Ruß und Schweiß. Die Wirtin hatte die Hände auf die Hüften gestemmt und lachte, daß ihre Zähne blitzten.

„Auch noch auslachen!" rief der Jäger, faßte sie um und küßte sie so lange, bis sie ebenso aussah, wie er, und ihn halb böse,

4

halb verliebt ansah; er aber lachte und sagte: „So, nun haben Sie nichts mehr vor mir voraus, und jetzt muß ich für drei Taler Waschwasser und drei Handtücher auf mein Zimmer haben, und wenn ich wieder herunterkomme, ordentlich etwas zu essen und zu trinken, denn die Brennheze hat mich über das ganze Moor gejagt." Da wurde die Frau ganz blaß und sagte: „Und ich dachte, Sie hätten bloß ein bißchen beim Löschen geholfen."

Er stieg die Treppe hinauf und ging in sein Zimmer, legte sein Zeug ab und wusch sich von oben bis unten; dann zog er einen städtischen Anzug an. Als er vor dem Spiegel stand, die Hals= binde zur Schleife band und die gleichfarbige Schärpe um den Leib knüpfte, mußte er wieder an Swaantje denken. Er hatte sie einmal zu einem Ausfluge abgeholt, und weil es sehr heiß war, kam er in weißer Bluse und mit gegürteten Lenden, die Jacke auf dem Arme. „Reizend siehst du aus, Vetter Helmold, ganz reizend", hatte das Mädchen ausgerufen und vor Vergnügen in die Hände geklatscht; „ich finde, Westen sind scheußlich, und warum die Männer selbst bei dieser Hitze dreifaches Zeug anhaben, das ver= stehe ich nicht. Und sieh bloß, wir sind ja ganz auf eine Melodie gestimmt: beide in Weiß und Weinrot! Hast du dich vielleicht vorher bei Fride erkundigt, was ich anziehen wollte?"

In der Eisenbahn saß ihm ein junges Mädchen gegenüber. Es war sehr hübsch; aber da es eine bräunliche Hautfarbe, dunkle Augen und schwarzes Haar hatte, so machte er sich aus den an= erkennenden Blicken nichts, mit denen es ihn musterte. Ab und zu, wenn er aus dem Fenster sah, mußte er mit den Augen über es hingehen, und dann fiel es ihm auf, welchen Gegensatz zu Swaantje es darstellte, mit den zackigen Bewegungen, dem grellen Augen= aufschlag, den rastlosen Händen, der wirbelnden Stimme und dem klirrenden Lachen, denn es unterhielt sich eifrig mit einem alten Herrn, in dessen Begleitung es fuhr.

Da hörte er Swaantjes milde Stimme und vernahm ihr weiches Lachen, sah ihre abgemessenen Bewegungen, und dachte an ihre kleinen, fast zu kleinen Hände, die niemals hin- und hersprangen, sondern still auf ihrem Schoße lagen oder bedächtig die Nadel führten, und ab und zu schlug sie langsam die Augen auf und sah ihn mit schwesterlicher Zärtlichkeit an. „Ich habe sie lange nicht mehr gesehen", dachte er.

Als er sein Haus aufschloß, fuhren ihm seine Hunde winselnd und kläffend um die Beine, und eine lustige Frauenstimme rief: „Schon da? Das ist ja prächtig!" Seine Frau kam ihm entgegen, frisch und fröhlich wie immer; sie hielt ihm den lachenden Mund hin, und er küßte ihn dreimal.

Sodann fragte sie ihn: „Wir haben Besuch; rate einmal, wer es ist?" Er lachte: „Du weißt doch, Grete, der Verstand ist zum Glück meine schwache Seite!" Aber da tat sich die Tür zum Eßzimmer auf und Swaantje Swantenius stand vor ihm, genau so, wie er sie im Traume gesehen hatte, in dem weißen losen Wollkleide mit der goldenen Borde am Halse und unter den Ellenbeugen, goldene Blumen in den blauen Augen. Sie gab ihm die Hand und sagte: „Willkommen, lieber Helmold! Wie schön, daß du so früh kommst; da wird uns das Essen gleich dreimal so gut munden."

Seine Augen freuten sich, als er sie so dastehen sah, und sein Herz lachte, als er ihre Stimme hörte. Er nahm seine Frau in den rechten Arm und ihre Base in den linken und sagte: „Das ist hübsch von dir, Swaantje, daß du einmal wieder hergefunden hast; dafür bekommst du auch ein Glas Sekt. Nicht wahr, Weibchen?"

Seine Frau nickte eifrig: „Natürlich, wenn eine so liebe Kusine da ist!"

„Kußine", scherzte ihr Mann und gab erst seiner Frau und dann Swaantje einen Kuß auf die Backe.

6

Die Sektflasche

Als die alte Kastenuhr auf dem Vorplatze zwölf Male geschlagen hatte, kam etwas über die Straße getaumelt, wankte bald auf dem Fahrdamm, bald auf dem Bürgersteige umher, rannte fast den Laternenpfahl um, der vor Helmold Hagenrieders Hause stand, schob sich an der Mauer entlang, kehrte nach einer Weile um, sah nach den Hausnummern und Namenschildern, fand sich wieder zu dem Hause mit der Laterne vor der Tür hin, tippte sich vor den Kopf, murmelte etwas, langte in die Tasche, suchte mühsam darin umher, brachte einen Schlüssel zum Vorschein, besah ihn genau, steckte ihn wieder ein, fand endlich den richtigen, schloß die Haustür auf und trat ein.

Die Hunde im Gange knurrten, als es bei ihnen vorüberschlich, aber wach wurden sie nicht. So konnte es mit dem Drücker, den es aus der Tasche nahm, die Türe des Windfanges aufmachen. Es trat ein, klinkte die Türe des Eßzimmers auf, schlug den Vorhang zum Nebenzimmer zurück, schlich sich hinein, wobei es gegen eine Truhe anlief und sich das eine seiner Beinchen so stieß, daß es zurückprallte, sich umdrehte und mit dem dicken Bäuchlein, das gleich unter dem Halse anfing, gegen den Nähtisch stieß, daß es krachte. Aber nun hatte es auch, was es wollte; denn es zog die Schieblade auf und suchte so lange in den Fächern umher, bis es ein Stück Kreide fand.

Damit malte es eine gewaltige Sektflasche auf die Flügeltür. holte ein Messer aus der Tasche, klappte den Schampagnerhaken

auf, ſetzte ihn an den Stöpſel der Flaſche, brach die Drahtver=
ſchlüſſe auf, und buff flog der Kork heraus. Schäumend ſtieg
der heitere Trank aus der Mündung, lief über, floß auf den Fuß=
boden, quoll unter den Türen durch in die Schlafzimmer, in die
Küche, in das Kinderzimmer, auf die Veranda, über den Vorplatz,
tropfte die Treppenſtufen hinunter, geriet in den Gang und von
da in den Garten, erfüllte die Malwerkſtatt, die an deſſen Ende
lag, kehrte wieder um, hüpfte die Treppe empor und krabbelte
ſogar in die Mädchenkammer. Als nun das ganze Haus nach
Sekt roch, ſuchte der Eindringling mühſam den Pfropfen auf,
quälte ihn ächzend in den Flaſchenhals hinein, band ihn mit zwei
Kreideſtrichen, die er übereinanderbog, feſt, löſchte die Flaſche von
der Türe weg und ſtahl ſich kichernd wieder aus dem Hauſe heraus.

Um ſechs Uhr in der Frühe ſprang die hübſche Dienſtmagd
trällernd die Treppe hinunter und ließ die Hunde auf die Straße,
und die ſtellten ſich ganz übermütig an. Dann erſchien das Kinder=
mädchen und ſummte ein fröhliches Liedchen vor ſich hin. Um
ſieben kam die Hausfrau heiteren Angeſichts aus dem oberen
Stocke und hinter ihr ihr Mann, eine kecke Weiſe durch die Zähne
flötend, und nun gab es im Kinderzimmer ein großes Lachen und
Quieken. Als dann die ganze Familie am Kaffeetiſche ſaß, auf
dem ein knallbunter Blumenſtrauß ſtand, wurden die Vorhänge
aufgeſchlagen, und mit einem Lächeln, ſo freundlich wie die Sonne,
die durch die offene Treppentür in die Veranda ſchien, trat
Swaantje in ihrem weißen Kleide ein, küßte die Hausfrau und
die Kinder und gab ihrem Vetter die Hand. Als der brummigen
Geſichtes, aber mit luſtigen Augen ſagte: „Mich auch Kuß haben!"
bekam er einen auf die Backe, ſagte: „Ah!", ſtrich ſich den Magen,
und alle lachten.

Es wurde viel gelacht bei Tiſche und nachher auch; denn als
Swaantje hinter Helmold, der ihr ſeine neuen Bilder zeigen wollte,

8

die Gartentreppe hinunterging, rief Frau Grete, die gesehen hatte, daß es über Nacht schwer getaut hatte, ihr besorgt nach: „Mach dich nicht naß!", worauf das Mädchen sich entsetzt umsah und entrüstet ausrief: „Aber Greete!" Nun hallte der ganze Garten von Gelächter, und Swaantje nahm ihre Röcke zusammen und huschte in die Werkstatt. Dort aber vergaß sie das Lachen; sie ließ die Hände an den Hüften herabhängen, hob sie dann lang= sam wieder hoch, schlug sie vor der Brust ineinander, seufzte tief auf, wandte sich nach ihrem Vetter hin und flüsterte: „O, das ist ja wundervoll, lieber Helmold; das ist das Schönste, was du bisher gemalt hast." Sie nahm seine Hand in ihre beiden Hände, drückte sie und sagte: „Ich danke dir viele Male, und ich bin sehr stolz auf dich!"

Der Maler betrachtete mit zugekniffenen Augen das Bild und lächelte. Es war von gewaltigem Umfange und stellte mehrere hünenhafte, unbekleidete Männer dar, die auf Tod und Leben mit bunten Tigertieren rangen. Die hell und dunkel gestreiften Körper der Riesenkatzen, die nackten Menschenleiber mit den bis auf das höchste angespannten, durch helle Lichter und dumpfe Schatten betonten Muskeln, das zertretene Gras, die wirbelnden Staubwolken, von schräg fallenden Sonnenstrahlen geteilt, das war eine Menge von scharfen Gegensätzen, die eine reife An= schauung durch einen starken Willen zu einer einheitlichen Wir= kung zusammengefügt hatte.

Swaantje hatte sich in den bequemen Ledersessel gleiten lassen, stützte ihre schmalen Schuhe, über denen das weiße Kleid ein Stück der seidenen Strümpfe sehen ließ, auf eine mächtige Elchschaufel, die als Fußbank diente, und vergrub sich ganz in die Stimmung, die von dem Gemälde ausging. Helmold stand am Fenster und freute sich über den stolzen Schnitt ihres Gesichtes, über den be= scheidenen Glanz, der auf ihrem aschenblonden Haare lag, über die

9

vornehme Sprache ihres Unterarmes und fand, daß ihre Hände zu klein waren, und der unentschlossene Zug, der sich darin ausprägte, paßte schlecht zu der ganzen Erscheinung des Mädchens. Auch sah er, daß ihr Gesicht zu durchgeistigt war, und mit Betrübnis entdeckte er hinter ihren Mundwinkeln eine Falte, die er dort nicht haben wollte.

Aber da fing Swaantje zu sprechen an: „Weißt du, Helmold, was ich mir bei dem Bilde denke? Ich ginge unter den Rabenbergen her, wenn die Abendsonne darauf liegt. Dann sieht es dort genau so aus." Ihr Vetter machte ein ganz ernstes Gesicht. Dann zeigte er auf das Bild und sagte: „Vorgestern war Frau Jucunda Othen=Othen hier, du weißt doch, die berühmte Kunstgewerblerin, um nicht zu sagen, die berüchtigte Eklektikerin, besser wohl Ekleptikerin. Sie rauschte mir hier mit ihren gräßlichen seidenen Unterröcken herum; schauderhaft, dies Seidenpapiergeraschel!, tat so, als interessiere sie sich für Kunst, wollte natürlich nur Technik schinden und Motive klauen; na, und als sie das Bild sah, steckte sie ihre Nase unter das Lorgnon, machte ihr überlegenstes Gänsegesicht und fragte: „Was soll denn das bedeuten, Herr Hagenrieder?" ‚Abendsonne auf der Haide, gnädige Frau,‘ sagte ich. Die Miene, die sie da aufsteckte, war zum Heulen, sage ich dir. Sie glaubte, ich wollte sie uzen. Na, das wollte ich ja auch wohl, denn sonst hätte ich ihr nicht die blanke Wahrheit gesagt. Das ist in manchen Fällen die höchste Raffiniertheit. Bismarck, der verstand sich großartig darauf."

Er warf die blonde Stirnlocke zurück. „Weißt du, die habe ich den Tag erst klug und dann wieder dumm gequatscht. ‚Ja,‘ sagte ich zu ihr, ‚wenn man den Eindruck einer Landschaft gänzlich falsch wiedergeben will, tut man am besten, sie zu porträtieren, vorausgesetzt, daß sie stille sitzt und nicht alle fünf Bierminuten ein anderes Beleuchtungsgesicht schneidet. Das tun die meisten sogenannten Landschafter, oder besser gesagt, Landschaftsschuster, und darum hängt überall so viel Schauderschund herum.' Sie machte ein Gesicht wie eine Meerkatze, die niesen muß. ‚Ja,' sagte ich dann, ‚wenn man das aber nicht will, dann muß man eben durch ganz etwas anderes sein Ziel zu erreichen suchen, oder viel= mehr, man muß warten, bis das von selber kommt, denn mit Überlegung, Verstand und anderen billigen Malmitteln kommt man doch zu nichts.' Mit einem Male fuhr sie mir dazwischen: „Danach müßten Sie ja einen Menschen durch eine Landschaft wiedergeben!" Ich nickte und bewies ihr das so scharf, daß sie ganz begossen dastand, und da fragte sie: „Wie würden Sie denn den Eindruck wiedergeben, den ich auf Sie mache?" Und da sagte ich zu ihr: Gnä' Frau, Sie haben doch schon gesehen, wenn bei windstillem Wetter auf einmal die Luft küsselt und Papier, Stroh, Blätter und Staub umeinander dreht und mit nach Hause nimmt, eine der lieblichsten Erscheinungen in der Natur, so flüch= tig, so lustig, so entzückend vergänglich. So kommen Sie mir vor."

Er lachte unbändig und Swaantje ließ ihre Fröhlichkeit dazwi= schen läuten. „Was hat sie denn darauf gesagt?" forschte sie. „Gar nichts," antwortete ihr Vetter. „Erst hat sie ein fuchtiges Gesicht gemacht und mit einem Male wurde sie wie Margarine; ich konnte sie hinschmieren, wo ich sie hinhaben wollte. Aber ich mache mir aus Kunstbutter nichts; lieber schon Schmalz. Unsere Luise ist mir dreimal so lieb, als diese Donnja. Sie macht in Kunst= gewerbe, wie andere in Heringen oder Flanell." Er sah Swaantje an: „Weißt du, was ich malen würde, um den Eindruck wieder= zugeben, den du auf mich machst? Weiße Haide, aber Sandhaide!"

Das Mädchen fuhr in die Höhe: „Aber weiße Haide bedeutet doch Unglück! Wirke ich so auf dich?" Er schüttelte den Kopf: „Im Gegenteil! Und warum bedeutet weiße Haide Unglück? Weil sie zu der Zeit, da unser ureigenes Wesen von der wälsch=

fränkischen Vergewaltigung noch nicht vermanscht war, eine
Glücksblume war, was sie in England heute noch ist und ebenso
in der Haide. Der Freitag war der Tag der Frigge, der Frigge=
tag, der Glückstag; an ihm wurden die Ehen geschlossen, und
unsere Haidbauern heiraten heute noch möglichst an diesem Tage.
Die Dreizehn war die heilige Zahl und die Sieben auch; unsere
Ahnen liebten nichts, was aufging, denn damit hörte es auf, ein
Problem zu sein. Aber die Taktik der karolingischen Mönche ver=
kehrte alles das ins Gegenteil; der brave Deutsche fiel darauf
hinein und gab sein naturfreudiges Wesen gegen eine asiatische
Naturentfremdung auf. Und daher unser tiefes, weites und hohes
Unverständnis für alles, was Kunst heißt."

Er schob das Bild, das auf einer Rollstaffelei stand, zur Seite
und sagte: „Bitte, setz dich einmal da hin, nein, da rechts von der
Tür!" Dann zog er den goldbraunen Vorhang zurück, der die
Hinterwand des Raumes verhüllte, und ein anderes Gemälde
wurde sichtbar, doch nur in seinen großen Umrissen, da das Ober=
licht abgeblendet war, und auch dem Seitenlichte war durch Vor=
hänge der Zutritt verwehrt. Das Mädchen richtete sich in dem
Sessel auf, beugte sich vor, öffnete ihre Augen ganz weit und
fragte verwundert: „Seit wann malst du denn Dolomiten, Hel=
mold? Du sagtest doch, bloß die Haide könne dir zur visionären
Erscheinung werden? Aber dieses Bild gibt ganz und gar die
Geheimnisse der Sellagruppe wieder. Das heißt, so ganz verstehe
ich es doch nicht."

Der Maler lächelte, zog erst die Vorhänge von dem Seitenlichte
fort und machte dann dem Oberlichte Platz, und da sprang
Swaantje auf, brach in ein helles Jubellachen aus und rief:
„Nein, nein, Helmold, du bist ja ein Zauberer! Das ist ja, ja das
ist ja der Kreuzestod Christi!" Sie schüttelte den Kopf, bewegte
die Lippen, als wenn sie etwas sagen wollte, und dann ließ sie

12

sich wieder in den Sessel fallen, lehnte den Kopf gegen die alte Stickerei, die darüber hing, blendete sich mit den Händen das Ober= und das Seitenlicht ab und flüsterte: „Die Sella und die Kreuzigung; wie geheimnisvoll! Helmold, wo ist die Lösung?"

„Ja, Swaantje," antwortete er und ein bißchen Selbstver= spottung lag in seiner Stimme; „ja, ich sage: ich will dies, und hinter mir steht wer und sagt: ‚du sollst das!' Sieh mal, die Sellagruppe hat damals auf mich den selben blödsinnigen Ein= druck gemacht, wie auf dich, aber mein bewußtes Ich sagte mir: du hast doch weiter nichts davon, als daß du durch die Komple= mentärwirkung zu einem tieferen Verständnis deiner Heimland= schaft kommst. Niemals habe ich daran gedacht, Dolomiten zu malen. Als ich dann eines Abends bei Hennecke saß, kam die Rede auf den Verlust der Überlieferung in der bildenden Kunst und auf das Effekthaschen und Sensationsmachen in der Wahl der Stoffe, und da sagte der Prinz: „Der Staat müßte einmal zehn Jahre lang verbieten, daß etwas anderes gemalt würde als Kreuzigungen; dann würde man bald sehen, wer wirklich etwas kann." Dieses Wort juckte mich so lange, bis ich mir eines Tages sagte: So, jetzt wird eine Kreuzigung gemalt, damit du endlich Ruhe hast. Ja Kuchen: Als ich den Schaden besah, stand die schöne Frau Sella neben mir, machte mir eine lange Nase, knixte und sagte: Schau, da hast du mich doch malen müssen, ätsch! Na, und so war es; der lange schwarze Mann im Vordergrunde wirkt als tiefe schmale Schlucht, die anderen Figuren und die Längsbalken der Kreuze geben die senkrechten, die Querbalken und die Arme der Gerichteten die wagerechten Linien der Sellaarchi= tektur wieder, und so hatte ich Dolomiten gemalt und keinen Dunst davon gehabt. Ja, bei uns muß es wohl heißen: suchet nicht, so werdet ihr finden."

Das Mädchen nickte ernsthaft. „Ja," meinte sie dann, „Kunst

13

und Glaube sind zweierlei." Ihr Vetter schüttelte den Kopf.
„Nein, Swaantje, sie sind dasselbe, und deshalb sind alle wahren
Künstler gottlose Menschen in landläufigem Sinne. Sie suchen
Gott nicht; sie haben ihn in sich; ihn oder den Ungott."

Er drehte sich eine Zigarette, zündete sie an und blies den Rauch
weit von sich, schob das Bild zur Seite, verhüllte es und desgleichen das andere Gemälde und machte die Tür zu dem Neben-
gemache auf. Das Mädchen stieß einen Laut aus, halb Seufzer,
halb Schrei und sprang auf, die Hand auf dem Herzen und mit
weit aufgerissenen Augen nach dem Gemälde starrend, das hinter
dem Türloche stand. Als der Maler, den ihr jähes Erbleichen er-
schreckt hatte, neben sie trat, umklammerte sie seinen Arm, und
er fühlte, wie ihr Herz zitterte, und er sah, wie ihr der Atem haftig
über die Lippen sprang. Er warf ebenfalls seine Augen auf das
Bild, und da erschrak auch er, denn einen so gemeinen Ausdruck
hatte er noch nie in den Augen des Weibes gesehen, das er da
gemalt hatte.

„Ehali," flüsterte es an seiner Schulter, und er murmelte: „Das
ist es! Ich habe gedacht, es gibt keinen Namen dafür, aber du
hast sofort den einzig möglichen dafür gefunden. Das böse Prinzip
des Weibes." Sie ließ sich, wie vor Erschöpfung, in den Sessel
gleiten, und fragte, immer das Bild anstarrend: „Wirst du es
mir sagen?" Er nickte. „Ja, Kind, gern, soweit es sich um den
äußeren Anstoß dazu handelt. Du weißt ja, wie der Prinz ist.
Eines Tages kommt er hier angetobt und stellt mir eine kost-
bare Schüssel vor die Nase, in der auf bleichem Moose dreißig
unheimliche Blumen lagen und mich auf ganz hundsgemeine
Weise anschielten. Ich machte ein dummes Gesicht und fragte:
,Bist du auf dem Mars gewesen?' Denn in meinem Leben hatte
ich solche Satansblumen noch nicht gesehen. Da lachte er und
sagte, es wären Stapelien, Kusinen von den Kakteen, und sie

14

wären aus seinem Treibhause, und er kritzelt mir eine argentinische
Stapelienlandschaft in das Skizzenbuch."

Er holte tief Atem und fuhr fort. „Den ganzen Tag war ich
zu nichts zu gebrauchen. Wie ein Affe saß ich da und sah diese
niederträchtigen Blumen an, diese Katerideen von Blumen, diese
Antiblumen oder was weiß ich. Ein Vierteljahr war ich ganz elend.
Erst dachte ich, es wäre die Grippe, nahm Dampfbäder, ließ mich
massieren und trank Grog. Dann hielt ich es für einen Darm=
katarrh, trank Boonekamp und ließ mir heiße Pottdeckel auf den
Magen legen, wenn ich zu Bett ging. Dann wieder schien es
mir Nervenüberreizung zu sein; ich aß Sanatogen, schluckte
Hämatogen, verkniff mir den Tabak, den Kaffee und den Wein,
trank abends Fliedertee und morgens Brombeerblätteraufguß
und wurde immer elender, bis ich mich auf einmal benahm, wie
ein Brunnendelphin, der abends vorher zu viel Bier getrunken
hat. Darauf schlief ich drei Tage, und dann malte ich das Bild
aus dem Handgelenk in acht Tagen und war kreuzfidel, als ich
es hinter mir hatte, denn mir fehlte gar nichts, mir hatte nur das
scheußliche Bild verquer im Leibe gesessen, ein Meter vierzig zu
eins zwanzig. Aber sieh es dir einmal genau an!"

Swaantje stand auf, doch sie zögerte noch. Sie sah den schweren,
klobigen, in den massigen Formen der sumerischen Bauweise ge=
haltenen, reich geschnitzten, mit buntem Glasflusse ausgelegten
und mit goldenen und silbernen Ziernägeln beschlagenen Rahmen
und dann das unheimliche nackte Weib an, das vor einem un=
glaublich klaren und grundlosen Wasser, das eine unbekannte
Farbe hatte und von der Abendsonne eiterrote Glanzlichter bekam,
auf der Seite lag, die brutalen Knie gegen den üppigen Leib ge=
zogen, den stützenden Arm halb überschüttet von einem Sturz=
bache straffen Haares von einer rohen roten Farbe, und das sie
mit seelenlosen Tieraugen ansah, ebenso schrecklich, wie die un=

15

heimlichen großen Blumen, die an den starren Stämmen hinter ihrem Rücken hingen, aber auch ebenso schön, Chali, die Göttin des unblutigen Meuchelmordes, das greuliche Geheimnis des bengalischen Bambusdickichts.

Langsam ging sie darauf zu und sah, daß das Weib keine Tiger= augen, sondern Menschenaugen hatte, doch mit dem Blicke des Tigers, oder vielmehr, mit gar keinem Blicke, aber dadurch wirk= ten sie gerade so tigerhaft. Als sie noch näher kam, nahmen ihre Züge den Ausdruck kindlicher Neugier und einer dummen Ver= wunderung an, denn das Bild war auf Holz gemalt und der Leib des Weibes war nicht gemalt, sondern ausgespart, so daß überall die Maserung und hier und da ein Astfleck zu sehen war. Der Gesamteindruck war aber so mächtig, daß diese Dinge vor ihm völlig zurückgingen.

Helmold, der hinter sie getreten war, nickte ihr zu und sagte: „Ja, ja, es ist wunderlich, was man nicht alles macht, wenn man so dumm dahertollpatscht. Warum habe ich das auf Holz gemalt und nicht auf Leinwand? Im allgemeinen male ich nicht gern auf Holz, und wenn schon, so kleine Bilder. Aber dieses mußte ich auf Holz malen, scheinbar, weil das Brett gerade da stand, in Wirklichkeit aber, weil dieses Weib nicht gemalt, sondern ausgespart werden mußte. Es verkörpert das negative Prinzip des weiblichen Wesens, konnte also am besten durch eine Nega= tivität wiedergegeben werden. So ist es auch im Leben; das Schlechte, das Unheimliche, das Gemeine: tritt dicht davor, und siehe, es ist ein Nichts, es ist Holz, dumm gemasert und mit Kien= stellen durchsetzt. Ein wirkliches Weib, ein Weib von Herz und Gemüt, von Fleisch und Blut, das hat nicht hier mitten auf dem Bauche einen Leberfleck aus Kien und auf der Kalipygie eine Maserung, soweit meine geringen Erfahrungen auf diesem inter= essanten, aber schwierigen Gebiete reichen."

16

Er zog den Vorhang zu, nahm Swaantje um die Mitte, führte sie zu dem Ruhebett, stellte einen alten Bauernteller mit Äpfeln und eine Dose mit Biskuit vor sie hin und nötigte zum Zulangen: „Iß, Mädchen, desto eher wirst du elend! Und hier sind auch Nüsse." Swaantje nahm eine, steckte sie dem wunderlichen Nuß=knacker in das Maul, zerbrach sie und rief dann: „O, ein Viel=liebchen! Wer ißt es mit mir?" Ihr Vetter hielt die Hand auf. „Dir zuliebe tue ich alles," lachte er; „sonst esse ich nur Nüsse, wenn sie mir einer kaut, aber das will keiner. Wenn man näm=lich nicht aufpaßt, kaut man acht Tage lang an einer Nuß her=um." Er steckte die Nuß in den Mund, schluckte und sagte, in=dem er auf seine Weste zeigte: „Es geht auch ohne die alte Kauerei." Da lernte Swaantje das Lachen wieder und vergaß das unheimliche Bild und den entsetzten Blick, den Helmold darauf geworfen hatte. Dann zeigte er ihr einige Porträts und eine Anzahl von den Studien, die er zu Hunderten in den Schieb=laden der großen Schränke liegen hatte, schwatzte Kraut und Rüben durcheinander und hetzte einen Witz hinter dem anderen her, bis sie vor Lachen nasse Augen bekam und ihn händeringend bat, aufzuhören: „Denn ich habe nur ein Zwerchfell, Helmold, und das ist schon dreimal gestopft!"

Sie kuschelte sich bequem auf das Ruhebett hin, biß in einen Apfel und sah zu, wie er überall herumkramte, und ihr allerlei zeigte, das brabste Gehörn von dem letzten Jahre, eine Pfeil=spitze aus Feuerstein, die er in der Haide gefunden hatte, eine alte Schnapsflasche mit einem himmelblauen Vogel Phönix dar=auf und der Inschrift: „So wie der Fönix der Flamme entspringt, so meine Liebe zu dir hin dringt" und ähnliche Seltsamkeiten, die er bei seinen Jagdfahrten in den Dörfern aufgegabelt hatte. Dann, als er eine Schieblade aus einem grell gestrichenen Schranke zog, rief er: „Holla! Beinahe vergessen!" Er langte ein Kästchen

heraus, machte es auf, nahm etwas heraus und drückte es dem
Mädchen in die Hand. Es war eine Fibel aus dickem, gerieftem
Silberdraht, aus zwei engen Spiralen gebildet, deren jede einen
prachtvoll gebräunten Hirschhaken umschloß. „Da!" sagte er,
„als Dank für diesen schönen Morgen!"

Sie errötete und klatschte in die Hände: „Wie entzückend! So
eine fehlte mir gerade. Die hast du doch selbst entworfen? Und
wie reizend von dir, mir die zu schenken, mit den prachtvollen
Kusen darin!"

Sie drehte das Schmuckstück hin und her, nahm die Pfeilspitze
von Flintstein von dem Tischchen, hielt beide Gegenstände anein=
ander und sagte: „Die gehörten einmal zusammen, paß auf:
der alte Oberpriester war voller Wut, denn seine Tochter, Loide
hieß sie, sah Wuni gern; aber der war ihrem Vater ein Gräuel,
weil er die Kunst, Waffen und Geräte aus Metall zu schmieden,
aus der Fremde mitgebracht hatte und deshalb der Priesterschaft
als gottloser Mensch galt. Nun war noch jemand da, der die schöne
Loide liebte; Ulahu hieß er, und war ihrem Vater genehm, die=
weil er ein Steinschmied war und jede Neuerung haßte. Aber
Wuni war stark und Ulahu schwach, und da sprach der Ober=
priester, Krwo hieß er: „Der Rabe jagt dem Adler den Fraß ab,
obwohl dieser siebenmal so stark ist." Ulahu merkte sich diese
Rede, und als er Loide einmal in das Haus ihres Vaters ein=
treten sah, mit flammenden Augen, brennenden Wangen und
glühenden Lippen, und bemerkte, daß ihr Kleid vor der Brust
mit einer silbernen Fibel, in der zwei Hirschhaken befestigt waren,
geschlossen war, da ging er zu seiner Hütte, weinte, nahm den
Eibenbogen und drei Pfeile zur Hand und schlich Wuni nach,
als er in der Frühe auf Jagd ging, und schoß ihm den Pfeil von
hinten durch das Herz, daß er sterben mußte. Ulahu aber freite
Loide, doch am Morgen nach der Hochzeit lag er tot in seiner

18

Hütte; Loide aber war verschwunden, und wenn die Nacht=
schwalbe rief, sagten die Mädchen: „Da schreit Loide nach Wuni."

Während sie so sprach, verhärteten sich ihre Augen, so daß es
Helmold, der ihr anfangs mit vieler Freude zugehört hatte, er=
schien, sie hätten ein wenig von dem, was die Augen der Chali
aufwiesen, und sein Herz kehrte sich um. Doch er jagte die graue
Fledermaus, die auf ihn zuflog, mit einer heftigen Bewegung
fort, nickte, lächelte und sagte: „Das ist sehr schön, Swaantje,
und du wirst das aufschreiben und mir als Gegengeschenk ver=
ehren. Du solltest überhaupt deine Gesichte zu Papier bringen.
Ich habe es schon oft gedacht: Du bist eine Künstlerin! Und wem
eine Gabe ward, der soll ihrer pflegen, sonst bleibt er unfroh sein
Leben lang."

Doch als er das gesagt hatte, schüttelte er in sich darüber den
Kopf, denn er glaubte nicht an eine künstlerische Begabung des
Weibes. Er hatte, als er einst einer schönen Frau, die acht ge=
sunde Kinder besaß, einen Spruch in ihr Gästebuch schreiben
sollte, folgendes eingetragen: „Der größte Künstler ist klein gegen
eine Mutter; denn er kann keinen Menschen von Fleisch und
Blut schaffen."

Während er nun Swaantje freundlich ansah, besah er ihr Ge=
sicht genau und dachte: „Ihr ganzes Wesen ist weiblich, aber ihr
Geist ist männlicher Art. Am Ende ist sie kein völliges Weib; das
wäre ein Jammer, denn dann wird sie das wahre Glück nie
kennen lernen. Denn die Liebe ist alles, und das andere ist nichts."

Da kam Swaan angelaufen und rief: „Väterchen und Muhme
Swaantje, ihr möchtet zum Essen kommen, aber schnell, sonst
wird der Braten kalt!" Stolz setzte er hinzu: „Es gibt Birkhahn,
den Vater geschossen hat." Sweenechien aber, die hinter ihm
hergetappelt war, rief: „Und Flammerie! Hast du das auch ge=
schossen?" Da lachte Swaan sie aus und Helmold und Swaantje

auch; unter viel Lachen und Scherzen ging es in die Veranda, wo Frau Grete sie mit den Worten empfing: „Was ist das bloß heute? Alles im Hause lacht in einem fort! Die Mädchen sind aus Rand und Band und ihr auch. Der Sekt kann doch nicht nachspuken?"

Das schien aber doch so, denn es blieb bei dem Lachen. Helmold lachte, wenn er zu Bett ging, und er lachte, wenn er aufstand. Die Arbeit flog ihm nur so von der Hand, und während der Pinsel bald langsam und vorsichtig, bald schnell und sorglos über die Leinwand ging, sang und pfiff er, daß man es über den ganzen Garten bis in das Haus hören konnte.

Wenn aber aus der Werkstatt kein Singen und Pfeifen kam, so wußte Grete, daß Swaantje dort war. Die saß dann in einem der großen Sessel und arbeitete an einer Stickerei oder lag auf dem Ruhebett, sah ihrem Vetter zu und freute sich an seinen schnellen und doch so sicheren Bewegungen, an seiner frohen Laune und seiner Urwüchsigkeit; denn wenn er mitten in der Arbeit war, vergaß er alles um sich und konnte, fuhr er einmal gegen einen Baum, mit den saftigsten Ausdrücken um sich werfen, und Swaantje rief dann wehklagend: „Aber Herr Hagenrieder, ich bin eine deutsche Jungfrau!" Wenn er dann sagte: „Leider! vergaßen sie zu bemerken, mein allergnädigstes Fräulein", dann lachte sie.

Einmal wäre ihm beinahe die Antwort entwischt: „An mir liegt es wahrhaftig nicht", doch er packe rechtzeitig den schlechten Witz noch am Nackenfell, denn es war ihm wirklich nur Spaß damit gewesen.

Mehr als einmal sagte er zu seiner Frau: „Es ist nun an der Zeit, daß Swaantje heiratet; sie bekommt sonst noch Druckstellen."

20

Das Stapelienbild

Chali langweilte sich. Früher konnte sie fast den ganzen Tag mit dem Maler sprechen; seitdem aber das junge Mädchen da war, war es aus damit, denn Swaantje fürchtete sich vor ihr, und so hatte Helmold das Bild in den Nebenraum gestellt, wo es weiter nichts gab als Bilder, Rahmen, Kisten und Kasten, Töpfe und Kruken.

Aber wenn Chali auch nicht dort hätte sein müssen, sondern in der Werkstätte hätte weilen dürfen, so hätte ihr das doch nichts genützt. Holz und Stoffe boten ihren Blicken keinen Widerstand, und so mußte sie es einen Tag wie den anderen mit ansehen, wie der Maler sich mit dem blonden Mädchen unterhielt und ihm liebreiche Blicke zuwarf. Sie lag da und starrte auf die Tür; ihre Augen wurden von Tag zu Tag böser und leuchteten im Dunkeln grün.

Eines Abends, als Helmold und Swaantje in der Werkstätte waren, holte der Maler sich aus der Vorratskammer ein neues Malbrett, was er immer tat, wenn er ein neues Bild begann, das ihm aus dem Herzen kam, und da er an das Bild dachte, das er anfangen wollte, so ließ er in Gedanken die Tür offen stehen. Er wollte nämlich Swaantje malen; er hatte es schon bei Tage mehrfach versucht, war aber nie über den Anfang hinweggekommen, bis ihm einfiel, daß er eine andere Beleuchtung haben müsse, als das Tageslicht, und er hatte gefunden, daß das Mäd= chen im Halbschatten sitzen müsse, während rings umher alles

21

hell von Licht war. So setzte Swaantje sich also an das große
Fenster, vor dem die Vorhänge zusammengezogen waren, und
drehte der zweiten Tür den Nacken zu.

„Heute wird es etwas, Swaantje," rief Helmold; „das kommt
wohl daher, weil ich dich gestern eigentlich zum ersten Male in
Erregung gesehen habe. Du bist übrigens der einzige Mensch,
mit dem ich Walzer tanzen kann. Sonst liegt mir der Walzer
nicht; mein Blut geht im Polkatakt. Hamburger, Schwedische
Quadrille, der Achtturige, Schardas, Kasatschka und dergleichen,
wobei man seine Knochen rühren und ordentlich trampeln kann,
das ist mein Fall. Aber sich wie ein Brummkreisel andauernd um
seine Perpendikulärachse zu drehen, das ist nichts für mich. Gestern
bin ich aber auf den Geschmack gekommen. So wie du den Wal=
zer tanzst, so glaube ich, tanzen die Nebelfrauen ihn auch. Ich
will sie nächstens mal fragen."

Chalis Augen sprühten, als sie das mit anhören mußte, und
sie stach mit spitzen Blicken nach dem Nacken des Mädchens;
jedesmal, wenn Helmold hinzutrat und mit seiner Hand ihre Kopf=
haltung ein wenig änderte, fuhren grüne Blitze aus dem Neben=
raume dahin, wo die aschenblonden Nackenlocken auf der roten
Stuhllehne schimmerten. Solange ihr Vetter mit ihr plauderte,
merkte Swaantje nichts von dem, was hinter ihr vorging; aber
nun fing Helmold an, eine neue Melodie zu suchen, indem er
ganz leise durch die Zähne pfiff, und das bedeutete, wie sie wußte,
daß er dem Reime zwischen Stoff und Form nahe war. Darum
rührte sie sich nicht, so gern sie das auch getan hätte.

Denn ihr war so merkwürdig schwach und hilflos zumute.
Sie hatte ein bißchen viel getanzt und gelacht und vielleicht auch
ein Glas Sekt mehr getrunken, als ihr gut war; aber es war so
wunderschön auf dem Frühlingsfeste gewesen; so viele hübsche,
fröhliche Frauen und Mädchen, und so viele nette, lustige Männer

22

hatte sie noch nie beisammen gesehen, und so hatte sie mit den anderen getollt und sich prachtvoll vergnügt.

Jetzt aber fühlte sie sich müde; sie hatte einen peinlichen Druck in der Herzgrube, und ihr war, als klemmte etwas ihre Halsschlag= adern ein. Am liebsten hätte sie ihrem Vetter nicht gesessen, aber sie wußte, wie gern er sie malen wollte, und daß er endlich da= zukam; denn nun pfiff er nicht mehr durch die Zähne und trat nicht fortwährend vor und zurück, sondern er stand still, malte eifrig, summte erst eine Melodie vor sich hin, und dann sang er: „Rose Marie, Rose Marie, sieben Jahre mein Herz nach dir schrie, Rose Marie, Rose Marie, aber du hörtest es nie." Er war in voller Fahrt.

Sie hielt still, obgleich ihr von Minute zu Minute hilfloser zu= mute wurde; denn Chali ärgerte sich über die zärtlichen Blicke, die der Maler fortwährend nach dem Mädchen warf, und über das Lied, das er sang, während er malte, und so wandte sie ihre Meuchelmörderaugen nicht einen Pulsschlag lang von dem Nacken Swaantjes.

„Erzähle was, Maus!" sagte Helmold, und Swaantje war froh, aber ihr fiel nichts weiter ein, als das, wovon sie noch zu keinem Menschen gesprochen hatte, und was sie auch keinem sagen wollte. Aber da dachte sie an die Faschingsnacht in München, als ihr Vetter zwischen all dem tollen Lärm zu ihr gesagt hatte: „Kleine, wenn du einmal etwas hast, das dich drückt, und du magst es niemandem sagen, so sage es mir; wenn ich dir irgend helfen kann, so tue ich es."

Sie hatte ihm die Hand gereicht und gesagt: „Das werde ich, Helmold!" Aber dann hatte sie lachen müssen, wie er so dasaß, vollkommen im Ballanzuge, aber mit einem Radieschen im Knopf= loch, mit gebrannten, gepuderten Haaren, weißgeschminktem Ge= sicht und kohlschwarzem Schnurrbart und dazu die vergoldeten

23

Ohren, das hatte zu närrisch ausgesehen, zumal seine blauen Augen so treuernst blickten.

Weil sie nun an diese Augen dachte, fing sie an: „Lieber Helmold, ich muß dir jetzt etwas sagen, weil ich deinen Rat brauche: ich liebe einen Mann." Helmold blieb ganz ruhig und malte weiter; ihm war zumute, als habe ihm jemand ganz heimlich sein Herz weggenommen und ihm nur den Verstand gelassen. Darum fragte er, ohne daß seine Stimme anders klang als sonst: „Weiß er es?" Swaantje sah gerade aus: „Nein; das glaube ich nicht." Ihr Vetter fragte weiter: „Ist er deiner würdig?" Sie erwiderte: „Er ist viel besser als ich." Er brummte: „Danach liebst du ihn also; deine Behauptung bezweifele ich übrigens. Kenne ich ihn?" Sie schüttelte den Kopf. „Darf ich wissen, wer es ist?" Sie nickte: „Professor Groenewold; bei dem ich Literatur und Kunstgeschichte hatte." Er fragte weiter: „Wie alt ist er?" und als sie sagte: „Fünfundvierzig," brummte er, eifrig weiter malend: „Zu jung für eine Backfischliebe! Verheiratet?" Swaantje sah ihn groß an: „Dann würde ich ihn doch nicht lieben können!"

Er lächelte und dachte: „Heilige Einfalt!" Aber dann steckte er die Pinsel in das Glas, legte das Malbrett hin und sagte: „So, nun rüttele dich und schüttele dich, aber wirf nicht alle deine Blätter über mich, sondern behalte noch ein paar für dich übrig. Wir wollen einmal eine Pause machen; mich rauchert."

Swaantje stand auf und reckte sich, und er holte sich eine Zigarre. Als er sie angezündet hatte, sah er, daß die Tür nach dem Nebenraume offen stand; Chalis Augen starrten ihn höhnisch an. Wütend warf er ihr das Streichholz in das Gesicht und wunderte sich, daß es grüne Funken gab.

„Helmold, um Himmels willen, was machst du?" rief Swaantje, „dein schönstes Bild." Er zog die Tür zu, daß es krachte, und knurrte: „Schönes Bild? Scheußliches Bild! Chali? Schon mehr

24

Zyankali!" Swaantje lachte und rief: „Das war aber ein echter Kalauer!" Er schüttelte den Kopf: „Das ist noch gar nichts; wenn mir ganz schlecht ist, setzt es nicht nur Kalauer, sondern sogar Kawärmer, wenn nicht Kaheißer." Das Mädchen hielt sich die Ohren zu: „Kommt das noch schlimmer?" Dann lachten sie beide aus vollem Herzen, bis es Helmold einfiel, daß er sein Herz irgendwo habe liegen lassen müssen, denn ihm war so leer in der Brust und so schön leicht, als ob er tot wäre.

Aber er dachte doch mehr an das Mädchen als an sich und sprach: „Ja, liebe Swaantje, das ist eine sehr traurige Sache. Du liebst ihn, und er weiß es nicht. Du liebst ihn seit sieben Jahren, und er ahnt es nicht. Entweder ist er blind, oder er liebt eine andere, oder aber, denn es gibt solche Männer, so unglaublich das auch klingt," und er lachte, als er das sagte, „er hat kein Verlangen nach dem Weibe. Hier kann dir niemand helfen, sogar ich nicht, der ich doch verdammt dem Teufel die Zähne ausziehen würde, wenn ich dir damit einen Gefallen tun könnte."

Er ging mit großen Schritten auf und ab. „Sieh mal, Swaantje," fuhr er dann fort, „alles, was ich von dem Manne gehört habe, spricht für ihn. Er hat den Mut gehabt, eine Schrift herauszugeben, in der er den Unwert der karolingischen Zivilisation für uns nachweist. Wir Stedinger Blutsbrüder haben ihm damals ein Horüdhotelegramm geschickt und noch eins, als ihm die hochwohllöbliche Behörde in ihrer Eselhaftigkeit den Geschichtsunterricht abknöpfte, damit er nicht mehr in der Lage sei, gegen die Verherrlichung des Schlachterkarls und seines edlen Filiusses Louis des Frömmlers anzuarbeiten. Insofern freue ich mich, daß deine Wahl gerade ihn getroffen hat, abgesehen von dem famosen farbigen Namen, den du dir ausgesucht hast. Aber, wie gesagt, es ist nichts zu machen. Hingehen und ihm sagen: ,Bitte, seien Sie so gütig und heiraten Sie mich!' das kannst du nicht gut, und

25

ich kann auch nicht zu ihm gehen und ihm sagen: „Heiraten Sie meine liebe Base, oder ich fordere Sie auf dreimaligen Kugelwechsel ohne Binden und Bandagen!' Denn je besser ein Mann ist, um so mehr Verlangen hat er danach, sich das Weib seines Herzens zu erobern, und er wird sofort auf der Hinterhand Kehrt machen, wenn der Fall sich umgekehrt entwickelt. Daß auch gerade dir so etwas zustoßen muß! Wenn du dich wenigstens in mich verliebt hättest! Ich hätte es schon gemerkt. Ich schlüge sofort mein Zelt in der Türkei auf und betete zu Allah. Hol's der sogenannte Dieser und Jener!" Er warf seine Zigarre gegen den Ofen, daß es ein kleines Feuerwerk gab, und steckte sich eine Zigarette an.

Dann stellte er sich vor das angefangene Bild, auf dem Swaantjes Kopf schon deutlich vor einem Haidberge zu erkennen war, aus dessen rosiger Pracht ein Busch weißer Haide verschämt hervorschimmerte, und als spräche er zu dem Bilde, fuhr er fort: „Dein Fall ist so gut wie hoffnungslos, liebe Swaantje. Liebst du ihn wirklich so sehr?" Sie nickte. „Als Schülerin oder als Weib?" Sie wurde rot. „Nicht nur als Schülerin." Er räusperte sich, und dann fragte er in trockenem Tone: „Entschuldige, Swaantje, und wenn es dir nicht paßt, so antworte nicht: Grete und ich glaubten bisher, du wüßtest noch nicht, daß du ein Weib bist; das kommt oft sehr spät zum bewußten Ausdrucke. Du kamest mir bisher gänzlich unsinnlich nach dieser Richtung hin vor. Für kalt von Natur hielt ich dich nicht, aber für unaufgewacht. Du weißt, ich spreche als Freund und Bruder, und darum darfst du mir diese Frage nicht übel nehmen: Wie steht es damit?" Das Mädchen sah ihn mit klaren Augen an. „Weißt du, Helmold, nach dem, was ich in den Büchern las und von anderen jungen Mädchen hörte, glaubte ich, daß ich anders bin als die anderen Menschen. Nur ein einziges Mal merkte ich, daß ich doch so bin.

Das war," sie wurde blaß und stockte, fuhr aber dann fort: „Doch das ist ja Nebensache!" Helmold runzelte die Stirn: „Leidest du sehr unter deiner Neigung?" Sie nickte: „Sehr; ich glaube, ich gehe daran zugrunde."

Ihr Vetter sah sie böse an: „Möglich, das heißt, wenn du dieses zwecklose, unbefriedigte Leben weiter führst. Sieh mal, ich kenne dich ziemlich gut. Ich habe früher schon Grete aufgehetzt, sie solle Muhme Gesina so lange zwiebeln, bis sie dich aus dem Käfig läßt. Grete hat das auch getan; den Erfolg kennst du: es stellte sich glücklich der so bequeme Herzkrampf ein, und dann sprach die gute Swaantien: ‚Nein, liebstes Tantchen, ich verlasse dich nicht!' Deine Muhme in Ehren; wäre sie nicht gewesen, so könntest du vielleicht als Gouvernante oder Gesellschafterin dich piesacken lassen, das weiß ich. Aber vielleicht wäre das besser gewesen; denn was hast du von deinem vielen Gelde? Du willst deinen Geist betätigen, möchtest schaffen; statt dessen mottet Muhme Gese deinen Geist ein und zwingt dich, zu murksen. Lauter dumme Arbeiten sind es, zu denen sie dich antreizt, und da keine davon dein Denken ausfüllt, zerfetzt sich diese hoffnungslose Neigung völlig. Daß deine Nervenschmerzen, die dich seit einigen Jahren quälen, einen anderen Grund haben, als weil du dir einmal beim Schlittschuhlaufen nasse Beine geholt hast, das ist mir und Grete schon lange klar."

Er setzte sich in den Vierländer Bauernstuhl, nahm die Laute und begann die Weise zu klimpern, die er vorhin gesungen hatte.

„Sieben Jahre mein Herz nach dir schrie," flüsterte es in ihm und dann: „Mensch, weißt du es denn nicht, daß du sie liebst! daß du sie zum Verrücktwerden liebst! von dem Tage an liebst, als du sie zum ersten Male sahst, als sie ein Backfisch und du ein glücklicher Bräutigam warst?" Sein Herz zuckte zusammen; das war wahr, war wirklich wahr. Er mochte nicht aufsehen und

27

steckte sich aus Verlegenheit eine neue Zigarette an, denn wenn er jetzt, in diesem Augenblicke, das Mädchen ansah, dann, das fühlte er, lag er vor ihr, küßte ihre Hände und bettelte um einen Kuß von den Lippen, die nach einem anderen Manne seufzten.

Er griff in die Saiten und spielte das frechste von allen Liedern, die er kannte, und summte dabei halblaut die ersten beiden Vers= zeilen: „Auf der Lüneburger Haide ging ich auf und ging ich unter," und dann setzte er das Singen durch Flöten fort. Als er in den Spiegel blickte, erkannte er, daß er tiefe Schatten unter den Augen hatte. „Swaantje," rief er und legte die Laute fort; „hier gibt es nur ein Mittel: eine Tätigkeit für dich, die dir Freude macht. Dieser Kram da zu Hause, wo du nur die Rolle eines unmaßgeblichen Haushaltsreferendars spielst und nie eine freie Stunde für dich hast, das ist Gift für dich. Raus mußt du, auf einen verantwortungsreichen Posten, der dich müde, aber nicht matt macht, und auf dem du die Hauptperson bist und nicht bloß ein Tantenschwanz, der alles machen muß, aber nichts zu sagen hat. Entweder du verabschiedest die Tante, aber dann würde sie sich natürlich sofort einen ihr gut stehenden Sarg an= messen lassen, oder du kündigst ihr und ziehst mit lautem Hörner= klang in die Hinausferne, siehst dir die Welt einmal ohne die Tante an und siehst zu, daß du eine Arbeit findest, als Kranken= schwester, als Redaktörin, meinetwegen auch als sozialdemo= kratzige Agittatersche oder Frauenbewegungspropagandame. Aber zu Hause sitzen, Strümpfe für Niggerblagen stricken, Mis= sionspredigten anhören, Traktätchen verteilen und sonst die Ein= macherei überwachen und die Eierproduktion des Federviehs sta= tistisch aufnehmen und den ganzen Tag die Tante auf den Hacken haben mit ihrer kamigen Liebe, dafür halte ich mir keine so hübsche Kusine!"

Da lachte Swaantje wieder, stand auf und schüttelte die Falten

28

aus ihrem Rocke, und wie ein Blitz schlug in Helmold eine Er=
innerung ein. Er war vor Jahren einmal mit ihr Rad gefahren,
und zwar an einem Tage, an dem seine Lippen abscheulich heiß=
hungrig waren, denn er war seit drei Wochen Strohwitwer und
sah, ohne sich viel dabei zu denken, allem nach, was Röcke trug
und jung und hübsch war. Als er so mit Swaantje dahinradelte
und ihr allerlei dumme Witze zuwarf, paßte sie nicht auf, fuhr
gegen einen Stein und kippte um. Er sprang sofort ab, aber ehe
er bei ihr war, stand sie schon wieder auf den Füßen, lachte,
faßte ihren Rock und schüttelte ihn in der Aufregung so gehörig,
daß er in die Höhe flog und er ihre Hosen bis oben hin sah.
Nun konnte er alles vertragen, bloß keine weißen Mädchenhosen;
aber das einzige Gefühl, das er damals gehabt hatte, war: „Wenn
sie es bloß nicht gemerkt hat, daß ich es gesehen habe!"

Jetzt, wo sie mit der selben Bewegung, wie an jenem Maien=
morgen, ihre Röcke schüttelte, brannte ihn eine nesselnde Vor=
stellung. Ihm, das wußte er, konnte sie nie gehören, und er
wünschte ihr alles Gute, und dazu gehört für ein Weib ein Mann;
aber der Gedanke, daß ein Mann einmal so vertraut mit ihr
stehen würde, daß er sie in den verschwiegensten Hüllen sehen
durfte, diese Vorstellung flog ihm wie Schwefeldampf in den
Hals und klemmte ihm die Lunge zusammen. Aber sobald er das
Mädchen wieder ansah, wurde ihm leichter zumute, und wäh=
rend er sie in das Wohnhaus geleitete, fielen ihm schon wieder
ein paar Schnurren ein, und lachend kam er mit ihr in das Wohn=
zimmer.

Sie gingen alle früh zu Bett, und er schlief auch bald ein; aber
am anderen Morgen sah er so wenig frisch aus, denn er hatte
fast die ganze Nacht die quersten Sachen geträumt, daß seine
Frau ihn fragte, ob er nicht wohl wäre.

Da erzählte er ihr von Swaantjes tauber Liebe zu Professor

29

Groenewold, und Grete, die den Mann kannte, meinte ernst: „Das ist eine ganz dumme Geschichte; nun wollen wir doppelt so lieb zu ihr sein und sie möglichst lange hier behalten." Sie wunderte sich weiter nicht, daß ihr Mann nicht mehr sang und pfiff, wenn er malte, und nicht mehr so frisch und fröhlich aus= sah, außer wenn das Mädchen zugegen war, und dann dachte sie: „Er nimmt sich ihr Schicksal sehr zu Herzen." Deshalb schickte sie die beiden möglichst oft allein aus und freute sich, wenn sie mit blanken Augen und roten Backen zurückkamen, und sie machte sich weiter keine Sorgen darüber, daß Helmold, wenn er im Gar= ten bei den Blumen beschäftigt war, meist einen trüben Zug um den Mund hatte.

Sie war nicht eifersüchtig veranlagt, hatte viel gelesen und scharf beobachtet. Nachdem ihre beiderseitige Liebe nicht mehr so toll schäumte, sondern ruhig weiterperlte, hätte sie ihrem Manne eine kleine Grenzverletzung nicht weiter nachgetragen, wenigstens wäre ihr das lieber gewesen, als wenn er sich mit einer unglück= lichen Neigung herumgeschleppt hätte. In einer rosenroten Stunde hatte sie einst seinen Kopf an die Brust gezogen und ihm gesagt: „Du, ich glaube, den meisten Männerchen fällt es sehr schwer, ihren Weiberchen treu zu bleiben. Wenn es dir einmal so geht, und du richtest weiter kein Unheil an, tu', was du willst, nur wissen möchte ich es nicht." Da hatte er hellauf gelacht und ge= sagt: „Bist du aber gemein! Damit hast du mir den ganzen Ulk verdorben; denn wenn ich tun darf, was ich will, dann ist das Beste davon weg."

In den drei Jahren, da sie beide mit vielen Sorgen kämpften, und er noch obendrein in der ihm gar nicht liegenden Stellung als Lehrer an der Kunstgewerbeschule reichlich Ärger und Ver= druß gehabt hatte, hatten sie ein Dienstmädchen gehabt, ein bild= hübsches Menschenkind, das ihnen mit seinem Lächeln ein wahres

30

Labsal gewesen war. Als sie den Dienst verließ, um zu heiraten, seufzte Frau Hagenrieder lang und breit hinter ihr her; ihr Mann aber sagte: „Du hast am allerwenigsten Ursache, so zu seufzen. Danke Gott, daß sie fort ist; denn wenn sie noch lange hier gewesen wäre, wahrhaftig, ich hätte es nicht ausgehalten: ich hätte sie in den Arm nehmen und küssen müssen." Seine Frau hatte ganz trocken geantwortet: „Das hätte ich dir weiter gar nicht übel genommen, und ich wundere mich bloß, daß du es nicht getan hast; denn du bist doch sonst nicht so." Aber Helmold schüttelte den Kopf: „Erstens war sie verlobt, und zweitens mochte ich sie viel zu gern leiden, um sie in Verwirrung zu bringen. Aber offen gestanden, einen Kuß hätte ich als Andenken ganz gern behalten."

Von Swaantje bekam er auch keinen Kuß zum Andenken. Früher hatte er ihr immer einen gegeben, wenn sie kam oder ging. Dieses Mal war er dazu nicht imstande und küßte ihr noch nicht einmal die Hand, als sie in ihr Abteil stieg. Am Abend vorher hatte seine Frau nämlich etwas gesagt, das ihm wie ein Dachziegel auf den Kopf gefallen war. Er hatte sich alle Mühe gegeben, recht lustig zu sein, und wenn ihm auch gar nicht so zumute war, so gelang es ihm doch; es wurde ein so vergnügter Abend, daß seine Frau seufzend sagte: „Es ist ein Jammer, Swaantje, daß du morgen abreisen mußt; wie schön wäre es, wenn du immer bei uns bliebest. Helmold kann ganz gut zwei Frauen brauchen, und du paßt eigentlich besser zu ihm, als ich. Außerdem habe ich mit dem Haushalte und mit den Kindern so viel zu tun, daß ich mich um den armen Mann so gut wie gar nicht kümmern kann. Überlege dir das einmal, Swaantje! Ich bin dann seine Sonnenfrau, die für den Leib sorgt, und du das Mondweiberchen, das seine Seele bescheint." Das Mädchen hatte gelacht und gesagt: „Wenn alle Stränge reißen, werde ich von

deiner freundlichen Erlaubnis Gebrauch machen!" Als aber Grete
lachend fragte: „Und du, Helmold, wie denkst da darüber?" da
ging er nach der Türe und ließ den Hund herein, obgleich der
noch gar nicht gekratzt hatte.

In der Nacht aber tat er kein Auge zu und sah am Morgen
grün aus. „Sieh bloß, Swaantje, wie er sich grämt, daß du uns
verläßt!" sagte Grete beim Frühstück. Das Mädchen wollte ihn
ansehen, aber er sagte, ohne aufzusehen, denn er strich sich gerade
ein Brötchen: „Ich freue mich auf das Wiedersehen; Swaantje
will uns ja bald wieder besuchen." Die nickte. „Ja, aber erst,
wenn du bei uns gewesen bist. Nicht wahr, du kommst recht bald,
lieber Helmold?"

Das versprach er ihr; aber ein halbes Jahr verging, bis er sein
Wort einlöste. Zu seiner Frau, die ihn oft genug quälte, hinzu=
reisen, denn er gefiel ihr von Woche zu Woche weniger, sagte er,
seine Pläne hielten ihn an beiden Händen fest. Das schien auch
so; denn er arbeitete wie verrückt darauf los, und wenn er kaum
über den Anfang bei einem Gemälde hinaus war, dann redete
er schon von einer anderen Vorstellung, die er unter dem Herzen
trüge, und seine Frau mußte ihm recht geben, wenn er sagte:
„Du kennst mich doch! Ich würde doch keine Ruhe haben. Mich
langweilt vorläufig alles, außer der Arbeit. Das kommt, weil
ich mich jetzt endlich als Meister fühle. Stoff und Farbe gehorchen
auf den Pfiff. Zudem fange ich an, berühmt zu werden, und ich
muß das Publikum schmieden, solange es warm ist. Ich werde
fünfundvierzig Jahre alt, und diese Jahre sind meine besten.
Aber, du hast recht; ich habe zu viel getan. Sobald dieses Bild
fertig ist, schnüre ich mein Wanderbündel und fahre los."

Doch als er soweit war, bekam er einen Auftrag von dem
Prinzen, der endlich zu seiner größten Freude das Stapelienbild
bekommen hatte, das sein Freund ihm früher nicht verkaufen

32

wollte. Als der Prinz ihm den Gutschein gab, lachte Helmold und sagte: „Danke: Übrigens neulich wollte ich es dir beinahe schenken, lieber Brüne. Leider kann ich mir solche Scherze nicht leisten." Der Prinz, der seine Augen nicht von dem Bild los= brechen konnte, meinte: „Geschenkt hätte ich es nicht genommen, und wenn ich armes Tier mehr Geld hätte, würde ich dafür be= zahlen, was es wert ist. Aber warum magst du es eigentlich nicht mehr?" Der Maler sah das Bild böse an: „Weiß ich selber nicht; bin die Person leid geworden! Liegt mir zu offenbarungseid= mäßig da. Sieh dich übrigens mit ihr etwas vor; sie hat den bösen Blick."

Als Gegengift bestellte der Prinz dann ein Gegenstück dazu. Der Maler sagte: „Pendants sind eigentlich Blödsinn, aber mir fällt zufällig eins ein." Vier Wochen darauf hatte der Prinz das Bild, und da gerade eine alte Muhme ihm eine gehäufte Million und ein Gut hinterlassen hatte, gab er Helmold zwanzig statt der vereinbarten zehn Tausendmarkscheine.

Das neue Bild zeigte in der selben Lage, aber als Spiegelbild, und in einem ähnlichen, nur in den Einzelheiten anders gehaltenen Rahmen, ein Mädchen, dessen Augen alle Süßigkeit, die vom Weibe kommt, ausdrücken. Hier war nur der Akt gemalt und einiges an den Lilien und Rosen, die den Hintergrund bildeten; die Landschaft als solche aber war aus dem Holze herausgespart. Helmold fiel, als er das Bild malte, das ein, was er zu Swaantje über das Aussparen des Aktes der Chali gesagt hatte, und als er den letzten Pinselstrich tat, sagte er vor sich hin: „Die Liebe ist alles; das andere ist nichts."

Dann trat er vor den Spiegel und sah sich an. Grete hatte recht; er sah elend aus und hatte unruhige Augen. Er hatte zu viel ge= arbeitet, hatte gar keine Erholung gehabt als höchstens eine Abendstunde, wenn er mit den Kindern spielte. Das taube Spa=

zierengehen hatte er immer gehaßt, und die Jagd reizte ihn augen
blicklich nicht. Dazu aß er nicht genug, schlief vor drei Uhr nicht
ein, rauchte viel zu viel, konnte keine Flasche Wein mehr ver=
tragen; es war Zeit, daß er Schluß machte.

Der Arzt hatte ihm geraten, eine Kuranstalt aufzusuchen, aber
dazu hatte er keine Lust. „Geh zu Swaantje!" rief ihm seine
Frau, „die bügelt dich wieder auf!" Aber das mochte er auch
nicht; denn er sagte, die Muhme fiele ihm auf die Nerven. Er
fuhr in die Alpen, kam aber bald zurück: „Die aufgedonnerte
Landschaft mit ihrer Eiskonditorei und ihrer Fastnachtsstaffage
macht mir Nesselfieber!" Er ging an die See und war nacht acht
Tagen wieder da: „Tortenbacken aus Sand, dazu bin ich denn
doch schon zu ausgewachsen. Und dann das ewige Geschmatze
von dem Meere! Ehe es sich keine besseren Tischmanieren ange=
wöhnt, lasse ich da nicht mehr arbeiten!"

Da schrieb Ohm Ollig, daß es mit Swaantje gar nicht gut
stände; sie schliefe keine Nacht vor Schmerzen, sähe wie ein Kel=
lertrieb aus und mache ihm wirklich Sorgen. „Fahr hin, und
muntere sie auf!" sagte Frau Grete, und wenn es auch drei Tage
dauerte, ehe er so weit war, schließlich fuhr er doch los, „Daß
du sie mir aber mitbringst, Helmold," rief ihm seine Frau noch
nach, als er auf der Treppe war; „es ist doch niemals schöner
bei uns, als wenn wir drei zusammen sind."

Er hätte nicht sagen können, was für Fahrtgesellschaft er ge=
habt hatte; er sah auch kaum die Landschaft, die er sonst immer
zur Unterhaltung mitnahm. Er hörte nur, daß die Wagenräder
fortwährend nach einer und der selben Melodie seiner Frau die
Worte nachsangen: „Wir drei, wir drei und wir drei," und als
er sich besann, fand er heraus, daß es eine Singweise von ihm
selber war, die nämliche, die er gefunden hatte, als er Swaantje
vor der weißen Haide malte, das Lied von Rose Marie, zu dem

34

ihm noch folgende Strophe eingefallen war: „Jedwede Nacht, jedwede Nacht, hat mir im Traume dein Mund zugelacht; kam dann der Tag, kam dann der Tag, wieder alleine ich lag!"

Er wollte etwas anderes denken, aber er konnte die Melodie nicht abschütteln, solange er in der Eisenbahn saß. Als er dann in dem Jagdwagen nach Swaanhof fuhr, rasselten auch die Räder des Wagens in dem Takte des Liedes.

Der Mond aber stand hinter den hohen Pappeln und grinste.

Der Vollmond

Von allen Freunden, die Helmold hatte, war der Mond der
älteste; ob es sein bester war, das erschien ihm freilich fraglich,
als er in dem großen Himmelbette lag.

Treu und anhänglich war er zwar, aber er hatte die dumme
Angewohnheit, immer dann zu kommen, wenn es Helmold am
wenigsten paßte. Jetzt zum Beispiel hätte er gern geschlafen, um
die Gedanken loszuwerden, die ihn fortwährend bissen; aber es
ging nicht. Schon dreimal war er aufgestanden und hatte in den
Park gesehen, der taghell vom Mondlichte war, und immer hatte
er sich wieder hingelegt und den Versuch gemacht einzuschlafen.
Schließlich gab er es auf: er lag mit offenen Augen da. Der
Rücken tat ihm weh, sein Herz ging bald laut, bald leise, eben
war ihm die Steppdecke zu schwer, dann wieder zu leicht. Und
dann war diese aufdringliche Erinnerung da mit ihrem abgegrif=
fenen Bilderbuche.

„Helmke, schläfst du noch nicht?" fragte ihn seine Mutter. Er
sah sie vor sich mit ihren sanften Augen und vernahm ihre warme
Stimme. Und er hörte, wie er ihr entgegenquiekte: „Ach, Mutt=
chen, der Mond und ich, wir haben eben so prachtvoll zusammen
gespielt." Ja, der Vollmond, der war an vielem schuld ge=
wesen, auch daran, daß Harmtien Hilgenberg auf einmal zu
ihrer Muhme auf das Land mußte. Helmold lächelte. Harmtien
Hilgenberg! Wenn die Mädchen Wadenmessen spielten, war sie
immer die Beste gewesen. Als sie dann einmal im Kirschbaum

36

faß mit ihren weißen Strümpfen und ihren weißen Hosen, damit fing es an. Und dann der Wassergang und der Schloßwall! Ach ja! Schön war es doch gewesen, trotzdem es eine Kinderei war! Na, und schließlich kam der alte Hilgenberg dahinter, und es gab einen großen Krach. Beinahe wäre Helmold von der Lateinschule gejagt, und bei allen Müttern in der Stadt galt er als ganz verdorbener Junge. Er lächelte. Dafür galt er bei den Töchtern als gefährlicher Mensch, und das schadete ihm wenig.

Er seufzte. Das Bild an der Wand, das Swaantjes Mutter darstellte, sah ihn freundlich an. Ob das Mädchen auch wohl wachte? Sie hatte den ganzen Tag nicht gut ausgesehen; auch sie litt unter der Zudringlichkeit des Mondes. Ob er ihr auch Dinge erzählte, an die man sonst nicht denkt? „Kerl," hatte der Mond oft zu Helmold gesagt, „Kerl, weißt du, wie dein Leben sein müßte: ein Gedicht von rot in Rot; rote Küsse auf rotem Blut! Die weite Haide, Kerl, ein blitzblanker Rappe zwischen den Beinen, den Bogen auf dem Rücken, den Köcher an der Seite, und in der Hand das Schwert, das mit dem damaszenischen Stichblatt, Kerl! Und dann, Kerl, hinter dir tausend Kerle, so wie du, Kerl! und die alle auf den Pfiff gehorchen, Kerl, und dann der Feind! Kerl, nichts sieht doch feiner aus, als rotes Blut, auf einer mit Gold ausgelegten Klinge! Und dann, Kerl, wenn die Wölfe sich um Männerköpfe anknurren, Kerl, und du dich gebadet und umgezogen hast, dann Kerl, das Haus am Berge, das weiße, du weißt doch, unter den Eichen, und die beiden schönen Frauen, die dir entgegenwinken, Kerl, und dir geben, was du haben mußt, laute und leise Küsse, und heiße und kühle, so viel du willst. Was hältst du davon, Kerl?"

Helmold warf sich auf die andere Seite. Albernheit! Aber schön wäre es doch. Damals, in München, hatte er jeden Tag zweierlei Küsse bekommen, laute und leise, heiße und kühle. Wie

Swaantje wohl küßte? Sicher leise und kühl. Er schüttelte den Kopf und wischte sich die Lippen ab. Würde sie ihn wohl küssen mögen, wenn sie wüßte? Die kleine sanfte Schneiderin, was war sie weiblich. Miezi hieß sie. Und das dicke heftige Tresl! Er wäre verhungert, hätte er die damals nicht gehabt. Sie hatte sich ihm aufgedrängt, und er hatte sich ihre heißen Küsse und ihre heißen Bockwürste gefallen lassen. Die Akademie hatte ihm den ehren= vollen Abschied gegeben, Schneeschüppen brachte nicht sehr viel ein, der Vormund schickte ihm kein Geld; eine schöne Patsche war es, in der er saß. Keine Wohnung und ein Hunger, ein Hunger! Kalte Pellkartoffeln hatte er einmal mit Wonne gegessen, zwei= undzwanzig Stück, und amerikanisches Schmalz dazu. Wenn er gewollt hätte, konnte er damals Selchermeister werden, denn das Tresl hätte ihren Vater dazu herumgekriegt. Beinahe war er schon so mürbe, aber da traf ihn der Mond im englischen Garten: „Kerl, du wirst doch nicht? Bist wohl verrückt, Kerl! Würste= machen? Ja, wenn es in der Haide wäre! Aber hier, das hältst du nicht aus auf die Dauer. Komm mit, Kerl, ich will in die Haide!"

Helmold trat die Steppdecke von sich, aber dann zog er sie wieder über sich und streichelte sie; Swaantje hatte die Spitzen= kante gehäkelt. Swaantje! Er sprach den Namen leise vor sich hin. „Du hast dich eigentlich noch so gut wie gar nicht erholt, lieber Vetter!", hatte sie ihm gesagt; „du mußt hier nicht an deine Bilder denken!" Verächtlich verzog er den Mund. Seine Bilder! Die quälten ihn nicht. Ein Dutzend hatte er im Kopfe fertig, ein ganzes Dutzend, in diesen vier Wochen, seitdem er auf Swaanhof war. Und was für Bilder! Schulze in Firma Schulze und Schulze würde sich alle seine zehn klebrigen Finger danach lecken. Sechsmal hatte er ihm schon geschrieben und gefragt, ob er nicht das nächste Bild haben könnte. Früher war das anders;

da mußte Helmold im Vorzimmer warten, bis ihm der Magen knurrte, und nachher hieß es: „Herr Schulze ist leider abgerufen!" Jetzt konnte er Herrn Schulze warten lassen, und der nahm es ihm nicht übel. „Ich habe Zeit, verehrter Meister!" grinste er. Und Hennig Hennecke sagte ganz ernst: „Malermeister, Herr Schulze, Malermeister! Und Schulze lächelte schlagfahnig: „Ein Witzbold, der Herr Redaktor, ein geistreicher Kopf!"

Ja, daß er und Hennig Freunde wurden, das hatte er auch wieder dem Monde zu verdanken. Eigentlich war es zu dumm. Auf der großen Frühjahrskitschausstellung hatte die Jury endlich ein Bild von ihm angenommen und in die Ecke gehängt, wo das Tageslicht seine blendendste Negativität entwickelte. Hennecke hatte sein Verzeichnis dort liegen lassen und es abends geholt, und dabei hatte ihm der Vollmond Hagenrieders Bild gezeigt. „Die Nebelfrauen" hieß es, aber der Mond hatte Leberwürste aus den Elfen gemacht, und Hennecke hatte in seinem Berichte also geschrieben. Helmold lachte. Wo er hinkam, hielt man ihm die Zeitung unter die Nase. Fuchsteufelswild hatte er Hennecke auf eine Postkarte gemalt, wie der abends über eine Moorwiese lief und sich vor lauter gespenstigen Leberwürsten ängstigte, die ihre Mostricharme nach ihm ausstreckten, und die hatte er ihm geschickt.

Am anderen Tage klingelte es: „Sind Sie Hagenrieder? Ich heiße Hennecke! Wo pflegen Sie sich zu betrinken?" Nach einer Stunde waren sie ebenso angeheitert wie angefreundet.

Ach ja! Wer so sein könnte, wie dieser Mann! So ruhig, so bäurisch, so zielbewußt. Er hatte ihm das einmal gesagt. Hennig hatte gelacht, ein Buch aus dem Schranke gelangt eine Stelle aufgeschlagen und gelesen: „Der wird nicht weit kommen, der von Anfang an weiß, wohin er geht." Dann hatte er gesagt: „Also sprach der Korse. Merke es dir, du Dussel, und sei froh,

daß du nicht diese verflucht überſichtliche Begabung haſt, wie ich.
Cognak oder Chartereuſe?"

Helmold langte nach der Waſſerflaſche. In ſeinem Wohnzimmer
hatte er Cognak. Aber er wollte nicht trinken; nun gerade nicht.
Jedesmal, wenn er nicht hatte Maß halten können, war es bei
Vollmond geweſen. Auch damals, als ihm das Leben auf der
Kunſtgewerbeſchule den Atem nahm. Der Direktor, dieſer Pro-
feſſor Römer, er meinte es ja gut, als er ihm eine Schwungfeder
nach der anderen auszog. Und dann kam der bewußte Abend.
„Nun noch die Schwanzfedern, dann der Profeſſortitel und dann
bin ich ſo weit," hatte Helmold gedacht und ſich derartig unter
Sekt geſetzt, daß er drei Tage ſchwänzen mußte.

Er lachte, denn das Geſicht des Direktors war zu niedlich geweſen, als der ihn gefragt hatte, warum er weggeblieben war,
und die Antwort bekam: „Ich hatte zu viel Sekt getrunken!"
Na ja! und dann gab es Krach, und es war Schluß. Grete hatte
erſt ein langes Geſicht gemacht, ſich aber bald ſehr tapfer benommen. Tüchtiges Mädel! Schade nur, daß ſie ihn ſo gar nicht
verſtand. Oder vielmehr, daß ſie zu ſehr auf ſich geſtellt war.
Da war Swaantje anders. Die lehnte ſich mehr an, gab ſich
mehr hin, war weniger Menſch für ſich, mehr Weib.

Der Goldrahmen an der Wand blitzte. Im Garten rief das
Käuzchen. Mehr Weib? Vielleicht ſchien das nur ſo. Wenn ſie
an einem anderen Platze ſtände, würde ſie vielleicht weniger weib-
lich-hilflos wirken; körperlich wenigſtens, oder vielmehr: leiblich.

Helmold nahm ſein Tuch und trocknete ſich die Stirne und die
Bruſt. Er ſah ſie neben ſich, den Kopf auf ſeinem Arme, und
er nahm ſie und küßte ſie auf die Hände und den Mund und
langte nach den Spitzen unter ihrem Kinn; aber da war ſie verſchwunden. Er lachte bitter. So ging es ihm immer; Hände und
Mund, mehr bekam er von ihr nie, auch in Gedanken nicht,

und im Traume schon gar nicht. Seine Stirne bezog sich, seine Augen stachen nach dem Bilde ihrer Mutter hin. „Wenn ein Mensch einen anderen liebt, müßte er es doch merken", hatte Swaantje neulich gesagt. Professor Groenewold merkte es nicht, und Swaantje auch nicht.

„Vielleicht kommt das daher, weil ich sie gar nicht als Weib liebe", dachte er. „Wie aber? Als Bruder, als Vater, als Künstler?" Er seufzte tief auf und fuhr sich über die Augen. Das ging nun Nacht für Nacht so; die eine Nacht las er, die andere dachte er. Wenn Grete da wäre? Aber nein! Liebte er sie noch? Düster sah er in die Falten der Vorhänge. Was ist Liebe? Zusammenklang, aber kein Nebeneinanderklang. Ebu Zeidun, du hattest recht, zu singen: ‚Und wir brachen den Zweig der Liebe, und wir rissen seine Blüten herunter.' Und Henry Beyle wußte es auch, als er seiner Schwester schrieb: ‚Wenn wirkliche Liebe in der Ehe besteht, so ist sie ein Feuer, das erlischt, und zwar um so schneller erlischt, je heller es gelodert hat. Die Natur läßt die Nerven nicht lange in derselben Spannung, und jeder häufig wiederholte Eindruck wird geringer und weniger fühlbar. ‚Als er jene Stelle zum ersten Male las, vor sieben Jahren, hatte er an ihrer Wahrheit gezweifelt; aber es stimmte schon.

Eine Mücke summte über ihn hin. „Wir drei, wir drei, wir drei", summte sie. Ganz deutlich war das zu hören. Eine Totenuhr klopfte: „Wir drei, wir drei, wir drei", klopfte sie. Die Turmuhr schlug: „Wir drei, wir drei, wir drei", schlug sie. Wieder rief das Käuzchen: „Wir drei, wir drei, wir drei", rief es. Die Wildenten schnatterten auf dem Burggraben: „Wir drei, wir drei, wir drei", schnatterten sie. Grete oder Swaantje? Grete und Swaantje! Rot und grün! Laut und leise! Licht und Schatten! Heiß und kühl! Komplemente! Das eine ohne das andere nicht zu denken. Ergänzungen! Hälften! Nein, Drittel, erst ganz, wenn es hieß: Gretehelmoldswaantje! Swaantjehelmoldgrete! „Wir drei, wir drei, wir drei!", klopfte sein Puls, schlug sein Herz, hauchte sein Atem.

Vor seinen Augen jagten sich seine Bilder und sangen ihm die Lieder, die er noch nicht kannte. Hier Wode, da Christus, der eine schwarz, der andere weiß, und dazwischen als Mittelbild des Tryptichons die Hinrichtung der Sachsen, rot in Rot. Christus und Wode sahen sich über das Bild an; Christus lächelte ver= legen, Wode überlegen. Und das Bild sang: „Rose weiß, Rose rot, wie süß ist doch dein Mund!"

Er sang die Weise vor sich hin. Weg war sie, und eine andere kam angesummt, leise, wie eine Mücke. „Sie sangen ihm von Avalun, gelb war sein Haar", klang es. Und da war das Bild: schneeweiße Sandhügel mit kohlschwarzen Schatten, die Sahara; davor tote Männer, Kabylen, lang, mit edlen Gesichtern; der eine mit rotem Bart und blauen Augen, der andere schwarz, Beni Benjamin, der Doktor. Und daneben mit Zuhältergesichtern, grinsend, wie Mandrills, französische Offiziere, Dirnen am Arm. Und dann Swaantje vor weißer Haide, und die Haide sang: „Rose Marie, Rose Marie, sieben Jahre mein Herz nach dir schrie". Und noch ein Bild, furchtbar: Mönche vor einem Holz= stoße, der brannte, und in den Flammen Frigges, der Süßen süßes Gesicht. Und eine weinende Stimme sang: „Dann blühen alle Blumen rot, so rot, so rosenrot."

Frigge verschwand; Chali sah ihn an, doch sie hatte Gretes Augen, traurige Augen! Aber nein, Swaantjes Augen waren es, bitterböse Augen. Am Morgen war ihnen in der Stadt eine junge Frau begegnet; böse hatte sie nach Swaantje hingesehen, und deren Augen wurden zu Eis. „Kennst du die?" Swaantje nickte. „Du haßt sie?" Sie zuckte die Achseln. „Ich glaube." „Weshalb?" fragte er weiter. Sie hob abermals die Schultern.

42

„Ich weiß es nicht; ich glaube, sie haßt mich; das fühlt man. Gesprochen habe ich nie mit ihr."

Liebe und Haß, was ist das? Die Buddhisten glauben, daß mit dem Tode die Seele zerreißt, und daß dann die Stücke neue Verbindungen eingehen, glückliche und unglückliche; daher kommt alle Wonne in die Welt und alles Weh, alle Liebe, aller Haß, jede Guttat, jede Bluttat. Ein schöner Gedanke und ein schrecklicher! Swaantje, gib mir das Stück meiner Seele, das du bekamst, als du geboren wurdest, und wenn du das nicht kannst, gib dich mir ganz! Kannst du das? Am Ende bist du zum Teil Mann! Unsinn! Aber nein: denn wenn eine Frau nicht etwas Mann wäre, wie könnte sie dann Knaben gebären, und wenn ein Mann nicht etwas vom weiblichen Wesen in sich hätte, wie wäre es ihm wohl möglich, ein Mädchen zu zeugen? Es gibt keine Grenzen zwischen den Dingen; sie werden gemacht! Es gibt keine Arten und Gattungen bei Pflanzen und Tieren; wir denken das System in die Natur hinein! Eine dumme Eselsbrücke ist das für uns einsichtsloses Pack. Man kann Umrisse malen, aber wo sind sie in der Natur? Auch die Moral, auch die Gesetze, sie sind künstliche Konturen. Wer sich in sie hineinbegeben kann, wohl ihm; jeder kann es nicht.

Der Mond, der hinter den hohen Pappeln herschielte, schüttelte mitleidig den Kopf, als er alles das mit ansehen mußte, was sein Freund sich dachte. Er tippte ihm auf die Schulter und flüsterte ihm zu: „Kerl, komm, wollen uns was erzählen! Kannst ja doch nicht schlafen." Listig grinsend setzte er hinzu: „Sie schläft auch nicht." „Was geht dich das an, alter Esel?" schnauzte der Maler, aber dann lachte er, stand auf, holte sich seine Zigarettendose und setzte sich in den einen Sessel, der in der tiefen Fensternische stand, und der Mond plumpste in den anderen.

„Berühmt siehst du nicht aus, Kerl," sagte der Mond; „regst

43

dich viel zu sehr auf. Mußt es machen wie ich, immer kühl bleiben, das setzt an." Dabei klopfte er sich auf die strammsitzende Weste. „Halt die Schnauze, du dämlicher Affe," fuhr ihn sein Freund an, aber dann fragte er: „Schläft sie wirklich nicht?" Doch der Mond war beleidigt; er antwortete nicht, und als Helmold ihm eine Zigarette anbot, dankte er; er sei nur Russen gewohnt und möge keine Herzegowinas.

Helmold grinste heimtückisch und dachte: „Warte nur, alter Kartoffelkopp, ich kriege dich schon! Ich packe dich bei deiner Künstlereitelkeit; darauf fällt unsereins ja immer hinein." Er blies den Rauch der Zigarette so, daß er dem anderen in die Stubbsnase zog; der atmete ihn verstohlen ein und schielte heimlich nach der Dose aus Tulasilber, die aufgeklappt auf dem Fensterbörde lag.

Der Maler sah in den Park, wiegte wohlgefällig den Kopf, nickte, sah den Mond an und sagte: „Kerl, so gut ist dir noch kein Gedicht gelungen, wie dieses da; allerhand Hochachtung!" Er zeigte nach dem Schloßgraben: „Köstlich, dieser trefflich gelungene Vergleich des Wassers mit einer silbernen Brücke, einfach köstlich!" Er steckte sich eine neue Zigarette an: „Du bist sonst sparsam mit Ausrufungszeichen, Kerl; aber wie du da mit der Pappel die hochpathetische Stelle zu betonen wußtest, das ist einfach Goethe!"

Er nickte und ließ seine Augen über den Park gehen: „Und wie famos, daß du hier und da nicht das Letzte sagst, sondern dem denkenden Leser Gelegenheit gibst, weiterzudichten, so dort bei der Efeustrophe; erst alles ganz bestimmt und klar, und dann diese geheimnisvolle, vielsagende, andeutende Dunkelheit."

Dann setzte er hinzu: „Nur eine Kleinigkeit, Kerl, die stört mich. Der an und für sich ganz prächtige Vergleich des witzigen Baumschattens auf der Wand des Flügelgebäudes mit einem Weg-

44

weiſer könnte fehlen; er iſt überflüſſig, und das Überflüſſige iſt immer unkünſtleriſch, iſt das Unkünſtleriſchſte. Du kannſt ja dieſe Stelle auch leicht ſtreichen."

Der Mond, der anſcheinend gleichgültig, aber innerlich ſehr geſtreichelt das Lob hingenommen hatte, lächelte ſpitzbübiſch. Er faßte erſt in die eine, dann in die andere Taſche, machte ein ärgerliches Geſicht, und griff dann nach der Zigarettendoſe, indem er ſagte: „Du erlaubſt? ich habe meine im Überzieher ſtecken laſſen!" Er zündete ſich eine Zigarette an, ließ den Rauch aus den Lippen in die Naſe ſteigen, atmete ihn ein, ließ ihn in zwei Ketten winziger Kringel aus den Mundwinkeln quellen, lächelte ſeinen Freund ſchelmiſch an und ſprach: „Meinſt du, daß der Vergleich ſo überflüſſig iſt? Du glaubſt, ich hätte ein einfaches Stimmungsgedicht geſchrieben. Nimm einmal deine zwei bis drei Sinne zuſammen und lies es mit Verſtand, ſo wirſt du finden, daß es ein zweites Geſicht hat. Weißt du, was es iſt, Kerl?" Er ſang halblaut: „Ein Lied der Liabe, ein Sang der Sehnſucht, ein Gebet an die guteſte aller Göttinnen, an Frigge, die fröhliche Frau."

Helmold zog die Augenbrauen hoch: „Das iſt mir zu hoch, Kerl; das mußt du mir verklaren!" Der Mond grinſte: „Alſo du haſt den Vergleich mit einem Handweiſer glücklich begriffen?" Der andere nickte. „Handweiſer pflegen zu weiſen." Wieder nickte Helmold. „Na alſo!" lachte der andere, und als der Freund ihn dumm anſah, plinkte er ihm zu, und da ſchlug der Maler ſich vor die Stirn, denn der blaue Schatten auf der weißen Wand zeigte nach dem Erker hin, hinter dem Swaantje ſchlief.

Bittend ſah er den Freund an: „Du haſt ſie geſehen?" Der andere nickte liſtig lächelnd. „Bitte, lieber Dicker, erzähle, erzähle; was tut ſie? ſchläft ſie? Und wie geht es ihr? Geht es ihr gut, oder hat ſie wieder ihre Schmerzen? Ach, Kerl, du weißt doch!

45

Los, erzähle! Ich tu auch alles, was du willst. Soll ich dich in Öl malen oder in Pastell? Halbakt oder ganz? Kniestück oder stehend? Voll oder halbvoll?"

Der Mond nahm sich eine neue Zigarette, zündete sie an dem Stümpfchen der ausgerauchten an, blies den Rauch von sich, sah den Maler ernst an und begann: „Sie ist jetzt eingeschlafen, jetzt eben. Sie hatte Schmerzen, aber nicht sehr schlimme. Sie sah sehr schön aus. Ich habe sie gesehen, als sie sich umzog. Na, du weißt, ich sehe nicht mit Menschenblicken", setzte er schnell hinzu, denn Helmolds Augen bewölkten sich. „Sie zieht sich niemals bei Licht aus; sie ist vor sich selber keusch."

Er blies einen dicken Ring in den Park. „Sieh mal, Kerl, ich kenne alle Frauen, die da waren, und sämtliche, die da sind. Ich sah noch wenige, die diesem Mädchen glichen. Bis vor zwei Jahren war noch kein Gedanke an einen Mann auf ihren Lippen zu sehen, ihre Brüste lebten still für sich hin, ihre Lenden schliefen, und ihr Schoß wußte nichts von sich selber. Das ist jetzt manch= mal anders."

Er runzelte die Stirn: „Ein sonderbares Menschenkind! Sonst weiß ich stets, an wen eine denkt, hier nicht. Zu flüchtig ist die Schrift, kaum zu lesen. Anfangs glaubte ich, so solle es heißen, aber dann sah ich, daß ich mich geirrt hatte. Außerdem, was sie denkt, es ist so wenig bewußt, daß schwer dahinter zu kommen ist, sehr schwer. Wenn ein unberührtes Weib eines Mannes liebend gedenkt, wird sie seiner gleichzeitig als Mutter, Schwester und Braut gedenken. Darum, lieber Helmold, du weißt, wir haben uns Aufrichtigkeit gelobt: sie denkt an dich."

Der Maler sprang auf: „An mich?" Der andere drückte ihn in den Sessel zurück. „Ja, aber in welcher Weise, das, mein Lieber, weiß ich nicht." Helmold keuchte: „Und der andere? Wie ist es damit?" Der Mond wiegte den Kopf hin und her: „An den denkt sie auch noch, aber in verblaßter Weise; an dich denkt sie mehr. Sie trägt Sorge um dich; sie denkt immer an dich. Ob aber nicht nur als Schwester, oder in der Art, wie eine Mutter ihres Kindes gedenkt, das kann ich dir wahrhaftig nicht sagen. Ich weiß nur das eine: ich bin heilsfroh, daß ich kein Mensch bin, denn sonst müßten wir uns auf krumme Säbel schlagen. Sie ist ohne Fehl trotz ihrer Fehler. Deren hat sie mehrere an Leib und Geist. Du weißt ja: ihre zu kleinen Hände, ihre allzugroße Nachgiebigkeit, und die zu stark entwickelte Willensschwäche, und dieser gänzliche Mangel an Selbstsucht. Und dann dieses allzu bewußte Vertiefen in Philosophie, Geschichte, Kultur, Dichtkunst und andere Allotria. Das ist mir zu unweiblich. Die Mitgift von Mannestum, die jedes Weib hat, braucht sie für ihre Bildung, statt für ihr Leben. Sie ist ein Stück Künstler, leider! Künstlertum verträgt sich nicht mit Vollweiblichkeit; das Erzeugen ist euer Vorrecht. Frauen haben etwas anderes zu tun, vielleicht besseres. Denn, wie du weißt: Kunst, was ist das? Ein Notbehelf für das Leben."

Er seufzte: „Keiner weiß das so gut wie ich. Alle meine Werke und meinen ganzen Ruhm, ich gäbe das sofort hin für ein Stück gelebtes Leben." Er stand auf: „Und nun, Kerl, es wird Zeit; ich muß fort. Und dir fallen ja die Augen zu. Bis morgen!"

Helmold stand müde auf. Er warf seine Zigarette in den Garten; wie eine Sternschnuppe fiel sie im Bogen in das Buschwerk. Vier Jahre waren es her, daß er mit Swaantje den sterbenden Sternen zusah. Sie hatte ihn gefragt: „Was hast du dir gewünscht, lieber Helmold?" Er hatte sie angelacht: „Ich wünsche nie etwas; ich will etwas. Aber was hast du dir gewünscht?" Sie lächelte: „Nichts; ich dachte erst daran, als es zu spät war."

Ja, so war sie, wunschlos und unbegehrt. Und wenn er nur wüßte, ob er selber sie begehrte! Er hatte vergessen, den Mond danach zu fragen. Seine Seele begehrte ihre Seele. Das andere? Er prallte vor dem Gedanken zurück. Seine Lippen flatterten nach ihrer Stirne, seine Finger dachten an ihre Hände; aber scheu gingen sie an ihren Schultern vorbei und mieden ihre Hüften gänzlich. Wie oft hatte er sie nicht im Ballkleide gesehen! Niemals war sein Blut wärmer geworden, und sie war doch so schön an Hals und Schultern, und ihre Arme waren herrlich. Aber nie hatte sich die gemeine Habsucht neben ihn gestellt und mit dem Kopfe nach ihr gewinkt. Sogar damals nicht in jener schlaflosen Nacht, einer Nacht, voll von Rosenduft und Nachtigallenschlag, als er in den Büchersaal ging, um sich den Angelus Silesius zu suchen, und sie plötzlich vor ihm stand, im Nachtkleide, das Licht in der Hand, und der Schatten der Palmblätter mit unverschämten Fingern über ihre Schultern nach ihren Brüsten wies, die aus den Spitzen hervorsahen, die sie mit der linken Hand schnell zusammenraffte, als ihr Vetter ihr plötzlich gegenüberstand. Nur Schreck war es gewesen, was sie damals in seinen Augen hätte lesen können, und vielleicht eine reine Freude an ihrer Schönheit. Möglichenfalls hatte auf dem tiefsten Grunde seiner Seele ein zaghafter Wunsch schüchterne Worte gestammelt; doch sie waren von dem Willen überhört worden.

Nur wenn sie das weiche, lose Kleid aus weißer Wolle trug, hatten seine Arme zärtliche Gedanken gehabt, denn so verlockend fraulich sah sie darin aus. Einmal, als sie in rosenrot und weißgestreiftem, locker gerafftem Kleide vor ihm her durch die blühende Wiese schritt, hatten seine aktgeschulten Augen sich auf die Melodie ihres Leibes zu besinnen versucht; bis zu dem Texte hatten sie sich aber nicht hingetraut.

Die Schleiereule flog an dem Fenster vorbei; die Turmuhr schlug fünfmal; da legte er sich nieder. Aber noch zwei Viertelstunden mußte er sich von seinen Gedanken stechen lassen, ehe sie fortflogen.

Die Amsel sang schon seit Stunden, da tat sich die Tür leise auf, und Swaantje kam im Nachtkleid herein; unter dem weißen Gewandte schoben sich ihre nackten Füße verstohlen über den Teppich. Sie hielt mit der einen Hand die Spitzen über ihrer Brust zusammen, die andere hatte sie vor den Augen liegen, so daß das Morgensonnenlicht warm auf ihrem gebogenen Arme spielte. Sie riegelte hinter sich die Tür ab, beugte ihr Gesicht über ihn und ließ ihre Lippen seinem Munde entgegenschweben; mit einem stummen Jauchzer legte er seinen Arm um Adda.

Denn Swaantje hatte sich verwandelt; Adda küßte ihn, Adda mußte er liebkosen, Adda, die ihm nicht mehr war, als ein hüb= scher, kluger, kaltherziger Mensch, der zufällig ein Weib war, mit dem kein einziger seiner geheimen Gedanken sich je beschäftigt hatte. Wehrlos mußte er sich der ungeliebten Frau hingeben, machtlos war er in ihren Armen, ohne Widerstand duldete er ihre langweilige Leidenschaft.

Mit einem Seufzer, aus Lust und Ekel gemischt, fuhr er in die Höhe, sah wirr um sich, sprang aus dem Bette, warf sein Nacht= gewand von sich und stieg in das Bad. Erst als er fertig ange= zogen vor dem Spiegel stand, gelang es ihm, den Zug von Pein fortzuwischen, der um seinen Mund lag.

Aber als er genauer zusah, erblickte er hinter seinem Spiegel= bilde einen anderen Mann, von den Füßen bis zum Kopfe in Eisen gehüllt, der ihn aus der Visierspalte mit herrischen Augen ansah, und als er sich die Augen näher anschaute, erkannte er, daß es seine eigenen waren, und er wunderte sich darüber.

Doch da war das zweite Spiegelbild auch schon verschwunden. „Nervenüberreizung", dachte er und ging in das gelbe Zimmer.

Der eiserne Ritter

Die Sonne spielte mit den Stäubchen Kriegen, als er durch
das Treppenhaus ging; sie fiel durch die grünen und roten Fenster-
rauten und warf bunte Streifen durch den Raum, die als seltsame Flecke an den Wänden hängen blieben.

Helmold ging auf dem Läufer; deshalb wunderte er sich, daß
seine Schritte klirrten, als habe er Reitstiefel an. Er drehte sich
um, denn er dachte, der Reitknecht sei hinter ihm; aber als er
den Kopf wandte und sein Blick in den Pfeilerspiegel fiel, sah
er den eisernen Ritter darin stehen und zu ihm herübernicken.
„Kaltwasserheilanstalt!", dachte er.

Swaantje stand am Fenster, als er in das Frühstückszimmer
trat; sie hatte das gefährliche Kleid an. Als sie ihn anlächelte und
ihm die Hand bot, wurde ihm weh um das Herz, und ein bitterer
Geschmack war in seinem Munde. Er dankte stumm, als sie ihm
in ihrer lautlosen Art die Brotschnitten zurechtmachte und hin-
reichte, ihm den Tee eingoß und freundlich sagte: „Nun iß, lieber
Helmold, und erzähle mir, was dir geträumt hat!" Er sah sie
so entsetzt an, daß sie erst auflachen wollte, aber dann neigte sie
sich über den Tisch, griff seine Hand und fragte: „Was hast du
für einen traurigen Mund? Wieder schlecht geschlafen? Du sollst
hier nicht an deine Bilder denken; das hast du mir doch versprochen."

Ihr Vater und seine Schwester kamen; erleichtert atmete Helmold auf. Der alte Herr sah die Post durch. Er machte ein böses

50

Geſicht, und Frau Geſe fragte ihn beſorgt: „Sind die Kurſe wieder gefallen, liebſter Ollig? Ich habe es mir gleich gedacht, denn wir haben nun einmal kein rechtes Glück; mein Los hat auch wieder eine Niete gehabt. Und denke dir, Pinke hat ſagen laſſen, mehr als acht Pfennige gäbe er für die Eier nicht mehr! Das iſt doch wirklich ſtark. Swaantien, haſt du ſchon gefragt, wie viele heute da ſind?" Das Mädchen nickte. „Und ob das weiße Perlhuhn noch immer nicht da iſt?" Das Mädchen ant= wortete durch ein Kopfſchütteln. „Vergiß ja nicht, Fenna zu ſagen, daß ſie nicht wieder von der beſten Butter für die Leute= küche nimmt, und Janna ſoll keine Zeitungen mehr zum Feuer= anmachen nehmen, ſondern Reiſig. Das Mädchen bringt mich noch um mit ihrer Verſchwendungsſucht!"

Sie wandte ſich an Helmold: „Ich werde nach Adda ſchicken; die kann heute nachmittag mit euch gehen, wenn ihr nach dem alten Heidengrabe wollt. Denn ſo ſagteſt du doch geſtern, lieber Helmold?" Er wollte ſchon ſagen: „Sehr angenehm!", aber da ſah er in dem Pfeilerſpiegel den Mann im Harniſch ſtehen und verächtlich lachend den Kopf ſchütteln, und ſo antwortete er: „Ich verzichte; iſt für Adda kein Genuß und für uns erſt recht nicht!"

Die Tante ſeufzte: „Sie tut es ja nur Eu. rethalben." Helmold ſah erſtaunt auf: „Unſerthalben? Uns liegt gar nichts daran, daß ſie neben uns hertappelt und andauernd über die Gefahr ſtöhnt, der ſie ihren Teint ausſetzt." Die alte Dame machte ihre kummervollſten Augen: „Aber, lieber Helmold, allein ſolltet ihr beiden nicht ſo viel ausgehen. Frau Bergedorf machte neulich ſchon eine Bemerkung darüber!" Der eiſerne Ritter nickte; ſeine Augen funkelten höhniſch durch die Viſierſpalte. „Biſt du derſelben Anſicht, liebe Muhme," antwortete Helmold höflich, „ſo füge ich mich durch Abreiſen. Was die Gaffelzange vom Duttenhofe

sagt, ist mir gleich. Übrigens hat sie recht, übel von ihren Mit=
menschen zu denken; ihr Vorleben ist ja auch danach."

Er sah in den Spiegel; der gepanzerte Mann nickte beifällig.
Die Muhme sank hinter der Kaffeemütze zusammen. Helmold
warf leicht hin: „Na, sie kann sich beruhigen, in zwei, höchstens
drei Tagen muß ich fort; ich habe ein Dutzend Bilder im Leibe.
Aber heute und morgen will ich Swaantje noch für mich haben.
Also verschone mich mit Adda, bitte! Kommst du mit in den
Park, Swaantje?" Das Mädchen nickte und stand auf.

Im Hausflur schüttelte er sich wie ein nasser Hund und lachte:
„Muhme Gefes Piepmatz ist bald schlachtereif; kommt sie mir
noch einmal so dumm, dann male ich sie als Göttin der alles auf=
weichenden Philisterhaftigkeit und die Bergedorfen daneben als
die der kleinstädtischen Niedertracht, aber beide als Ganzakte, die
eine als Braten, die andere als Knochenbeilage. Und darunter
schreibe ich: Hätt' Eva so oder so ausgesehn, brauchte Adam
nicht aus Eden zu gehn!"

Das Mädchen lächelte, aber dann flehte sie: „Bitte, Helmold,
die Tante ist so gut; und sie hat dich so gern. Gestern sagte sie
es noch." Er knurrte: „Ich verzichte auf eine Liebe, die mir nicht
bekommt; Schwindel ist das. Bitte, laß mich ausreden! Deine
Muhme, ich habe dir das schon einmal in scherzhafter Weise ge=
sagt, ist ein Ungetüm, das inkognito reist, ein menschenfressendes,
kannibalisches Geschöpf. Gestern hat sie in einer Stunde achtzehn
geschlagene Male gesagt: ‚Swaantien, hast du dies getan?
Swaantien, hast du auch daran gedacht?' Hätte sie es noch ein=
mal getan, so hätte ich gesagt, die Krebssuppe wäre nicht ge=
raten oder sonst etwas bodenlos Ruchloses."

Er zischte durch die Zähne: „Vierundzwanzig Jahre bist du
alt, und sie behandelt dich, als ob du vierzehn wärest. Jede Spur
von Selbständigkeit nöhlt sie dir fort. Sie hat es durchgesetzt,

52

daß du nicht nach Rom kameſt; ſie hat es vereitelt, daß du Kranken-
ſchweſter wurdeſt; ſie hat dich glücklich ſo weit gebracht, daß du
eine Art von beſſerer Großmagd geworden biſt. Du mußt ſtunden-
lang dabeiſtehen, wenn die Renekloden oder irgendein ſonſtiges
beſſeres Baumgemüſe abgenommen wird, damit die Mägde ja
keine eſſen! Keine Stunde am Tage haſt du für dich. Der Deuwel
ſoll darein ſchlagen!"

Er faßte ſie an der Hand und zog ſie in die Ebereſchenlaube,
die ganz rot von den reifen Beeren war. „Sieh mal, liebes Kind,
ich habe mich allein durchgerungen; ich habe mir ein Wiſſen an-
geeignet, das ſich ſehen laſſen kann; ich habe vier Erdteile bereiſt,
habe gehungert und verſchwendet, beides reichlich; habe geliebt
und gehaßt, und nicht zu knapp; habe mit Fürſten und Ver-
brechern an einem Tiſche geſeſſen; habe die ganze Weltgeſchichte
in mich aufgenommen; alle philoſophiſchen Syſteme durchgekaut;
zu vielen Göttern gebetet und vielen entſagt; mehr Wonne und
Weh erlebt als tauſend Menſchen, und deine Muhme ſieht von
der Höhe ihres Unternivos auf mich herab, wie die Katze auf dem
Dach auf den Löwen; denn: Renekloden einmachen, das kann
ich freilich nicht ſo wie ſie, und mir geht jedes tiefere Verſtändnis
für die metaphyſiſche Bedeutung der Muskatnuß bei der Zube-
reitung des Blumenkohls ab."

Er holte eine Zigarre heraus. „Du erlaubſt, Liebe? mit Dampf
geht es beſſer. Du haſt wegen deiner Neuralgie zehn Ärzte gefragt und zwanzig Kuren gebraucht. Ich werde dir etwas ſagen:
ich ſchlage Muhme Geſe tot, wir beerdigen ſie mit Muſik, laſſen
die vorſchriftsmäßigen drei Zähren auf ihr Grab tröpfeln, und
ich wette: in vier Wochen biſt du nicht mehr Swaantien, die arme,
verwaiſte, hilflos betantete Nichte, ſondern Swaantje Swantenius,
meine ſchöne, kluge und ſtolze Baſe. Bei der Sonnentune und
dem heiligen Kreis, meine Geduld hat ein Ende! Ich bin ja nur

53

ein Schwippvetter, der hier nichts zu sagen hat, aber ich werde, bevor ich abreise, einen solchen Höllenlärm schlagen, daß Muhme Gesina drei Tage lang von Angst und Baldriantee lebt und alle ihre Kommodenschiebladen nach Herzkrämpfen durchkramt. Und wenn sie mir nicht bei den Manen ihres Mopses verspricht, dich auf zwei Jahre aus dem Stalle zu lassen, dann erzähle ich es überall, ich hätte abreisen müssen, weil Frau Gesina Stieghölter geborene Swanteniussen mir andauernd schmutzige Anträge ge= macht hätte."

Swaantje mußte nun doch lachen; ihr Vetter aber fuhr fort, indem er dabei wütend paffte: „Der Mensch hat an erster Stelle Pflichten gegen sich selber. Deine Pflicht ist, aus dir das zu machen, wozu dich das Schicksal bestimmt hat, aber dich nicht selber im Grundrisse zu verzeichnen und in der Fassade zu verkorksen. Du mußt heraus aus deiner Watteverpackung, mußt etwas erleben, Gutes und Schlimmes, aber nicht dasitzen, bis du jenseits von Gut und Böse bist, dein Herz an einen Mops hängst und drei Stunden darüber redest, daß der Gerichtsrat Meyer seinen Lehn= stuhl neu hat überziehen lassen. Ich mache mir aus deiner Bibel nicht viel; sie liegt mir nicht, aber es steht doch manches vernünf= tige Wort darin, so von dem Pfunde Sterling, mit dem man wuchern soll. Glaubst du denn, ich weiß nicht, wie dir zumute ist? Nun bin ich bald vier Wochen hier, und in der ganzen Zeit habe ich keine Nacht mehr als drei Stunden geschlafen, und manche gar nicht. Heute war es halb sechse, als ich einschlief! Du meinst, weil ich an meine Bilder denke? Ich pfeife darauf! An dich habe ich gedacht, um dich mir Sorge gemacht; denn ich kann es nicht ansehen, wie die Frau dich auf kaltem Wege hinrichtet, und das tut sie. Aber ich kenne dich und weiß, bei dir hat alles Reden keinen Zweck, weil du verbrecherisch selbstlos bist. Und das macht mich so mutlos."

54

Beim Mittageſſen war er von blendender Kälte, denn der eiſerne Mann ſah ihn fortwährend aus dem Spiegel an. Deshalb ver= ſalzte er der Muhme die Suppe mit gleißenden Widerſprüchen, verpfefferte ihr den Braten mit funkelnden Vergleichen und über= ſüßte ihr den Schokoladenpudding mit irrlichternden Witzen, be= wies ihr auf das höflichſte, daß ſie eine Gans in Großfolio ſei, und überzeugte ſie auf das verbindlichſte, daß ſie am beſten täte, nichts zu ſagen. So aß ſie denn kaum ſo viel, wie die drei anderen zuſammen, und war ſelig, ſah Helmold ſie einmal nicht ſpöttiſch an. Auch ſagte ſie nichts, als er nachher in weißer Bluſe, Knie= hoſen und langen Strümpfen, die Jacke auf dem Arme, herunter= kam, und ſie ſeufzte noch nicht einmal, als er auf ihre Frage: „Wollt ihr denn kein Butterbrot mitnehmen?" antwortete: „Im Gegenteil; einmal iſt das kleinbürgerlich, und dann wollen die Wirte auch leben."

Es war ein Tag in Blau und Gold. Der Himmel war hoch, die Sonne lachte über das ganze Geſicht, die Feuerbohnen, Sonnen= blumen und Georginen hinter den Zäunen freuten ſich ihres Lebens. Und Helmold auch. Er hatte den unbarmherzigen Zug um die Lippen verloren, und hinter dem frohen Leuchten ſeiner Augen ſchimmerte eine geheime Zärtlichkeit, wenn er Swaantje anſah, die ihr roſenrotes Kleid, ihr Morgenrotkleid, wie er ſagte, an= hatte, und den weißen, weichen, mit einem roſenroten Bande um= wundenen Hut. Tauſende von goldenen Gedanken blitzten vor ihm über den Weg hin, und nur ab und zu ſummte ein ſchwarzer oder brauner dazwiſchen herum. Hinter ihm her aber ſchritt der eiſerne Ritter; das Klirren ſeiner Sporen klang gut zu Swaantjes hellem Lachen, mit dem ſie Helmold für ſein fröhliches Geplauder dankte.

Zwei Bauermädchen kamen ihnen entgegen und boten ihnen die Tageszeit. Sie ſtreiften ihn trotz ſeiner auffallenden Kleidung

kaum mit den Augen, fahen Swaantje aber voll andächtiger
Bewunderung an. „Merkwürdig!" dachte er; „alle Frauen fehen
fie an, und jeder Mann blickt an ihr vorbei! Woher das wohl
kommt? Sie ift ihnen zu geiftig, zu hoch, zu unnahbar; ein gol=
denes Gitter von Reinheit ift vor ihr."

Der Fußweg unter den Hängebirken war so fchmal, daß Helmold
hinter ihr gehen mußte. Ein Feft war das für feine Augen, wie
fie vor ihm herfchritt, umfloffen von dem leichten Kleide, deffen lofe
Formen ihren hochadeligen Wuchs gefliffentlich hervorhoben. Der
Ritter flüfterte ihm über die Schulter zu: „Sie ift die Schönfte, die
Allerfchönfte: wer fie lieben darf, den kann kein Himmel mehr lohnen
und keine Hölle mehr fchrecken." Aber Helmold zuckte die Achfeln.

Eine Viertelftunde hatten feine Blicke nun fchon die Locken
ihres Nackens geküßt, ohne daß ihre Wangen roter wurden,
ohne daß fie fich umwendete, und er wußte es: jedes Weib, dem
er in den Nacken blickte, drehte fich nach ihm um. Er fah fich
nach dem Ritter um; der lächelte und flüfterte: „Das Windrös=
chen blüht in einer Stunde auf, die Rofe braucht mehr Zeit dazu."

Aus den Zweigen der Birken lifpelte die Hoffnung Helmold
verheißungsvolle Worte zu; aber da flog ihm ein dicker, fchwarzer
Gedanke mitten in das Geficht; er dachte an den Mann, den
Swaantje liebte. Doch dann wiegten fich feine Blicke wieder in
den Falten ihres Kleides, das über dem grauen Fußfteige fchwebte
wie Morgenröte über einem Fluffe.

Als fie vor dem Donnerkruge waren, fetzte er die hohlen Hände
vor den Mund und fchrie wie ein Haupthirfch vom zwölften
Kopfe. Die hübfche Wirtin fchoß aus der Tür heraus, lachte, gab
ihm die Hand und rief: „Nein, haben Sie fich aber nüdlich ge=
macht, Herr Hagenrieder!" und dann war fie fertig mit ihm und
machte zu Swaantje diefelben andächtigen Augen wie vorhin die
beiden Bauermädchen.

56

Sie deckte unter der Linde. Als sie den Kaffee herbeitrug, stellte sie in einen alten Krug, auf dem ein springendes Pferd zu sehen war, einen mächtigen Busch von Astern, Ringelblumen und Georginen auf den Tisch, so daß Helmold ihr eine Kußhand zuwarf und rief: „Großartig, Frau Trui; nun haben wir alles, was wir brauchen."

Er hatte seine lichte Laune wieder. Seine Augen lachten, als Swaantje ihm den Kaffee aus der bauchigen Zinnkanne eingoß, und er aß in einem fort, nur um sich an den leisen Bewegungen ihrer Arme zu erfreuen, wenn sie ihm vorlegte. Aber dann sah er ihre Hände an, und ein mütterliches Mitleid stieg in ihm auf: „Arme, kleine, müde, entsagungsvolle Hände!" dachte er, und ein bitterer Zug schloß seine Lippen; „Hände, deren Seele nur gedacht und nie gelebt hat, die von Sehnsucht erzählen, aber von keinem Wunsche; Hände, die im Schatten aufwuchsen!"

Doch da flüsterte der Ritter ihm etwas in das Ohr. Entsetzt prallte er zurück und machte Kontrahieraugen; aber als er den eisernen Mann ansah und merkte, daß der keinen häßlichen Spott mit ihm trieb, da nickte er ihm verstohlen zu, gab ihm heimlich die Hand und war wieder der lustige Kamerad. Fortwährend erklang Swaantjes fröhliches Lachen, so viel bunte Witze und farbige Schnurren breitete er vor ihr aus, und die Falte der Entsagung zwischen ihren Brauen war nicht mehr zu sehen.

Sie gingen dann die heiße Landstraße entlang, bogen zwischen den kühlen Wallhecken ein, kamen über die sonnenbeschienene Haide und durch Wiesen, glitzernd von Licht. Solange sie nebeneinander gingen, blieb der Mann im Harnisch taktvoll zurück; wurde aber der Weg schmal und morastig, so daß das Mädchen vorangehen mußte, sofort war der Ritter wieder neben Helmold und flüsterte ihm durch die Visierspalte zu: „Vergiß nicht, was ich dir geraten habe!" und Helmold sah ihn an und schüttelte den Kopf.

57

Ja, er wollte es wagen, mochte daraus entstehen, was da wollte! Eine übermütige Luft überkam ihn. Mit schmetternder Stimme begann er ein schalkhaftes Volkslied; in den Schlußreim aber legte er jedesmal alle Süßigkeit der Sehnsucht. Er sprang von Hott zu Hüh und kam immer wieder geschickt darauf zurück, daß Kunst, Wissenschaft, Religion und Philosophie nichts seien gegen ein bißchen erlebtes Leben; aber das beste an ihm sei und bleibe die Liebe zwischen Mann und Weib. Das Mädchen hörte aufmerksam zu, doch ihre Wangen blühten nicht voller auf, und ihr Atem ging seinen gewohnten Weg. Aber wenn er auf den wunderfamen Zusammenklang von Schatten und Licht, auf die Unter- und Übertöne der Landschaft, auf den geheimen Sinn der Blumen und auf das beredte Schweigen der Bäume hindeutete, dann schenkten ihm ihre Augen zärtliche Blicke.

Kalt durchschauerte es ihn, wenn bei jedem ernstgemeinten Worte ihr innerstes Wesen sich gegen seine Brust lehnte. Mit barschem Griffe faßte er mitten in ihr religiöses Gefühl hinein, als sie von der Seligkeit des Glaubens sprach. „Du verabscheust den Selbstmord, liebe Swaantje," begann er, „aber was ist denn Glauben anders als Selbstmord? Wer glaubt, dem ist das Leben kein Problem. Er kann sich getrost begraben lassen; für ihn gibt es keinen Kampf mehr. Ich aber will kämpfen; sonst danke ich für das Leben. Wir Germanen sind niemals gläubig gewesen. Religion hatten wir immer, aber eine Diesseitsreligion; das Jenseits versparten wir uns für später. Mit beiden Beinen standen wir auf dieser lieben Erde, lebten unser Leben in Zucht und Sitte, berauschten uns nicht an Wollust und Grausamkeit und brauchten daher auch nicht, wie die Asiaten, Opiate wie Reue und Buße. Zu unsern Göttern standen wir wie zu unsern Fürsten; wir zahlten ihnen pünktlich den Zins, machten Front, fuhren sie vorbei, und damit holla! In unser persönliches Leben durften sie nicht

hineinreden. Ich habe mehr als einmal mit dem Tode Kugeln ge-
wechselt; aber niemals ist mir dabei der Gedanke gekommen, daß
ich vorher erst ein reines Hemd anziehen müsse, für den Fall, daß
ich plötzlich vor jemand stehen würde, der erst meine Wäsche an-
sähe, ehe er mir die Tür aufmachen ließ. Wir sagen: wir sind
Christen, aber wir sind es nicht; wir können es auch nicht sein.
Christentum und Stammesbewußtsein vertragen sich ebensowenig,
wie Sozialismus und Kultur. In der Theorie sind wir Christen;
aber sobald es an die Praxis geht, in Politik, Geschäft und dergleichen, dann sind wir genau solche Heiden wie die Männer,
die dort schlafen gelegt wurden."

Er zeigte nach dem Tödeloh hin, der sich vor ihnen über der
Kiefernhaide erhob, und von dem das verbuhlte Gurren eines
Ringeltäubers herüberklang. Die Sonne stand noch hoch, so daß
die gewaltigen Wachholderbüsche halb schwarz, halb goldig aus-
sahen; aber die Ferne war in dichten Duft gehüllt, und über dem
Bachgrunde lag der Nebel wie der Atem eines Hünen.

Der Fußweg war so schmal, daß Helmold die Gelegenheit be-
nutzte, um hinter der Heißgeliebten herzugehen. Er drehte sich
um und nickte seinem Hintermanne zu. Ja, er wollte es wagen!
Sie sollte etwas erleben! Er wollte sie umfassen und küssen und
das Weib in ihr wecken; der Föhn seines Atems sollte das Glet-
schereis von ihrer Seele schmelzen und der Platzregen seiner Küsse
den Staub von ihrem Herzen waschen.

Sie sollte sein werden, ehe die Sonne hinter dem Wahrbaume
zu Boden glitt. Er wollte jedes Gedenken an den anderen in ihr
fällen, wollte Feuer in ihre Vergangenheit werfen und das taube
Gekräut totbrennen, um Platz für die junge Saat zu schaffen.

Absichtlich blieb er hinter ihr, mit Fleiß ließ er sie vor sich hergehen.
Seine Lippen sollten dursten nach ihrem Munde und seine Hände
hungern nach ihrem Leibe; sinnlos sollten sie vor Liebe werden.

Er pflückte einen langen Halm und ließ dessen Spitze über ihre Wangen gleiten; lässig strich sie mit der Hand nach der Stelle hin. Als er zum dritten Male den Scherz machte, sah sie sich um und lächelte ihm schalkhaft in die übermütig funkelnden Augen. Er sang leise und mit aller Zärtlichkeit, die er in seine Stimme legen konnte, ein verträumtes Liebeslied, das das Volk sich er= dachte, und in dem das Allerletzte zwischen Mann und Weib ge= sagt wird, aber als er endete: „Denn deine Unschuld und die mußt du lassen bei dem Jäger auf der Lüneburger Haid", da blieb sie stehen, sah ihn mit leuchtenden Augen an und sagte: „Das ist ja ein köstliches Lied; das habe ich noch nie gehört!" Ein kalter Schauder lief ihm über das Herz; sie sah das Kunst= werk in dem Liede und fühlte nichts dabei. Mutlos ließ er den Kopf hängen und schritt hinter ihr her; ihm war, als müßte er sie schlagen.

Doch der Ritter flüsterte ihm zu: „Sie ist ein unberührtes Weib; wer sie zuerst küßt, den wird sie lieben. Und du willst sie küssen, wirst sie küssen, mußt sie küssen, schon ihretwegen, um sie zu er= lösen, damit sie sich herausringt aus dieser blutlosen Nonnenhaftig= keit, aus diesem unmenschlichen Vegetieren, aus diesem geschlecht= losen Unleben. Das willst du, das mußt du, und das wirst du!"

Der urzeitliche Friedhof lag in zufriedenem Schweigen da; der Stechpalmen Korallenschmuck leuchtete heiß aus dem kalten Blatt= werke, das sich hinter dem grauen Seelenhause erhob. Swaantje nahm aus dem bunten Strauße, den ihr Frau Heinemann mit= gegeben hatte, eine schneeweiße Aster, zwei blutrote Georginen und vier von den grellen Ringelblumen, band sie mit einem blon= den Halme zusammen und legte sie vor die Tür der Urahnen= kapelle hin. Dann ließ sie sich auf der Jacke nieder, die Helmold für sie über das schimmernde Moos gelegt hatte, und er setzte sich zu ihrer Linken.

Sie saß ein wenig unter ihm, so daß er sie mit den Augen um=
spannen konnte. Wild schlug sein Herz und dann wieder zaghaft.
Ein dumpfer Druck lag auf seinem Gehirne, und seine Kehle war
wie eingeschnürt. Aber kein heißer Schauer lief ihm über die
Brust, und keine süße Erwartung fieberte in seinen Lippen; nur
eine bleiche Furcht hockte hinter ihm, und vor ihm kauerte die
Hoffnungslosigkeit, von oben bis unten in Spinneweben gekleidet.

Swaantje sah in die Sonne, die rot und rund über dem weiß
atmenden Bruche stand. Sie wandte sich nach Helmold, sah ihn
zärtlich an und sagte: „Vetter, wieviel Schönes habe ich dir doch
zu verdanken; ich hätte nicht geglaubt, daß der Herbst mir so viel
bringen würde." Ihre Augen schimmerten feucht, als sie ihm die
Hand gab; kühl lag sie in seinen heißen Fingern, so kühl, daß er
sie nicht festzuhalten vermochte.

Aber da flüsterte ihm der Ritter zu: „Jetzt sprich ihren Namen
so zärtlich aus, wie du kannst, und sieh ihr so bittend in die Augen,
wie du es vermagst, und dann nimm sie und küsse sie, bis ihre
Seele in der deinigen ertrinkt."

Helmold nickte und sah das Mädchen an, das verträumt nach
der Sonne hinblickte, die sich immer schneller dem Wahrbaume
näherte, dessen schwarze Krone wie eine böse Rune über dem
Milchsee stand.

„Swaantje," begann er, und er erschrak, denn seine Stimme
klang ganz blaß. „Vetter?" antwortete es ihm, aber dabei sah
Swaantje unverwandt in die Sonne. „Liebe Swaantje", begann
er von neuem, und er spottete in sich selber über die Farblosigkeit
seiner Stimme; „du hast mir kürzlich etwas gesagt; nun will ich
dir auch etwas sagen: ich liebe dich."

Er sah scheu zur Seite, denn da stand der Ritter, stampfte mit
dem Fuße, daß es klirrte, lachte verächtlich und fauchte durch das
Visier: „Dümmer konntest du es gar nicht anfangen!"

61

Swaantje war kaum zusammengezuckt; sie sah nach der Sonne, und Helmold fuhr fort: „Ich liebe dich seit sieben Jahren. Ich habe dich vom ersten Tage an geliebt. Ich habe dich schon geliebt, ehe daß ich dich kannte, ehe daß du lebtest."

Er seufzte tief auf: „Ich weiß, daß erst seit jenem Abend, als Grete sagte: ‚Du müßtest immer bei uns bleiben, Swaantje; ich dächte mir das reizend, wenn wir drei immer zusammen blieben. Ich wäre dann deine Sonnenfrau, Helmke, und Swaantje wäre dein Mondweiberchen'."

Das Gesicht des Mädchens war blutlos geworden; geisterhaft hob es sich von dem dunklen Wachholderbusche ab; ihre Augen hingen fest an der Sonne, die mit bösem Blicke über dem Wahr= baume stand.

Helmold half einem Käfer auf, der im Sande auf dem Rücken lag; dann sprach er weiter: „Du weißt, daß Grete am anderen Morgen fragte: ‚Ist dir nicht gut?' Ich hatte in der Nacht kein Auge zugetan. Ich habe seitdem überhaupt noch nicht wieder ge= schlafen. Es ist seither keine Stunde gewesen, daß ich nicht an dich gedacht habe. Und deswegen kam ich nicht zu euch. Aber schließlich sah ich ein, daß ich zugrunde ging, wenn ich dich nicht wiedersah. Ich habe wie ein Verrückter gearbeitet; sonst wäre ich irrsinnig geworden. Ich habe seitdem mehr gemalt, als andere in zehn Jahren zuwege bringen. Aber ich habe es als totkranker Mann gemalt. Schließlich mußte ich dich sehen und kam. Am Tage lebte ich; in jeder Nacht starb ich. Du weißt, wie ich des Morgens aussehe, und du weißt, wie anders mein Gesicht wird, wenn ich eine Viertelstunde bei dir bin. Ich habe mich ganz ge= nau daraufhin untersucht, wie ich dich liebe, ob als Bruder, ob als Vater; aber ich liebe dich als Mann; ich will dich. Und des= halb muß ich dir das alles sagen, denn sonst, ich bin meiner nicht mehr sicher, und wenn ich dein Vertrauen verlöre, dann müßte

62

ich mein Leben fortwerfen. Denn das würde ich verlieren, hätte ich das getan, was ich mir vorhin vorgenommen hatte: dich in den Arm zu nehmen und in mein Herz hinein zu küssen." Der Ritter schüttelte den Kopf und ging langsam von dannen.

Helmold und Swaantje sahen nach dem Wahrbaume, dessen unheimliche Zauberrune mit Gold unterlegt war. Dann sprach das Mädchen: „Helmold, das ist furchtbar, das ist entsetzlich. Ich wollte, ich könnte dir helfen, aber ich kann es nicht. Selbst wenn das nicht wäre, wovon ich dir sprach, könnte ich dir nicht helfen. Ich bin sehr unglücklich darüber, denn du tust mir so unsäglich leid. Und doch bin ich stolz darauf, sehr stolz, und ich danke dir, du hast mir ein großes Leid geschenkt, und eine große Freude. Wenn ich dir nur helfen könnte, liebster Helmold! Aber du weißt es selbst, daß ich das nicht kann. Nicht wahr?"

Sie sah ihn zum erstenmal wieder an; er nickte ihr mit ernstem Gesichte zu, bückte sich und küßte ihre Hand, und sie zuckte merk= bar zusammen, denn sie fühlte, daß eine Träne darauf fiel. „Armer Helmold!" flüsterte sie und sah dahin, wo die riesenhafte Rune stumpf und tot vor dem rosenroten Himmel stand, während dar= über ein Stern aufgehen wollte.

Der Ritter kam wieder herangeschlichen: „Noch ist es Zeit, noch ist es nicht zu spät!" raunte er heiser; „greif zu! Eine Stunde wie diese kommt niemals wieder. Küsse sie! Mein Wort darauf, sie ist dein."

Helmold sah ihn ungläubig an. Swaantje schauderte zusammen. „Steht hier irgendwo Irrkraut?" fragte sie und drängte sich ganz dicht an ihn heran, so dicht, daß ihre Backe an seiner Schulter lag und ihre Lende seinen Schenkel berührte. „Nun oder nie!" zischte der Mann im Harnische ihm zu, und Helmold näherte von hinten seine Hand, mit der er sich in das Moos gestützt hatte, der Schulter des Mädchens; aber da sah sie ihm ängstlich in die

63

Augen und flüsterte: „Steht hier welches? Ich fürchte mich!"
Er gab ihr die Hand und half ihr auf. „Feigling, Dummkopf!"
rief ihm der Ritter zu und ging laut lachend durch den hohen
Adlerfarn, daß es rauschte.

Der Abendwind warf mit dem dunkelgrünen Geruche des zer=
tretenen Krautes um sich, und Swaantje schauderte abermals zu=
sammen. „Schrecklich, wie das Farnkraut riecht! Hast du keine
Angst davor?" Er lächelte: „Nein, ich habe vor nichts Angst!"
Er legte ihr das Spitzentuch um die Schultern, zog die Jacke an
und reichte ihr den Arm; ohne Zögern legte sie ihre Hand hinein
und lehnte sich fest an ihn, wie er es liebte. Als er sich umdrehte,
stand der Ritter an einen Baum gelehnt und blickte ihm höhnisch
nach; er sah wie ein hoher, spitzer Wachholderbusch aus.

Krähen flogen über sie hinweg und schrieen sich heiser; schwei=
gend ruderte ein Reiher dem Flusse zu. Der Himmel sagte einen
zweiten Sonnentag an; hell stand der Liebesstern da.

Lange Zeit sprach Helmold nicht, dann begann er: „Du ver=
stehst doch, Swaantje, daß ich dir das alles sagen mußte?" Sie
nickte ernsthaft. „Und ich muß es auch Grete sagen." Sie nickte
abermals. Und obzwar ich mir dadurch, daß ich dir meine Liebe
in dieser Weise offenbarte, alle und jede Hoffnung genommen
habe, ich bin doch froh darüber, daß ich es tat. Und ich bin froh,
daß es so gekommen ist. Ich hatte immer die Angst, daß ich alt
und kalt geworden wäre; wer liebt, ist nicht alt. Ich weiß, daß
ich noch jung bin und ein Herz habe; denn es blutet, und das
danke ich dir. Ich war so hoffnungslos. Grete und ich, wir haben
uns heiß geliebt. Das ist vorbei. Sie ist zu sehr selbsteigene Per=
sönlichkeit, um in mir aufgehen zu können; alles in ihr wehrt sich
gegen mich. Darum macht sie mir so oft, oder eigentlich immer,
Opposition. Das kann ich nicht vertragen, denn ich bin eine Herren=
natur und will keinen Widerspruch; von meinem Lebensgenossen

64

wenigstens nicht. Wer mir widerspricht, ist mein Feind. Die Frau
aber soll der beste Freund des Mannes sein. Grete kann mir das
nicht sein; mein Wesen und ihres stammen aus verschiedenen
Ländern, meines aus Nord, ihres aus Süd. Uns trennt eine Welt-
anschauung, eine Lebensauffassung. Ihr Wollen drängt von sich
zur Welt; mein Wille geht von dem, was da ist, zu dem, was
ich bin. Sie ist zentrifugal, ich bin zentripetal. Sie lebt; ich schaffe.
Wir haben aneinander keinen Teil."

Er blieb stehen, zündete sich eine Zigarre an, und als er bemerkte, daß das Mädchen totenblaß aussah, strich er ihm sanft
über die Backen, gab ihm den Arm und sprach im Weitergehen:
„Trotzdem gehören Grete und ich zusammen, denn sie liebt mich,
und ich liebe sie; und dann haben wir Kinder. Ich weiß, was du
denkst, aber ich sage dir: trennte ich mich von ihr, und liebtest du
mich auch, so wie ich dich liebe, du kämest dann erst recht nicht zu
mir, und solange Grete meine Frau ist, habe ich auch keine Hoffnung, daß du mein wirst. Das ist mir alles ganz klar. Zudem: du
liebst einen anderen."

Der Arm des Mädchens zuckte in dem seinigen, und er fühlte,
wie sie sich fester gegen ihn lehnte. „Friert dich?" fragte er. Sie
schüttelte den Kopf, und er fuhr fort: „Wenn der, den du liebst,
dich liebte, und er brächte dir das Glück, dann könnte ich wieder
ein froher Mann sein." Sie schauderte wiederum zusammen und
lehnte sich noch fester an ihn. „Du frierst doch wohl?" fragte er;
„willst du meine Jacke haben? Ich brauche sie nicht." Sie wehrte
ab und flüsterte, und süßer als je zuvor, erschien ihm der Ton-
fall ihrer Worte: „Dann mußt du mich aber sehr lieb haben,
Helmold!" Er antwortete erst nicht, aber dann sprach er mit
ernster Stimme: „Mehr als meine Kunst."

Der Ritter flüsterte hinter ihm: „Aber Mensch, sie will ja, daß
du sie küssest! Küsse sie! Sie liebt dich und nicht den anderen!"

Doch Helmold, der bemerkt hatte, daß Schauer auf Schauer das Mädchen schüttelte, blieb stehen, zog seine Jacke aus und befahl: „So; kleine Mädchen haben zu gehorchen!" und so verstand er nicht, was der Mann im Harnisch ihm zuraunte. Er half Swaantje, die mit niedergeschlagenen Augen dastand und beklommen atmete, in die Jacke, und dann sagte er: „Nun wollen wir etwas schneller gehen", und eine lustige Weise flötend, schritt er, das Mädchen am Arm, an dem Ritter vorbei, der schwarz und gespenstig auf der Haide zurückblieb.

Tief im Walde ließ der Kauz sein blutrotes Lied erschallen; vom Flusse her heulte ein Dampfer; es klang fast genau so. Der Mond kam hinter den Kiefern hervorgegangen; sie spannen lange Schatten über den weißen Weg.

Helmold lachte auf: „Hör, Swaantje, die beiden! Was sich liebt, das neckt sich. Denk dir das Bild: Der Waldkauz balzt den Dampfer an! Findet er Gehör, so gibt es ulkige Küken: kleine Dampferchen, die auf die Mausjagd gehen, oder Ulenküken, die nach Steinkohlen piepen. Und nun reden wir nicht mehr davon!" Er schwenkte ihren Arm auf und ab und pfiff die Kasatschka.

„H' ach!" fing er dann an; „die möchte ich noch einmal tanzen. Das ist ein Tanz, der nach roten Küssen und nach roten Messer=klingen riecht! Tanzen ist: trampeln, daß die Diele donnert, und die Mädchen hin= und herschmeißen, bis sie windelweich sind, aber nicht diese betuliche Dreherei, wie sie jetzt in Mitteleuropa im Schwange ist. Überhaupt: Ballschleppe und Tanzen! Das ist schon mehr Fesselballonbetrieb. Etwas angetrunken muß man auch sein, und die, mit der man tanzt, muß hinterher zu allem Ja sagen; sonst ist das einfach zuchtlos. In der Ukranja habe ich mit einer getanzt, Marja hieß sie und war ganz hellblond; aber sie hatte den Satan im Leibe!"

So prahlte er und erzählte Kosakenschwänke und Witze, die er

66

in der Herzegowina gehört hatte, und Schnäcke im Hamburger
Ewerführerplatt und Schnurren in pfälzischer und ostpreußischer,
schlesischer und bayerischer, münsterscher und berliner Mundart,
eine immer toller als die andere, so daß Swaantje mehr als ein=
mal hell auflachen mußte. Er blieb auch den ganzen Abend lustig
und versöhnte Tante Gesina gänzlich wieder, denn er machte gar
keine kecken Witze, sondern blieb völlig in der guten Weise des
Marktfleckens.

Um elf Uhr ging er zu Bett und las bis zwölf Uhr im Herodot.
Dann blies er das Licht aus und sah gegen die Decke, die tag=
hell vom Mondlichte war. Um ihn summte ein neues Lied, erst
leise dann laut, bis seine Lippen die Weise nachsummten: „Am
Himmel steht ein goldener Stern dahinten über dem Walde".
Und ein neues Bild reimte sich darauf; ganz kühl zog er es in
den Vordergrund seines Bewußtseins: gelben Sand, weißglühende
Sonne, ein Trupp französischer Fremdenlegionäre, alle blond=
bärtig und blauäugig, halb verrückt vor Durst durch den Sand
stolpernd; neben ihnen, zu Pferde, ihre Zigaretten rauchend, die
schwarzbärtigen Offiziere, darüber ein Aasgeier.

Plötzlich warf er sich auf das Gesicht, biß in das Kopfkissen,
weinte, daß es ihn schüttelte und flüsterte: „Swaantje, meine
geliebte, süße Swaantje!" Eine halbe Stunde lag er so da. Dann
stand er auf, wusch sich das Gesicht, trank die Wasserflasche fast
leer, sah in den Park, holte sich seine Zigarettendose und wollte
sich damit vor das Fenster setzen. Aber als er an dem Spiegel
vorbeikam, prallte er zurück: der Ritter stand da. Seine Rüstung
blitzte weiß, das Visier hatte er heruntergeklappt; er sah an ihm
vorbei, wie an einem wortbrüchigen Hallunken, und wies mit
dem Finger nach dem Seelenhause im Tödeloh.

Helmold stellte die silberne Dose hin und legte sich nieder.
„Elende Hyperästhesie!" dachte er, als ihm die Augenlider zufielen.

Das Seelenhaus

Das gelbe Zimmer war voll von der Vormittagssonne, als Helmold eintrat; zwei Sonnenblumen, die in einem blauen Zier= kruge standen, starrten ihn mit toten Augen an.

Swaantje kam herein; sie sah frisch und gehoben aus, erschrak aber sichtlich, als sie ihren Vetter ansah, und als der in den Spiegel blickte, erkannte er sich kaum wieder: er sah nicht angegriffen aus, aber seine Augen waren welk und seine Lippen abgeblüht

Er las die Briefe, die auf seinem Platze lagen, und reichte einen nach dem anderen dem Mädchen. Das nickte ihm bei dem ersten fröhlich zu, jubelte bei dem zweiten auf und klatschte bei dem dritten in die Hände. „Wie freue ich mich, wie freue ich mich! Drei große Bilder so gut verkauft, Aufträge über Aufträge, und nun noch erster Sieger in einem internationalen Ausschreiben!" Ihre Stimme fiel herab, als sie ihn ansah: „Aber freust du dich denn gar nicht ein bißchen, lieber Helmold?" Er nötigte sich ein Lächeln ab und sagte gleichgültig: „Natürlich; Berühmtheit ist bar Geld." Sie sah ihn enttäuscht an. „Lieber Helmold," begann sie nach einer Weile schüchtern, „sei nicht böse; heute kann ich dich nicht begleiten. Lies bitte!" Er nahm den Brief und seufzte: „Was fange ich nun ohne dich an? Aber den Vormittag, Swaantje, nicht wahr, den bekomme ich doch? Viel ist es ja nicht mehr."

Sie gingen nach dem Ausgang des Parkes. Da stand unter zwei ungeheueren Silberpappeln eine graue Steinbank; dort ließen sie sich nieder und sahen über die Wiesen, von denen der Mai=

krautduft des Grummets herkam. Beide waren still; Helmold war todmüde; es war schon hellichter Tag gewesen, als seine Augen das Sehen vergaßen, und Swaantje war betrübt, denn unter seinen Brauen her flogen nur kalte Blitze über das lachende Land, und wenn er sprach, so hörte es sich an wie Herbstlaub= geraschel im Winde. Er sah dahin, wo unter einem breiten Weiß= dornbusche die Hütebude lag; mit ihren beiden kleinen Türen und ihrer stumpfen grauen Farbe sah sie aus, wie das Seelen= haus in Tödeloh.

„In den Büchern steht, in den großen Steinkammern hätten unsere Urahnen ihre Häuptlinge begraben," fing Swaantje an; „glaubst du das?" Er nickte: „Ja, das schon, aber diese Hünen= betten sind auch Seelenhäuser gewesen, denn sie sind genau in der Art der Wohnhäuser erbaut. Alle Jahre am Todestage ihrer Lieben legten unsere Urahnen dort Wildpret hin und gossen Honigbier in die Schalen und zündeten ein Feuer darin an, da= mit die Seelen sich erquicken und wärmen könnten, kehrten sie einmal wieder zurück. Auch Blumen werden sie dort wohl nieder= gelegt haben." Er sah mit verlorenen Blicken nach der Hütebude, und sonderbar klang es, als er fortfuhr: „Swaantje, wirst du mir auch Blumen bringen, damit ich mich darüber freuen kann, wenn ich einmal wiederkomme?"

Das Mädchen sah ihn erschrocken an und faßte seine Hand: „Lieber Helmold, wie kannst du mich so ängstigen! Das war nicht hübsch von dir. Du bist überreizt, überarbeitet, nervös; du solltest einmal in ein richtiges Pussiersanatorium gehen, wie da= mals, als du so herunter warest." Er sah sie spöttisch an: „Meinst du, daß mir heute noch ein Flirt hilft? Das glaubst du doch selber nicht." Das Mädchen sah einem weißen Falter nach, der an ihr vorüber in die Wiese flog, die Weidenröschen am Graben= rand umflatterte und ziellos weitertaumelte. Dann sah sie die

Hand ihres Vetters an, die auf seinem Knie lag; gestern war sie noch männlich und straff gewesen, nun sah sie weiberhaft aus und ermüdet. Verstohlen besah sie ihre eigene Hand; beide Hände waren sich jetzt ähnlich; früher waren es Gegensätze gewesen. Die braune, derbhäutige, großporige, haarige, in breiten, harten Nägeln endende Hand des Mannes erinnerte sie an den Vorsteher Groenhagen, hinter dessen derben Zügen, unter dessen harten Augen so sehr viel unausgesprochener Kummer lebte.

„Ja, Swaantje, das ist nun so!" lachte Helmold und wies nach einem hohen Riesenampferbusche, der mit seinen feuerroten Blättern unbändig prahlte; „der rote Hinnerk da, so nennen die Bauern das Kraut, jeder freut sich darüber, wie er so knietschrot dasteht; aber er ist welk, ist tot. Ein Meister der Farbe ist er; aber sein grünes Herz ist gestorben." Er unterbrach sich, denn ihm war, als stände eine bleiche Gestalt in dem Seelenhause und winkte ihn zu sich heran. Dann lächelte er über sich; erstens war das kein Seelenhaus, sondern eine Hütte für die Hütejungen, und die bleiche Gestalt, das war ein alter Lappen, der da hing.

Er warf den Kopf in den Nacken: „Du magst recht haben, Swaantien!" Sie lächelte ihn an, denn noch nie hatte er die Koseform ihres Namens gebraucht. Er pfiff eine leichtsinnige Weise vor sich hin. „Ich bin überarbeitet, habe mich dazu um dich zu viel gesorgt. Nun verschieße ich mich noch dazu; das zieht in keinen hohlen Weidenbaum." Er summte: „Und kann es nicht die Lilie sein, so pflück ich mir ein Röselein." Er machte ein säuerliches Gesicht: „Mein Herz heil pussieren, das wird schwer halten, aber als Heftpflaster hilft vielleicht so ein bißchen Eintagsliebe. Man weiß nur nie, was man sich damit für Löcher ins Gewissen läuft. Die andere hat sich vielleicht schon wer weiß wie lange getröstet, und man denkt immer noch, sie wankt mit durchgescheuerter Seele herum."

70

Er scharrte mit der Fußspitze im Sande umher: „Na, die Haupt=
sache ist, daß du dich heute nachmittag in eurem Geisteslackier=
klub gut vergnügst. Wird Er auch da sein?" Swaantje wurde
rot: „Ich glaube," flüsterte sie, aber es lag keine Freude in ihrer
Stimme.

„Weißt du was, Zuckerchen," fuhr es Helmold heraus, „eigent=
lich müßte ich mit und dir dort in einer so feuergefährlichen Weise
den Hof schneiden, daß dem Professor das Brett vor dem Kopfe
aufbrennt; denn das hat er doch sicher dort, denn schließlich gönnt
kein rechtschaffener Mann eine einem anderen, und tritt man ihm
auf die Platzhirschhühneraugen, dann wetzt er sogleich die Kampf=
sprossen. Aber die Bergedorfsche ist da samt ihren üblen Töchtern,
und so wie ich mich kenne, setzte es einen Heidenskandal, ginge
ich mit. So will ich lieber zusehen, daß ich den Bock in der Wit=
tenriede bekomme."

Nach dem Mittagessen bat er sich den Fuchs aus, hängte die
Büchse über und ritt in das Bruch. Dort stieg er ab, ließ das
Pferd bei den Hütejungen und waidwerkte zu Fuße weiter. Aber
er spähte nicht nach dem alten Bocke, der dort umging, er träumte
mit kalten Augen über das Land hin, das in der Sonne glitzerte.
Schließlich setzte er sich bei dem Seelenhause an, rauchte und
brütete vor sich hin. Immer wieder gingen seine Augen nach der
Büchse. Er sah sich um: wenn er seinen einen Fuß in die Brom=
beerranken wickelte und sich durch das Herz schoß, dann nahm
alle Welt ein Unglück an; denn daß ein Künstler an dem Tage,
der ihm den größten Auftrag seines Lebens gebracht hatte, Selbst=
mord verüben könne, das glaubte kein Mensch. Ein Druck, und
er konnte endlich einmal wieder ausschlafen.

Aber dann fiel ihm ein Wort Hennigs ein: „Selbstmord wirkt
niemals tödlich", hatte der einst gesagt und hinzugefügt: „denn
es ist keine organische Lösung." Und dann waren die Kinder da,

71

seine lieben Kinder Swaan und Sweenechien, und Grete und Swaantje. Schon derentwegen durfte er nicht Hand an sich legen; sie würde vor Gram zerbrechen. Außerdem: er hatte den Auftrag vom Schicksal, seinem Volke viel Schönheit zu bringen. „Nein," sagte er zu sich, „nein, das tust du nicht!" Er stand auf, entlud die Büchse, warf den Patronenrahmen in den Bachkolk und ging nach der Wittenriede. Der starke Bock äste sich auf dem Wiesenfleck; gleichgültig sah Helmold ihm zu. Ein dutzend Male war er hinter ihm hergepürscht; aber selbst, wenn er jetzt eine Patrone gehabt hätte, er hätte doch nicht schießen mögen. Ihm lag nichts mehr daran. Ihm war an nichts mehr etwas gelegen. Ihm war alles gleichgültig. Ihn langweilte sogar die Landschaft. Zu spitz dünkte ihm das Glitzern des Stechpalmenbusches, zu frech seine roten Beeren, und albern kam ihm des wilden Täubers Ruf vor. Er lag im Moose, auf der selben Stelle, auf der er tags zuvor gesessen hatte, rauchte und starrte ohne Blick über die Wiesen hin.

Er sah sein zukünftiges Leben vor sich: wie ein Brandmoor würde es aussehen. Nur Nutzpflanzen würden darauf noch gedeihen: Moorkorn, Hafer, Kartoffeln, aber keine rosige Blüte mehr. Mit Hand und Kopf würde er große Werke schaffen, derweil sein Herz unter Ruß und Asche lag. „Alles müssen wir bar bezahlen," hatte Hennig gesagt; „alles!" So war es; alles gab ihm das Leben und nahm ihm alles, weil es ihm das eine nicht gab. Er versuchte, sich zum Weinen zu zwingen, indem er den Namen der Geliebten vor sich hinflüsterte und die Stelle streichelte, wo sie gesessen hatte; doch seine Augen lachten ihn aus.

Müde stand er auf, ging langsam dahin, wo der Fuchs war, schenkte den Jungen eine Mark, saß auf und ritt die Landstraße entlang. In Mecklenhusen stand die Wirtin vor der Türe und lachte ihn einladend an. Er grüßte flüchtig und trabte weiter, ob-

72

wohl ihn hungerte; aber er mochte mit niemandem sprechen, der ihn kannte.

Deshalb schlug er die Straße nach Lütkenhusen ein und stieg beim Laternkruge, wo er noch nie gewesen war, ab. Das war eine schmierige Kneipe; aber das paßte ihm gerade. Er aß das Butterbrot, das ihm die schlumpige Wirtin brachte, mit dem Genuß des Ekels. Ein fünfzehnjähriges Zigeunermädchen mit hübschem Gesichte, bunt angezogen, kam herein, bettelte ihn an und machte ihm verheißungsvolle Augen. Er schenkte ihm ein blankes Markstück und einige Zigaretten, ging aber nicht auf sein Sprechen ein. Dreimal drehte es sich noch nach ihm um, als es dem Walde zuging, und als es unter den Kiefern stand, winkte es ihm schnell mit den Augen und lächelte. Er merkte sich den Fluß der Bewegungen und die ganze Erscheinung, aber nur mit den Augen, sein Blut blieb kalt, so kalt, daß es ihn fror.

„Glas Grog!" befahl er. Die Wirtin sah ihn verwundert an, denn er hatte sein Bier noch vor sich stehen. „Noch eins!" rief er, als er es ausgetrunken hatte. Da wurde ihm besser. Farben und Töne brannten und klangen in ihm durcheinander; er sah ein Bild in Moll vor sich und hörte eine blaßrote Melodie. Er nahm sein Taschenbuch heraus und schrieb ein Lied hin, las es durch, änderte eine Stelle, schrieb ein zweites, ein drittes und noch eins. Eine Kiepenflickerfamilie, die inzwischen eingetreten war, sah ihm neugierig zu, und zwei Handwerksburschen machten heimlich ihre Witze über ihn. Er sah es, kümmerte sich aber nicht darum. Ein Motorradfahrer kam herein, schimpfte mörderlich, weil er vor einem Hunde so schnell hatte stoppen müssen, daß er seine Maschine verdorben hatte, stampfte im Zimmer auf und ab und versuchte, mit Helmold ins Gespräch zu kommen; der antwortete nicht. Er trank noch zwei Gläser Grog und blieb sitzen, bis die Uhr die siebente Stunde angab. Dann stand er auf, zahlte

73

feine Zeche und die der Handwerksburschen, die darüber ganz verlegen wurden, und ritt fort.

Als er zu Tische kam, fielen seine Blicke sogleich auf Frau Adda. Sie saß ihm gegenüber, machte ihre verwitwetsten Augen und sprach über bildende Kunst. Er hielt sie in höflicher Form zum Narren, bewies ihr, daß es gar keine bildende Kunst gäbe, sondern nur einzelne Kunstwerke, aß wenig und schützte nach aufgehobener Tafel vor, er müsse eilige Briefe schreiben. Er schrieb aber nur die vier Gedichte ab, gab sie Swaantje, die er auf der Treppe traf, sagte ihr, er wolle den Abend allein verbringen, und ging in den Ratskeller, wo er sich in die dunkelste Nische setzte, den Vorhang zuzog, dem Kellner verbot, Licht zu machen und irgend jemandem zu sagen, daß er da sei. Er starrte vor sich hin, trank aber nur wenig von dem Rüdesheimer und ließ seine Zigarre kohlen. „Ein toter Mann trinkt nicht, ein toter Mann raucht nicht," dachte er und sah das Seelenhaus vor sich, neben dem er unter dem goldenen Moose lag, ein Häuflein Asche in einer schwarzgebrannten Deckelurne. Und vor dem Seelenhause lagen Blumen, weiße Rosen, Lilien, Astern, Maiblumen, wie die Jahreszeit sie bot, und die glitzerten im Mondenlichte; aber nicht Tau war es, der in ihren Kelchen schimmerte, Tränen, kalte Tränen der Reue. Er sah eine Gestalt neben dem Seelenhause stehen, in braune Gewänder gehüllt, Schleier vor dem Gesicht, einen Kranz von Ringelblumen im Haar. Sie winkte ihm und breitete die Arme nach ihm aus und flüsterte: „Sanft will ich dich betten, so sanft."

Schal kam ihm seine Kunst vor: gemaltes Leben, weiter nichts. Leinewand, stinkende Farbe, vom Keilrahmen gehalten, der sich feige hinter dem Prunkrahmen verkroch, eine Lüge das Ganze! Und ein jammervoller Notbehelf statt des Lebens, das ihm gebührte, eines Lebens, das rot in Rot vor seinen Augen stand,

hellrote Küsse auf einem Hintergrunde von dunkelrotem Blute.
Das Ende? Ein Pfeil in der Brust, zwei Küsse auf den Lippen,
und so, zwischen der Sonne und dem Mond, zwischen der lauten
und der leisen Geliebten, schnurstracks nach Walhall, und da:
Fortsetzung folgt! Aber sein Leben würde fortan anders sein:
Grau in Grau, hellgraue Sehnsucht auf dunkelgrauer Hoffnungs=
losigkeit. Malen, malen, malen, der Professortitel, ein paar
Orden, eine Jubelfeier, wenn die nötige Knickebeinigkeit da ist,
und ein sanfter Strohtod mit viel Gezappel und Äthereinspritzungen.
Hol's der Teufel!

Straffe Männertritte näherten sich seiner Koje; der Vorhang
flog zur Seite, und vor ihm stand Beni Benjamin. Unbefangen
gab er Helmold die Hand; sein schmales Beduinengesicht leuch=
tete von herzlicher Freude. „Ich hörte von der Wirtin, daß Sie
hier seien," sagte er mit seinem dunklen Basse, „und daß Sie
allein sein wollten. Ich sah Sie heute vom Kruge in Mecklen=
husen aus, und Ihr Gesicht gefiel mir nicht. Deshalb dachte ich:
laß ihn grob werden, das ist sein Recht als Patient! Und nun:
Rüdesheimer verbiete ich Ihnen; wir trinken Sekt. Erstens ist
mir gestern ein Sohn geboren, und zweitens bekommt Ihnen das
besser."

Als der Sekt da war, hob er das Glas: „Auf das, was wir
lieben!" Helmolds Gesicht bekam Schlagschatten, und seine Augen
wetterleuchteten. Aber dann lachte er lebhaft. „Eine Gemeinheit
ist der anderen wert," sagte er, zog sein Skizzenbuch hervor, riß
ein Blatt heraus, schrieb darunter: „H.H. s. l. B. B." und gab
es dem Arzte. Der besah es genau; Lichter und Schatten flogen
über sein Gesicht. Er streckte dem Maler die Hand hin: „Dank,
vielen Dank, Hagenrieder!" Er stellte die Skizze gegen den Kühl=
eimer und sah sie eine Weile an. Dann flüsterte er, und seine
Stimme klang noch dunkler: „Sie sind der einzige Mensch, der

mich erkannt hat. Durch und durch haben Sie mich gesehen, lieber Freund, Sie, der Vollgermane, mich, den Ganzsemiten. Wissen Sie warum: weil wir im Grunde ganz das selbe sind, Sie in Blond, ich in Schwarz." Er seufzte: „Die Leute glauben, ich bin glücklich." Er mauschelte: „Der raaiche Doktor Benjamin!" Er warf seine Zigarre in den Kühleimer: „Na ja, so in epider= maler Hinsicht bin ich auch glücklich, aber die Intestina denken anders. Jeden Tag, wenn ich mich nach dem Essen lang mache und rauche, dann weiß ich, daß ich ganz wo anders hingehöre, auf einen Pferderücken, oder ein Kameel, und um mich ist die weite Wüste. In meinem Zelte aber, das bei einer Quelle unter Palmen steht, ist nicht bloß eine Frau, die mich küßt, es sind deren zweie, eine laute und eine leise." Er trank sein Glas aus und sah den Rauchringeln nach. „Eine für das Herz und eine für die Seele," flüsterte er nach einer Weile, und seine Augen be= kamen einen hungrigen Blick.

Der Kellner kam und machte ihm eine Meldung: „Gehen Sie mit?" fragte er; „ich muß noch nach der Mühle hin; die Groß= mutter hat wieder einen Anfall. Das beste für die gute Frau wäre ja Morphium, denn diese Herzbeklemmungen sind schrecklich. Aber das dürfen wir ja nicht. Ist das eine verlogene Welt heute! Einer hetzt den anderen unbedenklich mit Geschäftspraktiken tot; aber ein elendes Geschöpf, das alle zwei Tage stirbt, zu erlösen, das erlaubt die Moral nicht. Ja, die Moral!"

Sie gingen die mondhelle Landstraße entlang, die von den Schatten der Kiefern gestreift war. Der Vollmond dichtete die Wachholderbüsche auf der Haide zu bösartigen Gespenstern um. Helmold ließ den Arzt reden. Er sah sich mit Swaantje am Arm durch die mondhelle Haide gehen; ein kreischendes Verlangen von ihr sprechen zu können, überkam ihn. „Sie kommen oft nach Swaanhof, Doktor?" fragte er den Arzt. Der nickte. „Ja, ich tue so, als ob ich nach der alten Dame sähe, aber die junge meine ich. Es ist ein Skandal, was aus der geworden ist! Von dem bißchen Neuralgie ist sie nicht so herunter; das ganze lavendel= duftende Kommodenschubladenleben macht sie krank. Ist das ein Mädchen! Wissen Sie, die in Schwarz, das wäre meine leise Frau; Blond liegt mir so fern wie Ihnen meine Kulör. Aber in meiner ganzen Praxis ist kein Mensch, um den ich mich so ängstige wie um sie. Gewalt! möchte man schreien, wenn man zusehen muß, wie sie zugrunde gerichtet wird. Natürlich in der besten Ab= sicht. Ich kann reden, was ich will, immer heißt es: ‚Lieber Herr Doktor, das viele Lesen und Malen greift meine Nichte zu sehr an‘, oder ‚Sie hat doch alles, was ein junges Mädchen braucht!‘ Lieber Hagenrieder, machen Sie doch einmal Krach; vor Ihnen hat die Alte einen Heidendampf. So, und nun gehen Sie so lange in die Schenkstube. Ich bin gleich wieder da und dann, wenn es Ihnen recht ist, trinken wir noch eine dicke Flasche oder zwei. Wissen Sie, bei Vollmond muß ich Bettschwere haben."

Helmold setzte sich unter die Linde auf den breiten Stein; allein mochte er nicht in der Schenke sein, weil er dort noch nie ge= wesen war und eine alberne Schüchternheit ihn lähmte. Er lächelte vor sich hin: „Solamen miseris", dachte er. Aber ein mäßiger Trost, daß es dem Arzt ebenso ging wie ihm! Und es ging ihm viel besser, denn der hatte seine leise Frau noch nicht gefunden; er aber hatte sie gefunden und hatte sie zur selben Stunde ver= loren.

Im Grunde hatte Benjamin vielleicht nicht so unrecht, als er ihm vorhin sagte: „Frauenseele! ich glaube nicht daran; unsere heiligen Bücher wissen davon nichts. Frauen sollen ihre Seele ihren Männern und ihren Kindern geben; das ist ihr Zweck. Die das nicht können, sind mißlungen."

Eine furchtbare Angst befiel ihn. Gretes Seele hatte sich ihm entwunden, und Swaantjes Seele würde nie sein werden, wenn nicht Swaantje sein würde. „Aber wie ist das möglich," dachte er, „daß zwei Seelen sich voneinander lösen, die einst eins waren, wie meine Seele und die von Grete. Denn das hatte er oft ge= fühlt, wenn sie in seinen Armen zerschmolzen war, daß nicht nur ihr Leib ihm gehörte. Das war nun vorbei; er war hier, und sie war da. Sie war ihm Lebenskampfkamerad, Freund, ja; er wollte aber nicht gestützt sein, er wollte durchdrungen sein. Mann und Frau mußten den heiligen Kreis bilden, mußten sein, wie die beiden Dreiecke mit den fünf Spitzen, zwei und doch nur eins.

Die Semiten waren klüger, die gaben sich nicht mit Idealen ab; darum war das Hexagramm ihr heiliger Kreis und nicht das Pentagramm, wie bei den Ariern. Und deshalb waren die Juden glücklicher im Leben, scheinbar wenigstens, denn schließlich: die besten unter ihnen schielten doch aus dem Sechsstern zum Fünf= stern, wie er von Grete nach Swaantje. Warum: die eine ging in sich auf, war eine in sich geschlossene Natur, die andere ein problematischer Charakter. Die eine satt, die andere hungrig, un= bewußt hungrig.

Eine Meteorkugel zog ein himmelblaues Band über den mond= hellen Himmel und fiel dahin, wo Swaanhof lag, oder wo das Tödeloh stand. Eine reisende Drossel flog über die Linde und pfiff verlassen; unsichtbare Brachvögel riefen trostlos. Helmold fror das Herz. Er stand auf und wollte in das Haus; da kamen harte Schritte näher, und der Arzt stand vor ihm. „Haben Sie eine Erscheinung gehabt?" fragte er, als er den Maler ansah. Der lachte: „Nein, eine Gänsehaut!" Aber Benjamin sah ihn be= sorgt von der Seite an. „Na," meinte er dann, „die laute Janna und die leise Manna sind gut dagegen. Übrigens anständige Mädchen und nicht glücklich; ein und derselbe Mann hatte beiden die Ehe versprochen, und nun lachen sie sich am liebsten ihren

Kummer fort, denn sie lieben ihn beide noch immer, trotzdem an
dem Kerl nichts dran war."

Helmold fühlte sich in der gemütlichen alten Wirtsstube, in der
es verstohlen nach Bratäpfeln roch, schnell heimisch. Er kam in
die Ofenecke in den breiten Ledersessel hinein; rechts von ihm saß
Janna und links Manna; sie sahen ihn mit Augen an, in denen
eine mitfühlende Freundlichkeit lag. „Nach Sekt," scherzte der
Arzt, „Schampagner am besten schmeckt." Er nahm die Laute von
der Wand und klimperte darauf herum, eine Weise dazu brum=
mend, die nach Moschus und Ambra roch. Er stieß mit allen an:
„Funditus!" befahl er und schenkte wieder ein, erzählte eine
lustige Geschichte, füllte die Gläser abermals und bat die Mäd=
chen um ein Lied. Sie zierten sich nicht; Janna spielte, und Manna
sang dazu ein Lied, das wie Liebesgeflüster im Lindenlaubschatten
war, und noch eines, hell wie ein Aufquietschen hinter einer Haus=
türe an einem dunklen Winterabend.

„Nun Sie," bat der Arzt und reichte Helmold die Laute; „aber
erst die Gläser aus und eine neue Flasche; unsere Köpfe kühlen
wir nachher im Mondenschnee!" Helmold griff einige Akkorde
und sang dann zu einer verschüchterten Begleitung das heimliche
Lied an den Abendstern. Die Augen der Mädchen wichen nicht
von seinen Lippen, und der Arzt sah ihn mit besorgter Miene an.
„Bitte noch eins," bat Janna leise, und Manna flüsterte: „Ach
ja!" Helmold sang das Lied von dem goldlockigen Jüngling, der
auszog, Avalun, das schöne Land, ganz und gar von Zuckerkand,
zu suchen, und der es erreichte, als er unter dem Notlaken lag.
Unaufgefordert sang er das dritte Lied, das so zart war, wie
perlgraue, mit Rosenrot gesäumte Abendwolken, und als er
schloß: „Sag ja! dann ist das ferne, fremde Land so nah; dann
singt der Vogel nimmermehr von Tod und Not, dann blühen
alle Blumen rot, so rot, so rosenrot," hatten beide Mädchen

feuchte Augen, und auf der Stirne des Arztes lag eine Falte, die wie ein Hufeisen aussah.

Die Mädchen baten stumm um ein viertes Lied. Helmold stellte erst die Laute hin, nahm sie aber wieder auf, stürzte ein Glas Schampagner hinunter und begann leise, aber mit jubelnder Stimme: „Rose weiß, Rose rot, wie süß ist doch dein Mund, Rose rot, Rose weiß, dein denk ich alle Stund." Die Augen der Mädchen erhellten sich; aber als die Laute einen wehen Ton gab, und es wie ein Weinen weiter klang: „alle Stund bei Tag und Nacht, daß dein Mund mir zugelacht, dein roter Mund," da sahen sie ihn verängstigt an und atmeten beklommen. Jauchzend klang es wieder: „Ein Vogel sang im Lindenbaum, ein süßes Lied er sang, Rose weiß, Rose rot, das Herz im Leib mir sprang," und abermals wimmerten die Saiten und wie ein Schluchzen war es in des Sängers Stimme: „sprang vor Freuden hin und her, als ob dein Lachen bei ihm wär, so süß es klang."

Die Uhr ging hart durch die Seufzer der Mädchen. Helmolds Stimme lachte wieder: „Rose weiß, Rose rot" und dann zer=klirrte sie, als er fortfuhr: „Was wird aus dir und mir?" und schneidend, wie Glassplitter wurde ihr Ton bei den Worten: „ich glaube gar, es fiel ein Schnee, dein Herz ist nicht bei mir," und es war bis auf das Geräusch der Uhr totenstill in dem Gemache, als er endigte: „nicht bei mir, geht andern Gang, falsches Lied der Vogel sang von mir und dir."

Die Zwillingsschwestern waren ganz blaß, Benjamin schenkte stumm den Rest ein, und der Maler sah mit einem bewußten Gefühle von Scham vor sich hin. Der Arzt ging zuerst hinaus, dann folgte Helmold. Im Hausflur drückten ihm die Schwestern die Hand, und eh' er es sich versah, nahm ihn von jeder Seite eine in den Arm und küßte ihn schnell auf den Mund, ohne daß sie sich vor dem Arzte scheuten. Der nickte ihnen freundlich zu.

Der Mond stand mitten über der schneeweißen Straße; taghell war zu beiden Seiten der Wald. Die Männer gingen schwei=
gend nebeneinander her, trocken klangen ihre Schritte. Helmold
war todmüde, aber vor dem Bette graute es ihn. „Von wem
sind die Lieder?" fragte der Arzt. „Von mir," antwortete der
andere, und seine Stimme hörte sich staubig an. „Die Melodien
auch?" fragte Benjamin weiter. Der andere nickte, aber er war
schon wieder anderswo, denn der Wald trat angstvoll vor der
Haide zurück, so unheimlich sah sie im Mondenlichte aus. Hel=
mold aber schien sie süßer Heimlichkeiten voll zu sein; er sah über
dem schmalen, weißen Weg, der zwischen den schwarzen Wach=
holderbüschen den Hügel emporschlich, ein morgenrotfarbiges
Kleid, das einen schlanken Leib umspielte, und in völliger Selbst=
vergessenheit summte er die Singweise des Rosenliedes vor sich
hin. Plötzlich blieb er stehen und horchte in den Wind hinein, der
in der Ferne sang; ein angstvolles, bitterliches, wehes Weinen
war darin, und zum streicheln deutlich sah er vor sich ein weißes,
tränenlos schluchzendes Gesicht und einen verwaisten Mund.

„Was ist Ihnen?" fragte sein Begleiter und schob ihm die
Hand unter die Achsel. „Sie fiebern ja! Drückt Sie etwas? Mir
können Sie getrost alles sagen." Doch der Maler schüttelte den
Kopf und lächelte gezwungen: „Halluzinationen, Übermüdung
und Sekt, weiter nichts; ich habe oft dergleichen." Aber er wurde
wieder frischer, als der Arzt auf Swaantje zurückkam, ihm aus=
einandersetzte, daß das Mädchen in die Welt müsse, um sich einen
Beruf zu suchen, Liebe und Leid zu finden, damit sie nicht am
lebenslosen Leben verwelke. Und da Helmold straffer schritt, be=
gann der andere das ganze Wesen des Mädchens zu schildern in
den Farben der Bibel und mit einem Verständnis für ihre Eigen=
art, daß dem Maler das Herz schwoll.

Als sie vor dem Gutshause Abschied nahmen, sah Benjamin,

daß Hagenrieders Gesicht wieder fieberfrei war. Er blickte ihm nach, als er mit leichtem Schritte über den Hof ging und so sicher, als wenn er nur Wasser getrunken hätte. „Auch nicht glücklich; einer wie der andere!" dachte der Arzt.

Als Helmold um das Haus bog, sah er nach dem Erker hin; dort war noch Licht. „Sie schläft nicht," dachte er und machte sich Vorwürfe, daß er ihr die Lieder gegeben hatte. In seinem Zimmer fand er eine dringende Depesche. Er packte seinen Koffer und legte sich nieder, den Herodot in der Hand. Er wollte nicht einschlafen, er hatte Angst davor, aber die Augen fielen ihm über dem Buche zu.

Es war neun Uhr, als er erwachte; das Licht war bis auf den Halter heruntergebrannt. „Muß ich müde gewesen sein," dachte er. Schnell badete er, und als er sich angezogen hatte, ging er in das gelbe Zimmer. Swaantje war nicht da; ihr Gedeck war unberührt; die anderen hatten schon gefrühstückt, denn ihre Plätze waren abgeräumt. Ohm Ollig kam herein; sein Gesicht sah noch zerknitterter aus als sonst. „Es hat Krach gegeben, deinetwegen. Die Bestie, die Bergedorffsche, hat ihr Lästermaul wieder aufgemacht, und sie", er zeigte mit dem Kopfe nach dem Zimmer seiner Schwester, „muß das natürlich weiterquackeln. Swaantje hat wieder ihre Schmerzen. Benjamin war schon da; er verordnete Ruhe und acht Tage Bett. Jetzt schläft sie."

Frau Gesina kam herein. „Du bist recht spät gekommen, lieber Helmold," sagte sie süßlich. „Im Gegenteile," antwortete er, „sehr früh sogar, denn es war erst halb vier Uhr morgens." Er drehte sich absichtlich so um, daß er eine der schreiend bunten Erbvasen herunterwarf. „Ach meine Lieblingsvase," rief Frau Gesina und hob ächzend die Scherben auf: „die ist nun in Stücken!" Helmold lachte frech: „Wenn hier weiter nichts in Stücke geht, kannst du Gott danken! Hör' zu: ich muß mit dem Mittagszuge

reisen; aber so viel Zeit habe ich noch, daß ich dir einmal die
Wahrheit sagen muß. Setz dich bitte!" Er sprach das so, daß
sie in den Sessel knickte und ihn hülflos ansah: „Also: ich reise.
Ob ich je wiederkomme, weiß ich nicht; es ist mir zu mulsterig
hier. Bitte, ich rede jetzt. Paßt dir das nicht, Muhme, da ist die
Tür; ich bin nicht dein Gast, sondern Swaantjes, das bitte ich
dich zu bedenken. Laß das, an deine Herzkrämpfe glaube ich
nicht. Du solltest nicht so viel Kartoffeln essen, und nicht so viel
Kuchen, und deinen Kaffee zu Hause trinken statt bei der ver=
fluchten Klapperschlange vom Duttenhofe, die bei Gott verderben
möge!"

Die Tante fuhr auf: „Ich bitte dich, Helmold, lästere nicht!"
Er warf den Kopf zurück: „Das war ein christliches Gebet und
keine Lästerung. So, und nun kommt die Hauptsache: sobald
Swaantje wieder in der Reihe ist, geht sie auf zwei Jahre aus
dieser Mottenkiste heraus, verstehst du mich? Oder drei! Wo=
hin ist mir Wurst, jedenfalls bleibt sie nicht hier, sonst komme ich
hierher, und dann sollst du mich einmal richtig kennen lernen.
Du meinst, ich hätte hier nichts zu sagen? Stimmt, und darum
nehme ich mir die Freiheit. Swaantje geht erst nach Berlin, dann
nach Wiesbaden, dann nach München, dann wohin sie will,
meinetwegen nach dem Vetter in Rußland, vorausgesetzt daß
die Esel von Letten sich bis dahin die Bombenschmeißerei etwas
abgewöhnt haben. Drei Wochen habe ich deine pomadigen
Reden und margarinenen Seufzer nun ausgehalten, um das
Mädchen aufzumuntern; dir hat es gefallen, mit einem Wort
meine ganze Kur umzuknicken. Ist sie denn eine solche Sorte wie
die Bergedorfer Blagen, die man nicht fünf Bierminuten mit
einem Manne allein im Zimmer lassen darf? Hat sie ihr Geld
dazu, daß sie hier versauert? Ihren Kopf, damit du sie so däm=
lich machst, wie das hier guter Ton ist? Siehst du denn nicht,

wie du sie mit deiner Tanterei kaput machst? Ohm Ollig, frage
den, der ist ganz meiner Meinung; nur mag er nicht den Mund
auftun, weil du ihm dann acht Tage lang Hammelbraten vor=
setzest."

Der Ohm rutschte ganz tief in seine Vatermörder hinein, plinkte
Helmold aber heimlich zu. Der ballerte weiter: „Glaubst du
vielleicht, es ist eine Erquickung für sie, wenn sie den ganzen Tag
in einem Ende gefragt wird: ‚Swaantien, hast du dies gemacht?
Swaantien, wie steht es damit? Swaantien, du hast doch nicht
vergessen?‘ Als ich vor drei Jahren hier war, hing mir dies Ge=
frage schon armlang zum Halse heraus, und deswegen bin ich so
lange nicht hier gewesen. Da hieß es: ‚Swaantje ist krank, nerven=
krank!‘ Weißt du, was ich da zu Grete sagte? ‚Kein Wunder
bei dem Zusammenleben mit der alten Schrammschraube!‘ Ja=
wohl, das habe ich gesagt, und hätte Grete damals nicht die
Kleine an der Brust gehabt, sie wäre gekommen und hätte hier
einmal gründlich ausgelüftet. Na, und dann durfte Swaantien",
er sprach es mit schmalziger Betonung, „ja endlich kommen.
Swaantien kam, aber Swaantje nicht. Aus dem sonnigen,
heiteren Mädel hattest du einen hysterischen, neurasthenischen
Schatten gemacht. Das Herz im Leibe tat uns weh, als sie an=
kam. Na, wir fütterten und ulkten sie gesund, ließen sie treiben,
was sie wollte, und machten glücklich wieder Swaantje aus ihr.
Nach einem halben Jahre komme ich hierher, und wen finde ich?
Swaantien", er sprach es wieder so niederträchtig wie möglich,
„Swaantien mit dem Bindfaden am Bein, an dem die gute,
die liebe, die mütterliche Tante Gese den ganzen Tag herumzockt."

Giftig funkelten seine Augen sie an. „Ja, weine nur, es wird
dir ja leicht, bist ja am Wasser geboren, wenn auch an einem
ziemlich trüben. Ich glaube dir gern, daß es keine Sauriertränen
sind, sondern daß sie dir ehrlich abgehen. Sieh mal, Muhme,"

84

seine Stimme wurde weicher, „eines schickt sich nicht für alle. Du
weißt, ich bin ein abgesagter Feind des ganzen Weiberbewegungs=
schwindels, dem Steckenpferdchen von Grete. Deswegen sperrt
man doch aber ein Mädchen, das nach Weiterbildung und nach
Kunst hungert, und nach der Welt und ihren Menschen, nicht
zeitlebens ein, bis sie eingeht. Denn das tut sie; Benjamin, mit
dem ich die halbe Nacht durchgesumpft habe, ist ganz meiner
Meinung, vielmehr, er fing zuerst davon an, und daß ich dir das
alles jetzt sage, daran ist er schuld.“

Er klingelte, und als der Diener kam, befahl er: „Ich fahre
mit dem Mittagszuge; der Koffer ist fertig.“ Dann sah er den
Frühstückstisch, goß sich Tee ein, und während er auf und ab
ging, würgte er ein trockenes Brödchen hinunter. Frau Gesina
strich ihm eins und legte ihm mit ihrem demütigsten Lächeln Fleisch
und Eier vor, und ohne zu wissen, was er tat, aß er. Dann riß
er aus seinem Skizzenblocke zwei Blätter heraus, schrieb zwei
Depeschen und schickte den Diener damit fort. Er sah ganz blaß
aus, hatte blaue Schatten unter den Augen, einen engen Mund,
und seine Hände zitterten.

Die alte Frau goß ihm ein Glas Portwein ein; er drückte ihr
die Hand und küßte sie auf die Backe. Sie fing von neuem zu
weinen an. Er klopfte sie auf die Schulter: „Weiß ja, liebes
Muhmchen, meinst es nicht so; bist ja von Herzen gut. Und ich
glaube, du siehst auch ein, daß ich recht habe.“ Sie nickte unter=
würfig. „Na, und so lasse sofort die Näherinnen kommen und
Swaantjes Kleider in Stand setzen, und melde sie bei Ohm Otte
an. Von Berlin kann sie dann erst zu uns kommen; Grete wird
viel allein sein, denn ich habe den großen Auftrag zu erledigen
und lebe dann ganz in der Werkstätte.“ Er sah nach der Uhr:
„Sieh bitte zu, ob ich Swaantje sprechen kann; ich will ihr Lebe=
wohl sagen.“ Die Tante ging hinaus und kam nach einer Weile

85

wieder. „Sie ist aufgewacht und möchte ein wenig gekochtes Obst essen und freut sich, dich zu sehen. Du mußt aber vorsichtig sein mit ihr; die Schmerzen können bei jeder Aufregung wiederkommen."

Er lächelte: „Bedenke das bitte, so oft du Swaantien zu ihr sagst. Gib mir das Obst, ich bringe es ihr. Und nun: Lebt wohl! Dank für alles Gute, und seid nicht böse auf mich; einmal mußte die Sache besprochen werden. Ich hätte es ja anders sagen müssen, aber ich bin, wie ich bin. Adjüs, Ohm Ollig, adjüs, Muhme Gese! Und nicht wahr, ich verlasse mich auf dich? Großes Bierwort darauf? Und verschone mir das Mädchen mit allen Butternöten und Legehennensorgen und Negerkinderbekleidungsmanufaktur; laß sie machen, was sie will. Sie redet dir in dein Ministerium des Innern ja auch nicht hinein. Also: Gehabet euch wohl, und grüßt mir den Doktor; das ist ein Prachtkerl."

Er ließ die beiden stehen und ging mit dem Tragbrette in der Hand aus dem Zimmer. Auf der Treppe traf er die Zofe. „Melden Sie mich bitte, Fride," sagte er. Das Mädchen lächelte ihn an: „Das gnädige Fräulein warten schon." Sie stockte einen Augenblick, dann griff sie nach seiner Hand, drückte sie und stammelte: „Herr Hagenrieder, ich war nebenan; ich horche sonst nie, aber die Hand könnte ich Ihnen küssen! Sie sollen sehen, sobald Fräulein Swaantje draußen ist, wird sie wieder gesund. Gott," sie klappte die Hände ineinander, „und ich komme dann mit!" Helmold klopfte ihr die Backe: „Das ist Ihnen wohl die Hauptsache? Na na, ich mache bloß Spaß. Aber, Fride, geht hier oder sonstwo etwas verquer, Eilbrief oder Telegramm! ich komme dann sofort. Hier, das ist für etwaige Auslagen. Und bringen Sie mir Ihre Herrin gesund wieder, dann gibt es einen blauen Lappen für die Aussteuer." Er nickte ihr zu und ging die Treppe hinauf.

Leise öffnete er die Türe zu Swaantjes Wohnstube. Der Vorhang des Erkerzimmers war zurückgezogen; das Mädchen lag
halb sitzend im Bette. Als er eintrat, nahm sie schnell die Hand
von der Schläfe. „Maria mit den sieben Schwertern" dachte er,
und er mußte sich auf die Lippen beißen, um nicht aufzuschreien.
Ihr Gesicht sah nicht so blaß aus, wie er gefürchtet hatte, nur
ihre Augenlider waren gerötet. Aber ein Leuchten lag in ihrem
Blicke, wie er es noch nie bei ihr gesehen hatte, und eine Süßigkeit war in ihrem Lächeln und eine Hingebung, daß der Teller
auf dem silbernen Tragbrette in seinen Händen an zu klirren fing.
Doch er jagte seine Sehnsucht in die Ecke, stellte das Tragbrett
auf den Nachttisch, setzte sich vor das Bett, gab seiner Base die
Hand und sagte: „Arme kleine Swaantje, und daran bin ich nun
schuld!" Sie lächelte lieblich und nickte: „Ja, aber ich danke dir
doch sehr; du hast mich unsagbar erfreut." Sie gab ihm die
Hand und flüsterte zärtlich: „Lieber Helmold!" Er lächelte freundlich, aber das ganze Zimmer drehte sich um ihn. „Einen Kuß,
einen einzigen Kuß!" dachte er.

„Komm," sagte er, legte ihr das Händetüchlein hin und nahm
den Teller und den Löffel; „jetzt muß die kleine Swaantje erst
ein bißchen essen; und wenn sie sich nicht beschlabbert, und wenn
sie erst wieder gesund ist, darf sie zu Ohm Otte, und dann kommt
sie zu Hagenrieders, und dann geht sie nach Wiesbaden, und nach
München, und im Sommer geht sie mit uns an die See, und
nachher in den Harz." Sie lächelte, und die Augen wurden ihr
feucht. Wie ein Kind ließ sie sich eine Pfirsichspelte nach der anderen zwischen die Lippen schieben.

Helmold wunderte sich, daß ihm die Hände nicht zitterten. Auf
die Knie hätte er fallen, ihre Hände mit Küssen bedecken, ihr
den Schmerz abbitten mögen, den er ihr zugefügt hatte, und
während er das dachte, stand der gepanzerte Ritter wieder hinter

87

ihm, stieß ihn leise an und flüsterte: „Küsse sie doch, Mensch, küsse sie; sie wird dich wiederküssen. Mein Wort darauf!" Aber er küßte sie nicht, und keiner seiner Blicke sprach von mehr als von Bruderschaft.

Er strich ihr leise die schmerzende Schläfe; sie sah ihn dankbar an und sagte: „Das hat mir mehr geholfen als alle Pulver. Aber du mußt gehen, es wird sonst zu spät für dich, lieber Helmold!" Er stand auf und sah sich im Zimmer um; er selbst hatte die Einrichtung entworfen. Er sah das Mädchen an, ihre Hände, die aus den Spitzen hervorsahen, und ihr Gesicht, das eng von der Halskrause umschlossen wurde. Ihr Haar lag halb= gelöst um ihre Schläfen; es hatte einen fettigen Schimmer. Langsam hob ihre Brust das weiße Nachtgewand.

„Lebe wohl, liebe Swaantje," sagte er; bröcklich klang seine Stimme; „werde gesund und komme bald!" Er bückte sich nieder und küßte ihre beiden Hände, und da fühlte er, daß ihre Lippen seine Stirn streiften, und es schwindelte ihn, als er sich aufrichtete. Aber schnell nickte er ihr zu und verließ das Zimmer.

Er wußte nicht, wie er zum Bahnhof gekommen war. Er nahm eine Karte erster Klasse; er wollte möglichst allein sein. Als ihm der Diener den Gepäckschein zurückgab, starrte er so dumm dar= auf hin, daß der Mann lächelte.

Er hatte noch zehn Minuten Zeit; der Zug hatte Verspätung. „Zehn Minuten zu früh von ihr gegangen; sechshundert Sekun= den fortgeworfen!" dachte er. Da ruschelte ein seidenes Kleid hinter ihm. Er trat zur Seite und sah Frau Bergedorf vor sich stehen. Sie erwiderte holdselig seinen Gruß und fragte ihn: „Schon fort? Ich dachte, Sie wollten noch eine Woche bleiben?" Er zuckte die Achseln: „Es ging nicht anders; ich habe in einem großen Ausschreiben gesiegt und muß nun mit den Auftraggebern verhandeln." Die Frau wiegte den Kopf: „Das wird Ihre

Kuſine aber ſehr bedauern; Sie beide ſind doch ein Herz und eine
Seele!" Er lächelte verbindlich: „Natürlich, ſoweit das bei dem
großen Altersunterſchiede möglich iſt. Erwarten gnädige Frau
jemanden?" Sie nickte: „Meine Olga."

Sie gingen den Bahnſteig entlang, bis dahin, wo ſie allein
waren. Helmold machte ſein liebenswürdigſtes Geſicht: „Meine
Baſe iſt leider recht krank; ſie hat ſich über das Geſchwätz zu
ſehr aufgeregt, das ein Weibsbild aus der hieſigen Geſellſchaft
über ſie aufgebracht hat. So etwas iſt doch gemein, gnädige
Frau, nicht wahr? Beſonders wenn es von einer Perſon aus=
geht, die als verlobte Braut abends verſchleiert einen Leutnant
ſo lange beſuchte, bis es zum Skandal kam, und die Töchter hat,
die es ähnlich treiben. Wenn ich nur den Namen wüßte, die
könnte ſich gratulieren. Vielleicht erfahren gnädigſte Frau etwas
darüber und haben die große Güte, es mich wiſſen zu laſſen.
Hier meine Adreſſe!" Er zog eine Karte heraus und gab ſie ihr.

Der Zug lief ein. „Empfehle mich ganz gehorſamſt, meine
Gnädigſte," ſagte Helmold mit dem Hute in der Hand und küßte
ſeinen Daumen über ihren Handſchuh; „und ich bitte um gütige
Empfehlung zu Hauſe." Er verbeugte ſich und ging auf den Zug
zu. Vom Fenſter aus grüßte er noch einmal; Frau Bergedorf
dankte gütig.

In dem Abteil ſaß ein Rittmeiſter von den Münſterſchen Panzer=
reitern; er ſah flüchtig auf und las weiter in ſeinem Buche. Hel=
mold blieb am Fenſter ſtehen, bis Swaanhof vor ihm auftauchte,
und als es verſchwand, ſetzte er ſich und wartete, bis die Mecklen=
huſener Haide immer näher kam. Er ſah den Weg, den er mit
Swaantje gekommen war; das Tödeloh, wo der Tod ihn ange=
bettelt hatte, flog ſchnell vorüber und langſamer der Wahrbaum.

Er ſtützte den Kopf in beide Hände. Er dachte daran, daß er
doch wenigſtens ein Taſchentuch oder einen Handſchuh von ihr

als Erquickung hätte mitnehmen sollen, oder ihr Bild. Nun hatte er nichts von ihr, als den verblühten Kuß auf seiner Stirn, den zerwehten Klang ihrer Stimme in seiner Seele, und ihr blasses Bild in seiner Erinnerung. Er liebkoste es mit den Augen, küßte es auf die Hände, aber jedes Mal, wenn er die Lippen küssen wollte, verschwand es, und er sah nichts als das rote Polster vor sich und den langen Offizier.

Dann sah er sich tot und kalt unter der Schirmfichte liegen; drei Männer kamen und begruben ihn hinter dem Walle im Tödeloh. Jede Nacht stieg seine Seele aus dem Grabe und ging in das graue Steinhaus, wo sie die Schatten anderer Männer traf, die vor vielen tausend Jahren dort ihre Leiber vergessen hatten. Sie prahlten von Krieg und Sieg, schimpften darüber, daß kein Mensch mehr an sie denke und ihnen Wildpret und Honigbier hinstelle, und sie machten sich über ihn lustig, weil er ein jedes Mal jedweden von ihnen fragte, ob nicht ein Kranz oder ein paar Blumen für ihn abgegeben wären.

Es war aber niemals etwas da, und weinend stieg er wieder in sein Grab.

Der Mohnblumenkranz

Am Abend aber lachte er sie alle miteinander aus, die Geister der sächsischen Männer, denn es waren auf einmal viele Blumen da, und die sahen ihn so herzlich an, daß seine Seele ihren Leib wiederfand und singend aus dem grauen Grabe zum grünen Leben hinaufstieg.

Es waren jedoch keine weißen Blumen, die vor seinem Grabe lagen, rote Mohnblumen waren es, und nicht Swaantje hatte sie dort niedergelegt, sondern Grete, seine kluge, gute und starke Frau hatte sie zum Kranze gewunden und zu Häupten seines Bettes aufgehängt; sie flüsterten ihm mit ihren leichtsinnigen roten Lippen so leise Schlummerlieder zu, daß er die ganze Nacht verschlief und den nächsten Tag, und nachdem er einen Bissen gegessen und einen Schluck getrunken hatte, schlief er abermals ein, denn ein frischer Kranz hing über seinem Bette, und den löste ein dritter ab, und so schlief Helmold Hagenrieder drei Tage und drei Nächte, und dann stand er in der Frühe auf und ging in seine Werkstatt, ging frisch und fröhlich an seine große Arbeit und pfiff ein Lied dabei.

Es hatte eine seltsame, lustige Weise, das neue Lied; leichtsinnig war sie und doch so tief, froh, und doch so schwül, und die roten Mohnblüten hatten es ihn gelehrt. Helmolds Augen strahlten, blickte er seine Frau an; und er küßte sie, wie seit langem nicht, seine liebe, gute Grete, die sich seiner Not erbarmt hatte, als er krank und elend und zerbrochen von Swaanhof kam und ihr sein bitterliches Leid geklagt hatte. Sie hatte ihm das Haar gestreichelt und die Stirne geküßt wie eine Mutter, und ihm zugeflüstert: „Ja, ja, mein armer Junge; sie soll kommen; ich selber will sie rufen."

Deshalb konnte er mit einem Male wieder lachen und flöten und singen; darum aß er, wie lange nicht, und schlief fest und lange wie ein Kind, und küßte seine Frau, wo er sie zu fassen bekam, und sang ihr jede Nacht das Lied von dem roten Mohn in die Ohren; und wenn dann am anderen Morgen Frau Grete ihre Zöpfe flocht, dann lachte sie ihr Spiegelbild an und dachte: „Wie eine junge Frau seh' ich aus; wie eine ganzganz junge Frau!"

Zum roten Mohn gehören blaue Kornblumen, und da Helmolds und Gretes Backen von Tag zu Tag mehr den roten Blumen ähnlich wurden, so sahen ihre Augen von Nacht zu Nacht blauer aus, denn die volle Sonne lag auf ihnen; rund herum war das Feld so gelb wie Gold und versprach eine Ernte, wie sie lange nicht gewesen war, reif und schwer. Kein Landregen schlug sie zu Boden, kein Sturm zerzauste sie, kein Schloßenfall knickte sie ab; jeden Tag hingen die Ähren tiefer, und wenn der Wind über sie ging, dann rauschten sie leise, rauschten ein heimliches Lied, bis Helmold es vernahm und es erst leise und dann immer lauter pfiff, und was er flötete, das malte er auf einen neuen Karton, erst in leisen Strichen, dann in halblauten Linien, und schließlich in hellklingenden Farben.

Aus warmen Liedern, heißen Küssen und glühenden Farben waren die Entwürfe entstanden, die auf den drei großen Kartons an den Wänden zu sehen waren, und wenn Helmold, seine Frau im Arme, davor stand, dann schüttelte er den Kopf, lachte und sagte: „Jetzt weiß ich erst, daß ich etwas kann. Aber was kriege ich von dir dafür?" Dann nahm sie ihn in die Arme, reckte sich

92

an ihm hinauf, zog seinen Kopf an ihren Mund und flüsterte ihm etwas zu, das kein dritter Mensch hören durfte, und es war doch weiter nichts als das Lied vom roten Mohn. Jeden Tag mußte sie es ihm in das Ohr summen, den einen Tag das eine, den anderen Tag das zweite, den dritten das dritte Stück, und als er in der Eisenbahn saß und dahin fuhr, wo aus den Entwürfen Werke werden sollten, sah er auf den kahlen Feldern lauter rote Mohnblumen vor sich, und als der Abend ihm die Landschaft vor den Augen fortnahm, blüten rote Mohnblüten in den Wolken auf, immer mehr, bis sie den ganzen Himmel erfüllten.

Jedweden Tag bekam Frau Grete eine Karte mit roten Mohnblüten, eine einzelne oder ein ganzes Feld voll darstellend; sie legte sie alle der Reihe nach in einen Kasten aus kornblumenblauem Samt, besah sie jeden Abend, zählte sie immer und immer wieder und sang sich selbst mit dem Liede in den Schlaf. Doch am Tage vor dem Julfeste kam keine Mohnblumenkarte, da kam der, der mohnblumenrote Küsse zu verschenken hatte, und ganze Fäuste voll brachte er davon mit, drei große Sträuße, für jeden Feiertag einen. Und daran sahen sich ihre Augen, die vom vielen Sticken und Nähen und Kochen und Backen ein wenig blaß geworden waren, wieder so blau, wie Kornblumen, und auch die Augen ihres Mannes, die zu viel Farbe hatten hergeben müssen in den letzten Wochen, färbten sich voller.

„Nun noch zwei oder drei Monate, Gretechien," lachte er, „und dann singe ich wieder in meiner Werkstatt, denn ich habe noch manches Lied in den Augen, das du nicht gesehen hast. Ich bin froh, daß ich alle die drei Bilder auf einmal angelegt habe, und du solltest mich einmal bei der Arbeit sehen; ich sage dir, es ist die reine Kilometerfresserei! ,Sie müßten sich eigentlich Rollschuhe anschnallen,' sagte der Herzog neulich. Ich hatte nicht ge-

wußt, daß er kam, und achtete gar nicht darauf, daß mehrere
Leute eingetreten waren, denn ich war in voller Arbeitsbrunft.
Ich hatte grade am rechten Seitenbilde gemalt, du weißt doch,
das Kriegsbild, und da fiel mir etwas am linken Seitenbilde ein,
und ich sauste das Hängegerüst entlang und malte an der an=
deren Seite und flötjete dabei, wie ein Scherenschleifer. Wie ich
nachher hörte, hat der Adjutant mich darauf aufmerksam machen
wollen, daß der hohe Herr da sei, aber der hatte abgewinkt und mir
lachend zugesehen, bis ich nach dem Mittelbilde hinlief, denn mir fiel
ein, daß noch ein bißchen Schatten mehr das Gesicht der jungen
Frau heller machen würde. Na, und da sagte der Herzog denn das."
    Er lachte: „Du, ich glaube, der mag mich. Grade weil ich so
demokrätzig=urwüchsig bin; die Pomadenmanieren hat er ja den
ganzen Tag um sich. Ich habe Angst, daß ich mir den Professor=
titel zuziehe, und so was färbt auf das Talent ab. Ein Orden
wäre mir lieber, dann würden die Leute doch sehen, daß ich ein
ordentlicher Mensch bin." Er lachte lustig. „Übrigens wird seine
Hoheit mir sitzen. Ich hatte, als er das Tryptichon besah, ihn
schnell ein paar Mal auf den Hilfskarton skizziert, und das hatte
man ihm gesteckt. Wenn ich nur wüßte, welches von seinen zwei
Gesichtern ich nehmen soll, das Pflichtgesicht oder das Wunsch=
gesicht, ob ich ihn als Landesvater oder als Heerführer male.
Weißt du, der Mann tut mir leid! Bei dem Temperament, bei
der Unmasse von Willen immer und ewig den kühlen Herrn von
Stande markieren zu müssen, hol's der Kuckuck, da ist es kein
Wunder, wenn der Charakter allmählich etwas viereckig wird.
Wenn unsereins am falschen Platze ist, na, dann dudelt er sich
einmal einen an und schimpft sich die Wut vom Balge; das kann
er sich natürlich nicht leisten. Ich habe mich früher manchmal über
das Hin und Her bei ihm geärgert, aber als Hennecke mich da=
mals bei der Hofjagd einmogelte und ich den Mann eine Stunde

94

lang auf drei Schritt sah, da wußte ich Bescheid. Natürlich, er ist ein Mensch und hat Fehler; aber er hat Leidenschaften im Leibe und ist imstande, sich zu begeistern, also kein Philister. Philistern verzeihe ich eine Ziellosigkeit nie; Karrengäule müssen ihren Trott gehen; Rennpferde dürfen einmal ausbrechen."

Er sah seine Frau zärtlich an: „Wenn wir uns nicht gefunden hätten! Ich glaube, ich wäre vor die Hunde gegangen ohne dich. Ja, du hast erst etwas aus mir gemacht; mit einem Ruck kam ich von der Erde aus dem Naturalismus in den Realismus, und nun stehe ich mit beiden Hinterbeinen im Idealismus, komme über mich hinaus. Herrgott, soll das jetzt ein Leben werden! Hätte ich nur erst die Bilder fertig! Denn was ich alles noch im Leibe habe, das ahnst du gar nicht, und reden kann ich darüber auch nicht eher, als bis ich der Sache in das Gesicht sehen kann. Nur das eine will ich Dir verraten: ich male fortan nur Tendenz."

Seine Frau sah erstaunt auf, und er lachte: „Jawohl, Liebste, Tendenz, faustdicke Tendenz, so faustdick, daß sie mir keiner vor= werfen kann! Meine Tendenz ist: meinem Volke den Rücken mit Franzbranntwein einzureiben, es mit Freude und Grimm zu füttern und mit Wonne und Weh zu tränken, damit es so bleibt, wie es ist, sich nicht verplempert in fremder Art und nicht ver= gißt, daß es zwei Gesichter hat: ein gutmütiges und ein bös= artiges; denn wir kriegen allmählich zu viel Gemütsembonpoint, seufzen, wird irgendwo ein Schweinehund geköpft, und stöhnen, wenn wir die Knarre zur Hand nehmen sollen."

Er ballte die Hände, reckte die Fäuste und dehnte die Brust: „Einen Krieg, den möchte ich noch erleben, aber aktiv!" Seine Frau sah ihn entsetzt an, er aber lachte, drückte sie an sich und flüsterte: „Weißt du das Lied noch, das Lied von dem rotroten Mohn? Wir wollen es nicht vergessen; es ist das schönste Wiegen= lied für große Kinder!"

95

Sie vergaßen es nicht; als Helmold wieder abgereist war, flogen die Mohnblumenkarten jeden Morgen in das Haus. Manchmal war nur eine kleine, schüchterne Blüte in eine Ecke gemalt, während der übrige Raum voller Schrift war; dann kam eine, über die sich die Blüten von einer Ecke in die andere zogen, oder eine andere, auf der sie einen Rand bildeten oder einen Fries. Wenn aber eine eintraf, auf der ein Kranz von den glühenden Blumen zu sehen war, dann seufzte Frau Grete auf und ging abends nicht so früh schlafen, und wenn sie es tat, dann trat sie vorher in das Schlafzimmer ihres Mannes und streichelte das Kopfkissen.

Aber als die Amsel schon übte und die Finken bereits stümperten, die Schneeglöckchen über den Buchsbaum sahen, und der Hasel= busch mit goldenem Staube um sich warf, kamen die Karten immer spärlicher, und fast nie war eine rote Blume darauf zu sehen, und wenn das doch so war, dann war sie mit Rotstift flüchtig hingestrichen, und Frau Grete wurde wieder ganz traurig.

Bis dann der Tag kam, an dem der Frühling sein erstes gelbes Extrablatt in den Garten flattern ließ, an dem der Fink sagte: „Jetzt kann ich es aber!" und die Amsel: „Und ich erst recht!" Da rollte ein Wagen vor das Haus, hielt mit einem Ruck, und Frau Grete stürzte die Treppe hinunter, denn Gift und Galle, die beiden Teckel, stießen den Ruf aus: „Herrchen ist da!" und jaulten und kläfften und winselten und kratzten die Ölfarbe von der Haus= türe, und als die Frau die Türe aufriß, stand Helmold vor ihr, küßte sie, drückte sie, daß ihr schwach wurde, und rannte die Treppe hinauf, um Swaan und Sweennechien zu küssen. Dann lief er in die Werkstatt, atmete tief auf, ging in den Garten, liebelte die Hunde ab, sagte allen Blumen guten Tag und den Fischen in den Teichen auch. Dann wurde er allmählich vernünf= tig und ging in die Veranda, wo nach einiger Zeit seine Frau eintrat. Er drehte sie um und befahl: „So stehen bleiben!" und als sie sich umwenden durfte, sah sie, daß er einen Orden vor der Bruft hatte.

„Ja, weißt du, ich hatte die Wahl: Profeffor oder ordentlicher Menfch! Na, da sagte ich: Exzellenz, so'n Profeffortitel, wenn man den alle Tage trägt, der sieht dann schließlich so aus, wie ein alter Gehrock; dann bitte ich lieber um etwas, das sich nicht so leicht abträgt, weil man es bloß an hohen Tag anzieht. Hat der alte Herr gemeckert! wie eine Bekassine! Ja, und nun habe ich nicht nur einen Vogel im Kopf, sondern auch einen vor der Bruft, aber einen, der sich sehen lassen kann." Sweenechien wollte gern den Vogel sehen, den ihr Vater im Kopfe hatte; da sich das nicht gut bewerkstelligen ließ, und um sie auf andere Gedanken zu bringen, wurde der Koffer ausgepackt, und nun gab es ein Gequieke und Gejubel in der Veranda, daß der Buchfink beschämt den Schnabel hielt und die Amsel geärgert fortflog. Aber was hatte der Vater nicht auch alles mitgebracht! Das war noch viel schöner, als zum Julfeste, denn da wußte man im voraus, daß man etwas bekam. Swaan wußte nicht, bei welchem Buche er zuerst anfangen sollte zu lesen, Sweenechien sah ratlos von der blonden zu der braunen Puppe, und die Luise und die Minna standen da und machten ganz dumme Gesichter wegen der schönen Sachen, die sie bekommen hatten, und vergaßen beinahe, sich zu bedanken. Als sie im Hausflure waren, fielen sie sich um die Hälse und küßten sich, und vor einer Stunde hatten sie sich noch gefährlich gezankt.

Frau Grete aber bekam ein Kästchen; als sie es aufmachte, jubelte sie hell auf, schlug die Hände zusammen und küßte ihren Mann auf beide Backen, denn in dem Schächtelchen lag ein Schmuck für ihren Hals, wie sie sich ihn in ihren waghalsigsten Träumen nicht gewünscht hatte. Aber als ihr Mann aus der Innentasche der Weste einen grünen Lederumschlag nahm und

ihr gab und sie einen Tausendmarkschein nach dem andern hervorholte, wurde sie mit einem Male feuerrot und steckte das, was
unter dem letzten Scheine lag, schnell wieder in den Umschlag,
denn das war eine roggengrüne Karte, und darauf war ein Kranz
aus roten Mohnblumen gemalt.

Helmold Hagenrieder fehlte es jetzt nie an einem Kranze aus
Mohnblüten zu Häupten seiner Bettstatt, und so mangelte es ihm
auch niemals an kühlendem Schlummer nach heißem Schaffen.
Denn heiß waren seine Tage, heiß und lang. Schon in aller
Frühe, wenn die Amsel zu singen begann, war er in seiner Werkstätte und malte. Bild um Bild entstand, nun ein lichtes, frohes,
reines, ohne eine andere Tendenz, als so wirken zu wollen, wie
eine lächelnde Blume oder eine lachende Frucht, und dann andere,
die zwei Gesichter hatten und eine doppelte Sprache redeten.

Seine beiden Saharabilder entstanden, die Söldner und die
Sieger, die zum Tode ermatteten Fremdenlegionäre, im glühenden
Sonnenschein durch den Sand watend, darstellend, und die er-
schossenen Kabylenhäuptlinge im grellen Mondenlicht. Dann
wurde die Hinrichtung der Sachsen an der Halsbeeke bei Verden
beendet und gleichzeitig Frigges Flammentod, und hinterher kam
das bitterböse Bild von Wodes Zorn. Auf einer dunkelgrünen
Melodie hatte Helmold den Stoff gepflückt, so verträumt, wie
sie an einem weichen Sommerabend erklingt, wenn die Mädchen
eingehakt über die Dorfstraße ziehen und so lange singen, bis es
den Jungens unter dem Brusttuche brennt. Aus Lindenblüten
und Blättergeflüster war sie gewebt, und das Lied, das ihm dabei
kam, begann also: „Ach, ich war den ganzen Tag allein, denn
mein Schatz der konnt nicht bei mir sein." Das Bild aber stellte
eine lachende pfälzische Landschaft dar, grüne Rebengärten an
roten Felsenhängen; doch im Mittelgrunde brannte ein Dorf
und im Vordergrunde lagerten Soldaten Turennes. Der Rahmen

98

war dunkeleisengrau; er wies unten einen kaum sichtbaren Fries
von Menschenschädeln auf, rechts und links den krähenden gal=
lischen Hahn und oben zwischen zwei wütend schreienden Raben
Wodes Wutblick; der Gott aber trug die Züge des Fürsten Bis=
marck.

Dazwischen entstand ein Bildnis nach dem anderen; denn seit=
dem Helmold den Herzog hatte malen dürfen, und in einer Auf=
fassung, die allem Herkommen entgegen und dabei doch so schlicht
und natürlich war, wollte alle Welt von ihm gemalt sein, und er
konnte sich vor Aufträgen nicht retten, trotzdem oder weil er
Preise nahm, daß Frau Grete oft sagte: „Du machst es ein biß=
chen zu grob." Aber dann lachte er und sagte: „Bisher nahm ich
Gesellenlöhne; jetzt lasse ich mir Meisterpreise zahlen. Das ver=
langt die Zunftehre." Es kam ihm aber gar nicht darauf an,
einen Menschen, den er gern hatte, oder dessen Kopf ihm gefiel,
ohne Entgelt zu malen; wenn aber der Kunsthändler Schultze
ihm sagte: „Machen Sie es ein bißchen billiger, verehrter Herr
Hagenrieder, dann nehme ich die doppelte Anzahl Studien,"
so hieß es: „Wenn Sie mir noch einmal ein solches Angebot
machen, dann sehe ich mich nach einem anderen Verhältnisse um."

Er hatte so viel zu tun, daß er wie ein spielendes Kind dahin=
lebte; er aß wie ein Drescher und schlief wie ein Dachs; wenn die
Nacht auch manchmal nur drei oder vier Stunden für ihn hatte,
weil es ihn in aller Frühe schon nicht mehr im Bette litt, er schlief
so fest und traumlos, daß die drei Stunden mehr Frische bei ihm
ansetzten, als sonst deren neun. Das Wetter, von dem er im
Sommer vorher immer bis zur Unerträglichkeit abhängig ge=
wesen war, kümmerte ihn gar kein bißchen; der Vollmond war
schlecht auf ihn zu sprechen, denn er hatte ihn links liegen lassen
und war kein einziges Mal mit ihm losgezogen, wenn der ihn
abholen wollte. Er trank überhaupt nur dann etwas, wenn es

7*

gar nicht anders ging, und wenn er im vorigen Jahre ohne die
Zigarre oder die Zigarette nicht zu denken war, so rauchte er jetzt
nur nach den Hauptmahlzeiten, wenn er mit seiner Frau plauderte.

Die war jetzt viel bei ihm in der Werkstätte und freute sich über
sein federndes Wesen und besonders darüber, daß er von Swaantje
ganz selten sprach und dann nur wie von einer guten Freundin.
Ganz langsam und vorsichtig versuchte sie, ihm den Gedanken
an das Tryptichonleben, den sie in ihm heraufbeschworen hatte,
auszureden. Frau Gesina war krank gewesen, und Swaantje war
deswegen nach Swaanhof gereist und hatte Grete eingeladen.
Als Frau Hagenrieder wiederkam, brachte sie ihrem Mann einen
schönen Gruß mit und sagte dann: „Wir haben sehr viel gelacht,
denn Swaantje sagte: ‚Daß ich simple Landpomeranze es noch
einmal bis zur Romanheldin bringen würde, das hätte ich nicht
gedacht.' Ihr Mann, der gerade die Zeitung las, hatte nicht mehr
gezeichnet als einen Rehbock, an dem die Kugel vorbeiflötet, und
hinterher hatte er ganz ruhig mit ihr über sein Verhältnis zu
dem Mädchen gesprochen: „Sie war nötig für mich, liebe Grete,"
sagte er, „und bleibt es auch wohl; doch nicht als Weib, glaube
ich. Damals, als ich ganz zerknittert von Swaanhof zurückkam,
meinte ich, es wäre anders; aber das war wohl nur ein Ausfluß
meines gebrechlichen Zustandes. Von jeher wird mein Gefühl zu
ihr auf einem anfangs unbewußten, dann klar sehenden Mitleid
aufgewachsen sein, und wenn ich sie so recht von Herzen glücklich
sähe, wird sie mir nicht mehr sein als Hennig, denn auf dessen
Liebste bin ich ja auch nicht eifersüchtig, und ich liebe ihn doch
sehr. Freilich, er ist ein Mann, und sie, scheinbar wenigstens, ein
Weib, und so hält es schwer für mich, daß ich mich ihr gegenüber
von allgemein männlichen Vorstellungen frei mache. Aber selbst,
wenn ich ihr gegenüber Wünsche hätte, so dumm bin ich nicht,
daß ich ihnen grüne Blätter vorwerfe; denn erstens liebt sie

einen anderen, und zweitens ist keine Möglichkeit vorhanden, daß sie mein sein könnte. Aber ich würde mich freuen, sie bald wieder zu sehen; wir haben ja auch einen Wechsel auf Sicht von ihr. Und jetzt habe ich bald Zeit für lieben Hausbesuch; denn sonst gewöhne ich mir das Malen noch so an, daß es ein Laster wird, wie einst meine Rauchsucht. Außerdem muß ich zur Brunft nach Stillenliebe, denn sonst wird der Prinz öde. Und ich merke es doch, daß auch Arbeit, die man mit Freude tut, schließlich die roten Blutkörperchen auffrißt. Solange man im Trott bleibt, weiß man nichts davon; sobald es aber prr heißt, klappt man um."

Das fand Grete auch, denn ab und zu sah sie in dem Benehmen ihres Mannes leichte Schatten, die die heranziehende Nerven= überspannung vorweg warf. Er arbeitete schon unregelmäßiger, schaffte den einen Tag sehr viel, tat dann drei Tage nichts, stand den einen Morgen um fünf Uhr, den folgenden Vormittag um elf Uhr auf, wurde hier und da ungeduldig, und klagte darüber, daß die Nachbarn ihm zu laut wären, während er sonst gesagt hatte: „Je mehr in den Nachbargärten gelacht und gesungen wird, um so lustiger werde ich." Wenn Swaan, wie es seine Art war, bei jedem Geschenk, das ihm der Vater mitbrachte, fragte: „Was hat es gekostet?" so hatte dieser früher gelacht und gemeint: „Der wird wie sein Großvater und wird nicht erst kreuz und quer durch das Leben stolpern, ehe er sich zurechtfindet." Jetzt zog er die Stirne kraus und fuhr auf: „Junge, was soll das heißen; vom Geld redet man in anständiger Gesellschaft nicht," und zu Grete sagte er hinterher: „Der Junge rückt täg= lich mehr von mir ab." Auch bei Sweenechien wollte er das finden; sie war ihm zu selbstbewußt: „Wird wohl später auch anfangen, den Vermännerungsschwindel mitzumachen," brummte er; „früh streckt sich, was ein tauber Halm werden will."

So war seine Frau recht froh, als Swaantje sich endlich an-
meldete: „Ich muß Euch doch noch vorher wiedersehen, Ihr
Lieben," schrieb sie, „denn ich will mit Tjark und Ilsabe nach
Italien. Ich freue mich kindisch." Auch Helmold freute sich:
„Das wird ihr gut tun; sie braucht Sonne und Luxus. Es wird
ihr Spaß machen, einmal Geld zu vertun." Er war so aufgeräumt, daß er kaum zusammenzuckte, als Grete ihm eines Morgens
sagte: „Ich denke, es ist besser, Swaantje schläft nicht in dem
großen Fremdenzimmer, sondern in dem kleinen, schon damit ich
ihr beistehen kann, wenn sie ihre Schmerzen bekommt." Nach
dem Kaffee aber sagte Helmold, der mittags schlecht gegessen
und dann geschlafen hatte, was ihm nie gut bekam: „Die Bemerkung von heute morgen hättest du im Munde behalten
können, Grete; ich habe ihren Untersinn wohl verstanden. Wofür
hältst du mich eigentlich? Glaubst du", er machte eine zornige
Handbewegung und warf seine Zigarre in den Garten, „ich bin
ein Mann, der einem solchen Mädchen gegenüber sich von bequemer Gelegenheit bereden läßt?" Sie schüttelte unwillig den
Kopf, er aber fuhr fort: „Überhaupt, deine Art und Weise,
Swaantje in der letzten Zeit langsam bei mir abzubrechen, gefällt
mir sehr wenig; ich bin doch nicht verliebt in sie, sondern ich liebe
sie. Wie, das ist mir selber schleierhaft. Jedenfalls: tritt Ver-
liebtheit in dem von dir befürchteten Sinne hinzu, ich würde nie
etwas von ihr nehmen, was sie mir nicht mit beiden Händen
schenken würde, noch nicht einmal einen Kuß."

Er steckte sich eine neue Zigarre an, die dritte seit einer Stunde,
und sagte: „Bedenke, was du mir damit angetan hast, und wer
die ganze Schuld trägt; ich sicher nicht! Hättest du damals nicht
die fahrlässige Redensart von dem Tryptichonleben gemacht, so
wäre ich wohl kaum darauf gekommen, daß mir das Mädchen
mehr sein könnte als eine liebe Freundin. Jedenfalls versuche

102

nicht, die Sache so hinzustellen, als wenn ich den Stein in das Wasser geschmissen hätte."

Er sagte ihr, er wolle allein ausgehen. Das tat er denn auch, und er beruhigte sich durch einen strammen Marsch. Er dachte an die rosenroten Stunden, die er mit Grete verlebt hatte; er krempelte sich selber um und kam zu dem Ergebnisse, daß ihn zu Swaantje weiter nichts hinziehe als eine rein seelische Neigung, und er trat in Gretes Spur und fand, daß sie alles, was sie gesagt hatte, aus ihrem leichtherzigen Denken hatte herausspringen lassen. „Aber," sagte er sich, „ob mir nun einer einen Stein mit oder ohne Absicht gegen den Kopf wirft, eine Beule gibt es auf jeden Fall." Wenn er sich das Herz auch noch so blank zu reiben suchte, etwas blind blieb es doch, und so war er ganz froh, als er im Osterkruge den Vorsteher und den Hegemeister traf, und es war fast zwei Uhr, als er nach Hause kam. Er wachte um sechs auf, aber da er müde war, drehte er sich wieder um und schlief bis elf Uhr, und das war das allerdümmste, was er tun konnte, denn immer machte ihm Nachschlaf Falten in die Stirne.

So war auch dieser Tag verloren. Die Farben wollten nicht laufen, die Pinsel waren bockig, die Leinewand sträubte sich; wütend lief er aus der Werkstatt und ging mit Grete aus. Aber an jedem Worte, das sie sagte, stieß er sich die Schienbeine wund. Einige fortgeworfene Wiesenblumen, die zertreten auf dem Wege lagen, entlockten ihr den Ausruf: „Wie schade!" Er lachte und zeigte auf eine Fichte, die der letzte Sturm umgestoßen hatte: „Wenn etwas Kleines kaputt geht, das beseufzt ihr; an der Leiche eines Riesen geht ihr gleichgültig vorbei." Die Sonne verabschiedete sich in aller Form. „Welch' ein schöner Sonnenuntergang!" rief Grete. „Ein Untergang kann nie schön sein," spottete er. Es wurde dunkel im Walde; Grete nahm seinen Arm. „Du erlaubst doch?" bat sie. „Natürlich," lachte er; „es ist ja eine

Wonne, einmal zu fühlen, daß du auch nur ein schwacher Mensch
bist. Aber so seid ihr; in der Dämmerung laßt ihr euch von uns
führen, am hellen Mittag nehmt ihr uns an die Strippe." Grete
sprach nun kein Wort mehr, und stumm gingen sie nach Hause.

Er ging auch diesen Abend wieder aus, kam aber bald zurück
und begab sich in die Werkstätte. Um zehn Uhr hörte seine Frau
von der Veranda aus, daß er flötete und sang. Sie freute sich,
denn nun wußte sie, daß er malte. Die Melodie war ihr unbekannt, und deshalb ging sie den moosigen Weg so weit entlang,
bis sie die Worte verstand; die lauteten: „Und kann es nicht die
Lilje sein, so pflück ich mir ein Röselein!" Ihr wurde traurig zumute, denn es schien ihr, als ob das Lied ihr mit der Faust
drohe; ihr war zu Sinne, als läge sie im Halbschlafe in einer
Wiese und im langen Grase kröche etwas auf sie zu, von dem sie
nicht wußte, was es war, eine harmlose Natter oder die böse
Adder. Darum war sie froh, als am anderen Morgen ihr Mann
im Jagdanzuge vor ihrem Bette stand, sie auf die Stirne küßte
und sagte: „Ich bleibe vielleicht drei oder vier Tage fort; ich
muß mal hinaus; ich fahre nach Ueldringen." Sie wunderte sich,
daß er reiste, weil am folgenden Tage Swaantje kommen wollte;
aber sie dachte: „Er will sich auf sich selber besinnen."

Als sie nachher in die Werkstatt ging, um Staub zu wischen,
sah sie einen Haufen Papierfetzen in der Ofenecke liegen. Sie hob
einige auf und wurde erst rot und dann weiß; es waren die Reste
von zwei Arbeiten, an denen er Jahre lang geschrieben hatte,
allerlei Gedanken über das Verhältnis der Kunst zum Leben und
die Ergebnisse seiner Studien über die Technik des Malens. Sie
sammelte die Fetzchen auf, Tränen in den Augen, verschloß sie in
einer Truhe in ihrem Schlafzimmer und ging müde an ihre Arbeit.

Dann kam Swaantje. Sie sah blaß und nervös aus, und als
sie Grete ansah, fiel sie ihr um den Hals, küßte sie und fragte:

„Aber, liebſte Grete, wie ſiehſt du aus? Was hat ſich zugetragen?"
Als ſie hörte, daß Helmold zur Jagd gefahren war, drehte ſie
ſich ſchnell nach Sweenechien um, die gerade in das Eßzimmer
kam, nahm ſie auf den Arm und küßte ſie trotz deren Geſtrampels
ab, denn Kinder gingen nicht gern zu dem Mädchen, das von
ſich ſelber einmal geſagt hatte: „Kinder mögen mich nicht, und
ich kann damit nichts anfangen." Helmold hatte damals ganz
ernſt geäußert: „Bis du eigne haſt; vernünftige Frauen machen
ſich aus anderer Leute Kindern nichts und ſparen ſich die Liebe
für ihre eigenen auf. Grete iſt es ebenſo gegangen. Die Ab=
knutſcherei fremder Kinder iſt eine Spezialität hyſteriſcher Weiber!"
Grete fand überhaupt, daß Swaantje ganz anders geworden
war; ihr Mund ſah aus, als ſchäme er ſich, daß er noch nie ge=
küßt war, ihre Augen hatten einen verlaſſenen Blick, und ihre
Hände wirkten noch hoffnungsloſer denn zuvor. Es dauerte auch
eine geraume Zeit, ehe Swaantje den alten Ton wieder fand und
mit Grete darüber ſcherzte, wie es nun werden ſolle, ob ſie beide
Helmolds wegen auf Säbel oder Piſtolen losgehen oder ihn aus=
raten ſollten. Sie zogen das Letzte vor, doch Swaantje gewann
immer, tröſtete Grete aber und ſagte: „In den Monaten mit R
ſollſt du ihn haben, und in den anderen nehme ich ihn; iſt das
nicht lieb von mir?" Als ſie aber ihren Koffer auspackte und
Grete ſie fragte: „Haſt du das weiße Wollkleid nicht mit, in dem
Helmold dich ſo gern ſah?" da ſchüttelte ſie den Kopf wie ein
Pferd, das ſich der Bremſen erwehren will, und ſprach ſchnell
von etwas anderem.

Am Abend des dritten Tages, daß Swaantje da war, ſagte
Grete: „Jetzt wird er gleich hier ſein!" Aber er kam nicht. Am
Abend des vierten Tages war ſie ſehr unruhig und brachte kaum
einen Biſſen hinunter, und Swaantje ging es ebenſo. Als die
Uhr dreiviertel auf ſieben ſchlug, ſprang die Frau plötzlich auf,

nahm das Mädchen in den Arm und schluchzte: „Ach, Swaantien, ich habe eben einen so furchtbaren Schreck gekriegt! Fühle nur, wie mein Herz klopft!" Aber als sie aufsah, bemerkt sie, daß auch Swaantje kreideweiß aussah, und sie fühlte, daß deren Herz ebenso sprang wie ihr eignes.

Der Abend verlief trostlos; bis ein Uhr blieben sie auf, denn um dreiviertel auf eins lief der letzte Zug ein, mit dem Helmold kommen konnte; doch er kam nicht. Dann gingen sie zu Bett, ließen aber die Türen auf. Um zwei Uhr hielt Grete es nicht mehr aus; sie sah, daß Swaantje noch Licht hatte, ging zu ihr und sah sie so bittend an, daß das Mädchen ihre Decke zurückschlug und sagte: „Komm, liebe Grete!" Die Frau legte sich neben sie, nahm sie in den Arm und weinte so lange, bis sie einschlief. Swaantje drückte das Licht aus und sah in die Dunkelheit; das Bohren in ihrer linken Schläfe ging von Stunde zu Stunde tiefer; sie hielt aber stand, bis die Amsel zu singen begann und der Morgen ihr zunickte. Da endlich fielen ihr die Augen zu.

Um acht Uhr wachte Grete auf und sah sich verwundert um. Dann sah sie Swaantje an und erschrak; das Mädchen war totenbleich und hatte ganz farblose Lippen. Sie stahl sich aus dem Bette und zog die Vorhänge fest zu; aber ehe sie das Zimmer verließ, bückte sie sich und küßte Swaantje ganz leise auf die böse Schläfe. Das Mädchen lächelte und flüsterte: „Guter Helmold!" Die Frau zuckte zurück.

Kurz vor dem Mittagessen kam ihr Mann. Er sah ganz braungebrannt aus, hatte klare Augen und eine helle Stimme. Er küßte seine Frau herzlich und bewillkommnete Swaantje freundlich. Beim Essen sagte er: „Ihr seht beide wie die verhagelten Lohgerber aus, denen die Petersilie fortgeschwommen ist. Habt ihr gestern was gegessen, was euch unbemessen, oder was ist?" Swaantje sah auf ihren Teller, aber Grete sagte: „Ich habe mich

geſtern auf einmal ſo um dich geängſtigt und Swaantje damit
angeſteckt." Ihr Mann lachte: „Neuer Bacillus, Spirococcus
terroris; den ſollteſt du monographiſch behandeln; dann biſt du
eine berühmte Frau."

Nach dem Eſſen ſagte er: „Nun, damit du es weißt: ich habe
mit einem Wilddiebe erſt höfliche Redensarten und dann grobe
Schrote gewechſelt. Der Mann ſchoß Schwarzpulver; deshalb
habt ihr den Krach bis hierher gehört." Beide Frauen ſahen ihn
entſetzt an, er aber lachte: „Der dumme Kerl ſchießt mir den
beſten Bock vor der Naſe zuſammen, und als ich ihm ſage, er
ſolle mir wenigſtens das Gehörn laſſen, verjagt er ſich ſo, daß
ihm vor Bammel der zweite Schuß herausrutſcht und mir ge=
rade in den Arm. Übrigens nicht der Rede wert! Na, wie man
begrüßt wird, ſo ſoll man ſich bedanken; ich ſchoß ihm die langen
Stiefel voll Nummer drei, und da gab er mir vor Rührung
gleich den ganzen Bock. Ich habe ihm die Leber und die beiden
Blätter gelaſſen, und dann haben wir zuſammen einen auf den
Schreck genommen. Es iſt ein ganz famoſer Kerl!" Swaantje
ſah ihren Vetter an, lächelte und ſagte: „Du biſt doch wirklich
ein zu guter Menſch, lieber Helmold!"

Er lachte: „Das ſagen alle Leute, die mich nicht genau kennen.
Der Prinz ſagt, ich wäre ein Bieſt, und gerade deswegen könne
er mich ſo gut leiden. Na ja, er iſt das nicht, und hätte das Ge=
ſchick dem guten Samlitz nicht ſo und ſo viele Erbtanten in die
Wiege gelegt, ich möchte wohl wiſſen, wie der ſich durch das
Leben ſchlängeln wollte. Ich behandele ihn ja mehrſtens etwas
ruppig, ſchon damit er nicht noch millionärriſcher wird. Ein
wahrer Segen, daß er bloß ſeine Zinſen aufeſſen darf, ſonſt hätte
er in drei Jahren alle meine Bilder und ich ſeinen Mammon
nebſt diesbezüglichen üblen Folgen. Scheußlich, mit einem Geld=
ſchrank um den Hals auf die Welt zu kommen!"

Swaantje lächelte und fragte dann: „Bist du mit ihm so be=
freundet wie mit Hennecke? Und was ist es für ein Mann?"
Ihr Vetter blies den Zigarrenrauch gegen die Decke: „Befreun=
det? Ja; aber mit einer Barriere darum; es bleibt immer eine
Menge Form zwischen uns. Ich verstehe manches an ihm nicht."
Er sah den Rauchringeln nach: „Aber ich bin ihm Dank schul=
dig. Hätte er mir damals nicht meine alten Schinken abgekauft,
dann hätte Grete waschen gehen können, und ich konnte mit
meiner Leier von Destille zu Destille ziehen oder Schnellmaler im
Tingeltangel werden." Swaantje schüttelte den Kopf: „Aller=
dings, du brauchtest damals das Geld sehr nötig, und ich bin
heute noch dir und Grete sehr böse, daß ihr euch nichts merken
ließet; sehr böse! Aber bedenke, wer war der Mäzen? Doch wohl
du, denn die Bilder sind heute das Zehnfache wert." Helmold
nickte: „Jawohl; aber erstens gab damals kein Mensch auch
nur die Materialkosten dafür, und zweitens hatte der Prinz
zu jener Zeit selber bloß lumpige fünfzigtausend Mark Jahres=
einkommen; also hat er sie mir sehr gut bezahlt." Swaantje
gab ihm die Hand über den Tisch: „Helmold, ich freue mich
über dich!"

Zum ersten Male sah er sie jetzt in der alten Weise an, und
fünf Minuten darauf hatte sie keine blauen Schatten mehr unter
den Augen. Aber der alte Klang war doch nicht in seiner Stimme,
wenn er mit ihr sprach; er hielt sich von ihr zurück, das merkte
sie, und obgleich sie sich Gretes wegen darüber freuen wollte, so
tat es ihr doch bitter weh, zumal sie fand, daß auch zwischen
ihrem Vetter und seiner Frau eine Glasscheibe war. So beschloß
sie nach drei Tagen abzureisen; aber da schlugen Grete und Hel=
mold einen solchen Lärm, daß nichts daraus wurde, zumal ihr
Vetter noch sagte: „Ehe die weiße Haide nicht fertig ist, kommst
du nicht fort; ich habe schon dein ganzes Schuhzeug eingeschlossen."

So saß sie ihm denn einige Vormittagsstunden, bekam das Bild aber nicht zu sehen.

Ihren Augen gegenüber hing ein kleines Bild, das einen weib= lichen Akt darstellte, der auf einer weiten, im Hintergrunde mit Birken besäumten Haide unter einem hellblauen, mit weißem Ge= wölk bedeckten Himmel stand. „Das ist ein entzückendes Bild, lieber Helmold," sagte sie, „ein ganz entzückendes Bild." Aber weiter sagte sie nichts; sie wußte, Geld nahm er von ihr nicht. Sonst sprachen sie wenig miteinander, wenn er malte; auch flötete, summte und sang er nicht dabei. Sie wußte wohl, warum er das nicht tat, aber ihr Herz tat ihr doch weh. Sie schlief keine Nacht vor dem Morgengrauen ein und sah, daß ihr Vetter von Tag zu Tag ernster und blasser wurde; jede Nacht vernahm sie, wie er sich leise im Bette herumdrehte, ab und zu hörte sie Papier rascheln; er las also.

„Heute müßt ihr beide allein ausgehen, Kinder," sagte Frau Grete, die inzwischen ihre Seelenruhe wiedergefunden hatte, als sie sah, wie Helmold sich zu Swaantje stellte; „Tante Rößler hat mich gebeten, zu kommen; ihr geht es nicht gut, und für Swaantje ist es kein Genuß, die Geschichte von dem offenen Bein von A bis Z anzuhören. Ich gehe aber erst um sieben Uhr hin, denn bis dahin habe ich zu tun. Also seht zu, wie ihr die Zeit tot= schlagt." Da Helmold die letzte Hand an Swaantjes Bild legte, war er erst um vier Uhr zum Ausgehen fertig. Swaantje, die die ganze Nacht wieder vor Schmerzen nicht geschlafen hatte, sah sehr hinfällig aus. „Willst du lieber hier bleiben?" fragte er; „ich gehe nur deinetwegen. Du weißt ja, Spazierengehen, dazu bin ich zu sehr Bauer." Swaantje wäre am liebsten daheim geblieben; aber Grete hatte sie gebeten: „Geh ja mit; er hat zuviel gearbeitet und muß hinaus; und dir ist es auch gut."

Sie fuhren mit der Straßenbahn in eine Gegend, die das

Mädchen noch nicht kannte. Helmold stellte ihm die Landschaft in prickelnder Weise vor. Aber wenn auch das, was er sagte, wie Demanten funkelte, so klang es doch ebenso kalt. In der Gartenwirtschaft, in der sie einkehrten, war er von der höflichsten Besorgtheit für sie; aber die Zuneigung, die sonst seine Handlungen durchleuchtete, fehlte.

Die Sonne schien hell, die Luft war warm und blitzte von allerlei winzigem Getier, ein neckischer Wind kraulte den Bäumen die Köpfe, der Himmel war hoch, und seine lichte Bläue hoben weiße Windwölkchen, so zart wie mit einer Schnepfenfeder gezogen; dazu lachten die bunten Herbstblumen nur so, und die Stare sangen, als wenn eben der Mai eingezogen sei; doch Helmolds Worte waren wie ein leiser Nordwind. Er erzählte, als wäre er der fröhlichste Mensch von der Welt; doch sein ganzes Geplauder war nicht das von Kamerad zu Kamerad, sondern von dem Herrn der guten Gesellschaft zu einer sehr geschätzten Dame aus denselben Kreisen. Kein einziger kecker Witz, kein gewagter Vergleich entschlüpfte ihm. Das Mädchen schauerte zusammen.

„Friert dich?" fragte er. Ja, sie fror, sie fror sehr. Früher hatte er sie nie angesprochen, ohne hinzuzusetzen: „Liebe Swaantje" oder „Kleine" oder „Maus"; früher lachte er sie mit dem Herzen und den Augen an; jetzt lächelte er nur noch mit dem Gesichte. „Helmold," begann sie mit einem unabsichtlich bittenden Ausdruck in der Stimme, als sie durch den Wald gingen, „lieber Helmold!" Er sah sie von der Seite an. „Und, liebe Swaantje?" fragte er und sie fuhr fort: „Was ich dir jetzt sage, ist vielleicht sehr töricht von mir, aber sage ich es nicht, so bin ich unehrlich. Das, was ich dir damals in deiner Werkstatt sagte, das ist vorbei." Sie atmete schwer. Er blieb nicht stehen, er sah sie nicht an, er änderte auch seine ruhige Sprechweise nicht, als er fragte: „Wie ist das gekommen?" Sie zitterte, als sie antwortete:

„Vielleicht nur, weil ich es dir gesagt habe." Er nickte: „Wahr=
scheinlich; Sprechen und Weinen erlöst." Er schwieg eine Weile.
Sie sah ihn verstohlen von der Seite an; sein Gesicht zeigte keine
Bewegung.

Ein Herr mit grauem Vollbarte begegnete ihnen, sah Helmold
aufmunternd an und grüßte, als dieser keine Miene machte, zu=
erst zu grüßen, ganz tief, und Helmold erwiderte gemessen.
„Wer war das?" fragte das Mädchen. Ihr Vetter lachte: „Ein
hohes Lokaltier, unser Oberbürgermeister. Er denkt, weil er Ober
im Kunstverein ist, müßte ich zuerst grüßen, auch wenn ich mit
einer Dame gehe. Na, jetzt braucht er sich den Knigge nicht zu
kaufen."

Erst nach einer geraumen Weile begann er wieder: „Ja, Swaant=
je, ich weiß nicht, ist das nun gut für dich oder nicht? Einerseits
bin ich froh, daß du diese taube Neigung zu den übrigen Pen=
sionsandenken gepackt hast; anderseits: nun hast du gar nichts
auf der Welt, noch nicht einmal einen Kummer. Ich hoffe, daß
die Reise mit Terborgs dich aufrappelt; alle das viele Schöne
aus alter und neuer Zeit, das du sehen wirst!"

„Gib mir deinen Arm," bat das Mädchen, „mir ist etwas
schwindlig." Er führte sie zur nächsten Bank: „So, wir sind ein
bißchen weit gegangen," sagte er und lächelte, aber nur mit den
Lippen; „in fünf Minuten sind wir bei der Haltestelle."

Beim Abendessen mußte sie sich ein Kissen ausbitten, so schmerzte
sie der Rücken, und nach dem Essen ging sie sofort zu Bett, so
todmüde fühlte sie sich. Alle Glieder taten ihr weh, aber schlafen
konnte sie nicht. Auch Helmold schlief nicht. Durch das Schlüssel=
loch kam ein dünner Lichtschein, ab und zu knarrte sein Bett leise,
sie hörte, wie er in dem Buche blätterte und dann roch sie, daß
er rauchte. Sie wußte, daß er sonst nie im Bette rauchte; es
mußte ihm also sehr schlecht gehen.

111

Es war drei Uhr, da hörte sie, wie er leise aufstand und Waſſer in ein Glas goß: ein Papierchen knitterte, ein Teelöffel klirrte in dem Glaſe. „Veronal", dachte ſie, und unter ihrem Mitleid glitzerte blanke Freude: „Er hat ſich verſtellt," ſchrie es in ihr; „er liebt mich noch, denn ſonſt würde er ſchlafen." Ihr Kopf fiel hintenüber, und ſie ſchlief ein.

Als ſie am anderen Vormittag in der Werkſtätte auf dem Ruhe= bette lag und ihrem Vetter zuſah, der aus ihrem Bilde die letzten Spuren der Maltechnik entfernte, „denn, wo man noch Technik ſieht, da iſt keine, und deshalb iſt Segantini viel früher geſtorben, als er verantworten konnte," hatte er geſagt, da fing er mit einem Male zu ſprechen an, konnte aber nie den Weg zu dem Punkte finden, den er in der Nacht vor ſich geſehen hatte, auch kam bald Grete, Stveenechien an der Hand, und dann Luiſe, die irgend etwas aus dem Nebenraum holen wollte, und ſo wurde es Mittag. Hinterher gingen ſie ſelbdritt aus, und abends kam Hennecke. Er ſah ſich erſt die neuen Bilder an, fand den Mädchen= akt auf der Haide herrlich, aber als ſein Freund fragte, was er von den Saharabildern und von Wodes Zorn halte, tat er, als habe er es nicht gehört, und ebenſo verhielt er ſich, als Helmold ihm ſagte: „Du, Hennig, es iſt ganz ulkig: zu jedem Bilde habe ich jetzt ein Lied." Bei Tiſche war Helmold ſehr aufgeräumt, doch ſah er, wenn er ſprach, meiſt ſeinen Freund an. Grete fand aber bald heraus, daß er nicht bei der Sache war, und wenn Helmold mit Stvaantje ſprach, ließ Hennig einen kurzen Blick über das Paar fliegen, als ſuche er im Dunkeln den Weg.

In dieſer Nacht ſchlief Stvaantje faſt gar nicht; ſie mußte immer an den einen heimlichen Blick denken, den ihr Vetter ihr zugeworfen hatte, als ſie mit Hennig und Grete in eifriger Unter= haltung war; er hatte geglaubt, ſie ſähe es nicht, und ſo hatte er ſich nackt ausgezogen.

Als sie dann am nächsten Vormittag von Helmold in die Werkstatt gebeten wurde, mußte sie an sich halten, um sich nicht zu verraten, denn ihr Vetter sah ganz alt und krank aus. Er zeigte ihr mit erkünstelter Unbefangenheit einige Studien aus der Umgegend von Mecklenhusen, nötigte sie dann auf das Ruhebett, legte ihr die Schlummerrolle unter den Nacken, deckte sie warm zu und sagte: „Schlaf noch ein bißchen; du siehst müde aus, Kleine!“ Sie schlief sofort ein, wachte aber bald wieder auf, und als sie unter den Wimpern nach ihm hinblickte, sah sie, daß er vornübergebeugt im Sessel saß und sie mit hoffnungsloser Zärtlichkeit anblickte.

Sie schlug die Augen voll auf; er lächelte sie an, redete erst von diesem und jenem, und dann klagte er ihr mit gleichgültig klingender Stimme seine Herzensnot. Sie antwortete, als Helmold endlich schloß: „Du tust mir sehr leid, Vetter, aber in diesem Punkte gibt es für mich keinen anderen Weg als den, den mir Religion und Sitte weisen; das wirst du selbst wissen.“ Er nickte, und sein Gesicht sah ganz gleichmütig aus, auch klang seine Stimme alltäglich, als er leichthin sagte: „Natürlich weiß ich das; du bist Dame, bist höhere Tochter, verfügst also über einen mündelsicheren Fond von Konventionsmoral. Ich verstehe dich nicht nur vollkommen, ich schätze dein Verhalten auch in vollem Maße, denn: entsetzlich wäre mir der Gedanke, eine angeheiratete Kusine zu besitzen, die selbst dann, wenn es auf Tod und Leben geht, ihre Ladyleikigkeit vergäße. Aber länger halte ich es nicht aus, und das Beste ist, ich mache Schluß; für Grete und die Kinder ist einigermaßen gesorgt.“ Swaantje sprang auf: „Auch das noch!“ stöhnte sie und verließ müden Schrittes die Werkstatt!

Helmold warf ihr einen bösen Blick nach und knirschte mit den Zähnen; dann aber zog er den Vorhang von ihrem Bilde und sah es lange an. Danach langte er den Mädchenakt auf der Haide von der Wand, suchte einen Grabstichel und stach in die Ecke des Rahmens die Buchstaben hinein: H. f. I. Sw., ging in das Wohnhaus, überzeugte sich davon, daß Swaantje in der Küche war, trat schnell in ihr Schlafzimmer, legte das Bild auf den Spiegeltisch und trat wieder in die Werkstätte.

Als er zum Essen kam, bemerkte er einen harten Zug um den Mund seiner Frau, und daß Swaantjes Gesicht vor Kälte starrte. Er aß fast nichts und sprach kein Wort, antwortete kaum, wenn er angeredet wurde, und horchte noch nicht einmal auf das Geplauder der Kinder. Als Swaantje das Zimmer verlassen hatte, fragte er: „Gehen wir aus?" Seine Frau schüttelte den Kopf: „Ich habe keine Zeit." Er sah aus dem Fenster, sprach längere Zeit nichts, und dann warf er über die Schulter hin: „Na, dann will ich mit Swaantje nach dem Billerloh." Seine Frau legte ihm die Hand auf die Schulter und sah ihn bittend an: „Du, Helmold, sei nicht böse, aber du mußt das verstehen: Swaantje hat mich gebeten, sie nicht mit dir allein zu lassen; ihr ist das peinlich." Er sah sie mit gleichgültigen Augen an: „So? schön; ich werde der Dame weitere Peinlichkeiten ersparen." Damit ging er aus dem Zimmer und verließ gleich darauf das Haus.

Er kam nicht zum Vesper, er kam nicht zum Abendessen. Grete und Swaantje saßen bis zwei Uhr auf, aber er kam nicht. Es war fünf Uhr, da hörte Grete die Haustüre gehen. Sie horchte und vernahm, daß ihr Mann in die Werkstatt ging, und als sie an das Fenster trat, sah sie, daß er Licht gemacht hatte, und daß sein Schatten auf und ab ging.

Um acht Uhr morgens ging sie zu ihm, um ihn zu fragen, ob er nicht frühstücken wolle; aber die Türe war verschlossen. Er erschien auch zum Mittag nicht, obgleich Sweenechien, die zu ihm geschickt war, lange an der Tür rappelte und in einem fort

114

bettelte: „Väterchen, essen kommen!" Zum Vesper aber kam er, aß jedoch fast nichts, tat so, als wäre nicht das Geringste vorgefallen, hatte aber flackrige Augen und ein welkes Gesicht. Er behandelte Swaantje höflich, doch wie einen Menschen, an dem ihm nicht ein bißchen gelegen war, und drehte seiner Frau mit liebenswürdiger Härte jedes Wort im Munde herum, bis sie aufstand und hinausging.

„Lieber Helmold," bat Swaantje, „sei doch nicht so zu Grete!" Er sah kalt an ihr vorbei, ging in sein Zimmer, zog sich um, verließ das Haus und kam erst am anderen Morgen wieder, ganz fahl im Gesicht und mit breiten Schatten unter den Augen, setzte sich an den Tisch, aß wieder fast nichts und sprach kein Wort, bis seine Frau an zu weinen fing. Da stand er auf und ging in die Werkstatt.

Swaantje ging ihm nach. „Helmold," bat sie und faßte seine Hand. Er sah sie kühl an und deutete auf einen Sessel; müde sank sie hinein. „Tut mir leid, Swaantje, daß du gekommen bist, sehr leid, deiner Nerven wegen. Aber schließlich: mir geht es ja nicht besser." Er sah sie feindlich an: „Die arme Grete, nicht wahr? Und der böse Mann, nicht wahr? Die gute Frau hat ihrem lieben Mann die Augen geöffnet, und nun ist sie böse, daß er sehend geworden ist. Solche bodenlose Gemeinheit von dem Kerl! So ist nämlich die weibliche Logik. Erst heißt es: Mach was du willst! dann: wir drei! und schreit dann so ein dämliches Männerherz vor Glück auf, dann tritt man mit dem Absatze darauf und ist noch peinlich," er sprach das Wort gallenbitter aus, „peinlich berührt, quietscht es."

Er sah das Mädchen spöttisch lächelnd an: „Fräulein Swaantje Swantenius ist es peinlich, mit ansehen zu müssen, wenn ein Mann sich zu ihren Füßen in Todeskrämpfen windet, denn sie hat die höhere Töchterschule besucht und ist in den vornehmsten

Penſionat der Reſidenz verbildet worden. Sie würde ja gern alles
für ihn tun, nur das eine nicht, denn ſie iſt eben Dame. Und ſo
läßt ſie ihn ſich totquälen, obgleich ſie ihn liebt.“

Swaantje ſah an ihm vorbei, als ſie mit blaſſer Stimme antwortete: „Ich habe dir doch nichts geſagt!“ Er zwang ſie, ihn
anzuſehen und ſagte in ruhiger Weiſe: „Danke, das genügt mir!
Menſchenskind,“ fuhr er dann fort, und ſeine Stimme zitterte,
„ſollen wir denn alle drei zugrunde gehen? Ich kann ohne dich
nicht leben und du ohne mich auch nicht, und wäreſt du nicht ſo
charakterlos charakterfeſt, ſo würdeſt du zu mir kommen und
ſagen: ‚Da!‘ Denn, das mußt du wiſſen, erbetteln will ich mir
nichts von dir, und überrumpeln will ich dich auch nicht, denn
ich bin nicht in dich verliebt, ich liebe dich eben nur, und ich will,
daß du dich mir aus vollem Herzen ſchenkſt.“

„Swaantje,“ bat er und trat auf ſie zu, ihre Hand faſſend,
„ſieh doch: du weißt, wer ich bin, daß ich meinem Volke etwas
ſein werde. Meinſt du, es wäre ſo ſehr ſchlecht, hülfeſt du mir
dabei? Ich will ja nichts,“ und dabei brach ſeine Stimme, und
die Tränen kamen ihm in die Augen, „als ein ganz klein bißchen
Hoffnung, weiter nichts. Und bedenke: Grete und ich ſind ge-
ſchieden; nur du kannſt uns wieder verbinden. Ihr ſeid für mich
eins; ſeid das Weib. Biſt du nicht mein, kann ich Grete nicht
mehr in Liebe anſehen. Glaube mir, ich handele nicht leichtſinnig;
ginge es nicht auf Tod und Leben, ich hätte dich nicht in eine ſo
ſchwierige Lage gebracht. Und du mußt daran denken, daß Grete
alle, aber auch alle Schuld hat. Jetzt heißt es: ja, ich konnte doch
nicht denken, daß du das ernſt nähmeſt! Es iſt ſchrecklich: da
ſtößt einen die Frau mitten in das helle Feuer, und kriegt man
Brandblaſen, dann iſt ſie empört.“

Mit düſteren Augen ſah er aus dem Fenſter, in das die Mor-
genſonne hineinlachte. „Ich ſchlafe nicht mehr, ich eſſe nicht mehr;

116

ich kann bloß noch malen und rauchen. Ich werde noch nicht einmal mehr betrunken. Noch eine solche Woche, und in mir zer= reißt etwas. Ich bin ein ganz armer alter, kalter, toter Mann geworden, der um ein Bröckchen Hoffnung bettelt, und die beiden Frauen, die da vorgeben, sie lieben mich, schlagen mir die Tür vor der Nase zu." Er lachte trocken auf und sang den Endreim des sozialdemokratischen Liedes: „Denn ich bin Mitglied von dem Verein gegen Verarmung und Hausbettelei."

Swaantje schüttelte sich. „Frierst du, liebe Kusine?" fragte er. „Da steht Kognak! Mir hilft er nicht mehr gegen die Gänsehaut= bildung auf dem Herzen. Vorige Nacht habe ich acht Kognaks, drei Grogs und unglaublich viel Sekt getrunken und bin doch nicht warm geworden, trotz der beiden zwar etwas leichten, aber bildhübschen und sehr lustigen Mädel, die rechts und links bei mir saßen und sich wie barmherzige Schwestern gegen mich be= nahmen. Die eine heulte sogar und sagte: ,Was fehlt Ihnen eigentlich? Ich möchte Ihnen so gern helfen!' Ja, eine Dame war das nicht, aber ein Weib, und darum tat ich ihr leid, und es war doch nicht viel mehr als ein Allermannsliebchen."

Er rückte sich eine Staffelei zurecht und malte; barsch ging der breite Pinsel über die Leinwand. Dann lachte er: „Malen kann ich noch, sehr gut sogar; aber es langweilt mich. Hast du das Bild gefunden?" Swaantje nickte, sah aber nicht auf, als sie sagte: „Ja, und du wirst verstanden haben, warum ich dir nicht danken konnte." Er lächelte freundlich und nickte: „Ja, so dumm ist er nicht. Hätte Fräulein Swantenius sich bedankt, so hätte sie Herrn Hagenrieder notwendigerweise in den Arm nehmen müssen, und das schickt sich doch nicht. Und so hat man sich den Dank erspart, an dem mir übrigens den Kuckuck etwas liegt."

Das Mädchen seufzte schwer auf. Er schüttelte den Kopf: „Helmold Hagenrieder wird weiter malen; Swaantje Swantenius

wird weiter als zweckloser Mensch dahinleben und langsam eine
alte Jungfer werden, die nur etwas voll und ganz durchgelebt
hat, nämlich ein Leben, das keins war. Und wenn sie alt und
grau ist, dann wird sie doch einmal nachts in ihrem Bette weinen
und wimmern: ‚Ich habe es verpaßt!‘ Oder wie denkst du dir
dein Leben?" Das Mädchen nickte: „Genau so!" Er sah sie
herrisch an: „Und du glaubst, das werde ich dulden? Glaubst
du, ich bin ein dummer Junge, der nach einem Küßchen gibbert?
Ich will dich ganz haben, und du wirst dich mir ganz geben,
und freiwillig wirst du das tun; denn obzwar du Dame bist, so
bist du nebenbei doch noch etwas Mensch und ein wenig Weib
geblieben und viel zu gebildet, um nicht einsehen zu müssen, daß
Sitte und Gesetz Papier sind, und daß Not kein Gebot kennt.
Ich will nicht in dich dringen, aber ich bitte dich, Swaantje: gib
mir ein wenig Hoffnung, ein ganz klein wenig, nur so viel, daß
ich mein Leben eben damit friste."

Er ging zu ihr hin und faßte ihre Hände. „Willst du das?"
Sie sah an ihm vorbei und schüttelte leise den Kopf. „Kind,"
flüsterte er, „ich brauchte dich ja nur umzufassen und zu küssen,
denn ich sehe durch dich hindurch wie durch Glas. Aber ich will
das eben nicht, denn ich liebe dich. Also du gibst mir keine, aber
auch gar keine Hoffnung?" Abermals schüttelte sie den Kopf.
„Na, dann vereinfacht sich der Fall, und die Sache liegt so: dann
stehe ich hier ganz allein, Grete und die Kinder da, und du dort.
Denn von dem Augenblicke an, daß ich weiß, ich habe keine Hoffnung mehr, habe ich keine Verwendung mehr für das, was man
Herz nennt. Also reden wir von etwas anderem."

Er pfiff leise vor sich hin und malte weiter. „Weißt du, Swaantje," fing er dann an, „was ich glaube? Du hast eigentlich recht!
Im Grunde passen Männer und Frauen überhaupt nur so zueinander wie die Nuß und die Hülle. In der Jugend halten sie

zusammen; sind sie reif, dann verlieren sie den Zusammenhang, weil jeder sich auf sich selbst besinnt. Wenn Stahl und Stein zusammenkommen, gibt es rote Liebesfunken; aber Stahl bleibt Stahl und Stein Stein; höchstens splittert der eine etwas ab, und der andere kriegt Kratzen. Zu was also das ganze Gehampel? Ich bin ein Mann von über vierzig, du gehst auf die dreißig; die schönste, dümmste Zeit liegt hinter uns. Darum tun wir gut, vernünftig zu sein. Der eine stickt sich ins Grab, der andere malt sich hinein, derweilen das junge Blut sich liebt und küßt und Wonne und Weh leidet. Ein Segen, daß wir beide klüger sind. Nicht, Swaantje?"

Das Mädchen sah ihn hilflos an; ihr Gesicht war blaß und mager. Er ging zu ihr und streichelte ihr die Backen. Arme Kleine! So quälen wir uns beide, aus Feigheit, aus Rücksicht, aus Mangel an Naivheit. Bald ist es Winter. Anstatt daß wir uns der letzten Blumen freuen, gehen wir daran vorüber. Nachher tut uns das leid." Er steckte sich eine Zigarre an. „Na, vielleicht komme ich doch noch darüber hinweg, obgleich ich das nicht hoffen will, denn dann danke ich bestens für mich." Swaantje sah ihn erst an. „Helmold, du hast doch noch immer deine Kunst!" Er lachte lustig: „Ich pfeife darauf! Kunst, weißt du, was das ist? Ungelebtes Leben! Sieh dir die Griechen an; nie hat ein unglücklicheres Volk gelebt. Sie waren sehr unglücklich; sonst hätten sie es nicht in der Kunst so weit gebracht. Die Römer hatten keine Kunst, die lebten ein lebendiges Leben. Die Kunst ist wie ein Spiegel; vorne Farbe und Leben, hinten Pappe."

Er ging an den Bücherschrank, nahm den Angelus Silesius heraus, schlug ihn auf, reichte ihn Swaantje und sagte: „Lies die grün angestrichene Stelle." Das Mädchen las und bekam ganz enge Lippen, denn da stand: „Die Braut verdient sich mehr mit einem Kuß um Gott, denn alle Mietlinge mit Arbeit bis in den Tod." Er nickte ihr spöttisch lächelnd zu: „Ja, der frumbe Mann wußte Bescheid; die Liebe ist alles, das andere ist nichts. Aber: wie du willst! Mögest du nie wissen, was Reue ist! Ich weiß es. Als ich ein junger Kerl war, gab ich unserem netten Dienstmädel mal einen Kuß, rein aus Übermut. Als ich zu Bette ging, machte sie leise ihre Kammertüre auf und flüsterte: ‚Gute Nacht, Herr Hagenrieder.' Ich wollte aber keinen Unfug machen und nickte ihr nur zu. Am anderen Tage fuhr ich nach München. Die Augen, die das Mädchen mir machte, als ich an ihr vorbei aus dem Hause ging, vergesse ich mein Leben nicht, und wenn ich einmal in die Hölle komme, so ist es wegen einer Unter=lassungssünde."

Seine Frau kam herein. Mit scheinbarer Unbefangenheit schlug sie für den Nachmittag einen gemeinsamen Spaziergang vor. Helmold nickte. „Mir ist alles gleich," sagte er. Aber im Walde wuchs seine Übellaune von Minute zu Minute; die schlaflosen Nächte wirkten nach. So wurde es ein ungemütlicher Spazier=gang. Mit zersetzender Geistreichigkeit machte er sich über die Natur, das Wetter, die Menschen und die ganze Welt lustig, und quirlte auf dem Heimwege Ernst und Hohn so durcheinander, daß seine Frau und Swaantje die kalte Angst in das Genick faßte.

„Weißt du, liebe Grete," meinte er, „du müßtest eigentlich Ro=mane schreiben, denn du hast ein bedeutendes Erfindertalent. Sieh mal, dieser hier, in dem wir drei die Hauptpersonen sind, ist doch einfach eine glänzende Leistung. Sag' mal, wie hast du dir den Schluß gedacht? Blumenthal=Schönthansch oder Shakespeare=Sophokleisch? Hm? Denn du hast doch ein Ziel gehabt, als du das erste Kapitel anfingst?"

„Wißt ihr was, Kinder," und er nahm in den einen Arm Grete und in den anderen Swaantje, „wir wollen uns hinsetzen

120

und jeder einen Schluß schreiben, oder habt ihr zwei beiden schon einen fertig? So scheint mir das wenigstens. Ich bin in der Beziehung etwas unbegabt. Bin überhaupt ein dummes Luder, das alles ernst nimmt, was seine Frau im Scherz sagt. Vor sieben Jahren sagte sie: ‚Die Hauptsache ist, Helmold, daß wir beide immer gute Freunde bleiben.‘ Heute weiß sie nichts mehr davon, denn die Hauptwaffe der Frauen ist das abstellbare Gedächtnis."

„Übrigens: wie famos die Schatten da sind! Genau so wie die, die deine Worte über mein Herz warfen; das sieht wie ein rotes Zebra aus. Ihr könnt es später auf den Jahrmärkten sehen lassen. Und das da ist die Venus, der sogenannte Liebesstern. Sie zittert; ihr ist kalt. Mir auch. Ach, Kinder, ist das ein schöner Abend! Sieh, da ist ja auch der Mond. Na, Kerl, was sagst du nun? Jetzt habe ich die beiden Frauen, die laute und die leise; es fehlt nur noch der Schimmel und die Wölfe, die sich um Männer= köpfe beißen. Kerl, es ist alles Schwindel, alles; ich habe über= haupt keine Frau, nur eine Frau Gemahlin, geborene Möllering." Er pfiff sein frechstes Lied.

Zum Abendessen kam Hennecke; Grete hatte ihn herbeigebeten und ihm gesagt, wie es um Helmold stand. Beim Essen wurde von der Sache nicht gesprochen. Hinterher sprach er erst mit Helmold und versuchte, ihn umzustimmen; das gelang ihm nicht. Dann ging er zu Grete. Swaantje kam in das Zimmer. Nach einem langen Schweigen fragte sie ihren Vetter: „Weiß er es?" Er nickte: „Ja, von Grete, von mir nicht." Das Mädchen fragte weiter: „Was denkt er von mir?" Sie zuckte zusammen, denn ein Blick wie ein Messer streifte sie. Und abermals zuckte sie zu= sammen, als Helmold antwortete: „Das denkbar Schlechteste," und zum dritten Male, als er fortfuhr: „nämlich, daß du dich völlig als Dame benommen hast!"

Er ging im Zimmer auf und ab: „Ich bin mit ihm fertig, denn er hat dich in meinen Augen herabgesetzt. Er sagte: ‚Sie ist ein Weib, also auch nicht wert, daß man ihretwegen auch nur ein einziges Haar grau werden läßt.‘ Er denkt nicht besonders von euch. Als ich ihm Gretes Verhalten darstellte, lachte er und sagte: ‚Darüber wunderst du dich? Nimmst du denn Frauen ernst? Mein Lieber, du bist über vierzig! Freu' dich, daß es Kinder sind und bleiben, die nicht aus Gemeinheit unwahr sind, sondern aus Instinkt.‘ Na ja, die Mädchen, mit denen er verkehrt, mögen so sein. Ich denke besser von Grete und von dir, oder dachte so, und deshalb bin ich so elend geworden.“

Er ging auf das Mädchen zu, gleich als wollte er sie anfassen; sie sprang auf und stellte sich hinter den Sessel. Er schüttelte belustigt den Kopf: „Habe keine Angst; ich will dich nicht mehr Das eine Wort: ‚es ist mir peinlich‘ hat mir gezeigt, wer du bist. Und wenn wir beide eine Woche allein wären, und du trügest jeden Tag das weiße Kleid, ich würde stets die Dame in dir achten, die Dame, die umfällt, wenn ihr eine Maus über den Weg läuft, und die den einzigen Mann, der das Weib in ihr sah, und den sie zum Sterben liebt, aus ganz gemeiner Feigheit umkommen läßt. Ich will dir etwas zum Andenken schenken.“ Er ging in das Atelier und kam mit einem gerahmten Pastellbildchen wieder. Es stellte einen Sarg dar, der auf zwei Stühlen mitten in einer Wiese stand; in dem Sarge lag Helmold Hagenrieder, wie er nun war, und sah spöttisch auf Helmold Hagenrieder hinab, wie er einst war.

Swaantje legte das Bild entsetzt fort und sah verstohlen ihren Vetter an. Sie fand, daß seine Schläfen ganz grau waren, und daß er Altemannsfalten über dem Munde und neben den Augen hatte. Sie stand auf und ging auf ihn zu, aber da kam Hennecke mit Grete.

Um Mitternacht gingen Grete und Swaantje zu Bett; Helmold

122

und Hennig saßen noch lange auf. Hennecke versuchte in seiner ruhigen Art dem Freunde aus dem Gestrüpp herauszuhelfen. Helmold hörte geduldig zu, aber dann sagte er: „Du hast vollkommen recht, und Grete hat recht, und Swaantje hat recht. Hier handelt es sich aber nicht darum, sondern darum: soll ich leben oder sterben? Ich glaube übrigens, es ist für das eine schon zu spät; denn ich bin bereits tot!"

Er sah Hennig mit harten Augen an: „Sage mal, Grete sagte vorhin, du hättest gesagt: ‚Wenn ich eine Schwester hätte, und ein verheirateter Mann näherte sich ihr in der Weise, wie es hier vorliegt, den schösse ich tot.‘ Ist das wahr? Hast du das gesagt?" Hennecke bekam einen schmalen Mund: „Muß ich antworten?" Der andere nickte, ihn starr ansehend, und Hennig antwortete: „Nein, das hat deine Frau gesagt, nicht ich; das konntest du dir doch wohl gleich denken." Helmold holte schwer Luft: „Um dir zu beweisen, was aus mir geworden ist; als Grete mir das sagte, antwortete ich ihr: ‚Hat er das gesagt, dann kenne ich ihn nicht mehr.‘ Wer nur im geringsten gegen mich ist, ist mein Feind. Pfui, wie kann eine Frau so handeln!" Hennecke zuckte die Achseln: „Was soll sie machen? Sie ist eine Frau! Sie hat andere Ehrbegriffe, sie kennt nur eine Moral: ihren und der Ihren Vorteil. Du hast deiner Frau viel zu danken und darfst ihr die Unbesonnenheit, die doch lediglich ein Ausfluß ihrer arglosen Natur ist, nicht übelnehmen."

Das hatte sich Helmold schon viele hundert Male selbst gepredigt; darum sah er seine Frau am anderen Morgen doch böse an, als sie sagte: „Swaantje fährt heute; sie leidet zu sehr." Er sagte erst nichts, aber dann trat er auf sie zu und nahm sie in den Arm. „Grete," bat er, und seine Stimme war wie eine Nacht ohne Mond und Sterne, „sei doch nicht so hart! Sieh mal, ich sterbe daran. Ich kann doch nichts dazu. Du sagst, du liebst mich;

123

beweise es mir!" Seine Frau machte sich von ihm los; ihre Stimme klang spitz, als sie antwortete: „Was soll ich denn tun? Wenn es irgend jemand anders wäre; aber meine eigene Kusine?" Er sah sie starr an. „Erinnerst du dich, was du mir sagtest, als ich von Swaanhof zurückkam?" Sie zuckte die Achseln: „Was sollte ich machen? Du warest krank, und ich dachte ja auch, daß deine Liebe zu Swaantje lediglich Mitleid sei. Ich habe nicht geahnt, daß du derartige Absichten hattest!"

Da polterte er los. Er legte sich so wenig Zwang auf, daß Swaantje entsetzt hereingestürzt kam. Aber auch da bremste er sich nicht, sondern schüttelte alle die Angst und die Wut und allen Kummer und Grimm vor den beiden Frauen aus, als er herauszischte: „So höre denn: ich liebe dich nicht nur nicht mehr, ich hasse dich. Du hast mich von oben bis unten belogen, hast kein Mittel gescheut, um mich zu zerbrechen, hast sogar meinen einzigen Freund gegen mich auszuspielen versucht. Ich bin fertig mit dir!" und seine Frau den Hieb damit zurückgab, daß sie ihm eine Scheidung vorschlug, da lachte er und sagte: „Schön! Doch gehst du, so sieh zu, wie du leben willst. Mir ist es recht, aber ich kümmere mich dann in keiner Weise weiter um dich, und die Kinder bleiben bei mir. Oder sie können wählen, denn mir liegt jetzt an nichts mehr etwas, und sie ähneln ja auch dir mehr als mir. Sobald du den ersten Schritt tust, verkaufe ich alles, was mir gehört, und gehe irgendwohin, wo nicht Weiberköpfe, sondern Männerfäuste herrschen; denn dieses ganze verfluchte Land mit seinem verbildeten Gesindel ist mir ekelhaft."

Grete, die ganz weiß aussah, bekam einen roten Kopf, und ihre Augen funkelten, als sie rief: „Ich denke, du willst dir Swaantjes Liebe erringen; meinst du, daß dieses der Weg dazu ist?" Er lächelte freundlich: „Nein, denn ihre Liebe habe ich. Mir liegt übrigens nichts mehr daran. Jetzt kannst du sie mir schenken, und ich nehme sie nicht. Außerdem ist das meine ureigenste Angelegenheit, ob ich Swaantje liebe oder nicht, und geht weder dich noch sie etwas an. Überhaupt liebe ich sie nicht mehr; ich liebe das Gespenst meiner Liebe zu ihr. Ich kann keine Menschen mehr lieben, denn ich bin tot. Mein Herz ist nicht mehr da; ich habe eine Fiedel daraus gemacht und spiele jede Farbe darauf, die es gibt. Ich bin Künstler geworden; aber ein Mensch bin ich nicht mehr. Das habe ich euch zu verdanken, dir, liebe Grete, und dir, Swaantje; ich danke euch herzinnig dafür." Er küßte beiden die Hand und ging in die Werkstatt.

Ruhig und besonnen arbeitete er an seinem neuesten Bildnisse weiter. Da fielen seine Blicke auf die Saharabilder, und auf Wodes Zorn. Er stutzte, rückte die Bilder zurecht, trat zurück, und dann nahm er den breitesten Pinsel, tauchte ihn in einen Farbentopf und strich mit festen Zügen die Bilder aus.

Als er fast damit fertig war, trat Swaantje ein. Er ließ sich nicht stören und erst, als sie trocken aufschluchzte, sagte er: „Nun sag' bloß noch: ‚Die schönen Bilder!‘, und dann müßte Grete noch sagen: ‚das schöne Geld!‘, und dann hätte ich einen Grund, einmal wieder von Herzen zu lachen." Aber als er das Mädchen genau ansah, sprang er zu, geleitete sie zu dem Sessel und rückte einen anderen daneben, in den er sich setzte. Er faßte ihre Hand: „Ich weiß, ich weiß, Kind, in welcher schweren Herzensnot du dich befindest, und wie sehr du darunter leidest, und daß Grete so unglücklich ist. Aber bedenkt ihr denn nicht, daß ich mehr bin als ein beliebiger Herr Soundso? und daß ihr, helft ihr mir, einem Manne das Leben neu schenkt, der dazu berufen ist, seinem Volke große Werte zu schaffen? Wiegt das nicht die ernstesten Bedenken auf? Und ich will ja so wenig, will weiter nichts, als ein bißchen Hoffnung, mit offenen ehrlichen Händen gegeben. Und darum bitte ich dich: gib mir einen Kuß, einen einzigen, einzigen Kuß;

ich will dir alles dafür geben, was ich habe: meine ganze Vergangenheit und alle meine Zukunft."

Bittend sah er das Mädchen an; aber als sie schwieg und an ihm vorbeisah, stand er auf. „Swaantje," rief er, „du weißt, meine besten Bilder habe ich behalten. Ich schenke sie dir. Mache damit, was du willst! Gib sie irgendeinem Schuster; er darf auch sein Zeichen darunter setzen. Aber gib mir einen Kuß, oder laß dich von mir küssen! Nur ein einziges Mal, sonst geht es so nicht mehr weiter. Neulich, in der Bar, habe ich Heulkrämpfe gekriegt, daß alle die leichten Mädels und sämtliche schwergeladenen Gäste es mit der Angst bekamen. Ich bin fertig. Ich heule jede dritte Nacht mein Kissen naß. Grete merkt das nicht; aber sieh dir einmal die Augen an, mit denen unsere Luise mir nachsieht. Das Mädchen ist verlobt, und sie hat ihren Schatz gern. Aber, wenn ich winke, kommt sie; aus mütterlichem Mitleid. Alle Frauen und Mädchen sehen mich an, als wollten sie mich in den Arm nehmen, so dauere ich sie. Und ich komme mir vor, wie ein ganz kleines Kind, das liebgehabt werden will, weil es hungert und friert. Was habe ich früher die Leute beneidet, die sorglos leben konnten und die, die sich mit Lob wuschen und in Ruhm badeten. Jetzt bin ich so gut wie berühmt, was ich male, ist Gold wert; ich beherrsche die Technik autokratisch. Aber ich bin ärmer als damals in München, als ich mit der Miezi in einer Bodenkammer lebte und froh war, wenn ich Brot und Wurst hatte. Meine Haare sind grau geworden, meine Augen sind kalt, und mein Herz vereist langsam. Meine eigene Frau stieß mich in den Tod, und du stehst dabei und siehst zu. Hätte ich nicht diesen Indianerkörper, ich wäre längst auch leiblich tot."

Er trat dicht vor das Mädchen hin und sah sie lange an; sie blickte an ihm vorbei. „Du leidest ebensoviel wie ich, Swaantje," begann er endlich wieder; „vielleicht noch mehr, denn du hast Angst zu sprechen, und du wagst nicht mich anzusehen. Ich will

126

dich auch nicht weiter quälen, denn du tuft mir fehr leid, und ich liebe dich mehr als je zuvor. Was ich vorhin fagte, war nichts als Wut. Ich werde dich immer lieben, fo oder fo, auch wenn ich tot bin." Sie zuckte zufammen. „Habe keine Angft, ich töte mich nicht. Es hätte gar keinen Zweck mehr; denn ich bin fchon tot. Tote darf man küffen, Swaantje, darf man auf Nimmer= wiederfehen küffen, denn fie küffen nicht wieder. So gib mir denn den einen Kuß." Er beugte fich zu ihr, faßte fie um Kinn und Nacken und näherte feinen Mund ihren Lippen. Aber je näher er ihr kam, um fo mehr verfteckten fich ihre Lippen, um fo ftarrer fah fie gegen die Wand, um fo krampfhafter hielt fie den Atem an, und fo ftreifte er mit den Lippen eben ihre Stirne, ließ fie loß und ging aus der Werkftatt.

Beim Mittag war er fehr ruhig, fprach auch ganz freundlich mit feiner Frau und fcherzte mit den Kindern. Als Swaantje reife= fertig war, fragte er: „Darf ich dir einmal fchreiben?" Sie fchüttelte den Kopf, ohne ihn anzufehen. Dann fagte er ganz gefchäftsmäßig: „Dein Bild fchicke ich dir, wenn es fertig ift. Die weiße Haide muß heraus; fie drückt zu fehr auf dein Geficht. Überhaupt habe ich in der letzten Zeit viel Quatfch gemalt; ich hatte ja auch meift Fieber. Ich werde jetzt nach Stillenliebe fahren; vielleicht hilft mir die Jagd. Und nun, liebe Swaantje, verzeihe mir alles, was ich dir antat. Ich bin krank, fehr krank. Und ich will mir Mühe geben, daß hier wieder alles fo wird wie früher. Lebe wohl; der Wagen ift da!" Er reichte ihr die Hand hin; fie legte die ihre lofe hinein, ohne ihn anzufehen, und ging die Treppe hinab, wo Grete fie erwartete.

Beide ftiegen ein, ohne fich umzublicken. Er fah dem Wagen fo lange nach, bis er um die Ecke verfchwand; dann ging er in die Werkftatt, und Gift und Galle, feine beiden Teckel, folgten ihm mit gefenkten Ohren und hängenden Ruten.

Der Platzhirsch

Am anderen Morgen fuhr er nach Stillenliebe; neben ihm auf
der Bank lagen Gift und Galle, seine Hunde, und Gift und Galle
waren auch in ihm.

Er hatte, unterdes Grete und Swaantje zur Bahn fuhren und
er in der Werkstatt mit Sweenechien Bilder besah, die Ereignisse
der letzten Zeit überdacht und einen dicken Strich unter sich und
Swaantje gezogen. „Das muß ein Ende haben," sagte er sich
und nahm sich vor, recht nett zu seiner Frau zu sein.

So nahm er sie in den Arm, als sie zurückkam, küßte sie und
sagte: „Ich will morgen nach Stillenliebe; sonst wird der Prinz
öde. Hör' mal, er schreibt: Die Hirsche schreien, wenn auch nicht,
wie es fälschlich in der Bibel heißt, nach frischem Wasser, sondern
nach passender Damenbekanntschaft, aber auch nach dir, vor=
züglich der Schadhirsch vom Schandenholz, der schon letzten
Herbst sterben sollte. Jetzt ist er aber reif; er hat einen braven
Zwölfender zu Tode geforkelt. Also!"

Helmold hatte gelacht, als er seiner Frau den Brief vorlas.
„Dem will ich es besorgen, Grete! Er steht in der unzugäng=
lichsten Ecke, und deswegen hat ihn mir der Prinz so lange ein=
gemottet, denn er weiß, bei mir heißt es: je leichter, desto lang=
weiliger! Das ist ein Hirsch, den man nur auf den Ruf schießen
kann, denn er tritt niemals bei Büchsenlicht aus der Dickung.
Na, dann machen wir es eben, wie Mohammed mit dem Berge!
Es ist ein ganz alter Bursche, der aber nur ein Gabelgeweih

trägt und deswegen jahrelang als Schneider durchgegangen ist, und keiner ahnte, daß er der Mordhirsch war. Und wir sind gute Bekannte; vor zwei Jahren schrie ich ihn mir bis vor die Stiefelspitzen; aber ehe ich den Finger krumm machen konnte, bekam er Wind. Dieses Mal aber soll er daran glauben, oder ich will die Kunst nicht verstehen."

Er legte die Hände vor den Mund und machte eine Brunft im vollen Gange nach, vom Mahnen des Kälbertiers bis zum Orgeln des Platzhirsches, so daß Luise, die frisches Trinkwasser brachte, entsetzt aufschrie und die Flasche fallen ließ. „Ich kann's noch," lachte Helmold; „Demonstratio ad Luisam! Morgen früh ziehe ich zu Holze; ich habe nun doch ein bißchen zu viel Farben verblutet seit vorigem Herbste, und mein Vorrat von Arbeitslust ist alle. Und das ist ein Zeichen, daß die roten Blutkörperchen bei mir sparsam werden."

Als er so prahlte, bekam Grete ihre lichte Laune wieder. Sie holte den kornblumenblauen Samtkasten hervor und kramte die Mohnblumenkarten aus. „Bekomme ich dieses Mal wieder welche?" fragte sie, indem sie sich auf die Sessellehne setzte und ihm das Haar kraulte. Sein Herz beschattete sich; er dachte an die Mohnblumenkränze, die sie ihm über das Bett gehängt hatte. Aus Seidenpapier waren sie gewesen. Er machte seinen Kopf los und sagte kühl: „Gewiß, wenn dir an papiernen Blumen so viel gelegen ist." Sie stand auf, und als er ihr Gesicht im Spiegel sah, bemerkte er, daß ihre Augen hart und ihre Lippen unbarmherzig aussahen; alle die guten Vorsätze, die er am Nachmittage gefaßt hatte, fielen zu Boden und zerbrachen.

„Bitte, sage dem Mädchen, sie solle mir einen Wagen zum Siebenuhrzuge bestellen und dieses Telegramm besorgen, und jetzt will ich packen. Zwei Wochen bleibe ich mindestens fort," sagte er trocken und ging in die Werkstatt. Dort blieb er bis

Mitternacht und ging schlafen, ohne seiner Frau den Gutenacht-
kuß zu bringen. Über Nacht knabberten viele graue Gedanken an
seiner Seele; drei Uhr wurde es, ehe er einschlief, und als er am
anderen Morgen in das Zimmer seiner Frau ging, stand das
harte Gesicht, das ihm am Abend der Spiegel gezeigt hatte,
zwischen ihm und ihr, so daß er mit einem losen Händedruck Abschied nahm.

Es war ein frischer, sonniger Herbsttag, und die Landschaft sah
lustig aus. Sonst hatte er sie während der Fahrt immer liebkost;
nun behandelte er sie schlecht; sie langweilte ihn. „Schwindel!"
dachte er, als er sah, daß hier und da einzelne Büsche sich in
schreiende Farben gehüllt hatten; „Plunder, nicht echt!" Selbst
seine guten Freunde die Kiefernwälder und Haidberge zersetzte
er mit höhnischen Blicken, und als er die gewaltigen Schirm-
kiefern neben der alten Hammerschmiede sah, sonst sein Entzücken,
lächelte er verächtlich.

Auf einer Haltestelle stieg ein hübsches Bauernmädchen ein, das
ihn mit unverschleiertem Verlangen ansah, denn keine Kleidung
stand ihm so gut wie der verschossene Lodenanzug. Erst achtete
er wenig auf sie, dann aber dachte er: „Und kann es nicht die
Lilie sein, so pflück' ich mir das Röselein," und da das Mädchen
gegen die Sonne sehen mußte, machte er ihr neben sich Platz und
sagte: „Komm hier sitzen, Mädchen, denn so hast du die Sonne
nicht im Gesicht." Sie wurde vor Verlegenheit ganz rot, setzte
sich aber sofort zu ihm. Er dachte daran, daß er sich über Nacht
gelobt hatte, sich fortan so viel Zucker in den Kaffee zu werfen,
wie er kriegen konnte, denn ihm war eine der blödsinnig klingen-
den Weisheiten Henneckes eingefallen. Als sie eines Abends durch
den Wald gingen, hatte Hennig ärgerlich brummend den Kopf
geschüttelt, und als er ihn fragte, was ihm fehle, geantwortet:
„Ich habe verdammt vergessen, mir heute morgen Zucker in den

Kaffee zu schmeißen, und das kann ich mein Leben lang nicht wieder einholen."

Er sah das Mädchen genau an; sie strotzte vor Kraft und Frische und wurde jedesmal rot, wenn er sie anblickte. Er schlug sie auf die Lende: „Wo soll die Reise hin, Lüttje?" Sie wurde rot: „Nach Ohlenwohle!" Er sagte ganz trocken: „Hast du aber Dusel! Dann fährst du ja anderthalb Stunden mit mir zusammen!" Nun mußte sie lachen, und sie litt es, daß er den Arm hinter ihren Rücken schob und als er fragte: „Hast du auch keine Bange vor mir?" schüttelte sie lustig den Kopf. „Ich bin aber ein ganz gefährlicher Kerl," flüsterte er und zog sie an sich; „glatte Mädchen mag ich zum Fressen gern. Paß mal auf, jetzt geht's los!" Er drückte sie und küßte sie.

Die Hunde hoben erstaunt die Köpfe; er warf den Jagdmantel über sie: „Das ist nichts für kleine Kinder," sagte er, und zog das Mädchen auf den Schoß. „Magst mich leiden?" Sie nickte und sah ihn verliebt an. Sie blieben anderthalb Stunden allein, denn auf der nächsten Haltestelle steckte Helmold dem Schaffner einen Taler in die Hand. Als der Zug dicht vor Ohlenwohle war, sagte das Mädchen: „H' ach Junge! Na, wenn das unsere Mutter wüßte! Und nicht wahr, du besuchst mich mal?" Er küßte sie und sagte: „Ich wäre schön dumm, wenn ich das nicht täte. Auf Wiedersehn, und schönen Dank auch, Mariee!"

Als er in Stillenliebe ausstieg, hatte er wieder einen frischen Mund und fröhliche Augen. Der Prinz erwartete ihn mit dem Jagdwagen. Er gab ihm die Hand und meinte: „Du wohnst am besten im Blauen Himmel, von da hast du eine knappe Stunde bis zum Schandenholz; vom Jagdhause sind es anderthalb. Die Zimmer habe ich schon belegt, das heißt von morgen ab, denn heute mußt du mit zum Jagdhause. Der Wind ist für das Schandenholz nicht gut, und außerdem will ich dich einmal wieder für mich haben. Ist dir doch recht?"

Frau Sophiee Pohlmann, die Wirtin des Blauen Himmels, stand in der Türe des Kruges, als der Wagen vorfuhr; die junge Witwe sah in dem blauen Waschkleide mit der weißen Latzschürze zum Anbeißen aus. Sie lachte über das ganze Gesicht, als sie den Maler sah. „Das ist aber schön, daß Sie sich einmal wieder sehen lassen, Herr Hagenrieder!" rief sie, vor Freude errötend, als er ihr die Hand schüttelte; „ein ganzes Jahr sind Sie nicht hier ge= wesen. Ich dachte schon, Sie wollten uns untreu werden." Sie machte ein enttäuschtes Gesicht, als er sagte, er bliebe den Tag im Jagdhause.

Als er am anderen Mittag mit dem Prinzen in der Wirtschaft vorfuhr, lachte sie aber schon wieder. Sie ging ihm nachher in sein Zimmer nach und fragte: „Ist auch alles so richtig?" Er machte die Türe zu und sagte: „Jetzt ja!" und damit faßte er die Frau um und küßte sie. Sie stemmte ihre Hände gegen seine Schultern: „H' ach, Herr Hagenrieder," stöhnte sie, „wenn aber jemand kommt!" Er lachte übermütig, ohne sie loszulassen: „Möchte das keinem raten, dem seine heilen Knochen lieb sind." Er ließ sie los, stellte sich vor sie hin und befahl: „Kuß!" Mit niedergeschlagenen Augen, feuerrot im Gesicht, kam die hübsche Frau näher, legte ihm die Hände auf die Schultern, hob sich auf den Zehenspitzen und küßte ihn. „So recht, mein Mädchen, so schön, mein Kind, so brav, mein Zuckerchen!" lobte er, faßte sie um die Mitte und küßte sie, bis sie keinen Willen mehr hatte.

„Mensch, du hast wohl seit acht Tagen nichts zu essen gekriegt!" sagte der Prinz, denn sein Freund kniete sich ganz gefährlich hinter die Mahlzeit. Der lachte und antwortete, indem er der Wirtin, die den Nachtisch hereinbrachte, einen kurzen Blick zuwarf, den sie mit einem langen zurückgab: „So hat es mir lange nicht geschmeckt, wie heute, und wenn ich nun den Hirsch nicht kriege, will ich Karl der Große geheißen werden." In der Türe drehte die Wirtin sich um und warf ihm einen heißen Blick zu. Brüne bekam ihn durch den Spiegel zu fassen, lächelte aber kaum.

Die Wirtin brachte dann den Kaffee und viererlei Backwerk. „Frau Pohlmann," meinte der Maler, „wenn ich vier Wochen bei Ihnen in Kost bin, passe ich in keinen Sarg mehr!" Die Wirte lächelte ihn an: „Wie lange bleiben Sie denn, Herr Hagenrieder? Sonntag haben wir Tanzefest!" Er schlug auf den Tisch: „Hipp hipp hurrjeh! Nun ist das Geschäft richtig!"

Als der Prinz fortgefahren war, sagte der Maler zu der Frau: „Ich will jetzt eine Stunde schlafen; weck' mich um halbig dreie, Sophiee! Aber erst will ich einen Schlafschönkuß haben; das ist bekömmlicher, als der Küraffao, den der Prinz nach dem Kaffee nimmt. Also!" Es ließ den Kopf auf die Sofalehne fallen und klopfte auf seine Kniee; die Wirtin setzte sich auf seinen Schoß. „Ach, ich habe so viel gegessen, daß ich nicht küssen kann," sagte er lachend; „das mußt du besorgen. Und ich bin so müde und so faul, daß ich nicht allein ins Bett finde. Denn so wirst du mich wohl hinbringen müssen; hm?" Die Frau kuschelte sich an seine Brust: „Geh vor," flüsterte sie heiser, „ich komme gleich nach; ich habe sowieso oben Wäsche fortzupacken. Jetzt muß ich erst eben in die Küche."

Laut flötend ging er nach zwei Stunden durch das Dorf, die Büchse über den Rücken geschlagen. Für alle Menschen, die ihm begegneten, hatte er ein lustiges Wort, und für jedes Kind einen Apfel. Gift und Galle jagten kläffend die Spatzen von der Straße und trieben die Katzen über die Zäune, und Helmold fand, daß die Welt doch noch ganz nett sei. Er freute sich über die bunten Blumen hinter den Zäunen, über die Tauben, die vor ihm herflatterten, über den Turmfalken, der auf der Stoppel rüttelte,

und dachte: „Hol's der Teufel; Gott gibt's reichlich wieder!" Er
war auch gar nicht ärgerlich, als er spät abends zurückkam, ohne
seinen Hirsch gehört zu haben.

Als er am anderen Nachmittage dicht vor dem Osterhohl war,
kam er an einem kleinen Hause vorbei, das halb versteckt hinter
gewaltigen Stechpalmenhorsten lag. Ein Mädchen stand in der
Tür und sah ihm mitten in die Augen. Sie hatte ein volles, aber
feines Gesicht, und ihre Augen sahen halb wie die eines Kindes
aus, halb wie die einer Frau, die allerlei erlebt hat. Er ging auf
sie zu: „Willst du mir Glück bringen, Mädchen?" Sie lachte ihn
an: „Gerne, wenn ich es machen kann." Er legte die Büchse auf
den Boden. „So, nun spring dreimal darüber!" Sie nahm ihre
Röcke zusammen und sprang, daß ihre hübschen Waden zu sehen
waren. „Danke schön!" sagte er, nahm sie um die Mitte und küßte
sie. „So, und nun schenk mir noch ein Glas Wasser!" Sie ging
vor ihm in das Haus, und er folgte ihr. „Wie heißt du denn,
Hübsche?" fragte er und setzte sich in den Spinnstuhl. „Annemieken Ahlmann," antwortete sie und lächelte ihn an. „Hm,"
meinte er; „nun laufe ich schon sieben Jahre hier herum und habe
dich noch kein einmal gesehen." „Ich Sie aber schon oft!" erwiderte das Mädchen; „aber Sie gingen immer so stolz vorbei."

Eine alte Frau kam herein. Sie kicherte, als sie Helmold sah,
und zwang ihm ein Glas Buttermilch auf. „Ja," sagte sie, „wir
sind froh, wenn sich hier mal ein Mensch sehen läßt. Seit das
mit Abbe gewesen ist, will keiner was mit uns zu tun haben. Und
es war doch man ein Unglück. Ja, ja, das hitzige Geblüt, wer
das hat, der kommt leicht zu Schaden. Na, denn viel Glück auch,
junger Herr, und lassen Sie sich mal wieder sehen. Annemieken,
zeige dem Herrn den Richteweg über die Osterhaide; das ist um
die Hälfte näher."

Das Mädchen ging mit. Als sie im Holze waren, legte Helmold

den Arm um sie und küßte sie. Sie wurde rot und weiß nacheinander und fragte dann: „Kommen Sie Sonntag auch zum Erntebier?" Er nickte. „Aber mittanzen tun Sie wohl nicht?" Er nickte wieder. Sie wurde feuerrot und flüsterte: „Auch mit mir einmal?" „Aber sicher," antwortete er; ich glaube, mit dir tanzt es sich fein!" Sie nickte: „Ich kann mich tottanzen! Aber wir haben Unglück gehabt. Vater und Mutter sind an der Auszehrung gestorben und Abbe, mein Bruder, der hat den Verwalter von Ohlenhofen totgestochen, wo seine Braut diente. Würden Sie das nicht auch tun?" Er nickte: „Ganz sicher, wenn mir einer an meine Braut käme!" Da lachte sie und drückte sich fester an ihn.

Als er eine Viertelstunde vor dem Schandenholze war, kehrte sie um. Er warf seinen Rucksack zu Boden und legte die Hunde ab. Er ging erst schnell über die Haide, aber je näher er dem Walde kam, um so kürzer wurden seine Schritte. Hinter einem mächtigen Wachholderbusche blieb er stehen und lauschte; es war alles still, nur die Goldhähnchen piepten. Er schlich unter dem Winde von Busch zu Busch, bis er das Hauptgestell übersehen konnte. Eine halbe Stunde blieb alles still, dann meldete halb rechts ein geringer Hirsch. Einen Augenblick später brach es dort und in voller Fahrt floh der Schneider über die Schneise; hinter ihm her dröhnte der Baß eines starken Hirsches. Von fern her schrie ein guter Hirsch, näher ein andrer. In der Dickung brach es, dumpfe Schläge erschallten; der Schadhirsch strafte ein Stück Wildbret ab. Helmold lachte; am liebsten hätte er geschrieen: „So recht, mein Hirsch!" Seine Augen funkelten, halb vor Freude, halb vor Haß.

Langsam rauchte er und sah durch die Zweige des Wachholderbusches die Schneise entlang, die von den schrägen Sonnenstrahlen getigert war. Ein Fuchs schnürte dicht an ihm vorüber, ohne ihn zu wittern; ihm folgte ein Hase. Eine Weile saß er still, dann

135

rückte er zu Felde. Tauben schwangen sich in ihren Schlafbäumen ein; der Schwarzspecht rief zum letzten Male. Helmold lauschte angestrengt. Ab und zu gab der Platzhirsch ein halblautes Knören von sich. Die Sonne sank; hier und da glühte auf einem Kiefernstamme ein roter Fleck auf und täuschte ein menschliches Angesicht vor, verschwand und tauchte an einer anderen Stelle wieder auf. Im Kienmoore schrie ein guter Hirsch herausfordernd; drohend antwortete der Platzhirsch. Ein Kälbertier trat über das Gestell; das Kalb folgte. Warnend rief der Hirsch und zog bis an den Rand der Dickung; sein Atem flog weiß vor ihm her. Das Tier machte Kehrt und trat wieder zurück, und das Kalb trollte hinterher.

Helmold lächelte kalt. „Der weiß mit den Weibsleuten umzugehen," dachte er; „fällt ihm gar nicht ein, zu schmachten und zu betteln. Er nimmt sich, was ihm zukommt, kraft seines Geweihes." Er überdachte das letzte Jahr. „Welch ein Narr bin ich gewesen! Hätte ich damals im Tödeloh zugepackt, so hätte ich nicht Nacht für Nacht in mein Kopfkissen hineinzuheulen brauchen. Und wäre ich Grete mit der Tatsache gekommen, so hätte sie sich geduckt." Er schämte sich vor sich selber. Er hatte sich nackt vor ihr ausgezogen. „Ein schwerer Fehler! Frauen wollen den Mann über sich sehen; stellt er sich neben sie, so sehen sie auf ihn hinunter. Sobald sie wissen, man liebt sie wirklich, ist man schon verloren," dachte er; „Mann und Weib sind Todfeinde; das ist es. Das Weib ist Realist, klebt an der Erde; der Idealismus, die Himmelssehnsucht des Mannes, ist ihm unbegreiflich, ja verächtlich. Urmensch ist es, handelt nur aus Instinkt. Ihre Hauptwaffe ist die Lüge, die Verstellung; unbewußt, darum so gefährlich, weil uns unlogisch erscheinend, unbegreiflich. Ihre Unwahrhaftigkeit ist primitiv, ist naiv."

Er drückte die Asche in der Pfeife herunter. „Sie müssen gedrückt

136

werden, soll ihre Liebe nicht ausgehen," dachte er und lachte.
„Auch Swaantje ist ein Weib; ich habe mir eine Göttin aus ihr
gemacht. Magd soll das Weib dem Manne sein, nicht Herrin.
Nie ist sie ihm Kamerad."

Es prasselte in der Dickung; der Hirsch trieb die Tiere zusammen.
Dumpf schallte es; er forkelte ein störrisches Stück. „Ruppig
muß man sie behandeln. Nietzsche hat recht: ‚Wenn du zum Weibe
gehst, vergiß die Peitsche nicht!' Erobert wollen sie sein, roh hingenommen. Wieviel Glück und Wonne hätte mir das Jahr
bringen können, wäre ich meiner Natur gefolgt! Den Kameraden
suchte ich in Grete; Wahnsinn! Suchte bei ihr Verständnis! Als
ob es das zwischen Mann und Weib gäbe. Von Mann zu
Mann, ja, und von Weib zu Weib, aber nicht über Kreuz. Der
Hirsch ist klüger; er hält sich zum Hirsch, solange ihn die Liebe
nicht zwickt, und ist es damit aus, läßt er das Frauensvolk stehen
und sucht sich Kameraden, die so fühlen wie er selber."

Die Schlagschatten der Stämme fielen über das Gestell; hohl
rief der Kauz; ein Bock schreckte in den Bleeken. Ganz selten schrie
ein Hirsch; der Abend war zu lau und versprach Regen. Helmold
stopfte sich eine neue Pfeife und steckte sie hinter dem Hute an.
Er hielt Grete und Swaantje nebeneinander und schüttelte den
Kopf. „Ein dreifacher Esel bin ich gewesen; eine Möglichkeit, die
den beiden als eine Unmöglichkeit erscheinen muß, habe ich von
ihnen erbeten. Ich war krank, sonst wäre ich nicht auf einen so
irrsinnigen Gedanken gekommen. Bei beiden habe ich meinen
Nimbus zerstört; sie sehen auf mich hinab. Das muß anders
werden, denn", er reckte die Brust, „denn ich will meinen Wunsch
nicht verhungern lassen."

Er bohrte seine Blicke in die Dämmerung. „Und Grete, sie ist
eine kluge und gute Frau. Sie ist eben Frau und kann deshalb
kein Mensch in meinem Sinne sein; und die andere schließlich auch

nur so lange, als bis", er stockte im Denken und sah mit harten Augen nach dem schwarzen Fleck, der auf der Schneise stand. Langsam hob er das Glas; es war ein Stück Wild, das sich dort äste; ein zweites und ein drittes trat dazu. Er nickte vor sich hin: Jawohl, so mußte es werden; er wollte sich mit Grete gut stellen, denn er liebte sie. Wenn er sie zuweilen zu hassen glaubte, so kam das daher, daß er ihr seine eigene Dummheit nachtrug.

Er fuhr zusammen, mitten auf der Schneise stand ein Schatten, höher als die anderen. Das Glas versagte, aber es mußte der Hirsch sein. Dumpf dröhnte es und die anderen Schatten zogen in das jenseitige Jagen, von den Geweihstößen ihres Gebieters getrieben. „Wie viele mag er bei sich haben?" dachte Helmold. „Sicher zehn bis zwölf. Das ist für ihn der Begriff des Weibes, wie für mich die Zusammenstellung Greteswaantje; aber Sophiee und Annemieken und Mariee runden den Vollbegriff Weib erst ab. Denn ich bin mehr wert als zehntausend andere Männer, kann deshalb auch mehr Ansprüche machen. Und das werde ich, so wahr ich Helmold Hagenrieder heiße!"

Er erhob sich, ging einige hundert Schritte zurück und stellte sich unter einer Schirmkiefer auf der Haide an. Der Abendstern stand blank über dem Walde. Er dachte an Swaantje; kühl betrachtete er sie und lächelte. Sie hatte mit Grete über den Roman gelacht, dieweil er mit zerrissener Brust am Boden lag; sie empfand es peinlich, als er mit einem Weiderwundschusse im Wundbette saß. Er lachte tonlos vor sich hin: ,Was denkt er von mir?' hatte sie gefragt. Ach ja, die Dame war stark in ihr. Eine kalte Wut schüttelte ihn. „Wenn sie jetzt hier wäre, würde ich ihr zeigen, daß ich ein Mann bin. Komm! würde ich sagen, und sie würde kommen."

Kühl strich der Abendwind über die Haide und ruschelte in den gelben Moorhalmen. Helmold fröstelte es. Er knirschte mit den

138

Zähnen; er dachte daran, wie erbärmlich er sich angestellt hatte, als er in der Werkstatt um einen Kuß bettelte. „Hätte ich zugepackt, stände ich anders vor ihr da. Jetzt bemitleidet sie mich. Pfui Teufel! Und sie? Auch an ihr habe ich gesündigt, schwer gesündigt. Ich habe ihr vorenthalten, was ihr zukam; krank und elend habe ich sie gemacht, ebenso wie mich. Gedichtchen habe ich ihr geboten statt Küsse, Seufzer anstatt Liebkosungen. Schöner Held, der ich bin mit meiner schlappen Rücksichtnahme auf ihre Seele, auf Grete, auf die Verwandtschaft, die Gesellschaft, meine Stellung und ähnliche Albernheiten!" Höhnisch lachte die Scham ihn an. Er dachte an den Mühlenkrug, an Janna und Manna, an sein Lautenspiel und an die Lieder, die er den Mädchen sang. „Pfui, pfui; wie ein Schuljunge benahm ich mich!"

Der Hirsch im Kienmoore schrie; er schrie sich bis in die Bleeken hinein. Der Schadhirsch antwortete und zog ihm näher. Helmold lauschte; blanke Freude lachte ihm aus den Augen. Die Hirsche standen sich gegenüber, der eine schrie dem anderen in das Gesicht. „Wundervoll," dachte er, und ihm war, als wenn der eine feuerrot, der andere blutrot schriee. „Ein Leben von rot auf Rot; rote Liebe auf rotem Mord; das ist Leben!" Er dachte an einen Mann, der ihm einst mitten in sein Leben hineingegriffen hatte. An einem klaren Wintermorgen standen sie sich im weißen Walde gegenüber. Wie blödsinnig das war: die Zilinder, die Pelze, die Gummischuhe, die rotbraunen Handschuhe, und darin die Pistolen, und vor allem: die glattrasierten, höflichen Gesichter der Zeugen und die verbindlichen Manieren des Unparteiischen! Sein Gegner ebenso, und er selber nicht anders. Und dabei: zehn Schritt Barriere mit Vorgehen und Kugelwechsel bis zur Kampfunfähigkeit. (Er lächelte, denn er dachte daran, wie ihm sein Gegner den hohen Hut vom Kopfe schoß und in demselben Augenblicke mit einem schweren Schulterschusse umfiel. Hier der Seidenhut mit

dem weißen Atlasfutter im Schnee, da der Arzt bei dem Ver-
wundeten, alle Wipfel voll von Goldhähnchengezirpe, die Luft
erfüllt von den Locktönen der Kreuzschnäbel, und der von himmelblauen Schatten gestreifte Schnee, von der Sonne mit Demanten
besät, und mitten darin ein großer herzförmiger roter Fleck und
ein kleiner, der wie ein Kreuz aussah, und von dem lauter rote
Kleckse bis zu der Stelle führten, wo der Arzt arbeitete; eine
schöne Erinnerung!

„O, ich habe auch solche," dachte er, als er, die Hunde hinter
sich, über die Haide ging; „und sogar eine ganze Menge." Vor
seinen Augen stand ein Tanzboden, niedrig und ganz mit Tabaks-
rauch gefüllt, und durch das Fenster flog, das Fensterkreuz und
alle Scheiben mitnehmend, ein Gefreiter von den Oldenburger
Dragonern, und der ihn so auf den Schwung gebracht hatte,
das war der Einjährigfreiwillige Hagenrieder gewesen. Seine ge-
wilderten Rehböcke fielen ihm ein und der Hirsch, den er auf
einem Birkenbaume dreihundert Gänge weit über die Grenze ge-
schleift hatte, und Tiedo Tiedsen, sein Konpennäler, der auszog,
um den Buren gegen die Khakis zu helfen, und der das redlich
besorgte, bis eine Kugel sein heißes Herz zur Ruhe brachte. Eine
unbändige Lust packte ihn, die ganze Zivilisation auszuziehen und
irgendwohin zu gehen, wo Kraft vor Recht geht und nur der
Mann gilt, der am schnellsten im Anschlage ist. Aber dann dachte
er: „Verpfuscht, zu spät!" Die drei wilden Blumen, die er die
letzten Tage über am Wege gepflückt hatte, kamen ihm wertlos
vor; er schlug einen Bogen, um nicht an Ahlmanns Hause vor-
beizukommen, von dem ein kleines Licht herüberschimmerte, und
er setzte sich im Krug in das Gastzimmer und nicht in die kleine
Stube, wo er mit der Wirtin allein sein mußte.

Es kamen nun einige regnerische Tage und die Hirsche schrieen
nicht. Vergebens umschlich er das Schandenholz und pürschte

140

im Kienmoore; es blieb alles stumm. Jede Nacht trat der Schad=
hirsch aus, wie die Fährten auf der Haide wiesen, zog jedoch vor
Tau und Tag wieder in die sichere Dickung. Am Sonnabend
aber drehte sich der Wind und wurde hart und kalt, und sofort
orgelten überall die Hirsche.

Es war noch schwarze Nacht, als Helmold zu Holze zog, Gift
am Schweißriemen. Unter dem Winde wartete er auf der Haide
den Tag ab, in seinen Mantel gewickelt. Der Himmel war ganz
hoch und sternenklar, und das Haidkraut starrte von Reif. Der
Schadhirsch schrie zwischen den Krüppelkiefern in den Bleeken und
zog dem Hirsche vom Kienmoore entgegen. Helmold hörte, wie
die Geweihe aneinanderprasselten, und das Keuchen der beiden
Kämpen war deutlich zu vernehmen. Ein heller Wind bewegte
die Kronen der Kiefern und flüsterte in dem Haidkraute; im
Osten zerriß die Nacht über dem Walde; Wanderdrosseln pfiffen,
und im Moore weckten sich die Kraniche auf. Die Sterne gingen
langsam nach Hause, und aus den unheimlichen Gespenstern
wurden harmlose Wachholderbüsche.

Der zweite Hirsch schrie schon wieder im Kienmoore. Helmold
merkte sich ganz genau seine Stimme, während er langsam und
bedächtig Brot und Speck aß. Als er damit fertig war, prüfte
er mit nassem Finger die Windrichtung, nahm einen kleinen
Schluck Kognak, zog den Mantel aus, legte den Rucksack ab,
steckte den Hirschruf in die rechte Joppentasche, legte den Hund
ab und deckte ihn mit dem Mantel zu, und sobald er Korn und
Kimme zusammenbringen konnte, pürschte er sich an das Holz
heran.

Der Wind wurde noch schärfer; Helmold knöpfte die Joppe
fest zu und zog den Gürtel enger. An der Ostseite bohrte der
Morgen ein Loch in die Dämmerung und sah dadurch über die
Haide. Der Hirsch im Kienmoore schrie noch einmal und ver=

schwieg dann. Helmold trat an den Rand des Hauptgestelles, prüfte den Wind und lauschte. Endlich hörte er es einmal linker- hand brechen; der Platzhirsch hatte seinen alten Stand einge- nommen. Er hörte ihn ab und zu knören und vernahm, wie ein Kälbertier mahnte.

Es war mittlerweile ganz hell geworden; die Meisen wachten auf, die Goldhähnchen piepten in den Zweigen, eine Krähe zer- krächzte die Stille. Helmold sah sich um; ein Muttertreh mit zwei Kitzen zog über das Gestell, dicht an dem Hasen vorbei, der still wie ein Baumstumpf da saß und nur die Löffel aufrichtete, als Helmold in den Bestand trat. Da sah es wild und wüst aus; der Sturm hatte vor Jahren einen Teil der untergebauten Fichten umgeschmissen, und den Rest hatte die Nonne umgebracht. Die von allerlei Gestrüpp bewachsenen Wurfböden erhoben sich über- all, zwischen ihnen lagen kreuz und quer die hohen Stangen, von oben bis unten mit silbergrauen Flechten bezogen.

Behutsam das Geknick meidend schob er sich von Stamm zu Stamm, die Büchse schußfertig in den Händen, mit den Augen das silbergraue Gewirr zerpflückend. Nichts entging ihm, weder die Fährte am Boden, noch der Dompfaff in dem Eberschen- busch, nicht der Fliegenpilz unter der Birke, nicht die zer- setzte Rinde an den Malbäumen.

Eine Stunde war vergangen, da hatte er erst zweihundert Schritte hinter sich, denn nach jedem Tritte machte er Halt und lauschte mit offenem Munde oder prüfte den Wind. Da hörte er den Hirsch knören. Langsam schob er sich hinter einen Wurf- boden, langte die Muschel aus der Tasche und quetschte einen neidischen Ruf heraus; von drüben kam eine mürrische Antwort. Er ging, den Schritt eines Hirsches nachahmend, rücksichtslos durch das Fallholz, sich immer in Deckung haltend und ab und zu einen Schrei aus der Muschel herausholend; der Schadhirsch

142

antwortete schon ärgerlicher. Helmold machte das Mahnen eines Tieres nach und ließ einen herausfordernden Ruf hinterher folgen; gereizt erwiderte ihn der Mordhirsch und zog näher. Hinter einem Wurfboden trat Helmold laut hin und her, daß der anmoorige Boden quatschte und das Fallholz brach, und während ihn der Frost schüttelte, vernahm er, wie sein Hirsch immer näher kam. Er setzte die Muschel an den Mund und schrie ihm eine grobe Redensart entgegen, und abermals eine, die noch viel frecher war, und eine dritte, mehr als gemein. Der Hirsch meldete nicht; es schien, als ob er starr wäre über die bodenlose Unverschämtheit des Nebenbuhlers. Helmold ließ den Hirschruf in die Tasche gleiten und machte scharf.

Vor ihm war alles still, dann mahnte ein Schmaltier und darauf brach es laut; vor ihm stand der Hirsch auf dreißig Gänge und schrie aus vollem Halse. Helmold sah nichts, als vier lange blanke Enden, ein graues Gesicht mit tief liegenden Lichtern und einen Strom weißen Dampfes. Die volle Brunftwitterung stank ihm in Nase und Mund hinein. Der Hirsch schrie noch einmal mit ganzer Kraft und wendete sich. Sowie er das Blatt freigab, hielt Helmold darauf und riß Funken. Er hörte Kugelschlag und sah durch das Feuer, daß der Hirsch stark zeichnete. Prasselnd fuhr er ab, daß das graue Geäst weit umherflog. Hinter ihm her polterte das Kahlwild.

Helmold blieb eine Weile stehen, wischte sich den Schweiß von der Stirne, trank einen Schluck Tee, steckte sich eine Zigarre an und ging auf den Anschuß. Er brauchte nicht lange zu suchen; er fand Schweiß und Schnitthaar. „Tiefblatt", murmelte er, als er die Schweißspritzer betrachtete und von einem Farnwedel einige Haare ablas. Er verbrach den Anschuß und ging dahin, wo er den Hund abgelegt hatte. Dort überlegte er; bis zu der Wirt= schaft, das war reichlich weit. Da fiel ihm Annemieken ein, und er ging nach dem Osterhohl.

143

Als er in das Haus trat, begrüßte ihn die alte Frau freude-
strahlend. Dann trippelte sie nach der Halbetüre und rief mit
ihrer brüchigen Stimme: „Annemieken, Mädchen, komm hille!"
Das Mädchen kam herein; es hatte bloße Arme und vor dem
Leibe einen alten Sack als Schürze. „Kann ich bei euch einen
Teller Suppe haben?" fragte Helmold. Sie lachte glücklich;
aber dann bekam sie einen roten Kopf und sagte: „Wir haben
aber bloß Bohnensuppe und alten Speck." Er lachte: „Das ist
gerade das Richtige; ich habe einen Hirsch geschossen und will ihn
nachher nachsuchen, und bis zum Kruge ist es mir zu weit." Er
ließ sich in den Spinnstuhl fallen und sah den Funken zu, die um
den Kesselhaken spielten. Als die alte Frau hinausgegangen war,
sagte das Mädchen: „Ich dachte, du würdest gestern abend hier
noch einmal vorbeikommen." Er antwortete: „Ich war sehr
müde und hatte meine böse Stunde." Das Mädchen sah ihn
groß an: „So ein feiner Herr? Ich dachte, der hätte nicht Kummer, noch Sorgen. Denn ist es wohl um ein Mädchen? Aber
darüber mußt du dir keinen Kummer machen; wenn man nicht
hat, was man lieben will, denn so liebt man, was man hat."
Er lachte: „Woher hast du denn diese Weisheit?" Sie bekam
dunkele Augen: „Ich war eine Zeit in der Stadt."

Sie ging zu dem Kessel, rührte das Schweinefutter um und sah
in dem kleinen Topf nach, ob das Essen bald fertig war. Dann
ging sie in den Garten und kam mit einem Blumenstrauß zurück,
den sie auf den Tisch stellte, über den sie ein weißes Tuch gelegt
hatte, machte sich vor dem halbblinden Spiegel das Haar, band
die Sackleinwandschürze ab, ließ ihren Rock herunter, wusch sich
die Hände und band eine reine Schürze vor. Die Großmutter
brachte die Suppe, Helmold holte, was er an Wurst und Schinken
im Rucksacke hatte, heraus und legte es auf den Tisch, desgleichen
eine Tafel Schokolade und stellte die Kognakflasche dazu, aus

der die alte Frau ein Schlückchen bekam. Es wurde ein sehr ge=
mütliches Essen, und die Großmutter gnickerte in einem fort über
den lustigen Jägersmann, der so schöne schlechte Witze erzählen
konnte. Nach dem Essen aber nickte sie sofort im Spinnstuhle ein
und Helmold gähnte auch. „Kannst in meinem Bette schlafen
gehen, Junge," sagte Annemieken. „Und du mein Schatz, bleibst
hier?" sang er. Sie schüttelte den Kopf und ließ sich mitnehmen.
Um zwei Uhr wachte er auf und hörte die Großmutter im Flett
umhertrippeln. Annemieken stand vor dem Spiegel und kämmte
sich. Er wunderte sich, daß ihr Spiegelbild ganz anders aussah,
als ihr Gesicht, bis ihm einfiel, daß Spiegel lügen. „Alle Repro=
duktion ist Schwindel," dachte er. Die Großmutter klopfte an:
„Der Kaffee ist fertig," rief sie, und als er auf die Diele kam,
tat sie, als ob sie von nichts wüßte.

„So, Gift, nun ist es aber Zeit, daß wir uns auf die Strümpfe
machen," sagte Helmold, als er gegessen und getrunken hatte.
Als er den Anberg hinaufging, flötete er vor sich hin und dachte
dabei: „So, das war ein Tag, rot in Rot; den nimmt mir keiner
mehr weg!" Lustig pfeifend schritt er über die Osterhaide. Auf
der Blöße äste sich vertraut ein guter Bock; er ließ ihn leben.
„Annemiekens wegen," dachte er, denn sie hatte ihm erzählt, daß
sie sich jeden Morgen über den Bock freute.

Vor dem Holze nahm er den Schweißriemen ab, dockte ihn
halb auf, und als er bei dem Anschusse war, legte er den Hund
zur Fährte. „Such verwund't, mein Hund," rief er ihm zu;
„weis' verwund't, mein Hund!" Der Teckel stieß einen dünnen
Laut aus und tupfte mit der rotbraunen Nase auf einen Schweiß=
spritzer. Dann legte er sich so stürmisch in den Riemen, daß sein
Herr gänzlich aufdocken mußte.

Es war eine wilde Nachsuche, denn der Hund schliefte fort=
während unter den gefallenen Fichten durch, so daß Helmold alle

Augenblicke den Riemen fahren und über die toten Stangen hin=
wegfeßen und den Riemen wieder festtreten und greifen mußte.
Nach fünfhundert Gängen wies der Hund das erste Wundbett
vor. Das zweite kam, ein drittes in einem Tümpel und ein viertes;
aber da brach es in der Dickung, der Hund riß Helmold den
Riemen aus der Hand und heßte mit hellem Halse weiter. Sein
Herr blieb stehen und atmete tief, auf den Ball des Teckels hor=
chend. Seine Augen strahlten: „Wundervoll, ganz wundervoll!"
dachte er, wischte sich Stirn und Hals ab, nahm einen Schluck
aus der Kognakflasche und sekte sich auf einen Wurfboden. bis
sein Herz sich beruhigt hatte.

Dann horchte er auf; der helle Haßlaut des Hundes brach mit
einem Male ab und vertiefte sich zu dumpfem Standlaut. Hel=
mold lachte: „Hat ihm schon!" Er nahm die Büchse vom Rücken
und ging schnell aber vorsichtig dem Halse des Hundes nach, der
aus dem Nachbarjagen herüberläutete. Er trat über das Gestell
und drängte sich durch die Fichtenleichen, ab und zu springend,
wenn die grauen Stangen zu hoch lagen, oder sich zwischen zwei
Wurfböden durchwindend. Je näher der Standlaut klang, um
so behutsamer schlich er, und dann blieb er auf einmal stehen
und riß sein Gesicht zu einem breiten Lachen auseinander, denn
mitten in einem quelligen Ellernsumpfe stand der Hirsch bis an
den Leib in der Modder und versuchte, den Hund zu forkeln, der
vor ihm auf einem zwei Fuß hohen Kissen von Silbermoos vor=
stand und ihn mit heiserem Halse verbellte, ab und zu den Ver=
such machend, ihn niederzuziehen, aber gewandt zurückzuckend,
sobald der Hirsch das Haupt senkte.

„Prachtvoll, ganz prachtvoll," dachte der Maler, legte den
Rucksack ab, langte vorsichtig das Skizzenbuch heraus und hielt
mit dem Stifte Hund, Hirsch und Landschaft fest; dann stach er
die Büchse, zielte auf den Halsansaß, und so wie es knallte,

146

praſſelte und quatſchte es, der Hirſch war verſchwunden, und mit giftigem Laute ſprang der Teckel zu. „Tot, tot!" rief Hel= mold ihm zu, liebelte ihn ab, brach ſich einen Bruch, zog ihn über den Einſchuß und ſteckte ihn an den Hut; dann ſetzte er das Horn an die Lippen und prahleriſch klang es über Wald und Haide: „Hirſch tot, Hirſch tot, Hirſch tot!"

Er hob das Geweih aus dem Schlamm. „Donnerhagel!" ſagte er, als er es ſich anſah. „Donnerhagel noch einmal, das iſt mein beſter Hirſch!" Er zog das Waidmeſſer und brach mit zwei Griffen die Kuſen heraus. „Nummer eins," lachte er, als er ſie in die Hoſentaſche ſteckte. Aber dann ſtrich er ſich über die Stirn, als ob er da Herbſtſeide gefühlt hätte; er dachte an die ſilberne Spange mit den Hirſchhaken, die er Swaantje verehrt hatte. Mit Mühe brachte er den Hirſch auf die Decke, brach ihn auf, machte den Hund genoſſen, ſchärfte die Mürbebraten heraus und die Zunge und tat ſie in den Ruckſack, während er das große Ge= ſcheide verſcharrte und das Kleine zum Ausſchweißen an einen Aſt hing. Dann zog er ſäuberlich das lange Gehääre aus der Brunftmähne, wickelte es in ein Stück Papier, legte es in das Skizzenbuch, wuſch ſich die Hände und machte das Meſſer ſauber, trank den Reſt ſeines Tees aus, ſteckte ſich eine Zigarre an, dockte den Schweißriemen auf und ging dem Geſtelle zu, wo er ſich der Länge lang an einen Jagenhaufen lehnte, gegen den Himmel ſah und rauchte, während Gift in ſeinem linken Arme lag und ſchlief.

Nach einer Viertelſtunde knallte Peitſchenſchlag; der Wagen hielt vor dem Geſtell. Helmold ſprang auf und winkte den Wagen heran; der Prinz lenkte, und hintenauf ſaß der Jagdhüter und der Kutſcher. „Waidmannsheil!" rief der Prinz, „iſt es der Mörder?" Der Maler lachte: „Jawollja, ein Haupthirſch; herz= lichſchönen Dank auch! Es iſt mein beſter Hirſch bis heute, ob=

zwar er man vier Enden hat. Aber solche!" Er reckte den Arm
und zeigte mit der Hand erst auf den Ellenbogen, dann auf den
Schulteransatz. „Klobige Stangen, und Enden so weiß wie ein
Jungfernbein."

Der Prinz sprang ab und folgte seinem Freunde, der ihn zu
dem Hirsche führte. „Auf den Ruf?" fragte er. Helmold nickte
und erzählte, wie er es angefangen hatte. Etwas wie Neid kroch
um den Mund des anderen, als er das Geweih sah, doch dann
sagte er: „Na, den wollen wir heute abend im Jagdhause ordent=
lich tottrinken." Der Maler schüttelte den Kopf: „Nee, im Blauen
Himmel, da ist heute Erntebier!" Der Prinz faltete seine Stirne
zusammen, aber dann meinte er: „Ich danke, bleibe lieber im
Jagdhause. Willst da wohl Studien machen, Helmold?" Der
lachte: „I wo, denke nicht daran; tanzen will ich, daß die Haide
wackelt; mir läuft jetzt schon das Wasser in den Tanzbeinen zu=
sammen."

Der Jagdhüter und der Kutscher schleiften den Hirsch dem Ge=
stelle zu. „Guter Schuß," meinte der Prinz; „Blatt rein, Blatt
raus." Er sah sich das Herz an, dessen Spitze durchschossen war.
„Unglaublich, daß der Hirsch damit so weit geflohen ist! Man
sollte meinen, mit einem solchen Schusse müßte er im Feuer blei=
ben. Und der Gift, das ist ja ein Haupthund! Komm her, Kerl=
chen, hast brave Arbeit gemacht!" Aber der Teckel wich ihm aus.

Helmold hielt das Herz des Hirsches in der Hand und ihm war,
als wäre es sein eigenes. Auch er hatte einen tödlichen Blattschuß
bekommen und lebte noch, floh durch Dorn und Dickung, schleppte
sich von einem Wundbette zum andern, und war doch verloren,
denn hinter ihm her hetzte mit hellem Halse das Gedenken an die
Eine. Mit einem Schlage sah er ein, daß seine Wunde nie ver=
heilen würde, und wenn er sie noch so oft kühlen würde in allen
Marieen und Sophieen, die er auf seiner Todesflucht antraf,

148

denn immer kläffte die Erinnerung in seiner Rotfährte, und ein=
mal würde sie ihn doch zu Stande hetzen und niederziehen. „Und
wenn schon," dachte er, und sah mit frechem Blicke hinter sich,
als stände der eiserne Ritter da, „und wenn schon! Vorgestern
die Mariee, gestern die Sophiee, heute Annemieken, und morgen,"
er stockte, aber dann sprang er über den Graben, „und morgen
Grete und übermorgen Swaantje. Blut um Blut; denn umsonst
will ich nicht gestorben sein!"

Sie brachten den Hirsch nach dem Jagdhause, wo der Prinz
zurückblieb, während der Maler mit dem Kutscher und dem Jagd=
aufseher nach Stillenliebe fuhr. Helmold freute sich über den
prachtvollen Nacken des Jagdhüters, über den festen Schnitt
seines Gesichtes und den weitausgreifenden Blick seiner ruhigen
blauen Augen. Es war ein Mann der schnellen Tat, der nicht
viele Worte machte und niemals lange fackelte, ganz gleich, ob
es sich um Wild oder Weib handelte, oder um einen Wilddieb.
Früher wurde in der Gegend viel gewildert; seitdem Moormann
da war, hatte das fast ganz aufgehört, besonders seit der Zeit,
daß er Sliekenhinnerk, einen Freischützen von Beruf, der im Ver=
dacht stand, den Ohlenwohler Hegemeister totgeschossen zu haben,
niedergeknallt hatte. Hagenrieder hatte ihn gefragt, wie ihm da=
bei zumute gewesen war, als der Mann tot zu seinen Füßen
lag. „Großartig", hatte Moormann gesagt und lachend hinzu=
gesetzt: „Ein Schade, daß er nichts auf dem Kopfe hatte zum
Andiewandhängen; aber ich habe doch wenigstens seine Photo=
graphie!"

Hagenrieder sah ihn sich genauer an. Er war fünfundvierzig
Jahre alt, hatte aber keine einzige Falte in dem braunen, rot=
bäckigen Gesichte, und auf seinem Handrücken hatte kein uner=
füllter Wunsch seine Fährte hinterlassen. Er hatte eine hübsche
stramme Frau und einen Haufen Kinder; doch sagte man ihm

149

nach, er ließe auch sonst nichts anbrennen. Die Blicke, die manche Frauen und Mädchen ihm gaben, waren wie ein verstohlener Händedruck; aber die von einigen Männern und Jungferlen schmeckten nach Messerstichen. Wenn er anlegte, knallte es auch schon, ob er nun Hagel oder Kugeln nahm. „Wer sich besinnt, der nicht gewinnt," sagte er. Er hatte mehrere solcher Sprüche: „Wer viel denkt, sich viel kränkt," hatte er einmal zu Hagenrieder gesagt, und ein anderes Mal meinte er: „Frauenvolk und Nesselkraut, wer sachte zufaßt, kriegt Blasen auf die Haut." Dieser Spruch fiel Helmold nun ein. „Ach ja!" dachte er und kam sich klein und feige vor.

Als sie ein Weilchen gefahren waren, kamen sie an einem Trupp junger Burschen vorbei, die ihnen nachjohlten. „Sind das nicht Schadhörstener?" fragte der Kutscher. Der Jagdaufseher nickte, und der andere meinte: „Das ist eine rüdige Bande." Moormann zuckte verächtlich die rechte Schulter.

Helmold hörte kaum darauf, was vor ihm gesprochen wurde; er mußte wieder an Swaantje denken, an den Tag, als sie krank im Bette lag und er ihr die Pfirsichspelten zwischen die Lippen schob. „Nein," dachte er, „es ist doch ein Unterschied zwischen diesen Weibsleuten hier und Grete und Swaantje; die einen kann man ganz hinnehmen und sie bleiben, was sie sind, und bei den anderen kann ein einziger Kuß die Seele bis auf den Grund aufwühlen." Ein Schatten flog über sein Gemüt; er wußte: nie und nimmer würde er Swaantje so behandeln können, wie Mariee oder die Krugwirtin, und deshalb würde er sich bis an sein Lebensende mit dieser tauben Liebe herumschlagen. Dann aber sagte er sich: „Und wenn Swaantje daran zerbricht, ich will meinen Willen haben, denn ich bin zu wertvoll, als daß ich an ihr umkommen darf. Was ist sie denn? Ein schönes Mädchen aus guter Familie! Es gibt mehr solche; aber Männer wie ich kommen

150

nicht oft vor. Sobald ich nach Swaanhof komme, mache ich einen Bajonettangriff auf sie. Denn zum Kuckuck noch einmal, es ist doch alles Unsinn, was ich in sie hineingeheimnißt habe, auch ihre Schriftstellerei. Das war nichts als Widerhall meiner Seele, und es war schließlich nur ein Geständnis von ihr, eine feine Art der Hingebung. Sie hat von mir empfangen und brachte Novellen und Skizzen zur Welt. Aber so sind wir: schafft ein Mann etwas Mittelmäßiges, so verreißen wir ihn nach allen Regeln der Kunst; bei einem Weibe finden wir dieselbe Leistung riesig. Warum? Weil Weiber im Durchschnitt nicht produktiv sind bei ihrer rein rezeptiven Veranlagung und uns jede Aus= nahme davon als Riesenleistung vorkommt."

Eine heiße Blutwelle brandete in seinem Gesichte; er schämte sich. „Verflucht!" dachte er; „ich machte sie zur mittelmäßigen Schriftstellerin, und sie rächte sich dadurch, daß sie mich auf Ab= wege brachte." Seine Tendenzbilder fielen ihm ein; alle vier hatte er übergestrichen. Niemals hatte er früher eigene Verse und Sing= weisen bei der Arbeit gehabt; so sehr hatte ihn diese elende Ver= liebtheit zerrüttet, daß er alle Klarheit verloren hatte.

Noch einmal schämte er sich, denn ihm fielen die zugeknöpften Augen Hennigs ein, mit denen der die Bilder betrachtet hatte. „Famoser Kerl!" dachte er, und ging in Gedanken alle seine Bilder aus der letzten Zeit durch. Aber er fand nur noch bei Swaantjes Bildnis einen Fehler; die Landschaft war zu auf= dringlich, die Haide zu rosenrot, die Wachholder zu botanisch richtig. Das mußte alles zusammendämmern, ineinanderfließen, so daß nur das Gesicht allein wirkte. Er wischte in Gedanken alle Härten aus der Landschaft und arbeitete den Kopf mehr her= aus. Dabei fiel ihm ein, daß er nur die halbe Swaantje gemalt hatte, die milde, weiche, selbstlose Swaantje mit den zärtlichen Augen und den liebevollen Lippen; aber sie konnte auch unbarm=

herzige Augen haben und grausame Lippen. Davon sollte das Bild auch erzählen, von ihrem zweiten Gesichte; aber nur ganz verstohlen durfte es aus dem Alltagsgesichte hervordrohen. „Alltagsgesicht, das ist es," dachte er; „Maske ist ihre Weichheit, ihr feuchtschimmernder Blick, ihre hilflose Anschmiegsamkeit, mit der ihr Gesicht sich Tag für Tag schmückt; dahinter ist Starrheit, Kälte und Geiz. Ich will das alles in ihr zerbrechen, und wenn sie dabei zusammenkracht!"

So dachte er, denn eine freche, schwefelgelb und feuerrot geringelte Tanzweise schallte vom Kruge herüber. Der Wagen hielt. Unter der Linde stand Hennig, seine Line neben sich. „Donnerwetter, Kerl, ist das ein blödsinnig vernünftiger Gedanke von dir!" rief Helmold, „und fein, daß du deine Lüttje mitgebracht hast. Tag, schöne junge Frau!" Das Mädchen schlug lachend ein. „Kinder, kommt mit rauf, ich muß mich erst noch umhosen und waschen."

„Du siehst großartig aus, Helmke," sagte Hennig, als sie oben waren, ihn mit zufriedenen Augen ansehend. „Tja," erwiderte der andere; „die gute Landluft!" Er schrie die Treppe hinunter: „Mine, zwei Handtücher!" Das Mädchen kam heraufgestürzt. Es war ein blasses, dünnes Geschöpf, aber sie sah in dem hellen Tanzkleide so niedlich aus, daß der Maler sie an das Ohr faßte und heranzog. „Kiek sieh, aus Kindern werden Leute! Hast'e schon 'n Bräutigam?" Sie schlug die Augen unter sich. „Na, dann bring' ihm das mit und sag', ich lasse ihn schön grüßen!" Er küßte sie, daß ihr die Luft fortblieb. Mit feuerrotem Kopf schob sie sich aus dem Zimmer. „Na, ihr seid gut!" sagte Line lachend; „die wievielte ist denn das hier? Aber alles was recht ist, so seid ihr mir doch lieber, als wie neulich, wo ihr aussahet, wie eine kranke Katze."

Helmold wusch sich im Nebenraum. Er hatte nur die Kniehosen

an, als er, das Handtuch in der Hand, hereinschoß. „Du, Hennig, ach so, na, Line, Sie sind ja schon etwas abgehärtet! Also, warum hast du neulich nichts gesagt, als ich dir meine Saharabilder und so weiter zeigte?" Sein Freund schnitt sorgfältig die Spitze der Zigarre ein. „Muß man denn immer etwas sagen?" Helmold lachte. „Alter Politikus!" Er ging in das Schlafzimmer und kam wieder heraus, nun mit einem grün und rot gestreiften Leinenhemde über dem Oberkörper. Er stellte sich vor den Spiegel, zog eine Halsbinde durch den Kragen, knöpfte ihn an und band sich eine unverschämte Schleife. Als er die Hosenträger über den Kopf schlug, fragte er: „Du, Hennig, ich male nicht mehr mit Orchesterbegleitung." Der andere brummte etwas vor sich hin, und Helmold fuhr fort: „Mir kommt das so vor, als wenn du mit der einen Hand schreiben würdest, und mit der anderen malst du." Hennig sah auf und nickte seinem Freunde in den Spiegel zu: „Sehr richtig!" Der lachte: „Ja, warum hast du das nicht eher gesagt, alter Heimtücker!" Der antwortete: „Eine Schwäre muß von selbst aufgehen!" Helmold platzte los: „Großartig; meine Lyrik als Abszeß! Aber du hast recht. Und nun höre: geh' morgen in meine Malstatt, und sieh dir die Saharabilder, Wodes Zorn und Frigges Feuertod an; ich glaube, jetzt werden dir die Bilder gefallen." Er drehte sich um und sah Hennig listiglustig an. Der machte sein dümmstes Gesicht. „Ich habe nämlich an allen eine Kleinigkeit geändert; rate mal, was?" Der andere nahm die Schultern auf und ließ sie wieder fallen. „Malgründe habe ich daraus gemacht, weggestrichen habe ich sie!" Er lachte ausgelassen.

Hennecke sprang mit feuerrotem Gesichte auf: „Mensch," rief er, „Helmke!" nahm ihn an den Ohren und küßte ihn, daß es knallte; „das ist ja großartig!" Er faßte Line an den Arm und warf sie Helmold an den Hals: „Küsse ihn, Mädchen, küsse ihn, bis er nicht mehr piep sagen kann! Wir haben unsern Helmke wieder! Er ist gesund! Er wird keine Heulkrämpfe mehr kriegen und anständige Leute im Ratskeller blamieren." Er sauste aus der Türe und kam nach einer Weile mit einer Flasche Sekt und drei Gläsern zurück: „Kerl, darauf wollen wir aber mit dem Besten anstoßen, das es in diesem Kretscham gibt! Heil, heil und zum abermalten Male heil!"

Er schenkte wieder ein und fröhlich paffend kramte er, Line neben sich in das Sofa ziehend, aus: „Was haben wir uns für Sorgen um dich gemacht! Nicht wahr, Linchen?" Das Mädchen nickte und lächelte ernsthaft. „Eine halbe Nacht heulte sie mir im Bette herum und wimmerte: ‚was fehlt ihm bloß! was fehlt ihm bloß! wenn wir ihm doch bloß helfen könnten!' Ich habe mich in meinem Leben noch nicht so erschrocken, als wie du uns sagtest, daß du bei jedem Bild jetzt ein Lied und eine Melodie hast! Und als ich dann deine gemalten Leitartikel sah, da war ich ganz zertrümmert; am liebsten hätte ich dir eins an den Hals gehauen! Kerl, was bin ich froh, daß du diese schwere Infektion hinter dir hast! Denn ich war tatsäch= lich in Sorge um dich. Du kamest so fein in die Höhe, und mit einem Male fielest du die ganze Treppe wieder hinunter und fingest an zu malen, als läge dir etwas am schwarzen Adler. Übrigens: die weiße Haide ist auch fehlerhaft; es ist eine Tauto= logie." Helmold nickte. „Das Dümmste ist schon heraus; das andere kommt noch. Ja, ich war schön in den Dreck gefallen." Er pfiff laut: „Das macht die Liebe ganz allein!" Hennig sah ihn von der Seite an, lachte dann und sagte: „Auf der großen Diele sieht es sengerich aus; die Schadhörstener Rauhbeine sind da; es riecht nach Kloppe!"

Als sie auf die Diele traten, Line zwischen sich, kam von dem Ausschanke her ein heiseres Hohnlachen; da standen die Schad= hörstener, prahlten und tranken sich Frechheit an. Helmold ging

154

vorbei, ohne sie anzusehen, und ohne darauf zu achten, daß es hinter ihm herflog: „Kiek den Stadtjapper! Der hat sich die Waden ausgestoppt!" Brüllendes Hohnlachen folgte dem Witze. Die Freunde gingen auf die Stillenlieber Jungens zu; Helmold sagte ganz laut: „In Schadhorsten haben sie wohl kein Geld für ein eigenes Erntebier? Und da tanzen sie wohl bloß, wenn sie eine Handvoll Schrote auf den Hintern kriegen!" Die Stillen= lieber lachten hell auf; die Schadhorstener brummten wie Dächse, denn zwei von ihnen hatten wegen Wilderns gesessen.

Den Walzer ließ Helmold vorbeigehen; Hennig und Line tanzten ihn. Als sie zum vierten Male bei den Schadhörstenern vorbei= kamen, wurde aus ihrer Mitte ein junger Bengel so gegen Line gestoßen, daß sie stolperte; aber Hennecke hielt sie und trat einem Schadhörstener mit Absicht so auf die große Zehe, daß der Mensch die Zigarre aus dem Munde fallen ließ,

Helmold bestellte bei der Musik die Hamburger Polka; die Trompeter bliesen sogleich an. Er klatschte in die Hände und winkte Annemieken heran; mit hochaufgerichtetem Kopfe ging sie quer über die Diele und stellte sich neben ihn. „Donnerkiel," sagte Hennig zu Line; aber was er sich dachte, sagte er nicht.

Die Musik legte los; hastig liefen die verrückten Töne hinter= einander her. Helmold und Annemieken tanzten vor, dann kam Klaus Ruter, der Sohn des Vorstehers, mit seinem Schatz, und darauf Hennig und Line und dann die anderen Stillenlieber. Die Schadhörstener machten lange Augen; solch Tanzen hatten sie noch kein Mal gesehen; aber Helmold hatte vorher eine Runde Portwein ausgegeben, und der hatte die Knochen geschmiert. Er tanzte gerade nuf die Schadhörstener los, schlug ihnen die Füße dicht vor den Gesichtern vorbei und sah durch sie durch, als wenn sie Luft waren. Sie ärgerten sich blau und blaß, trauten sich aber nicht aus ihrem Winkel heraus, denn die Stillenlieber Jungens hatten keine guten Augen, und der Schadhörstener Hauptschläger sollte erst noch kommen.

Mit dumpfem Getrampel und gellendem Aufjuchen brach der Tanz ab; die Stillenlieber Jungens hatten alle rote Köpfe, und ihren Mädchen gingen die Schürzenlätze auf und ab. „Kinder!" schrie Hagenrieder und schlug auf den Tisch, daß die Gläser Polka tanzten, „ich habe von Morgen den dicken Happbock vom Schandenholz dode geschossen; darauf will ich einen ausgeben. Frau Pohlmann, sechs Buddeln Rotkopp und eine Kiste Zieh= garr'n!" Die Schadhörstener, die sich erst alle umgedreht hatten, als er so losprahlte, machten schnell wieder kehrt, als der Wein herbeigeschleppt wurde. Aber dann lachten sie, denn Christel Remmert, der Sohn ihres Vorstehers und der Hauptschläger weit und breit, trat ein, gerade als die Stillenlieber mit Hagen= rieder und Hennecke anstießen und lauthals hoch riefen, als Helmold schrie: „Hoch Stillenliebe und alles, was sich dazu rechnet, und die Knochen für die Hunde vor der Türe!"

Christel Remmert ging quer über die Diele, warf der Musik einen Taler hin und schrie: „Solo für Schadhorsten!" Die Mu= siker standen auf und stimmten einen Walzer an. Die Stillen= lieber tranken ihre Gläser aus und stellten sich vor ihre Mädchen. In der vordersten Reihe standen Hagenrieder, Hennecke und Ruter, die Hände in den Taschen, die Zigarren in den Mund= winkeln.

Remmert trat vor sie hin, klatschte in die Hände und winkte Annemieken, und zwei andere Schadhörstener machten es bei Line und Ruters Mädchen ebenso, aber die Mädchen lachten sie aus. Da versuchte Remmert, sich zwischen dem Maler und seinem Freunde durchzudrängen, erst mit der Schulter, und als das nicht gehen wollte, indem er sie mit den Händen auseinanderschob. Aber Helmold stieß ihn vor die Brust, daß er zurücktaumelte.

156

„Teuf, du Aas!" schrie der lange Kerl und sprang auf den
Maler zu; der trat zur Seite und schlug ihm mit einer schnellen
Fußbewegung die Beine unter dem Leibe weg, so daß er schwer
auf die Diele hinstürzte. Auf ihn fiel ein anderer Bengel aus
Schadhorsten, den Hennecke in die Herzgrube gebort hatte, und
da schrie Klaus Ruter: „Die Fenster auf!", sprang mitten
zwischen die Fremden, packte den Stärksten von ihnen an Brust
und Hosenlatz, hob ihn auf, warf ihn zwischen die Stühle, daß
es krachte, griff wieder zu, schleppte ihn zum Fenster und warf
ihn in die Mistgrube.

Die Stillenlieber brüllten vor Vergnügen, und Helmold auch.
Da hörte er hinter sich einen Schrei, und als er sich umdrehte,
sah er Remmerts kreideweißes Gesicht und eine Hand, die ein
Messer hielt. Im nächsten Augenblicke aber war das Gesicht rot=
gestreift, und das Messer fiel zu Boden; Annemieken hatte dem
Heimtücker eine Weinflasche so in das Gesicht geschlagen, daß
ihm die Scherben Mund und Nase zerschnitten.

Im nächsten Augenblicke stand kein Schadhörstener mehr auf
den Beinen. Moormann, der von der Gaststube aus zugesehen
hatte, rief: „Sie gebrauchen das Messer!" Sofort standen die
acht Stillenlieber Bauern den jungen Leuten aus dem Orte bei,
und nun flogen die Fremden kopfoberst, kopfunterst teils aus der
großen Tür, teils aus dem Fenster, und die diesen Weg gehen
mußten, lernten dabei, wie Stalljauche schmeckt. Helmold und
Hennig halfen tüchtig mit, und dabei bekam der erste einen Schlag
mit einem Bierglase auf die Backe, daß er einen fingerlangen
Schnitt davon behielt. Er ließ sich schnell nach Ohlenwohle
fahren, wo der Arzt wohnte, und kam nach anderthalb Stunden
geflickt und vernüchtert wieder, aß wie ein Wolf und tanzte bis
in die zwölfte Stunde. Dann brachte er Annemieken nach Hause
und saß hinterher mit Hennecke und den Bauern noch beim

Biere. Frisch und munter wachte er am anderen Morgen um acht Uhr auf, frühstückte mit Hennig und Line und fuhr sie zur Haltestelle.

Auf dem Rückwege fiel ihm ein, daß er seit dem vorigen Nachmittage noch nicht an Swaantje gedacht hatte, und nun er das tat, schien sie ihm nur noch ein Schatten zu sein. Als er nach dem Mittagessen auf dem Sofa lag und den Spielfliegen zusah, die unter den Deckenbalken tanzten, überlegte er sich seine Lage in aller Ruhe. „Sieben Jahre lang hat mir diese Liebe in den Knochen gesteckt; ein Jahr lang war sie akut. Das genügt mir; jetzt ist Schluß", sann er. „Ein Loch behalte ich immer davon, das weiß ich; ungeküßte Küsse und ungeschlagene Schläge, das ist das bitterste Weh. Aber schließlich vernarbt alles und schmerzt nur noch ab und zu bei Wetterwechsel." Er dachte geflissentlich an das Mädchen; aber seine Gedanken waren nicht hell und zart wie das Laub der Maibuchen, und nicht welk und mürbe, wie Fallaub, sie waren hart und fest, wie das Buchenblatt, das sich schon gewendet hat.

„Im Grunde hat mir die Sache nur genützt," überlegte er; „bisher war ich ein Junge, ein Kind; jetzt habe ich mich entweiblicht und vermännlicht. Ich will jetzt nur noch tun, was ich will, und mich unter keinen fremden Willen mehr ducken. Ich werde küssen, was mir gefällt, und zu Boden schlagen, was mir vor die Pferde kommt."

Es klopfte leise an die Tür. Er rief: „Herein, wenn es kein Geldbriefträger ist!" Die Wirtin kam mit dem Kaffee. Sie hatte den ganzen Tag mit ihm gemuckt, Annemiekens wegen, und als er sie vorhin in der kleinen Stube umfassen wollte, hatte sie sich ihm schweigend entzogen. Jetzt stellte sie ihm ihr feinstes Geschirr auf den Tisch und einen bunten Strauß dazu, und als er sich in der Sofaecke reckte und unter herrischem Augenaufschlage fragte:

158

„Jst das alles?" da warf sie sich in seine Arme und küßte ihn, wie sie ihn noch nie geküßt hatte.

„So werde ich das fortan immer machen," beschloß er, als sie ihn verlassen hatte und er seine Zigarre rauchte; den Hirschen und den Männern werde ich höflich entgegengehen und die Frauenzimmer auf mich zukommen lassen. Das Hinterherlaufen hat nun ein Ende. Moormann hat recht."

Ruhig und bedächtig machte er sich für die Nachmittagsbrunft zurecht, nachdem er Grete eine Mohnblumenkarte gemalt und in den Kasten gesteckt hatte.

Die Wundfährte

Seine Frau freute sich, als er braungebrannt und helläugig zu=
rückkam. „Aber wie bist zu dem schönen Schmisse gekommen,
Helmold?" fragte sie. „Ja," sagte er und lachte, „bei der
Schweißarbeit geht es oft nicht gerade säuberlich her, und die drei
Geweihe sind den Krätzer schon wert." Er schämte sich gar nicht,
daß er um die Wahrheit herumging. Früher hatte er seiner Frau
alles, aber auch alles gesagt und sich in Hemdsärmel und ohne
Kragen vor ihr gezeigt; das sollte nicht wieder vorkommen.

Nach dem Abendessen sagte er: „Ich muß noch ausgehen; wie
lange ich bleibe, weiß ich nicht." Seine Frau machte ein etwas
beleidigtes Gesicht: „Gleich den ersten Abend?" Er faßte sie unter
das Kinn und küßte sie: „Jawohl, mein Herze; es geht nicht an=
ders." Er ging erst ziellos auf der Hauptstraße hin und her, setzte
sich dann anderthalb Stunden in ein Kaffeehaus, spielte mit
einem ihm unbekannten Herrn Billard und ging gegen zehn Uhr
nach Hause. Grete, die etwas blaß und ermüdet aussah, lachte
vor Glück, als er so früh und mit so fröhlichen Augen zurück=
kam, rückte ihm den bequemsten Sessel hin, brachte ihm Wein
und Zigarren und räumte dann auf.

Er sah ihr nach und freute sich über ihre vornehme Erscheinung,
ihr schönes Haar und ihre frischen Bewegungen. „Sie ist eigent=
lich doch die Schönste!" dachte er und machte so verliebte Augen,
daß sie sich auf seinen Schoß setzte. Sie legte ihren Kopf an seine
Schulter und meinte: „Ich danke dir auch sehr für die wunder=

schöne Karte; es war nur eine in zwei Wochen, aber es ist ja auch Herbst!"

Sie besann sich einen Augenblick, unterdes sie ihm bald die Hände streichelte, bald den Nacken graulte, und dann sagte sie mit etwas verlegener Stimme: „Ich habe dir auch etwas zu schenken: ich bin aus dem Verein ausgetreten. Weißt du, das ging mir doch zu weit: das ist kein Frauenbildungsverein mehr, das ist ein Vermännerungsklub. Und dann diese Geschichten, die da vorgekommen sind! Die überspannte Frau Kelling ist mit einem Kalifritzen ausgerückt und hat ihren netten Mann und die reizenden Kinder sitzen lassen, und Frau von Besentzien läßt sich scheiden. ‚Mein Mann ist mir geistig nicht gewachsen,‘ hat die Gans gesagt. Aber das schlimmste ist die Sache mit Professor Detten, du weißt doch, der uns immer die glänzenden Vorträge über Frauenkultur hielt. Jetzt hat er einen Haufen Geld geerbt, und was tut er? Er heiratet die Köchin seiner Mutter!"

Helmold lachte, daß ihm die Arme flogen: „Ja, das ist allerdings eine Gemeinheit sondergleichen, wo er doch in dem Vereine ein so wohlassortiertes Lager von ge=, ver= und überbildeten Dämlichkeiten hatte. Aber ich habe es dir ja früher oft gesagt: die radikale Frauenbewegung hat sehr viel Gutes; sie verekelt allen ernsthaften Männern die Damen und veranlaßt sie, Mädchen zu freien, die ihren Männern weiter nichts als Frauen sein wollen und ihren Kindern Mütter. Übrigens, so sehr ich mich freue, daß du aus der Blase heraus bist, in die du vernünftige Frau gar nicht hineinpaßt, meinetwegen hättest du das nicht zu tun brauchen. So ein bißchen Sport will jeder Mensch neben dem Alltagsleben haben."

Es gingen einige schöne Wochen in das Land; Helmold arbeitete fleißig, aber ohne Überstürzung. Er malte den Hintergrund zu Swaantjes Bild um, gab ihrem äußeren Gesichte einen weichen

Zug, brachte aber dahinter etwas rätselhaft Hartes an, das nie=
mand fassen konnte, das aber jeder fühlte, und umgab das Bild
mit einem dunkelgrünen, gleißenden, durch grellrote Perlen ge=
hobenen Rahmen, der die Wirkung von reich tragenden Stech=
palmen andeutete. Als er sein Malzeichen unter das Bild setzte,
pfiff er das freche Lied von der Lüneburger Haide so laut, daß
Grete angestürzt kam und ihn fragte: „Du pfeifst das üble Lied,
und so denke ich, ich darf mal kommen!" Er nickte und sagte,
auf das Bild weisend: „So! vorher war es wabbliger Kitsch,
jetzt ist es etwas. Nicht wahr, Gretechien?" Sie nickte; frei wurde
es ihr um das Herz. Seine Stimme war ohne Unterklang, seine
Augen sprachen nur von dem Bildnisse und nicht ein bißchen von
dem Mädchen, das es darstellte. Sie hätte aufschreien mögen vor
Glück. Doch der Brief, den sie in der Hand hielt, verbot ihr das.

„Helmold," begann sie, und ihre Stimme duckte sich, „hier
lies mal. Swaantje geht es nicht gut. Sie bittet mich, zu kommen,
denn Muhme Gese, schreibt sie, fiele ihr doch etwas auf die
Nerven. Was meinst du, soll ich fahren?" Sie setzte sich auf das
Ruhebett, und er nahm in dem Sessel Platz. Langsam und be=
dächtig las er den Brief. Bei jeder Zeile wurde seine Stirne
krauser; aber obwohl er tiefes Mitleid empfand, spöttelte er in
sich doch über die verlogene, oder, wie er sich selber verbesserte,
verbogene Schrift und den gequälten Humor, der den ganzen
Brief durchzog. Er gab den Brief zurück und sagte: „Natürlich
fährst du; sie braucht einen Menschen, den sie wirklich liebt; die
alten Leute bieten ihr so gut wie nichts. Ich glaube, sie ist von
ihnen mit Altersschwäche angesteckt, denn Ohm Ollig und Tante
Gese sind, meine ich, schon mit Arterienverkalkung und Hämor=
rhoiden auf die Welt gekommen, in geistiger Beziehung wenigstens
sicher. Fahre sofort und muntere sie auf. Übrigens Thorbergs
fahren erst nach Neujahr; sein Prokurist ist krank, schreibt er mir,

und es ist jetzt zu viel zu tun. Schade! Was Swaantje fehlt, ist
frische Luft und neue Menschen."

Seine Frau hatte ihn aufmerksam angesehen, solange er
sprach. War das der selbe Mann, der jüngst noch fast einen Tob=
suchtsanfall bekommen hatte, als sie sich zwischen ihn und das
Mädchen stellte? Ein sonderbares Angstgefühl hielt ihr den Atem
fest. Sie betrachtete ihn, während er Swaantjes Bild an den
ersten besten Nagel hängte, ganz aufmerksam. Es war ihr Helmke,
aber er war es doch nicht; es lag eine Ruhe und eine Gelassen=
heit in seinem Gesichte, die sie erschreckte. Der dummejungenhafte
Zug, der ihre Lust und ihr Leid gewesen war, fehlte gänzlich.
Schon die Art und Weise, wie er schritt, befremdete sie, und als
er ganz behutsam die Zigarre einschnitt, langsam das Streichholz
entzündete, mit großer Aufmerksamkeit die Zigarre ansteckte, das
Zündholz ausblies und in den Dreifuß fallen ließ, kam er ihr
wie ein ganz anderer Mensch vor, wie ein Mann, der weit von
ihr gerückt war und hoch über ihr stand. Wenn er früher eine
Zigarre ansteckte, ging das immer hopphopp. Und wie er rauchte!
wie ein alter Geheimrat. Und alt war er geworden; es war nicht
das graue Haar über den Ohren, es waren nicht die scharfen
Falten hinter dem Munde, und es war auch nicht ein Altern,
sondern eine Ausgereiftheit. Niemals mehr würde er poltern, das
sah sie, nie wieder grob werden, aber sich auch niemals wieder
wie ein Kind an sie schmiegen.

Die Angst drückte ihr die eiskalte Hand auf die Stirne. Sie
stand auf, legte ihrem Manne die Arme um den Hals und flü=
sterte: „Helmold, fahre du hin!" Er machte eine abwehrende
Bewegung. „Höre zu!" fuhr sie fort, „während du in Stillen=
liebe warest, habe ich über die ganze Sache sehr viel nachgedacht. Du
hast ganz recht gehabt; erst habe ich dich zu Swaantje hingestoßen,
und dann riß ich dich zurück. Das war schlecht von mir, und

dumm. Aber du verstehst?" sie lehnte sich an ihn, „ich hatte solche
Angst, daß sie dir mehr würde als ich, und wenn ich dich ihr
auch sonst gern gegönnt hätte, und sie dir, Zweitfrau wollte ich
doch nicht sein. Aber jetzt," sie stockte und sprach heiser weiter,
ohne ihn anzusehen, „jetzt weiß ich, daß du mir doch ganz und
immer gehörst, auch wenn, wenn," sie atmete erleichtert auf und
hob ihr Gesicht zu ihm empor, und ihre Augen waren mit Trä=
nen gefüllt, „wenn sie ganz dein geworden ist. Und deshalb,
liebster Mann, fahre hin und denke, daß ich nicht deine Frau,
deine Liebste bin, sondern dein bester Freund, der dir alles
gerne gönnt, was dein Herz fröhlich macht. Denn ich habe dich
lieb. Und Swaantje auch."

Helmold fühlte, daß ihm die Augen feucht wurden, aber er
jagte die Tränen dahin, wo sie hingehörten. Er küßte seine Frau
auf die Stirne, nahm sie um den Leib und zog sie, sich in den
Sessel gleiten lassend, auf seinen Schoß. „Sieh mal, Grete," be=
gann er mit etwas rauher Stimme, „hättest du eher so gespro=
chen, so hättest du mir viele bittere Wochen erspart, und dir auch.
Aber alles auf der Welt hat seine Zeit. Zudem war ich damals
so krank, daß du gar nicht wissen konntest, ob das, was ich
wollte, einem zwingenden Grunde oder einer Einbildung ent=
sprang. Wir wollen von dieser Sache nie wieder sprechen, denn ich
glaube, ich bin darüber hinaus. Jedenfalls bin ich dir herzlich
dankbar für deine gütigen Worte, und rechne dir die Selbstüber=
windung, die sie dich auf jeden Fall kosteten, sehr hoch an. Was
nun die praktische Seite deines Vorschlages anbetrifft, so kommt
hier lediglich Swaantje in Frage, und Swaantje braucht, so scheint
es mir, jetzt mehr eine Schwester denn einen Bruder. Grüße sie
herzlich von mir, und sage ihr, sie solle sich zusammenreißen und
sich mit Italien und Spanien im voraus trösten, und schustere
Tante Gesina einmal gehörig zurecht, das heißt, in Güte, denn

164

Grobheiten habe ich ihr damals so viele gesagt, daß ihr Bedarf vorläufig gedeckt sein wird."

Sie sah ihn ungläubig an. „Übrigens," fuhr er fort, „mache nicht solch ein Passionsgesicht! So schlimm wird es mit ihr nicht stehen; Neuralgiker sind zähe, das sieht man an Bismarck. Der Tausend, du siehst ja wie Buttermilch aus! Lege dich einen Augen= blick hin!" Er führte sie nach dem Ruhebette, deckte sie zu und strei= chelte ihr so lange die Stirne, bis sie einzuschlafen schien.

Aber sie schlief nicht, sie dämmerte nur. Gespenstige Vorstel= lungen wisperten ihr seltsame Worte zu. „Wenn er sie nicht mehr liebt, liebt er dich auch nicht mehr," flüsterten sie; „du bist rot und warm, sie ist grün und kühl; ihr seid ihm Komplemente, bil= det eine Einheit in seinen Augen. Fühlst du nicht, daß er nur noch mit den Lippen küßt und nicht mehr mit der Seele? Daß bloß seine Hände dich streicheln, aber daß seine Gedanken nicht auf deiner Stirn sind? Daß nur seine Sinne noch leben, sein Herz aber, das ist tot?"

Sie fuhr in die Höhe, seufzte gequält und sah verängstet um sich. Ihr Mann streichelte ihr die Backen; sie blickte ihn verzwei= felt an: „Helmold," schluchzte sie, „ich habe so schrecklich ge= träumt! Ich möchte am liebsten nicht fahren. Ich habe solche Angst, ich glaube du, daß du, du liebst Swaantje nicht mehr und mich auch nicht mehr. Wir haben dir das Herz zertreten. Du bist so ganz anders geworden, du bist mir so fremd, daß ich dich nicht ansehen kann, wie man seinen Mann ansehen soll. Du kommst mir so vor, wie damals, als du auf einmal ohne Bart nach Hause kamest. Helmold," stöhnte sie und faßte seinen Kopf mit beiden Händen, „ist das wahr? Ich habe jetzt immer so viel Angst. Fühle, wie mein Herz klopft. Komm mit, du und ich und Swaantje, wir drei wollen uns so lieb haben, wie noch niemals Menschen sich lieb hatten." Sie schluchzte fassungslos in das Kissen hinein.

„Gretechien, mein dummes Gretechien," scherzte er und liebkoste sie; „du siehst Gespensterchien! oder willst du dich rächen? denn genau solchen Unsinn habe ich damals auch von dir gedacht. Glaubst du, solche rosenroten Stunden, wie wir sie erlebten, könnten verblassen und verwelken? Waren diese Wochen nicht ganz so, wie vor acht Jahren, als wir Tag für Tag zu Frigge beteten und sie lobten, wie sie gelobt werden will? Gewiß bin ich anders geworden, aber auch ohne das, was sich die letzte Zeit begab, wäre ich mehr Mann geworden, denn allzulange bin ich Junge gewesen. Und bist du nicht auch in den beiden letzten Wochen eine andere geworden? Glaubst du, daß du noch einmal wieder zu mir so ein hartes Gesicht machen kannst, wenn ich ein biß= chen ungezogen bin?" Sie lächelte unter Tränen und schüttelte den Kopf und zog ihn fest an ihre Brust, hungrig seine Lippen suchend.

Am Nachmittage brachte Helmold sie, Swaan und Sweenechien samt der Kindermagd zur Bahn, denn er hatte bestimmt, daß die Kinder mitfahren sollten. „Sie haben Ferien, und Swaanhof ist für sie das, was für uns die Riviera. Und sonst bangst du dich nach ihnen. Außerdem hat Muhme Gese dann etwas mehr zu tun und läßt Swaantje in Ruhe. Und bleibe, solange es dir da gefällt. Sage aber nichts von dem Bilde; das soll sie als Jul= klapp haben."

Als er nach Hause ging, mußte er immer noch an das reizende Bild in dem Fenster des Eisenbahnwagens denken: seine schöne Frau zwischen den beiden Blondköpfen und dahinter das nied= liche Mädchen, glühend vor Reisefieber. Und welche glücklichen Augen Grete gehabt hatte und welchen weichen bräutlichen Mund!

Stolz leuchteten seine Augen, als er die Straße entlang ging, und alle Frauen und Mädchen, die ihm begegneten, sahen ihn an, als wollten sie sagen: „Muß der aber küssen können!" Er nahm alle diese Blicke dankbar hin, nutzte sie aber nicht aus, trotz des überlegenen Paschagefühles, das ihm die Muskeln schwellte. Er dachte an den neuen großen Auftrag, den er bekommen hatte. Anfangs hatte er sich darüber geärgert, denn es handelte sich um eine naturgetreue Wiedergabe von drei Landschaftsbildern für den Speisesaal auf Rottenwiede, dem Stammschlosse des Freiherrn von der Rotten. Er hatte angenommen, weil er den Preis bestimmen durfte, und er hatte sehr viel gefordert. Jetzt freute er sich über den Auftrag; „denn die enge stoffliche Begrenzung", dachte er, „schließlich ist sie doch keine größere Einengung als die, die bei jedem Bildnisse Voraussetzung ist." Und er wollte einmal den Nurlandschaftern zeigen, was es heißt, eine Landschaft wörtlich abzuschreiben und doch einen echten Hagenrieder aus ihr zu machen. Ein Wort Oskar Wildes über den Wert des Reimes fiel ihm ein, über den wohltätigen Zwang, den er auf das Gemüt des Dichters ausübt, und er sagte sich: „Künstler ist nur der, der vor keinem Auftrage zittert." Er ging schneller, denn die Hand juckte ihn nach der Arbeit.

Als er am anderen Morgen mitten im Schaffen war, fröhlich vor sich hinsummend, sah er, daß die Großmagd sich im Garten zu schaffen machte. Er hatte es immer mit Freude angesehen, das große, schlanke, herrlich gewachsene Mädchen. „Sonnenschein über Apfelblüten," dachte er, als er ihr goldenes Haar und ihr rosiges Gesicht ab und zu über den Büschen auftauchen sah. Er freute sich über das prächtig entwickelte Muskelwerk ihrer Unterarme und den guten Sitz ihres frischen Waschkleides, und er dachte, indem er dem Spiele der Schulterblätter und der Lenden unter dem rosenrot und weiß gestreiften Rocke zusah: „Muß die einen köstlichen, unverbildeten Akt haben!"

Plötzlich fand er, daß das Mittelbild sehr gewinnen würde, wenn im Vordergrunde rechts Figuren wären, und er sah Luise

167

da stehen und, ein Kind an der Hand, über die Haide nach dem Dorfe hinsehen. Er trat aus der Tür und rief das Mädchen in die Werkstatt. „Hören Sie mal, Luise," begann er, sie mit Wohl= gefallen ansehend. Sie wurde über und über rot und konnte ihn nicht anblicken. „Ich brauche hier für das Bild eine schlanke Figur, und Sie würden großartig dazu passen. Würden Sie so gut sein und mir dazu stehen?" Das Gesicht des Mädchens färbte sich noch roter: „Ich will alles tun, was Sie wünschen, Herr Hagenrieder," antwortete sie leise, und ihre Stimme zitterte. „Aber in dem Kleide geht es nicht," meinte er, und da er gerade das Bild betrachtete und dann in das Nebengemach ging, um sich Farbe und Pinsel herauszusuchen, so sah er nicht, was hinter ihm vorging. Als er nun aus dem Vorratsraume zurückkehrte, stutzte er und stand mit heißem Gesichte vor dem Mädchen, das gerade dabei war, das letzte Kleidungsstück, das ihren Leib ver= hüllte, abzulegen.

„Halt!" rief er und hob die Hand; „so habe ich das nicht ge= meint, Luise. Ich wollte, Sie sollten sich ihr Dorfkleid anziehen; denn so brauche ich Sie hier und nicht in Ihrem städtischen Zeug." Das Mädchen, dessen Gesicht aufgeflammt war, als er ihm gegenüberstand, wurde kreidebleich. Schlaff ließ es die Arme an den Hüften herabhängen, hielt den Kopf tief gesenkt und stotterte: „Ich, ich dachte, Sie meinten das so, weil doch die Modell= mädchen und deshalb." Ihr Herz suchte nach Luft. Das Blut kribbelte ihm unter den Haaren, der Atem wollte ihm nicht über die Lippen, und seine Augen klammerten sich an den Fußboden. „Luise," sagte er, und heiser klang seine Stimme, „es wäre sehr freundlich von Ihnen, wenn Sie mir einmal Akt stehen wollten, denn solche Figur, wie Ihre, die finde ich wohl nie wieder. Aber was wird Ihr Bräutigam sagen?" Das Mädchen nahm den Kopf in die Höhe und sah ihn an, und ihre Augen schienen ihm

168

zu leuchten, als sie erwiderte: „Das ist aus." Erstaunt fragte er: „Aus? Warum denn? Es war doch eine gute Partie für Sie?" Kühl antwortete sie: „Ja, er war einmal eklig gegen seine Mutter, und er schämte sich, weil sie eine Waschfrau ist." Ohne daran zu denken, daß das Mädchen nur noch das Hemd anhatte, trat er auf sie zu und faßte ihre Hand, denn er wollte sie trösten, und da kam in ihre Augen ein Glanz, daß ihm auf einmal einfiel, daß sie vorhin gesagt hatte: „Ich will alles tun, was Sie wün= schen." Dann war alles rosenrot um ihn, und im selben Augen= blicke hing das Mädchen an seiner Brust, willenlos und will= fährig. Ohne zu wissen, was er tat, nahm er hin, was sie ihm gerne gab. Freude war in ihm, als sie ihn verlassen hatte. „Du liebst sie," dachte er; „und wer liebt, ist noch jung "

Die Blutsbrüderschaft der Stedinger, ein loser Freundschafts= verein, aus einer Mitschülervereinigung entstanden, hatte einen klobigen Häuptlingsstuhl, auf dessen riesiger mennigroter Lehne in knallweißer Pfefferkuchenschrift zu lesen war: „Der moralisch bessere Teil der deutschen Studentenschaft ist ein ganz rauh= beiniges und freches Gesindel, und dazu gehören wir!" An diesen protzigen Leitspruch mußte Helmold denken, und er lächelte da= bei vor sich hin. „Ja, ich bin ein ganz unmoralischer Mensch," dachte er, „und das bekommt mich denn so schön!" Er besah sich ganz genau und lächelte wieder, denn ein Ausspruch von Hans von Bülow, den er sehr liebte, fiel ihm ein: „Die Kunst steht über der Moral," hatte der irgendwo geschrieben: „Der Künstler, der würdige Priester seiner Kunst, hat, sei er im übrigen auch wie er wolle, gerechten Anspruch auf höhere persönliche Geltung als der einfache gute Mensch und Bürger."

Er belehrte sich daraus also: „Ich bin äußerst schöpferisch als Künstler, also auch als Mensch. Ich habe eine Welt in mir, die ich nicht nur in Kunstwerken wiedergeben kann, sondern die ich

169

auch durch mein Leben verkörpern muß. Ich liebe alles, was sehr schön und sehr gut ist, und eine große Zärtlichkeit drängt mich, es zu umfassen. Aus Weibes Schoße bin ich geboren und fühle mich in Dankbarkeit wieder dorthin gezwungen. Ein einziges Weib kann, ohne in Flammen aufzugehen, alle die Liebe nicht ertragen, die ich dem Weibe als solchem abzustatten mich für verpflichtet fühle, und verglimmen und verkohlen würde ich, dürfte ich meine Liebe nicht hellauf lodern und weithin leuchten lassen. Von jeher war, wo gesunde, einfache Sitten herrschten, die Magd die Zweit= frau des Hausherrn. Sie sorgte für ihn, sie schaffte für ihn, sie kannte alle seine Geheimnisse oft besser als seine Ehefrau, denn sie machte sein Bett und sah, ob er gut geschlafen hatte oder nicht. Er muß ihr dankbar sein, und wie kann ein Mann einem Weibe besser Dank abstatten als durch Kuß und Umarmung?"

Er dachte an die reizende Magd, die ihm und seiner Frau in schweren Jahren das Leben verschönt hatte durch ihr sonnenhelles Wesen, und er sandte einen Seufzer der Reue dem Kusse nach, den er sich von ihr nicht hatte nehmen mögen, weil ihr Herz für einen andern Mann schlug.

Alles das dachte er, wenn er frisch und fröhlich an den drei gewaltigen Bildern malte. Er fühlte sich durchaus nicht minder= wertig, weil seine Magd seine Geliebte war; im Gegenteil, sein Gesicht blühte von Tag zu Tag mehr auf, immer federnder wurde sein Schritt, und er schaffte wieder, wie vor der Zeit, da Märzen= schnee die Jungsaat seiner Seele versengt hatte. Nie hatte er vor dem Jenseits gebangt, nie ein Dankgefühl einem höheren Wesen gegenüber empfunden, aber jetzt hatte er es in sich. „Gott," dachte er, „wenn du bist, so bist, wie das Volk ihn sich denkt, gütig und voller Verständnis für alles, was deine Kinder tun, daß du mir, dem Manne, der die Höhe seiner Tage überschritten hat, so viel blühende Jugend an das Herz legtest, damit er sich

170

daran erquicke, ich danke dir und will dafür zu dir beten, voraus=
gesetzt, daß dir daran etwas gelegen ist; denn ich glaube, dir ge=
nügt es, deine Geschöpfe glücklich zu wissen."

Er verhehlte sich gar nicht, daß sein Verhältnis zu Luise eine
Gefahr für ihn wie für sie war. Sie entstammte einer hochacht=
baren Arbeiterfamilie und war streng kirchlich; zudem war sie
seiner Frau von Herzen zugetan. Doch sie war ebenso ganz und
gar nichts als nur Weib, daß der Gedanke, eine Sünde zu be=
gehen, ihr die Küsse, die sie geschenkt bekam, auch nur ein ganz
wenig vergällen konnte; denn sonst wäre sie nicht in den beiden
Wochen des Alleinseins mit ihrem Herrn nur noch ansehnlicher
geworden. Nie aber vergaß sie ihre Stellung, niemals war sie,
außer, wenn sein Arm sie umschlungen hielt, etwas anderes als
die Magd, die ihre Arbeit tat und dafür ihren Lohn erhielt. Als
seine Frau wiederkam und das Mädchen es mehr als einmal
ansehen mußte, wie die Ehegatten zärtlich zueinander waren,
blieb ihr Benehmen sich gleich, nur daß es Helmold schien, als
ob sie der Frau gegenüber noch mehr Willfährigkeit und Auf=
merksamkeit darlegte, so daß diese sagte: „Das Mädchen wird
mir von Tag zu Tag lieber; sie tut, was sie mir an den
Augen absehen kann, und ich glaube, sie ist in dich gehörig
verschossen."

Er mußte lächeln, als sie so redete; sie blieb trotz der einen
schlimmen Erfahrung immer noch das harmlose Gretechien ohne
Arg und Sorge und dachte sich nichts bei dem, was sie in ihrer
frohen Art dahinplauderte. So hatte sie auch, als sie von Swaan=
hof zurückkam, in aller Unschuld von Swaantje ein so rührendes
Bild gemalt, daß Helmold schnell von etwas anderem sprach,
denn er fühlte, daß die Sehnsucht sich wieder vor ihn stellte und
ihn bittend ansah, und so sagte er denn: „Ich will ihr einen
hübschen Brief schreiben, wenn ich ihr ihr Bildnis schicke, und

171

em paar Bücher beilegen, die ihr Freude machen werden und sie zerstreuen, bis sie nach Italien fährt."

So kaufte er einige gute Werke, die ihr die Augen für alles das öffnen sollten, was sie in der Fremde sehen würde, wählte auch einige Bücher heiteren Inhalts, damit sie sich durch sie nötigen= falls über ihre Schmerzen hinweglesen sollte, die, wie Grete ihm erzählte, oft noch sehr arg waren, und an die er mit Bedauern dachte, doch ohne den Wunsch, sie mit leise streichelnden Händen von ihrer Schläfe zu entfernen. Dann und wann erhob sich zwar in seiner Seele das geheime Wünschen und flüsterte begehrliche Worte, aber da ihn sein Weib mit herzlicher Liebe erquickte und die Magd ihn mit untertäniger Hingebung erfrischte, so glaubte er herauszufinden, daß er in Swaantje weiter nichts gesehen habe als ein Sinnbild für seine starke Hinneigung zu dem Weibe an sich, dem er durch die Eingehung der Ehe hatte entsagen müssen.

Das Gefühl von Gereiztheit seiner Frau gegenüber, unter dem er selber am meisten gelitten hatte, war völlig verschwunden, seitdem er vor ihr diese Heimlichkeit hatte. Er hatte vor ihr eine Schuld, aber eine Schuld, die ihn nicht drückte, die ihn nur da= zu antrieb, doppelt so gut zu ihr zu sein, und mehr als je zuvor regelte er sein Benehmen ihr gegenüber, wurde zärtlich wie ein Bräutigam und aufmerksam wie ein Hausfreund.

Vor allem hütete er sich, sie mit seinen eigenen Angelegenheiten zu behelligen, sobald diese unerquicklicher Art waren, und daran fehlte es ihm nicht. Der Oberbürgermeister hatte es ihm nicht vergessen, daß er ihn seinerzeit gezwungen hatte, ihn zuerst zu grüßen; er versuchte es ihm heimzuzahlen, indem er die Aus= schreibung eines Wettbewerbes für die Ausschmückung des neuen Rathauses hintertrieb und es durchsetzte, daß die Aufträge unter der Hand vergeben werden sollten. So lag die Gefahr vor, daß

die Hauptarbeiten recht mäßigen Malern zufielen, die es keine
Überwindung kostete, den Rücken zu beugen und Vorzimmer=
lungerei zu treiben, worauf Helmold sich nicht einließ. Er tat
überhaupt keine Schritte, einen Auftrag zu bekommen, und bat
Hennecke sogar, in der Presse nicht für ihn einzutreten, zumal es
ihm an Aufträgen nicht fehlte.

Als er darum mit dem Oberbürgermeister bei dem Oberpräsi=
denten zum Abendessen geladen war, und der Oberpräsident
sagte: „Wir freuen uns sehr auf das, was Sie im Rathause
schaffen werden, lieber Herr Hagenrieder, denn die Hauptgemälde
werden Sie doch wohl bekommen," lächelte er verbindlich und
sagte: „Sehr schmeichelhaft, Exzellenz, aber in Hinsicht auf die
vielen Aufträge, die ich anderweitig habe, war die Stadt so rück=
sichtsvoll, mich nicht aufzufordern." Die Hausfrau lächelte, der
Oberbürgermeister verschluckte sich und spielte während des
ganzen Abends das Mauerblümchen, während Hagenrieder, den
die Gastgeber sehr herangezogen, seinen Geist schillern ließ, so daß
die Oberpräsidentin ganz entzückt von ihm war und ihn bat, ein
für allemal sich als Gast an ihren offenen Tagen zu betrachten,
eine Ehre, mit der sie recht sparsam umging.

Drei Tage darauf schrieb das Stadtoberhaupt an ihn und fragte,
ob er die Wandgemälde für Rottenwiede sehen könne. Er kam,
lobte mit einem gewaltigen Aufwande von hohlen Redensarten
das Werk, und als er ging, hatte Hagenrieder die vier Wände
des Sitzungssaales in dem neuen Rathause und die Glasfenster
im Treppenhause in der Tasche. Einige Monate später ernannten
ihn die städtischen Körperschaften zum Beirat in Kunstfragen,
nachdem ihm kurz vorher der Herzog den Professortitel verliehen
hatte. „So," sagte er zu seiner Frau, „jetzt gelte ich sogar bei
den Stadtverordneten etwas, und das will etwas heißen, denn
das mehrste sind Heuochsen mit Eichenlaub und Schwertlilien."

In voller Abſicht ſtellte er ſich jetzt in den Vordergrund der Geſellſchaft, ſoweit es ſeine Zeit erlaubte. Während er früher am liebſten in Loden ging und ſich halb bäuerlich trug, kleidete er ſich nun derartig modiſch, ohne die Albernheiten der Mode mitzumachen, daß er als einer der beſtangezogenen Männer der Stadt galt und von allen Gecken ſtudiert wurde, denn nie war ein Stilfehler in ſeiner Kleidung, obgleich, oder vielmehr, gerade weil er ſeine Kleidung ganz nach eigenem Ermeſſen zuſammen= ſtellte.

„Der amüſanteſte Mann, den wir haben," ſagte die Ober= präſidentin; „ſchon als Erſcheinung ein Genuß." Er war zu einer ihrer Geſellſchaften in hochgeſchloſſener Weſte gekommen, wie ſie die Bauern trugen. „Wo haben Sie denn den famoſen Weſten= ſchnitt her, Herr Hagenrieder?" fragte die Gräfin Tſchelinski etwas ſpöttiſch. „Von den Bauern, meine Gnädigſte, den einzigen Leuten, die heutzutage noch Kultur haben," verſetzte er. Sie warf den Kopf zurück: „Und wir, Herr Profeſſor?" Er lächelte: „Sind nur ziviliſiert!" Der Bildhauer Profeſſor Brambach, ein würdevoller Figurenfabrikant, verſuchte ihn lächerlich zu machen, indem er ſagte: „Sehr praktiſche Tracht!" „Jawohl," antwor= tete er ihm, „man braucht nicht alle acht Tage ein reines Hemd anzuziehen. Die Gräfin ſchrie vor Vergnügen, und es gab eine gepfefferte Toilettendebatte.

„Sehen Sie, meine Herrſchaften," lehrte der Maler, „für den Pöbel iſt es ja erziehlich, zwingt die Mode ihn, ein Teil ſeiner Leibwäſche zu zeigen; ſonſt läuft er am Ende vier Wochen in der= ſelben Linnenhülle herum. Wir aber brauchen den Beweis, daß wir uns reinlich halten, nicht erſt anzutreten; denn ſonſt müßten wir die umliegende Menſchheit durch einen mit dem Weſtenaus= ſchnitt übereinſtimmenden Ausſchnitt in unſeren unausſprechlichen Hoſen davon überzeugen, daß die noch unausſprechlicheren

174

Unterbeinkleider ebenfalls durch Tadellosigkeit glänzen." Professor Brambach war entrüstet, die anderen quiekten vor Vergnügen.

Dann kam die Damenkleidung an die Reihe. Hagenrieder erklärte: „Nur im Reformkleid ist eine Frau angezogen; im Zweistöckigen ist sie kuvertiert." Scharf wurde widersprochen. „Beweis?" hieß es. Mit todernstem Gesicht dozierte er: „Sie selber, meine Damen, denn Sie tragen alle Reform." Sie lärmten, denn nur die Gräfin trug sich so. In lehrhaftem Tone fuhr er fort: „Dasjenige Kleidungsstück, das Ihnen am teuersten ist, weil es Ihrem Herzen am nächsten steht, ist, soweit ich in den Auslagen der Wäschemagazine darüber Studien machen konnte, nicht zweistöckig, sondern besteht aus einem Stücke." Die Gräfin schloß die Augen bis auf einen kleinen Spalt, sah ihn von oben bis unten an, und ihre Zungenspitze ging über ihre Lippen.

Als er nachher im Wintergarten mit ihr allein war, fragte sie mit gemachter Harmlosigkeit: „Sie sagten vorhin, Herr Professor, schön sei der Mensch nur im Arbeitskleide." Er nickte ernsthaft. „Ja, aber", meinte sie, „eine Frau wie ich, in welchem Kostüm finden Sie denn die am schönsten?" Er machte sein treuherzigstes Gesicht, als er antwortete: „Auch im Arbeitskleide." Sie fragte neugierig: „Und das ist?" Mit kindlich naiven Augen sah er sie an, als er versetzte: „Das Nachtkleid." Sie machte ein halb entrüstetes, halb belustigtes Gesicht, als sie ihm mit ihrem Fächer einen Schlag auf die Schulter gab und zischte: „Unverschämter Mensch!" Aber als er sich glücklich lächelnd verneigte und fragte: „Ich danke gehorsamst, gnädigste Gräfin; ich darf diese Bemerkung doch wohl im Gewinnkonto eintragen?", da lächelte sie, und ihre Augen sagten: „Ich will alles tun, was Sie wünschen, Herr Hagenrieder."

Dann meinte sie leichthin: „Ich habe zu Hause allerlei Ahnen

175

hängen, die ein bißchen gichtbrüchig sind, und möchte von Ihnen
wissen, ob das zu heilen ist. Vielleicht sehen Sie sich die Bilder
einmal an und empfehlen mir einen Restaurator, wenn es sich
noch lohnt." Er sah ihr mit heißen Blicken in die Augen: „Muß
das gleich sein?" fragte er und hielt ihr den gebogenen Arm hin.
Sie drohte ihm mit dem Fächer, lachte und sagte über die
Schulter: „O nein. Aber wenn Sie morgen nachmittag Zeit
haben?" und ging dann zu den anderen Gästen. Als er am an=
deren Tage zu ihr kam, empfing sie ihn in einem weichen losen
Kleide von weißer Wolle. Er erhob die Hände bis zu den Schultern:
„Wie wundervoll Sie aussehen, Gräfin; der Künstler dankt
Ihnen." Als er ihre Handgelenke küßte, flüsterte es über seinem
Kopfe: „Nur der Künstler?" Er nahm sie in den Arm, raunte
ihr in das Ohr: „O nein; der Mann dankt noch viel mehr,"
und dabei küßte er sie.

Die Gräfin blieb nicht die einzige Frau aus der Gesellschaft, die
sein wurde. Wenn er gewollt hätte, konnte er jeden Tag im
Monat einen anderen Mund küssen. Doch er ging auf Erobe=
rungen nicht aus; wenn aber ein Weib ihm ihre Neigung mit
lächelnden Augen kredenzte, und sie erregte sein Wohlgefallen, so
nahm er dankbar die Labe hin. Mit jeder Frauenseele, die sich
ihm erschloß, glaubte er ein Stück Jenseitsdasein mehr zu er=
werben, wähnte er sein persönliches Leben zu verlängern. Wenn
er malte, sah er sich oft dastehen, umdrängt von vielen schönen
Frauen und Mädchen aus allen Kreisen, die ihre Herzen in den
Händen hielten, Herzen, aus denen frohlockende Flammen schlugen,
die einen Duft von Weihrauch verbreiteten.

Nur eine Lücke war in der Reihe der weißen Leiber, nur ein
Gesicht fehlte, nur ein Herz flammte und duftete nicht zwischen
den anderen. Denn je mehr rote Rosen er in seiner Erinnerung
fand, um so stärker trat wieder der Gedanke an die eine weiße

Lilienblüte vor ihn. Er wehrte ihn ab, trat ihn von sich, aber immer und immer wieder winselte er vor seiner Seele herum, stahl sich in seine Träume und trabte vor ihm her, wo er ging und stand. Er suchte sich dadurch von ihm zu befreien, daß er nach Stillenliebe fuhr, auf Sauen pürschte und bei Sophieen und Annemieken Trost suchte. Er mietete sich in Ohlenwohle ein, angeblich um Studien zu machen, in Wirklichkeit, um sich an Marieens derber Art von der städtischen Überfeinerung zu erholen. Es half ihm wenig; denn überall stand ein blasses, müdes Gesicht neben ihm und zwei dunkelblaue, tiefumhofte Augen sahen ihn bittend an. Er schloß alle Lichtbilder von Swaantje ein und jegliches Stück, das ihn an sie erinnerte; aber dadurch wurde es nur noch ärger.

Er schrieb seinen Zustand auf das Übermaß von Arbeit und Geselligkeit, das er sich aufgeladen hatte, schaffte langsamer, zog sich mehr zurück, doch immer mehr nur quälte ihn Swaantje Swaantenius, und ab und zu waren seine Nächte wieder ohne Schlaf und seine Tage ohne Frische. So setzte er sich denn kurz vor dem Julfeste hin und schrieb ihr einen langen Brief; einen Brief, in dem er nur heiter von seinem äußeren Leben plauderte, doch ihm war, als flüsterte jede Seite Worte der Liebe, und als wäre jeder Buchstabe ein verstohlener Seufzer. Mit eigenen Händen packte er Swaantjes Bild und einige Bücher ein, legte den Brief dazu und sandte die Kiste nach Swaanhof.

Ihm war sofort leichter zumute; es schien ihm, als hielte er Swaantje bei der Hand und plauderte mit ihr, und fröhlich wartete er auf eine Antwort. Er hoffte auf weiter nichts, als auf einen im kameradschaftlichen Tone gehaltenen Brief, hinter dessen Gitterwerk von schwarzen Buchstaben vielleicht ein ganz klein wenig blumiges Hoffnungsgrün für ihn sichtbar wurde. Aber erst einige Tage nach dem Feste kam eine Sendung aus Swaan-

hof an ihn; sie enthielt eine lederne Zigarettentasche, verziert mit
der Sonnenrune, und eine Karte, auf der die Worte standen:
„Lieber Vetter, über die Bücher, das Bild und deinen lieben
Brief ganz besonders habe ich mich sehr gefreut. Wie schön, daß
es dir wieder gut geht! Hab tausend Dank. Dir und Grete herz=
lichen Gruß. Deine Swaantje."

Ganz fassungslos starrte er auf die Zeilen. Eine Absage für
immer in aller Form. „Laß mich in Ruhe!" hieß das. Er sah auf
den Sessel, in dem Swaantje gesessen hatte, als er sie um einen
Kuß anbettelte, und nickte mit dem Kopfe. Er holte sich alle
Bilder des Mädchens aus Gretes Truhe, sah eines nach dem an=
deren genau an und schüttelte den Kopf. Er nahm wieder alles
das durch, was er von Swaantje und sich gedacht hatte, und
sagte sich: „Es hilft alles nichts; sie wird mein Tod sein, mein
Vampir. Ich werde im Grabe keine Ruhe finden, wird sie nicht
mein, und bleibt sie nicht die Meine."

Als Luise ihn zum Essen rief, sah sie ihn ganz erschrocken an,
und seine Frau fragte ihn: „Was ist dir, Liebster? du siehst so
krank aus." Er lächelte ihr die Sorge fort: „Ich habe mich wohl
erkältet, das Feuer wollte nicht brennen." Er legte sich nach dem
Essen zu Bett und stand erst am anderen Morgen wieder auf.
Alle Arbeitslust war ihm vergangen, und eine beschämende
Schlaffheit beugte ihn nieder. „Geh nach Stillenliebe!" rief ihm
Grete. Er nickte. „Ja, Kind, ich muß hinaus; es war ein bißchen
viel Anspannung in der letzten Zeit. Ich will mir die Knochen
wieder munter pürschen."

Als er den Koffer packte, zitterten ihm die Hände, so setzte ihm
das Fieber zu, und in der Eisenbahn lähmte ihn eine so ermattende
Schüchternheit, daß er es sich nicht verbat, als zwei dicke Vieh=
händler, die einen frechen Schnapsgeruch verbreiteten, die Fenster
auf beiden Seiten aufrissen. Völlig durchgefroren und ganz blaß

178

kam er an, holte sich aus dem Grogglase wieder warmes Blut und setzte sich auf Sauen an. Gleich am ersten Abend erlegte er eine angehende Sau, und als er zurückkam, fühlte er sich wohl und munter. Aber wohl zehn Male wachte er in der Nacht vor Durst auf, und jedesmal, bevor er einschlief, sah er in seinem fieberhaften Zustande Swaantjes Gesicht auf sich zuschwimmen, weiß, kalt, ohne Haare und Augenbrauen, mit blicklosen Augen und einem Mund, dessen Lippen sich versteckten. Sehnsüchtig nannte er es bei Namen und versuchte es zu streicheln, aber so= fort zerfloß es zu nichts.

Müde und unfrisch wachte er um elf Uhr auf, und die Wirtin sagte bedauernd: „Sie gefallen mir gar nicht mehr; ich glaube, nach dem Essen bringe ich Sie gleich wieder zu Bette, mache Ihnen einen Tee und decke Sie bis zum Hals zu." Er ließ sich ihre Fürsorge gefallen und fühlte sich dadurch erwärmt; doch bald darauf war ihm noch eisiger und unglücklicher zumute, und heftige Fieberschauer stießen ihn aus dem Halbschlafe. Sein Herz klopfte, sein Blut kochte, aus dem Muster der Tapete lösten sich fratzenhafte Gesichter los, jeder Laut von der Straße drang in zehnfacher Stärke zu ihm, und jede Farbe, die er um sich sah, sang ihm ein böses Lied.

So stand er bald auf, zog sich an, ging aber nicht hinaus, son= dern spielte mit Klaus Ruter und dem Förster Karten und trank sich das Fieber fort. Am anderen Morgen fühlte er sich besser.

Es regnete nun drei Tage lang, und dann gab es Plattfrost. Eines Abends, als er reichlich müde von dem weiten Wege und durch und durch kalt vom langen Passen bei Annemieken saß und sich die Füße am Torffeuer wärmte, klagte er ihr sein Leid, und als er sie dabei ansah, kam sie ihm ganz anders vor als sonst, und er fand, daß das junge Weib ein neues Gesicht und fremde Bewegungen hatte. Sah sie eben noch wie Sophiee Pohlmann

12*

aus, so schien es ihm gleich darauf, daß sie ihn mit den Augen der Gräfin anblickte; dann wieder war sie Grete, gleich darauf Swaantje und hinterher Mariee oder Luise oder eine andere, die er geküßt hatte. Außerdem war die Diele bald hoch und hell, bald niedrig und duster; eben brannte das Feuer blau, gleich darauf grün und dann gar nicht; war die Katze jetzt ganz klein, so fing sie mit einem Male an, unheimlich zu wachsen, und während es vorhin nach Schweinefutter roch, war plötzlich ein strenger Duft von weißen Lilien da. Nun fing auch noch der Kesselhaken an, ihm böse Gesichter zu schneiden, um ihn sofort durch ein freundliches Grinsen zu versöhnen, aber da begann das Zinngeschirr an der Feuerwand, ihn auszulachen, das Spinnrad machte ihm einen albernen Knix, der Trankäsel winkte ihm spöttisch zu, und die Mährenköpfe am Herdrahmen wieherten und schnaubten gewaltig.

Doch alle das ängstigte ihn kein bißchen, sondern machte ihm Vergnügen. Er trank ein Glas Grog nach dem anderen und er-zählte seine tollsten Witze, bis ihm einfiel, daß er nun schon drei Tage auf Spurschnee wartete, und lachend befahl er Annemieken, ihm welchen zu besorgen. Das Mädchen, das tüchtig mitgehalten hatte und dessen Augen von dem heißen Grog und den wilden Witzen nur so blitzten, lachte und sagte: „Ich werde es Groß-mutter sagen, und die soll dir geben, was du haben willst; und dann werde ich dir sagen, was du mir dafür schenken sollst."

Da ging die Großmutter zu der Herdflamme und sagte ihr den Spruch, den ihre Mutter sie gelehrt hatte, ehe daß sie starb, und die Flamme lachte und nickte und wurde gleich siebenmal so lang und leckte mit sieben Zungen am Kesselhaken entlang. Dann warf die alte Frau die Schuhe hinter sich und winkte nach der Dönze. Da kamen drei Taubenfedern angeflogen und sieben Hühnerfedern und dreizehn Entenfedern und einundzwanzig Gänse-

180

federn und dreiunddreißig Schwanenfedern, alle so weiß wie Schnee. Sie flogen um die rote Flamme, und die spielte Kriegen mit ihnen, bis sie eine nach der anderen fing und dem Rauche gab und ihm sagte: „Zeige ihnen, wo sie hinsollen, und sage ihnen, wie sie es machen müssen, und dann komme wieder und bring mir Bescheid."

Der Rauch aber machte einen Knir, und dann wurde er wieder ganz lang und immer länger, bis er zum Dachloche hinausfuhr, und die siebenundsiebzig schlohweißen Federn nahm er mit. Nach einer Weile war er wieder da, warf sich vor der Flamme hin und sprach: „Ich habe alles getreulich ausgerichtet." Und die Flamme erwiderte: „Denn so wollen wir schlafen gehen." Und da lachte Annemieke und sagte: „Und wir auch!"

In der Nacht hatte Helmold einen blitzblanken Traum. Er sah Frau Holle auf der blauen Sternenwiese stehen und die Betten sonnen, in denen die erdenmüden Seelen ausschlafen. Da kamen drei Federchen angetrippelt, drei schneeweiße Taubenfederchen, stahlen sich durch das Gras und suchten so lange, bis sie an einem Bette eine Naht offen fanden, und dann kicherten sie und krochen hinein. Und es dauerte nicht lange, und sieben weiße Hühner= federn kamen angelaufen; die machten es ebenso, und nach ihnen die dreizehn Entenfedern und hinterher die einundzwanzig Gänse= federn und die dreiunddreißig Schwanenfedern kamen auch an und krochen in das Bett.

„Was ist denn das?" sagte Frau Holle und stemmte die Hände in die Hüften, daß das weiße Fleisch ihrer Arme so reizende Fal= ten in der Ellenbeuge schlug, daß gleich zwei Schmetterlinge ka= men und sich dort niederließen. „Was ist denn das?" sagte Frau Holle, und ihr Kleid hüpfte vor der Brust, daß unten auf der Erde das Meer ganz still wurde, weil es solche Wellen nicht schlagen konnte. „Was ist denn das?" fragte Frau Holle und

181

ihre Brauen wurden ganz schwarz, so sehr zog sie sie zusammen, und die Wetterwolken auf der Erde krochen vor Angst in die tiefsten Wälder. Aber dann lachte die schöne Frau, und der Sturm hörte sofort auf zu schimpfen, und der Donner fluchte nicht mehr hinter den Bergen. „Ahlmanns Mutter, Ahlmanns Mutter!" lachte die Hunderttausendschöne, „was machst du mir für Geschichten!" Und dann nahm sie ihr blitzblankes Messerchen und ritzeratz war die ganze Naht auf und holterdipolter flogen die weißen Federn von der blauen Wiese nach der grauen Erde.

„Hat dich was geträumt über Nacht, lieber Jägersmann?" fragte Annemieken. Sie stand vor dem Spiegel und machte sich ihr Haar. „Und was hat dich geträumt?" fragte sie und lachte Helmold mit ihrem Spiegelbilde an; das hatte dunkle Augen und schwarzes Haar und ein weißes Gesicht, und Helmold wußte es ganz genau, Annemiekens Backen waren rot wie Rosen, ihre Augen blau wie Bachblumen und ihr Haar sah aus, wie Haferstroh in der Sonne. Aber er schlief noch in sich, und da ging sie hinaus, und als sie wieder hineinkam, warf sie ihm eine Grabse voll Schnee auf den Mund, lachte und sagte: „Da hast du, was du haben wolltest. Und nun komm und iß; die Suppe schreit schon nach dem Löffel!"

Als er wegging, nahm sie die Katze auf, daß die ihm nicht über den Weg laufen sollte, und sie spuckte ihm in die Hacken und warf ihm ihren Schuh in den Rücken und wünschte ihm Pech den ganzen Tag und Hals- und Beinbruch, soviel es gibt, und lauter schlechten Anblick, und zwischen jedem, was sie tat und sagte, warf sie dreimal die Türe zu, und schließlich lief sie hinter ihm her, weinte zwei bittere Tränen über ihren süßen Mund und sagte: „Auf Wiedersehn, Nimmerwiedersehn, mein Jägersmann!"

Drei Vögel sah er, als er durch die Feldmark ging. Das erste

war ein Stieglitz; sein Scheitel war rot wie Blut. Das zweite
war ein Dompfaff; seine Brust war rot wie Blut. Das dritte
war ein Kreuzschnabel; der war von oben bis unten so rot wie
Blut. Und als er in den Wald hineinkam, sah er im Schnee eine
Fährte; in der war rotes Blut. Alle sieben Schritte stand sie
wieder im Schnee, rot von Blut. Und er sagte: „Du edeles Wild,
adelig Getier, kein anderes Wild, gemeines Tier will ich jagen
noch fangen, ehe daß du nicht mein bist." Da kam der Häher
und sagte: „Nein!" Da kam der Bussard und sagte: „Niemals!"
Da kam die Krähe und sagte: „Nimmermehr!"

Er wurde traurig und sah, der Schnee war schwarz und die
Tannen waren weiß, sein Herz wurde kalt und sein Gesicht
wurde heiß, das Blut blieb ihm stehen und der Atem flog vor
ihm weg, bis er die Wundfährte wieder fand; da wurden die
Tannen schwarz und der Schnee weiß, sein Herz ward warm,
und sein Gesicht wurde kalt, sein Blut fing an zu gehen und sein
Atem beruhigte sich, und er lachte und sagte: „Du edeles
Wild, adelig Getier, mein wirst du sein, ehe daß die Sonne schla=
fen geht, ehe der Fuchs auf Raub ausgeht und die Eule um=
fliegt!" „Nein!" sagte der Häher, „niemals!" der Bussard,
„nimmermehr!" die Krähe; aber er lachte sie alle drei aus.

Und er ging und ging und ging den ganzen Tag. Er kam an
den Teich, in dem die schöne Rosemariee sich ertränkt hatte, und
nach dem Stein, wo der Förster erschossen wurde, und zu dem
Kreuz, das da steht, wo die Nonne ermordet war, und er ging
über die Haide und an dem Moore vorbei und durch den Wald,
ließ den Morgen hinter sich liegen und den Mittag und den
Abend, und alle seine Fußstapfen waren gefüllt, erst mit grüner
Hoffnung, dann mit schwarzer Trauer und zuletzt mit grauer
Angst. Seine Füße wollten ausruhen, seine Augen wollten
schlafen gehen, sein Herz sprach: „Ich kann nicht mehr!" Er

aber hörte nicht auf sie und ging weiter, immer dem roten
Blute nach.

„Ich will dir helfen!" sprach der Schnee und machte die Nacht
heller, und der Mond kam auch und alle Sterne, die es gibt, und
sie gingen rechts und links neben ihm, daß er die Fährte finden
konnte. Er fiel hin und stand wieder auf, er setzte sich und ging
weiter, er bückte sich über die Quelle und richtete sich empor, und
blieb immer wieder stehen und redete seinen Füßen zu und seinen
Augen und seinem Herzen und sagte: „Nur noch bis zum näch=
sten Blutsfleck, bitte nur noch dieses einzige Mal; dann sollt ihr
auch schlafen, solange ihr wollt." Aber wenn er da war und
stehenblieb und um sich sah und horchte, ob er sein Edelwild
nicht sah oder hörte, dann war nur der Wald da und der Himmel
und der Mond, und der nickte ihm zu und sagte: „Immer weiter,
immer weiter!"

Da kam er in einen dunkelen Wald, und die Finsternis sprach
zu ihm: „Siehe!" Da sah er, wie der Wind über den Berg ge=
laufen kam; in seinen Händen trug er zwölf Glockenschläge. Dann
trat die Stille vor ihn hin und sprach: „Horch!" Da hörte er
die Nacht über den Wald springen; in ihrem Mantel trug sie
ein Weinen, das war ganz fern und doch so nah, war sehr leise
und doch so laut, und so bitter war es und so süß. Seine Füße
starben vor Angst, sein Herz fiel tot um, und seine Augen bra=
chen. Aber als der Wind den letzten Glockenschlag vor ihn hin=
gelegt hatte, gab ihm der Tod sein Leben wieder in die Hände;
die waren so kalt wie Eis. Und kalt wie Eis war er ganz und
gar und konnte nicht fühlen und nicht denken und stand da wie ein
toter Baum, wie ein lebloser Fels, wie eine abgestorbene Blume.

Doch der Sturm ermunterte ihn wieder; er hielt das Wei=
nen über ihn, und daraus flossen Tränen auf ihn und weckten
ihn auf, bis das Eis von seinen Augen schmolz, und seine Füße

lebten wieder, und sein Herz stand auf, und da sah er, daß die
rote Fährte im Schnee dort zu Ende war, wo er stand, und daß
es zwei nackte Fußspuren waren, über und über rot von Blut.
Seine Füße zitterten, sein Herz fing an zu bluten, und seine Augen
weinten bitterlich, bis daß die beiden Fußspuren weißgewaschen
waren. Das Alter lehnte sich gegen seinen Rücken, Falten krochen
in sein Angesicht hinein, in sein Haar aber fiel der Schnee.

Das Weinen über seinem Haupte wurde zu einem Lächeln und
stellte sich über die weiße Fährte im Schnee und winkte seinen
Augen zu. Und als sie ihm folgten, kamen ihnen zwei andere Augen
entgegen und gingen wieder zurück und blieben vor ihm stehen,
weit genug von seinen Händen. Sie sahen ihn an und weinten
Tränen, die fielen als Blut in die Fußspuren und füllten sie wie=
der bis zum Rande, und das Lächeln schlug die Hände vor das Ge=
sicht und weinte leise, und das Weinen sah ihn mit Augen an,
die voller Furcht waren und leer von Hoffnung, aber beladen
mit Verzweiflung.

Seine Seele zitterte und schrie: „Was soll ich tun, ihr beiden
Augen, beladen mit Angst, gefüllt mit Trauer, beschwert mit
Grauen, daß ihr wieder lächeln könnt? Und du Weinen, bitter=
liches Weinen, sage mir, was beginne ich, daß du nicht mehr im
Sturm umherirren mußt und in Frost und Kälte und einsamer
Nacht? Und du Lächeln, banges Lächeln, sprich, was muß werden,
damit du dich nicht mehr zu bergen brauchst hinter den Dornen und
in den Disteln und unter den Nesseln? Und du, nackte Seele,
was ist es, das dir wieder Ruhe gibt, auf daß du nicht mehr mit
bloßen Füßen wandern mußt über Berg und Tal und Stock und
Stein und Feld und Flur, blutend aus sieben Wunden, kalt bis
in das Herz und müde bis auf den Tod?"

Da trat die Finsternis hinter ihn, die Einsamkeit winkte der
Stille zu und die legte dem Sturme Schweigen auf. Der Mond

ging zur Seite und nahm die Sterne alle mit; dunkel wurde es rund umher. Aber die Dunkelheit war klar, so daß er die rote Fährte im Schnee sehen konnte und die beiden Augen über ihr und einen blassen Mund und zwei Hände vor einer bangen Brust; die waren ineinander gefaltet. Eine Stimme, die war nicht hier noch da, nicht von gestern und nicht von heute, nicht leise und nicht laut, kam langsam aus den blassen Lippen zu ihm gegangen, stellte sich vor ihn hin und sprach:

„Du, von dem ich nicht weiß, wer du bist, den ich niemals gesehen habe, und der immer vor meinen Augen steht, vor dem ich vor Angst vergehe und vor Sehnsucht nach ihm sterbe, du, o du und du, was habe ich dir getan, daß du mich jagst barfuß und barhaupt und bloß durch Nacht und Schnee und Frost und durch Dunkelheit und Einsamkeit und diese Totenstille? Siehe, meine Augen bluten, meine Füße sind wund, mein Leib ist vor Kälte erstarrt. Mein Lächeln habe ich im Schnee verloren, meine Ruhe rissen mir die Dornen vom Leibe, der Sturm trägt mein Weinen vor mir her. Ich bitte dich, bitte dich so sehr, bitte dich um alles in der Welt, höre auf, mich mit Furcht zu schlagen, mich mit Angst zu peitschen, mich mit Jammer zu geißeln, da ich dir doch nichts zuleide tat."

Seine Seele stöhnte auf; sie fiel auf die Knie, streckte die Arme aus, schluchzte auf und schrie: „So sage mir, arme Seele, gehetztes Herz, müder Geist, sprich, was soll ich tun, daß du dein Lächeln wieder findest, die Angst aus deinen Augen verlierst und dem Sturme dein Weinen aus den Händen nimmst? Was ich dir antat, ich weiß es nicht; aber ich will es wieder gut machen; büßen will ich es, wie du es mir sagst, mit Not und Tod oder einem Leben ohne Abend- und Morgenrot. Das schwöre ich dir bei den sieben Sünden, die bei mir stehen, drei zu meiner Rechten, drei zu meiner Linken und der einen, die über mir ist. Ich

186

gelobe es dir bei allen Lüsten, die mich locken, und bei allen Süch-
ten, die mich schrecken. Siebenmal schwöre ich es dir."

Da sah ihn die Stimme, die nicht von gestern war und nicht
von heute, und nicht hier noch da, und weder laut noch leise,
freundlich an, und also sprach sie: „Ich halte deine Schwüre in
der einen Hand und deine Gelübde in der anderen, und ich sehe,
sie sind wahr und ehrlich und treu; so wisse denn: lege deine grünen Hoffnungen alle ab, wirf deine blauen Träume hinter dich
und tritt weit fort von deinen roten Wünschen. Das ist das eine;
aber das zweite ist dieses: zertritt das bunte Gedenken, reiße ab
die lachenden Erinnerungen und rotte gänzlich aus das Wissen
von dem, was du nicht wissen durftest. Das ist das andere; aber
das letzte ist dieses: laß dein Lachen hier im Walde liegen und
dein Weinen, wo deine Füße stehen, und all dein Fühlen mußt
du der Einsamkeit geben und der Dunkelheit und der Stille. Ohne
Wehr und Waffen gehe von hier, daß ich nicht mehr zittern muß,
wenn deine Schritte meine Gedanken kreuzen, wenn deine Augen
Schatten auf meinen Weg werfen und deine Sehnsucht über mein
Herz hinwegfliegt. Gelobst du mir das?"

Seine Seele neigte ihr Haupt und gelobte es bei allem, was sie
fürchtete, und da sprach die Stimme zu ihm, und noch freundlicher
sprach sie, daß es wie Maiensonne auf seine Angst fiel, und also
sprach sie zu ihm: „Siehe, meine Augen sie bluten nicht mehr so
sehr, und meine Lippen röten sich ein wenig, und meine Hände
zittern kaum noch, weil die Furcht sie nicht mehr so quält und die
Angst und das Entsetzen; und nun höre: du hast gerufen heute:
du edeles Wild, adelig Getier, mein sollst du sein, ehe daß die Sonne
sinkt. Wenn die Sonne sank für dich wie für mich, keine Blume uns
mehr blüht und Schmerz und Lust uns nicht mehr ihre Lieder
singen, dann will ich dein sein, ganz und gar dein sein, für immer
und ewig dein sein, du lieber, viellieber, geliebter Jägersmann."

187

Als er in das Dorf zurückkam, riefen im Kruge die Fiedeln, und die Trompeten schrien, und eine Flöte lachte: „Komm tanzen, junger Jägersmann!" Er ging in den Saal und sah sich um. Annemieken stand da, schön wie immer, aber sie kannte ihn nicht. Sein Freund ging an ihm vorüber, aber er sprach ihn nicht an, und sein Feind warf seine Augen auf ihn, doch ohne Haß.

An der Wand hing ein Spiegel; der rief ihn zu sich hin. Er sah hinein und setzte sich auf die Bank der alten Leute.

Der graue Engel

Im blauen Himmel ging alles auf Strümpfen. Die Straße
war auf drei Häuserlängen mit Stroh belegt und mit Kaff be=
streut, und an der Haustüre hing ein Schild, auf dem zu lesen
stand: Kein Ausschank. Alles Vieh und auch der Hund waren
in der Nachbarschaft untergebracht, und die Pumpe war festge=
bunden, und auf der untersten Treppenstufe war mit Kreide die
heilige Fünf hingemalt, denn der Tod stand hinter der Haustür.

Er war wütend. Kinder, Greise und sonstiges Niederwild zu
jagen dünkte ihm kein Waidwerk; nach Edelwild gelüstete ihn,
nach einer hohen Beute. Diesen Mann da zu fällen, diesen großen
Künstler, ehe er sein Bestes gegeben, ehe daß er Tausenden von
Menschen das Herz gestärkt hatte, das war ein lohnendes Ziel.
Über die zwei Männer und die Frau, die zu seiten des Kranken=
bettes saßen und ihre Schilde vor den siechen Mann hielten, lachte
der Tod; aber die eine, die nicht da war, die machte ihm schwer
zu schaffen.

Ingrimmig knirschte der graue Engel mit den Zähnen, daß es
dem Förster, der in der Gaststube saß, eisig über den Rücken lief
und er schnell seinen Schnaps austrank. Dann bückte der Tod
sich, trat auf die Straße, von der die Spatzen entsetzt aufflogen,
als sein Schatten auf sie fiel, und stellte sich vor das gegenüber=
liegende Haus, wo Lorenmutters Fuchsien sofort die Knospen
verloren, denn die Augen des Todes hatten sie gestreift. Aber auf
die alte Frau fielen seine Blicke nicht; er wandte sie dahin, wo

Helmold lag, und ſtierte nach dem Fenſter. Hineinſehen konnte er nicht, weil die Vorhänge zugezogen waren; aber er wollte doch wenigſtens hinſehen.

Der Kranke hatte ruhig dagelegen. Sein Geſicht ſah wie eine Totenmaske aus; jede Spur von Leben hatte das Fieber aus ihm herausſtiliſiert. Regungslos ſaß der Arzt da, mit loſen Fingern das Handgelenk des Freundes umſpannend. Aber nun blickte er auf; die weiße Flaumfeder auf den Lippen des Kranken rührte ſich haſtiger. Frau Gretes Züge verzogen ſich zum Weinen, Hen=nigs Geſicht verdunkelte ſich; die Augen des Arztes ſahen ſtarr nach dem Geſicht des Kranken.

Im nächſten Augenblicke ſprang er auf und hielt beide Hände über das Bett, denn Helmold hatte ſich mit einem Ruck empor=geſchmiſſen, ſah ohne Verſtand um ſich, machte einen bittenden Mund und flehte: „Kuß, ein’ einz’gen Kuß, Swaantje!“ Sein Geſicht füllte ſich mit Entſetzen; er fiel zurück und atmete ſchwer. Dann ſprach er mit verdorrter Stimme: „Die Augen, nein die Augen; was ſind das für Augen? Leg ſie fort, ganz weit, nein, dahin, weg!“ Seine Bruſt ging auf und ab; er röchelte: „Iſt nicht wahr, hab ich nicht gemalt, Lüge, alles gelogen. Die Augen, die Augen! Grete, du haſt gelogen. Wir drei, wir drei, wir drei, haſt du geſagt. Gemeine Lüge!“

Er knirſchte mit den Zähnen und ſtöhnte: „Tödeloh, da bin ich geſtorben, ganz totgeſtorben. Ha la lit! Der gute Bock iſt tot! Bock tot, will ich blaſen. Mein Horn iſt weg.“ Er warf ſich hin und her; dann ſang er: „Roſe weiß, Roſe rot,“ und flüſterte weiter: „Sophie, eine Runde! Deuwel auch, Klaus, laß dir das nicht gefallen; Wiebken mogelt.“ Er lachte: „Es gibt viel Schönes, Wunderſchönes: Maſerholz, grobe Leinwand, ſo wie Annemiekens Hemden, rohes Kupfer, das heilige Dreieck. Ach ja, das heilige Dreieck, das dunkele Geheimnis, unſer Anfang, Ende auch. Such

190

verwundt, mein Hund, weiß verwund't, mein Hund! Szissa her
mit'n Lüttjen, her mit'n lüttjen Schluck!"

Er flötete den Jagdpfiff, versuchte zu blatten, zog beide Hände
vor das Gesicht, als wollte er in Anschlag gehen, und schrie:
„Mariee, Dicke, was hast du für Arme! Wahre Pracht. Auf
Chali pfeif ich; das ist ein Biest. Jawohl, gnädige Frau, künst=
lerische Reise ist Beginn der Fäulnis. Entweder leben oder Künstler
sein. Die Atrappe ist höhere Gemeinheit. Hurra, es lebe der
Öldruck! Hennig, deine Line ist keine Dame, darum mußt du sie
heiraten. Damen sind inaktive Dirnen. Pfui Teufel! Hier habe
ich voriges Jahr den Keiler geschossen. Nein, ich schieß ihn nicht,
Swaantje, aber küssen will ich dich, wenn du auch noch solche
Augen machst."

Er griff mit den Händen umher! „Hülfe, Hülfe, tut mir nichts:
ich will ja mein Herz wegschmeißen! Da, da liegt es, seht Ihr,
im Dreck; der Hund hat es geholt! Seid Ihr zufrieden, Grete
und Swaantje? Nun bin ich ganz artig."

Er fiel zurück und schlief ein, wachte aber sofort wieder auf und
schrie: „Schwindel! Alles Schwindel, Farbe, Liebe, alles, alles!
Hennig, sieh den Schillerfalter; alle Farben hat er, hat er; also
Schwindel. Hat überhaupt keine, tut bloß so. Nichts ist so, wie
es aussieht. Swaantje sieht gut aus, Swaantje ist böse. Grete
auch, Sophiee auch, Mariee auch, aber Annemieken ist gut. Soll
ich dir helfen, Annemie? Was brauchen wir unsere Herzen? Weg
damit! Ohne Herz liebt es sich bequemer. Wer hat den Hochsitz
hierher gestellt? Senator, Sie irren sich, Sie sind Fachmann, ver=
stehen also von der Sache nichts, sind darin, nicht darüber. Prinz,
du schießt ja doch nur vorbei, ganz sicher; hast ja den Tatterich.
Frau Trui, der Honig ist ausgezeichnet, süß, wie heimliche Küsse.
Aber die Farbe ist Schwindel; Honig muß rot sein. Alles, was
süß ist, ist rot. Rote Rosen sind schön. Wer hat die verdammten

191

Nesseln mang die Küsse gebunden? Was sollen die Witze? Hä?"

Er fiel abermals zurück. Der Arzt goß Arznei ein und flößte sie dem Kranken ein, der unwillig schluckte. Frau Grete sah wie der Tod aus, Hennigs Gesicht war wie aus Holz. Helmold schlug um sich. „Laß mich in Ruhe mit dem verdammten Kleide, hörst du? Es ist mit kalten Augen besetzt, gemeinen Augen. Fort damit! Ich hasse die Kanaille und halt sie mir vom Balge, sagt Horaz. Prost, oller Römer! Janna, Manna, singt noch eins!" Er summte: „Meiner zu gedenken, das gebrauchest du ja nicht." Starr sah er nach der Wand: „Ich habe deine Brüste gesehen, o wie schön, und ich will sie küssen. Gib sie her, sofort, hörst du! Ach laß auch, sie sind kalt. Siehst du, das hast du davon. Lauf mir nicht immer nach, Swaantje! Überall bist du! Ich will den Bock haben, stell' dich nicht immer davor, sonst wahrhaftig, ich mache den Finger krumm. Frau Pohlmann, in meinem Bette waren Flöhe. Nein, bloß Spaß, waren Gewissensbisse. Annemie, ich bin müde, Du sagst, du willst nicht? Teuf, Lork! Hast auch zwei Gesichter, ein Taggesicht und eins in der Nacht, und das ist mir lieber.

Er sang nach einer Tanzmelodie: „Beni Benjamin hat gesagt, ich hab den Lungenkatarrh! Hab' mir das Herz verkühlt, hat kalte Füße gekriegt. Heißen Pottdeckel darauf, das hilft. Ich will nicht mehr malen, ich male mir noch alles Blut aus dem Leibe. Und das brauch' ich noch 'ne Weile. Fritsche, alter Döllmer, trag' das Gewehr nicht so dämlich! Hennig, wo willst du hin? Ach so! Na, wenn das man gut geht! Nun hab ich es dicke; überall stehst du mir im Wege, Swaantje! Komm her, Mädchen. Hoch lebe die Liebe und die umliegenden Bierdörfer!"

Er murmelte: „Ja, ja, schon gut. Mein Bild, das kannst du küssen und mit ins Bett nehmen, aber mich, das fällt dir nicht ein! Ach Süße, komm her, einmal, o du, du, du!"

192

Er schwenkte den Arm: „Tanzen sollst du, bist du weich, bist windelweich, und dann nehm' ich dir den Rosenkranz ab, Ringel= ringelrosenkranz ab. Ein bißchen welk ist er schon. Und nun haben wir die Bescherung. Siehst du, Prinz, du pürschst zu laut! Sekt her! Was kann das schlechte Leben helfen. Die alten Deutschen tranken noch eins!"

Er lachte: „Ja, malen, das kann ich. Kranke Frauen kriegen ganz gesunde Kinder, gehen aber leicht hopps dabei. Amanda, was sagst du? Biermamsell, ja, mir Wurst, aber du kannst wenigstens küssen! Jawohl, Miezi, es ist noch etwas Leberwurst da, aber die Kohlen sind rein allr. Bete zu deiner Heiligen, und schaff sie ab, wenn sie uns keine Kohlen schickt. Swaantje, ich will meinen Kuß haben! Den hab ich kontraktlich. Och Chott, Mensch, das ist ja viel zu weit! schießt ja doch danebe! Bei meiner Beerdigung muß ich aber dabei sein, diesmal wenigstens. Christus sagst du? Bin mehr für Wode. Ist ja auch gleich. Meinetwegen Maria; ich denke dabei an Frigge. Importen mag ich nicht, bekommen nicht. Frigge hilft uns schon; bete zu ihr. Du sollst sehen, sie hilft dir. Frigge fügt Hand zu Hand, Mund zu Mund, Schoß zu Schoß. Gelobt sei Frigge!"

Er lächelte: „Mein Herz tanzt auf einer goldenen Wiese, und mein Mund läuft hinter dir her. Siehst du, jetzt bist du hinge= fallen. Na, weine man nicht; komm her, ich heb' dich auf!"

Er bewegte den Kopf in einem sanften Takte, als horche er auf eine ferne Melodie; dann fing er an zu summen, so seltsam, daß seine Frau ein Schauer schüttelte, denn die Singweise war aus Lust und Leid gewebt, mit Übermut durchwirkt und mit Ver= zweiflung besäumt.

„H'ach," rief er dann, „h'ach du, du! Du hast es gesagt. Sagst: ich habe dir ja nichts gesagt!" Er lachte glücklich auf. „Du sagst, ich habe dir ja nichts gesagt! Habe dir ja nichts ge=

sagt, nichts gesagt." Er lachte belustigt: „Ich habe doch ein Ge=
hör wie der Fuchs. Weiß schon Bescheid, weiß, was das heißt. An
der Fährte spricht man den Hirsch an; das da ist sicher einer vom
zwölften Kopfe. Und den will ich haben, oder ich will die Kunst
nicht verstehen."

Er schauerte zusammen; der Arzt zog ihm die Steppdecke bis
unter das Kinn. Er flüsterte: „Danke, danke!" Er küßte in die Luft:
„Ach wie schön warm! Das ist so lieb von dir, liebe Swaantje.
So warm." Er schnurrte wohlig: „Wie lange habe ich dich ge=
sucht, wie lange, aber du hast die Fährte verwischt. Das ist
sicher ein guter Bock. Gute Nacht, Herrschaften; ich gehe schla=
fen. Komm Annemie! Mädchen, du hast ja Swaantjes Kleid
an! Nein, das geht nicht; ist dir ja viel zu lang. Sofort aus=
ziehen, hörst du! Na, weine man nicht, behalt's an; bist ja doch
die beste, die allerbeste!"

Frau Grete ging hinaus, kreidebleich im Gesichte; als sie wieder
hereinkam, sah sie Hennecke an und schüttelte den Kopf. Der
Kranke flüsterte: „Dein Herz ist von Gold, Swaantje, und du
hast es an einer silbernen Kette unter den Spitzen auf deiner
Brust. Das sieht doll aus, ganz doll." Er schrie auf: „Wo bist
du, Gotteswillen komm her!" Sein Kopf fiel auf die Seite, und
er begann rasselnd zu schnarchen.

Der Arzt flüsterte: „Gehen Sie essen, ich bleibe so lange hier;
er schläft. Das ist ein gutes Zeichen, ich habe Hoffnung." Er
zählte die Pulsschläge und nickte langsam. Dann lächelte er der
Frau zu und zeigte mit dem Kopfe nach der Tür. „Erst etwas
essen und dann ein bißchen hinlegen. Wir haben an einem Kranken
genug. Hennecke, gehen Sie mit! Und daß es ja ganz stille im
Hause ist."

Als Frau Grete draußen war, sah sie Hennig an und flüsterte:
„Behalten wir ihn wohl, lieber Freund?" Er nickte: „Ich glaube

194

es; seine Indianernatur wird ihm durchhelfen. Aber nicht wahr, jetzt essen Sie ein bißchen?" Sie nickte müde.

Er führte sie in das kleine Zimmer, rückte ihr den Sessel und die Fußbank zurecht, goß ihr ein Glas Sekt ein und begann dann zu essen, ruhig und langsam, wie immer. Das half; sie aß ein Stückchen Brot und kaltes Fleisch und bekam wieder etwas Farbe.

Hennecke tat, als kümmere er sich nicht um sie; aber wenn er etwas nahm, rückte er den Auflageteller immer so, daß die besten Stücke vor ihr lagen, und als ihr Glas leer war, füllte er es. Dann aber sagte er: „Nun schlafen, bitte, und sobald die Ant= wort kommt oder eine Änderung im Befinden eintritt, klopfe ich."

Die Frau nickte und stand auf; als sie schon die Türklinke in der Hand hatte, blieb sie stehen und hielt den Kopf schräg, als wenn sie lauschte. Dann lächelte sie Hennecke zu und sagte: „Sie kommt, wir werden gleich Nachricht haben. Sie hat das Tele= gramm selber aufgegeben." Hennecke sah sie ernst an und nickte. Die Frau trat auf ihn zu, legte ihm die Hand auf die Schulter und sprach: „War es so schlecht von mir, was ich tat? Wenn er stirbt, so bin ich schuld." Er antwortete: „Beruhigen Sie sich, liebe Freundin; Reue ist die größte Sünde, die es gibt, denn sie hat keinen Zweck. Sie haben gehandelt, wie Sie mußten." Sie sah ihn ernst an und schüttelte den Kopf: „Nein, ich habe ihn belogen. Aber, nicht wahr, der Gedanke, er liebt eine andere, und ich, seine Frau, die zwei Kinder von ihm hat, soll entsagen, Sie begreifen, daß da zuerst alles Kleine und Enge in einem nach oben kommt. Und so bin ich hart zu ihm gewesen und schlecht, sehr schlecht. Erst habe ich gesagt: ‚Ja ja, mein guter Junge, sie soll kommen! Wir drei, nicht wahr?' Und so nach und nach nahm ich alles zurück und dachte nicht daran, daß ich ihm zuerst die Augen geöffnet hatte."

Dann setzte sie sich an das Fenster. Düster sah sie vor sich hin, die Hände im Schoße faltend. „Ich bleibe hier; schlafen kann ich doch nicht, ehe das Telegramm da ist. Rauchen Sie bitte, lieber Hennecke. Aber erst sehen Sie zu, wie es oben steht."

Langsam gingen die Stunden dahin, Hennecke löste den Arzt ab. Der war zufrieden. „Er kommt an das Ufer, glaube ich, der Puls ist ganz ruhig." Er aß und ging nach oben, und Hennecke leistete der Frau wieder Gesellschaft. Sie sprachen wenig. Plötz= lich seufzte Frau Grete erleichtert auf und lächelte gespannt. Männertritte kamen näher und erklommen die Treppe; die Haus= tür ging auf. Die Frau erhob sich, öffnete die Tür und nahm dem Briefträger das Telegramm ab, gab ihm den Taler, den sie schon bereit hielt, löste gelassen den Verschluß, faltete das Papier auseinander, las den Inhalt, ohne eine Miene zu ver= ziehen, nickte, reichte Hennecke die Depesche und sprach: „Es ist so, wie ich sagte: sie kommt. Gott sei Lob und Dank!"

Die Tür ging auf; der Arzt stand darin, helle Freude im Ge= sicht. „Sie haben Ihren Mann wieder, Frau Hagenrieder," sagte er ganz laut. Er sah erstaunt auf, als die Frau nur nickte und meinte: „Ich wußte es." Er trank ein Glas Sekt aus: „Merkwürdig," murmelte er dann; „eben erwachte er, seufzte sich den Schlaf fort, sah ganz klar aus den Augen, machte sie wieder zu und mit ganz fieberfreier Stimme flüsterte er: ‚Sie kommt!' Und dann schlief er wieder ein."

Am andern Morgen lachte die Sonne, und die Amsel sang zum ersten Male. Helmold war sehr schwach, aber fieberfrei. Als er die drei Schneeglöckchen sah, die seine Frau ihm auf das Tisch= chen stellte, ging ein leises Lächeln über sein Gesicht. Er winkte mit den Augen, und sie bückte sich zu ihm nieder. „Näher!" hauchte er, „noch näher!" Sie küßte ihn auf den Mund. „Meine liebe Frau," flüsterte er und schlief ein.

196

Der weiße Garten

Als Swaantje in Stillenliebe anlangte, war Helmold bereits aus aller Gefahr, aber noch so angegriffen, daß der Arzt jede Aufregung verbot. Er gestattete ihr nur, daß sie ihn sah, während er schlief. Das Mädchen mußte sich am Türrahmen festhalten, als sie ihren Vetter erblickte. Welk fiel ihm das fast völlig ergraute Haar in die Stirne, der Bart hing schlaff über die blutleeren Lippen, die Nase trat scharf hervor, unter den Augen waren tiefe Löcher, die in allen Farben spielten, die Ohren sahen wächsern aus, und die Hände waren leichenfarbig.

Als sie das Zimmer verlassen hatte, fiel sie Grete um den Hals und schluchzte tränenlos, und die Frau sagte, als sie mit ihr in dem besten Zimmer saß: „Wir wollen Gott danken, daß wir ihn behalten haben, Swaantje; und sobald er kräftig genug ist, fährst du mit ihm in irgend eine stille Ecke und pflegst ihn mir ganz gesund. Nicht wahr, Liebste?" Das Mädchen nickte, denn sie fühlte, daß die andere das im vollen Ernste sagte.

Es wurde aber nicht so; denn je mehr sich Helmold körperlich erholte, um so mehr schien seine Liebe für Swaantje zu erkalten. Als ihm seine Frau einmal von dem Mädchen sprechen wollte, wehrte er ab. „Ich genese, Grete," sagte er, „und auch davon." Er sah sie voll an und fuhr fort: „Möglich, daß ich ihr später wieder kameradschaftlich näher komme; vorläufig wäre mir ein Zusammentreffen peinlich, und schädlich. Hennecke und Benjamin sind derselben Ansicht."

Wenn er, warm zugedeckt, auf dem Ruhestuhle im Garten lag, dem Schlage der Finken zuhörte und die knospenden Zweige betrachtete, dachte er noch oft an das Mädchen, aber nicht in Liebe. Etwas wie Unmut war in ihm; denn er fühlte sich beleidigt. Er hatte sich vor ihr erniedrigt, hatte um einen Kuß gebettelt, war fast irrsinnig vor Liebe geworden, und es hätte nicht viel gefehlt, daß er an seinem Verlangen zu Grunde ging.

Er wußte aber auch, daß dieses der letzte Rückfall war. „Was hat sie nicht alles aus mir gemacht," dachte er; „einen Trinker, einen Wüstling, einen Salonaffen, einen Streber!" Er las in dem Buche, das Hennig ihm mitgebracht hatte, und lächelte belustigt, denn er war vorhin auf einen Ausspruch Montanabbis gestoßen, der vortrefflich zu seinen eigenen Gedanken paßte, und der folgendermaßen hieß: „Viele Menschen waren gleich mir Opfer eines weißen Halses, eines rosigen Angesichtes und zweier Augen, die sanft blickten, wie die der Gazelle." Er nickte und dachte: „Hast recht, beturbanter Philosoph; wir wollen den Fall zu den Akten in das Fach Erledigt legen."

Die Magd wusch in der Küche Gläser auf und sang. Er nickte lächelnd, pfiff leise die Singweise durch die Zähne und summte den Schlußreim: „Scher dich weg von mir, scher dich weg von mir, scher dich weg von meiner Tür." So waren seine Gedanken, wenn er an Swaantje dachte. Mochte sie sich jetzt ebenso um ihn quälen, wie er es ihrethalben getan hatte; sie hatte es verdient durch ihre Feigheit.

Mit Schadenfreude stellte er fest, daß er sie nicht mehr liebte. Das war nur natürlich; es entsprach seiner Veranlagung. Sein Vater hatte den Grundsatz gehabt, ihm niemals einen Wunsch sofort zu gewähren. So hatte er ihm, als Helmold zwölf Jahre alt war, verboten, sich eine Armbrust zu kaufen. Nach einem halben Jahr bekam er sie zum Geburtstage, rührte sie aber nicht an, denn er war schon darüber hinaus.

198

Allmählich dachte er milder. Zu Hennig, der sich seinetwegen frei gemacht hatte, sprach er sich einmal, als er mit ihm vor das Dorf ging, darüber aus: „Weißt du, mein Lieber, ich zürne ihr auch nicht mehr, denn sie konnte schließlich nicht anders handeln, schon ihres Verhältnisses zu Grete wegen nicht. Ich weiß, das Ganze war Einbildung; aber daß ich das weiß, das ist eben das Schlimme. Ich bin doch jetzt körperlich schon wieder ganz rüstig; aber ich bleibe innerlich kalt und tot. Ich lebe in einem weißen Garten; wo ich hinsehe, verlieren die Blumen die Farbe und die Blätter das Grün. Mein Herz ist gefeit gegen jegliches Gefühl; es hat kein Teil mehr am lebendigen Leben."

Er schwieg und dachte an alle die Frauen und Mädchen, die er geliebt hatte. Aus Gewohnheit fühlte er ihnen gegenüber Dank, in Wirklichkeit waren sie ihm alle gleichgültig. „Ja, Hennig," murmelte er und nickte, auf das Dorf hinabsehend, wo alle Obst= bäume blühten, „das ist nun so: Helmold Hagenrieder ist tot. Was da lebt, ist bloß noch der Professor gleichen Namens. Zwischen mir und der Welt ist eine Glasscheibe. Ich habe noch Sinne, noch Sinnlichkeit; aber ich habe die alte kindliche Anteil= nahme an den Menschen und den Dingen verloren. Ich sehe sie nur noch in ihren kalten Lokaltönen, nicht mehr in der warmen persönlichen Beleuchtung, die ich ihnen früher gab."

Er seufzte, aber dann lächelte er: „Ist übrigens das einzig Wahre. Der Künstler muß außerhalb der Welt stehen, wie Gott. Wer im Leben steht, bringt es nie zur Meisterschaft. War schon das beste für mich, diese dämliche Entgleisung. Wäre ich irgend= ein Soundsomensch, Beamter oder so was, Philister, so wäre ich daran eingegangen; so aber hat mich diese Geschichte gereinigt. Denn ich bin da, um zu wirken, nicht um zu leben, wie Hans X und Kunz Y."

Leise sprach er vor sich hin: „Künstler sollten nicht heiraten;

sie können nicht treu sein, dürfen es nicht, sollen sie sich nicht selber untreu werden. Aber heiratet man nicht, so hat man keinen Zusammenhang mit dem Leben, lernt dessen tiefste Nöte nicht kennen. Wie man es auch macht, es ist immer verkehrt, und so wird das Allerverkehrteste wohl das einzig Richtige sein."

Er zündete sich die erste der zwei Zigaretten an, die Benjamin ihm gestattet hatte, sah den Freund an, legte ihm die Hand auf das Knie und sprach weiter: „Ich habe früher von der Philo= sophie niemals viel gehalten; sie ist noch ein viel lorbeernerer Er= satz für das Leben, als die Kunst. Jetzt aber, wo ich mit dem Leben innerlich nichts mehr zu tun habe, philosophiere ich. Höre zu: Nach Kant gibt es kein Ding an und für sich; ich aber sehe die Dinge an und für sich. Also gibt es kein Ding an und für mich, sondern nur Dinge an und für sich für sich. Also geht mich als Menschen nichts mehr etwas an. Also bin ich kein Mensch mehr; also bin ich tot!"

Ein Goldammerhähnchen kam angeschnurrt, ließ sich auf einem Zaunpfahle nieder, sah die Männer zutraulich an, glättete seine gelbe Holle und begann zu singen. Helmold pfiff leise durch die Zähne das Lied des Vogels nach, nickte und murmelte: „Manche sagen, der Goldammer singt: ‚Wie wie hab ich dich lieb, lieb.' Andere meinen, er sänge: ‚Mein Nest ist weit weit, weit.' Alles auf der Welt hat ein zweites Gesicht, die Natur, die Kultur, die Religion, die Kunst, die Politik, die Liebe, alles, alles. Wer das nicht weiß, ist glücklich; ich weiß es. Ich habe es wohl immer ge= wußt, bloß manchmal vergaß ich es, und dann glaubte ich, glücklich zu sein. Im Sichselbstvergessen allein liegt das einzige Glück, also in der Narkose, durch Liebe, oder Haß, oder Arbeit. Der Mensch ist die Krone der Schöpfung, sagt man. Er ist und bleibt aber, wie alles Leben, eine dilettantische Leistung. In einem Buche über die Kultur der alten Assyrer steht folgender Vers

eines Dichters jener Zeit: „Gewandert ist in Haft mein müder
Fuß so viel; ich gönnt' ihm keine Raft, doch fern bleibt stets das
Ziel."

Ein braunes Ding kam über den Zaun geschwenkt, streckte gelbe
Krallen nach dem singenden Vogel aus und verschwand damit
hinter der Hecke, Helmold sah Hennig an und lachte luftig: „Eine
Gemeinheit sondergleichen; der gelbe Vogel singt von Liebe, und
die Natur oder die Vorsehung schickt ihm den braunen Tod! Ich
hatte einen Mitschüler, er hieß zwar Julius und noch dazu
Müller, aber nie hat es ein so goldenes Herz gegeben, nie so viel
Güte in einem Menschen. Er starb an Wundstarre, starb sieben
Tage lang, lag da bei vollem Bewußtsein, konnte kein Glied
rühren und mußte durch künstliche Atmung hingehalten werden,
bis auch das nichts mehr half. Seine Mutter, eine Witwe, war
eine gläubige Katholikin. Sie hat, nachdem ihr Julius tot war,
keine Kirche mehr betreten und nie wieder gebetet. Ich war jeden
Tag, solange mein Freund im Sterben lag, bei ihr, und mit
jedem Tag bröckelte mein Gottesglauben mehr ab, bis nichts
mehr davon übrig war, besonders seitdem ich vergleichende
Religionsgeschichte gelesen hatte. Und dann kam ich an die Philo=
sophie." Er schüttelte den Kopf: „Na, das ist erst der größte
Blödsinn; Narkose im Quadrat; vierte Dimension des Stumpf=
sinnes."

Ein faft voll entwickeltes Mädchen von vierzehn Jahren mit
hellblonden Flechten kam losen Ganges den Fußweg entlang,
warf sich in die Brust, als sie die beiden Männer sah, machte
ihnen einen Knix und sah den Maler so heiß an, daß Hennig die
Augenbrauen hochzog. Helmold bemerkte es und meinte: „Ein
reizendes Geschöpf, und so sehr verliebt. Die am Herzen liegen
zu haben, das brächte mir am Ende noch ein bißchen Glück.
Aber das wäre unmoralisch. Früher lebte ich unmoralisch, und

hielt darum von der Moral sehr viel. Jetzt werde ich wohl mo=
ralisch leben, denn ich weiß, daß die Moral Schwindel ist, be=
sonders die Geschlechtsmoral; ihre Wurzel ist der Neid, und
weiter nichts. Wenn ich mit den Augen winkte, flöge mir dieses
Bild von Mädchen an die Brust, und gäbe mir alles, was sie zu
verschenken hat. Und nähme ich es, so gäbe das ein schönes Ge=
schrei; denn alle Männer sehen ihr mit den selben hungrigen
Augen nach, wie ich, und wie du, lieber Hennig. Infolgedessen,
darum und so weiter!"

Er sah den Rauchringeln nach, blickte mit leeren Augen über
das lachende Land und auf die kleinen Mädchen, die in der Wiese
Blumen pflückten, und sprach vor sich hin: „Ich will hier fort.
Mir ist es peinlich, die Anteilnahme in Frau Pohlmanns
Augen zu sehen. Und dann ist Annemieken da. Allen bin ich Dank
schuldig; aber wie kann ein toter Mann Dank abstatten? Höch=
stens durch kalte Worte. Laß uns irgendwohin fahren, wo kein
Mensch mich kennt, und wo kein Mensch ist, den ich lieben muß."

Das taten sie denn auch; doch zuvor fuhr Helmold nach Hause,
um einige Tage mit den Kindern zu verleben. Als er eines Mor=
gens, während seine Frau ausgegangen war, in der Werkstatt
seine Bilder betrachtete, um zu prüfen, ob nicht dort oder da
Spuren einer krankhaft verzerrten Anschauung zu finden seien,
klopfte es an der Tür und auf seinen Zuruf trat Luise herein.
Sie war ganz blaß und hatte die Augen unter sich. Er hatte noch
keine Gelegenheit gehabt, mit ihr allein zu sein, und er war sehr
froh darüber gewesen; aber als er sie so dastehen sah mit auf
den Estrich gerichteten Augen, wurde sein Herz doch ein wenig
warm, denn sie sah so schön und dabei so magdlich demütig aus.
„Nun, liebe Luise," fragte er, und strich ihr mit der Hand über
die Backe, „wo fehlt es? Denn du hast etwas auf dem Herzen,
das sehe ich dir an."

202

Das Mädchen sah auf, schlug aber die Augen sofort wieder nieder, und ihre Brüste gingen auf und ab, als sie endlich heraus= stotterte: „Herr Hagenrieder, ich, ich, mein Schwager, Sie wissen doch, meine Schwester ist gestorben, und nun sitzt er da mit den beiden kleinen Kindern. Und er ist da und fragt mich, ob ich ihn nicht heiraten will." Sie strich an ihrer Schürze entlang und schwieg. „Hast du ihn gern?" fragte er. Sie nickte: „Er ist ein guter Mann und fleißig, und er sagt, er hat mich von jeher gut leiden mögen, und denn sind die Kinder da, und die mögen mich gut leiden. Und so wie es ist, kann es doch nicht bleiben." Sie stockte, fuhr aber gleich fort: „Aber ich meine, solche Eile hat das just nicht, und wenn Sie wollen, Herr Hagenrieder, so bleibe ich noch."

Eine warme Welle lief ihm über die Brust. Er faßte das Mäd= chen bei der Hand und sagte: „Nein, das will ich nicht; denn auf die Dauer durften wir nicht so weiter leben. Wenn Sie Ihren Schwager wirklich gern haben, ist es so das Beste." Sie nickte und sah ihn dankbar an, Tränen in den Augen. Er gab ihr die Hand und sagte: „Ich wünsche dir viel Glück, mein liebes Kind. Und noch eins: jeder Mensch kann einmal Sorgen haben. Vergiß nie, daß ich dir sehr viel Dank schuldig bin."

Er sah ihr nach, als sie gerade und aufrecht durch den Garten ging, und als sie in der Haustür verschwand, dachte er: „Meine Jugend hat mich verlassen; wohl mir!"

Am anderen Tage fuhr er mit Hennecke fort. Als er nach einem Monde wieder kam, hatte er ein volles, braunes Gesicht, klare Augen, eine feste Stimme und einen straffen Gang. Das Weiche, Zarte war ganz bei ihm verschwunden, doch auch das Harte und Eckige.

Er sah seinen Kleiderschrank durch, tat alles beiseite, was nach gesuchter Eigenart schmeckte, hielt eine fürchterliche Musterung unter seinen Halsbinden und Handschuhen ab und gab dann der

203

neuen Magd den Auftrag, das Moos, das er früher so sehr ge=
liebt hatte, von den Wegen im Garten zu entfernen. Dann stellte
er alle Bilder von Swaantje wieder an ihre Plätze und des=
gleichen die Geschenke, die er und seine Frau von ihr erhalten
hatten, und schließlich schrieb er ihr einen netten Vetternbrief, in
dem er ihr in leichter Weise erzählte, wie sein äußeres Leben in
der letzten Zeit gewesen war. „Denn," sagte er sich, „sie ist nun
doch einmal unser Bäschen."

Als Grete ihm erzählte, daß Swaantje Krankenschwester werden
wolle, erwiderte er: „Na, dann wird sie hoffentlich über kurz
oder lang Frau Doktor Soundso heißen. Das wäre auch das
beste für sie." Seine Frau stand auf, legte ihren Kopf an seine
Schulter und flüsterte: „Ist das dein voller Ernst, lieber Hel=
mold?" Er sah sie mit aufrichtigen Augen an, nickte und ant=
wortete: „Jawohl, das ist es; ich werde nicht wieder rückfällig."
Er schwieg einen Augenblick; dann fuhr er fort: „Sie war mir
ein leiser Oktavton; er ist in mir aufgegangen und klingt nicht
mehr. Ich war C, sie eine Oktav tiefer. Es gab keine Dissonanz,
aber auch keinen Akkord, denn sie war ein zu unselbständiger
Ton neben mir. Ich liebte sie aus Angst vor dem Altwerden;
jetzt habe ich vor dieser Angst keine Bange mehr."

Er sprach die Wahrheit; er wußte, daß er bereits alt war. In
dem Luftkurorte, in den er sich mit Hennecke geflüchtet hatte, war
er bald der Mittelpunkt der Geselligkeit gewesen, und wenn er
gewollt hätte, so konnte er viel süße Küsse pflücken. Er hatte aber
nur mit Worten getändelt und zumeist harmlos, bis sich aus dem
Wortgetändel zwischen ihm und einer hübschen, sehr schlagfertigen
Frau, die unter den Folgen eines Scheidungsprozesses litt, etwas
entwickelte, das wie Liebe aussah, aber im Grunde nur der
Niederschlag der gepfefferten Wortgefechte war, die ihm neue
Spannkraft gaben und ihr das zerdrückte Herz aufrichteten.

204

Er war oft sehr weit in seinen Bemerkungen gegangen. Die Frau trug eines Tages seidene Strümpfe mit einem spiralig ver= laufenden Muster. Als er mit lustigen Augen darauf hinsah, fragte sie ihn: „Interessieren Sie meine Strümpfe so sehr?" Er lachte: „Ja freilich; das Muster eröffnet dem denkenden Leser die interessantesten Perspektiven?" Sie fuhr auf: „Aber, Herr Hagenrieder?" Er lachte wieder: „Na was denn? Denkt man sich die Spirale fortgesetzt, so landet man schließlich bei", er sah sie harmlos an, „dem klugen und schönen Gesichtchen!" Sie drohte ihm mit dem Finger.

Drei Tage, bevor sie abreiste, sagte sie ihm: „Sie haben mein Herz wieder lachen gelehrt, Sie ganz frecher Mensch Sie; aber ich glaube, ich habe Ihnen auch etwas geholfen. Es ist übrigens gut, daß jetzt wieder jeder seinen eigenen Weg geht." Sie sagte das mit lachendem Munde, aber dabei liefen ihr Tränen in die Augen, und sie drehte sich schnell um.

Er hatte sich sehr an sie gewöhnt, und ihm war so, als müßte er ihr in den Laubengang nachgehen und sie in den Arm nehmen; aber er riß sich zurück. Als sie abgereist war, sagte er sich: „Herr Hagenrieder, Sie werden alt, oder vielmehr, Sie sind es schon."

Er war es; er wurde kühlverbindlich in seinem Benehmen, zu= rückhaltend im Reden und vorsichtig im Handeln. Er, der früher Gefahren und Verwicklungen suchte, schlug jetzt Richtwege ein, konnte er dadurch eine Unannehmlichkeit vermeiden. „Passé!" dachte die Gräfin Tschelinski, als sie ihn wiedersah, und wich ihm aus, was ihm sehr lieb war, denn ihr übermodernes Wesen hatte ihm schon längst den Appetit verdorben. Noch froher war er, als der Prinz ihm erzählte, daß Frau Pohlmann ihr Anwesen ver= kauft und sich anderswohin verheiratet habe.

Mit viel mehr Freude konnte er nun zur Pürsch auf den roten Bock fahren. Aber auch mit der Jagd war er auseinandergekom=

men; er fchoß nach dem Bock, wie nach der Scheibe, und wäh=
rend er fich früher gänzlich der Stimmung der Landfchaft hinge=
geben hatte, betrachtete er fie jetzt mit den felben Augen, mit denen
er feine entthronten Herzensköniginnen anfah. Er bemerkte ihre
Schwächen, ohne daß er dadurch abgeftoßen wurde; er hing nicht
mehr an ihnen, und fo beleidigte ihn das Fehlerhafte nicht.

Seine Frau freute fich über ihn; er war jetzt immer gleichen
Mutes, hatte nie üble Laune, vergaß kein einziges Mal den Mor=
gen= und Abendkuß, gab fich viel mit den Kindern ab, war der
rückfichtsvollfte und verbindlichfte Kavalier in allen Gefellfchaften,
zu denen fie mit ihm ging, fah nie mehr mit langenden Augen
nach anderen Frauen hin, aß ftets mit Appetit, ging rechtzeitig
fchlafen und teilte fich Arbeit und Erholung gewiffenhaft ein.

Ab und zu wurde ihr die Abgeklärtheit und Durchfichtigkeit feines
Wefens etwas unheimlich; aber bei ihrer frohherzigen Natur kam
fie bald darüber hinweg, und fie fagte fich fchließlich auch: „Ach
was, es ift auch beffer fo!“

Ganz das felbe dachte er dann und wann auch. Wenn er beim
Malen war, und er alle die Formen und Farben, die fein Herz
ihm nicht mehr bot, aus feinem Verftand hervorholte und kühl
und überlegen zu kraftvollen Werken zufammenklingen ließ, dachte
er: „Ift das langweilig! Ich weiß ja, es gelingt: alfo lohnt es
fich nicht mehr!“

Er wünfchte fich in folchen Augenblicken, er wäre tot, und feine
Witwe fände einen netten, guten und klugen Mann; denn in
Wirklichkeit ftand auch fie famt den Kindern fern von ihm.

Mit Hennecke ging es ihm nicht anders; er liebte ihn nur noch
in der Erinnerung und hatte ihm das einft gefagt. „Ift mir ganz
fchnuppe,“ hatte Hennig geantwortet, und er fetzte hinzu: „es
freut mich aber, daß du es mir fagft; das ift eine Liebeserklärung
in befter Form. Ich habe dir viel, du mir einiges zu danken; da=

ran wollen wir uns genügen lassen. Schließlich bleibt doch jeder Mensch allein.

Auch er war ein kalter Mann geworden, seitdem ihm seine Line drei Tage, bevor er sich mit ihr trauen lassen wollte, von einem Kraftwagen totgefahren war. Nicht viel anders ging es Beni Benjamin. Er hatte die Stelle als Nervenspezialist am städtischen Krankenhause angenommen, den Professortitel bekommen, spielte eine Rolle in der Gesellschaft, und noch mehr seine schöne, lebhafte Frau, und er hatte auch die leise Frau, die er sich geträumt hatte, in einer Patientin gefunden, die er von jahrelangem Leiden ge= rettet hatte. Da starb ihm sein Sohn, und nach einem Vierteljahr war er ein stiller Mann mit toten Augen und lippenlosem Munde.

„Tja", scherzte Helmold Hagenrieder, als er mit ihm und Hen= necke hinter einer guten Flasche saß, „hier sitzen wir drei Weisen aus dem Morgen= und Abendlande, hocherhaben über der blöden Menge und können singen: ‚Guter Mond, du gehst so stille!' Ja, lieber Hennig, du hattest recht, als du mit zwanzig Jahren dich= tetest: ‚Nichts hoffen, aber auch nichts fürchten, nie traurig, doch auch niemals froh; Ich möchte sein, was ich gewesen; ach was, es ist auch besser so!' Stoßt an, Brüder von der kalten Lamain; das Leben ist einer Hühnerleiter nicht unähnlich: ziemlich dreckig, oder noch mehr einem Kinderhemde: kurz und bescheiden. Na, wir haben es bald zur Strecke gebracht. Ha la li!"

Das meinte er aber durchaus nicht im trübseligen Sinne, und gleich darauf erzählte er die tollsten Schnurren, ließ sich den Wein und die Zigarre schmecken und ging um halb elf Uhr heim; denn der Alkohol war ihm jetzt nur noch ein guter Freund, von dem er sagte: „Man darf die Freundschaft nicht zum Verkehr aus= arten lassen." Einmal in der Woche traf er sich mit Hennig und Beni beim Wein und einen anderen Abend ging er in den Künstler= verein, um Billard zu spielen und zwei Gläser Bier dabei zu trinken.

Nur wenn Vollmond war, kam ab und zu die alte Unruhe über ihn; aber dann sah er sich vor und fuhr nach Stillenliebe, tobte sich mit Klaus Ruter, der inzwischen den väterlichen Hof übernommen hatte, hinter den Karten aus und ließ sich von Annemieken die Brummfliegen wegjagen.

Bei diesem Mädchen, das gar keine Bildung, aber ein Herz und einen scharfen, wenn auch nicht weiten Verstand und viel Takt hatte, wich alle seine Unruhe sehr bald. Zudem fesselte sie ihn, wenn auch wenig mehr als Weib und auch kaum als Einzelmensch, sondern als Typus; das Erdgebürtige, das Urwüchsige, Unverbildete ihrer Erscheinung und ihres Wesens, sagte seinem Urmenschenempfinden zu, und mit stets neuem Erstaunen lauschte er den unwillkürlichen Offenbarungen, die ihrem Unterbewußtsein entsprangen.

Sie konnte eben noch lustig lachen, aber dann begannen ihre Augen zu verschwimmen, und wenn sie sprach, hörte er nicht ein hübsches Landmädchen reden, sondern sein Volk sprach zu ihm. Stundenlang konnte er, die Pfeife im Munde, im Backenstuhle sitzen und in das offene Feuer sehen, während Gift und Galle sich zu seinen Füßen räkelten und die Katze auf seinem Schoße saß und schnurrte; ihm gegenüber saß dann Annemieken, spann und sang mit nur halb entfalteter Stimme ein altes Lied.

„So kann man tausend Jahre sitzen," sagte er, den Funken zusehend, die um den Dreifuß sprangen. „Ja, Feuer ist Gesellschaft," antwortete das Mädchen und ließ das Rad weiter schnurren.

Er sah sie groß an; dieses eine Wort, das einzig mögliche, um die Bedeutung des offenen Feuers für das Seelenleben eines ganzen Volkes wiederzugeben, eröffnete ihm einen Ausblick auf die Entstehung der gesamten Volksdichtung.

„Weißt du, Mieken, daß du eine Dichterin bist?" fragte er sie. Sie nickte gleichmütig: „Ja, ich habe erst heute noch das Fenster

im Ziegenstall gedichtet", und dann lachte sie, weil er ein ganz
verblüfftes Gesicht machte, denn das war der erste Kalauer, den
er von ihr hörte.

Doch so ging es ihm oft mit ihr; sie hatte tausend Schubladen
und Geheimfächer in ihrer Seele, und manche davon waren so
versteckt angebracht, daß sie sie nur ganz zufällig fand und selber
erstaunt war über die alten Erbstücke, die darin herumlagen,
einige noch gut erhaltene, andere vergilbt und stockfleckig, motten=
fräßig oder schimmelig.

Das Spinnrad schnurrte, der Tranküsel flackerte, rote Funken
sprangen hin und her, und die gewaltigen Pferdeköpfe des Herd=
rahmens warfen unheimliche Schatten auf die Wände des Fletts.
Mieken rührte die Arme fleißig, und Helmold betrachtete mit zu=
friedenen Augen ihr reiches blondes Haar, ihr frisches Gesicht,
das bei jedem Lächeln drei Grübchen vorwies, die vollen Brüste,
die sich ungesucht unter dem weißen Hemde und dem roten Leib=
chen abzeichneten, und die prallen Lenden, die der blaue Rock
umspannte, während die weiße Schürze sich im Schoße verfüh=
rerisch knickte, und er ließ sich von der alten Weise streicheln, die
der Kessel brummte und Annemieken summte, bis sie, mit ver=
träumten Augen vor sich hinstarrend, zu erzählen begann und
ihn in die Zeiten führte, da noch die Bäume rote Herzen hatten
und jedes Tier eine Sprache besaß, die von Menschenohren ver=
standen wurde.

Sein Volk, das einzige, das er auf der Welt noch liebte, saß
vor ihm in Weibesgestalt, durchsichtig, wie ein tiefes Wasser, und
ebenso unergründlich, schön anzusehen und doch schrecklicher
Geheimnisse voll, und es blickte ihn mit hellen warmen Augen
an, die einen Pulsschlag später kalt und dunkel aussehen konnten.

Er zerfaserte sein Verhältnis zu dem jungen Weibe, das vor
ihm saß und in völliger Selbstvergessenheit spann. Zu Bildern

waren ihm die Frauen im allgemeinen nun geworden; er konnte sie nur noch flächig sehen. Bei Annemieken war das anders, die lebte um ihn; weniger sie selber, als das, dessen Sinnbild sie war, als sein Volk, mit dem er sich eins fühlte.

Er dachte an die Stadt und lächelte in sich; Plunder, Volants, außen und innen, ein Staffeleileben, zwecklose Ornamentik, Künstelei, das Ganze ohne viel Sinn und Zweck.

Er sah sich im Flett um; da war nur Zweck und gar kein Ornament. Selbst die Mährenhäupter des Rahmens waren nur Zweck, eine Verbeugung vor Wode, dem entthronten Gotte. Aber wie schön war nicht der Kesselhaken in seiner, ganz auf den Zweck gearbeiteten Form, wie schön jedes Stück Geschirr an der Feuerwand, wie sinngemäß die kunstvolle Pflasterung des Estrichs mit den geschwungenen Schmuckstreifen aus weißen Kieseln. Das war Kunst, Kunst im Leben, nicht neben dem Leben, keine Staffelei- und Atelierkunst.

Überall lachte sie ihn an, die Seele seines Volkes, die ein Kunstwerk aus jedem Geräte gemacht hatte, und nur deshalb, weil sie an Kunst nicht dachte. Ob es nun der Kugelfußtisch war oder der Stuhl mit dem Sitze aus Schilf, die Tranlampe oder der Tellerkranz, jedes Stück erzählte oder sang in seiner leisen Art; desgleichen der Rosmarinstock vor dem Fenster der Dönze und der grüne Topf, in dem das Allwundheil wuchs. Das war die Welt, in die er hineinpaßte, in der er hätte leben müssen, wenn auch nur als kleiner Handwerker.

Hier tönte ihm noch ein Echo des wirklichen Lebens. Es war ihm ein Bedürfnis, Annemieken die schweren Arbeiten abzunehmen; er fühlte sich ganz hineingestimmt in diese Welt, er, der Mann, der dem übrigen Leben gegenüber sich zum Außerhalbsbewußtsein hingefunden oder verirrt hatte. Da war Ruhe und Frieden und langsames, bedächtiges Schaffen; da war nicht jeder

Augenaufschlag mit einem Lächeln gewürzt, wurden Zärtlich=
keiten nicht feilgeboten. Alles mußte erarbeitet oder erobert
werden.

Unglaublich tief war das Verständnis dieses einfachen Weibes
für seine Art; denn es beruhte auf der uralten Überlieferung,
auf nach Jahrtausenden zählenden Gewohnheiten, auf einer un=
ermeßlichen Erfahrung.

„Hier ich, da du!' das war die Losung, und das Feldgeschrei
hieß: „Jedem das Seine!' Da gab es keine Seelenvermanschung,
Persönlichkeitsverquirlung, nur ein Zusammengehörigkeitsgefühl,
wie zwischen dem Birnbaum im Grasgarten und dem Efeu, der
ihn umwuchs. Vor allem! man sprach nicht über Dinge, die mit
Worten nicht zu ändern sind, wie man seit Jahrzehntausenden
wußte; man war zu klug und zu gebildet und zu keusch. Man
zog sich nie nackt vor einander aus, und man quälte sich nicht
mit Unmöglichkeiten. Man gab sich keine Mühe, den anderen
zu durchdringen; man wußte, jeder blieb doch für sich. So gab
es keine Enttäuschung und kein Entfremden, keinen kalten Blick
nach dem Nacken des anderen.

Er trank den Rest Warmbier aus der zinnernen Kanne, die er
neben dem Feuer stehen hatte, klopfte seine Pfeife aus, hängte
sie an den Nagel, sah das Mädchen an und sprach: „Annemie!"
Sie lächelte und ihre Augen leuchteten, denn wenn er sie so an=
redete, das wußte sie, mußte sie ihm irgendwie helfen. Sie sah
ihn fragend an. Er fing an: „Annemieken, du hast sie doch ge=
sehen, damals, als ich so krank war?" Sie nickte. „Wie gefiel sie
dir?" Sie wiegte den Kopf hin und her: „Ich weiß nicht; das
war nicht Fisch noch Fleisch!"

Er sah Swaantje vor sich. Ihre Augen hatten keine goldenen Blu=
men mehr sondern gelbe Flecke; ihre Stimme war nicht mehr weich,
sondern schwach; ihr Gesicht war zu sehr nach Mannesart ge=

schnitten, und ihr Haar roch nicht wie Mädchenhaar; was sollte er also mit ihr?

Aber er hatte ein Anrecht auf sie, er wollte seine Satisfaktion von ihr haben; wollte damit alles das, was er durch sie einge= büßt hatte, wieder in sich hineinzwingen. „Aber das wird doch nicht gehen," überlegte er, nahm Annemieken in den Arm und küßte in ihr sein Volk, ließ sein Bewußtsein in ihr untergehen, wärmte sein altes Herz an dessen ewig jungem Leben.

Als dann der Schlummer sein Denken schon zudecken wollte, war es ihm, als ob seine Ehefrau neben ihm atmete, und sehn= süchtig gedachte er ihrer. Er sah sie als Bäuerin im Hause wal= ten, ruhig und bedächtig, nur ihm und den Kindern lebend, un= bekümmert um das, was außerhalb ihres Hofes in der Welt vor sich ging, ganz und gar weiter nichts als Frau Hagenrieder, von seiner selbstverständlichen Achtung umgeben, und seiner vollen Liebe um so sicherer, als davon niemals die Rede war.

Als er nach drei Tagen in der zweiten Wagenklasse heimfuhr, hatte er ein Mädchen aus der ersten Gesellschaft zur Fahrtge= nossin. Sie war einst seine Tischnachbarin gewesen, hatte ihm in allen möglichen Dingen widersprochen, bis ihm die Geduld riß und er freundlich antwortete. „Ja, über bildende Kunst kann ich nicht urteilen, gnädiges Fräulein; ich bin man bloß Maler." Sie hatte erst einen roten Kopf bekommen und glühende Augen, war aber dann ganz weich geworden und hatte ihn in aller Form um Ent= schuldigung gebeten.

Nun war sie wie Knetwachs in seinen Händen. Sie war sehr schön und von reizendem Wesen, und er wußte es: „Ein Wort, ein Griff und du hast sie." Aber er hatte eingesehen, warum er noch vor kurzem jedes Frauenherz annahm, das ihm hingehalten wurde; Seelen hatte er sich vermählen wollen. Nun er einsah, daß das eine Unmöglichkeit war, riß er sich zurück, unterhielt das hübsche Mädchen auf das beste, vermied jene innere Annäherung und schied von ihr mit einem höflichen Lächeln.

Am nächsten Tage mußte er abermals ein Herzchen dankend ablehnen. Er war allein im Hause und Minna, das Kinder= mädchen, das mit einem Male einen prallen Schürzenlatz und verlangende Augen bekommen hatte, umgab ihn, als er zu Abend aß, mit so durchsichtiger Hingebung, daß die Absicht mit Händen zu greifen war. Als er dann allein in der Werkstatt war, erschien sie zweimal dort, reizend anzusehen in dem Waschkleide, dem wei= ßen Tändelschürzchen und dem Spitzenhäubchen in dem welligen hellen Haar.

Sie tat ihm leid, denn allzu deutlich bot sie sich ihm an, von der Natur getrieben und aus dem Gefühle der Dankbarkeit her= aus gegen den allzeit gütigen Herrn; auch war er sich ganz klar darüber, daß er sie begehrte, einfach deshalb, weil die Natur den reifen Mann zu dem eben aufblühenden Weibe hinzwingt; aber er nickte ihr nur freundlich zu und sagte: „Danke, liebes Kind, nun habe ich alles; wenn du noch etwas ausgehen willst, so ist mir das recht. Es ist ein so schöner Abend."

Rüstig arbeitete er an seinem Bilde weiter, denkend: „Ich bin nicht mehr jung genug für solche Dinge und habe also das Recht darauf eingebüßt. Und sie ist zu schade dafür, mir weiter nichts zu sein als ein Spielzeug. Und sie wird nicht mehr an mich den= ken, sobald sie einen findet, der ihrer Art ist."

Die nächste Zeit hatte er sehr viel zu tun, einmal mit seinen großen Aufträgen und dann mit dem Doppelbildnis des Ober= präsidenten und seiner Frau. Als es fertig war, schickte er es ihnen hin, und als er am folgenden Tage dort eingeladen war und die Ober= präsidentin ihm sagte: „Sie haben uns hoch erfreut, lieber Freund; wie sollen wir das gut machen?" lachte er und sagte: „Dadurch, daß Eure Exzellenz mir gestatten, noch oft kommen zu dürfen."

Im Verlaufe des Abends fragte der Hausherr: „Sagen Sie mal, Ihre Familie war doch einst von Adel?" Der Maler nickte. „Jawohl, von altem Bauernadel. Wir verarmten in Kriegszeiten völlig und legten die Standesbezeichnung ab, denn sie war zum störenden Ornament geworden, womit man überall anhakte. Ich besitze übrigens alle Papiere über mein Geschlecht; der Stamm= baum weist keine Lücke auf über sechshundert Jahre." „Ei, ei," meinte der Gastgeber und sprach von etwas anderem.

Einige Zeit darauf wurde Hagenrieder zum geheimen Hofrate ernannt. Um den Glückwünschen aus dem Wege zu gehen, und um sich von den gesellschaftlichen Anstrengungen zu erholen, fuhr er nach Stillenliebe. Er hatte sich in Annemiekens Hause eine Dönze eingerichtet und wohnte nicht mehr in der Wirtschaft. Die Bauern vermieden jede Anspielung auf seine Stellung zu dem Mädchen; er gehörte so sehr zu ihnen, daß sie sein Eigenleben ebenso achteten, wie sie ihr eigenes schützten.

Alle, die ihn näher kannten, fühlten heraus, daß er nicht mehr der lustige Mann war, als den sie ihn kennen lernten; aber da jeder von ihnen selber einen Packen auf dem Nacken hatte, erbot sich keiner, ihm den seinen tragen zu helfen, selbst der Vorsteher Klaus Ruter nicht, sein bester Freund im Dorfe. Als der Pfarrer vom Kirchdorfe einmal bei Ruter vorsprach, angeblich kirchlicher Angelegenheiten halber, und anscheinend beiläufig auf das Ver= hältnis Hagenrieders zu Annemieken zu sprechen kam, fragte ihn der Vorsteher: „Was trinken Sie lieber, Herr Pastor, Bier oder Wein?" Da sprach der Geistliche schnell von etwas anderem.

So hatte Helmold Hagenrieder zwei Gesichter, das des Jägers und Bauern, und das des Stadtmenschen und Künstlers. Er konnte die halbe Nacht mit den Bauern trinken und Karten spielen, und er brachte es fertig, vier Stunden lang im Frack der Glanzpunkt einer Tischgesellschaft zu sein. Die Bauern ahnten nicht, daß der Mann, der mit jedem von ihnen auf du und du stand, der bedeutendste bildende Künstler seiner Zeit war. Als ein Reisender eine Zeitschrift im Krug liegen ließ, in dem der Geheime Hofrat Professor Hagenrieder beschrieben und abgebildet war, machten sie zwar den verlegenen Versuch, ihm seine Titel zu geben, aber da lachte er und sagte zu den Wiebkenbauern: „Alter Döllmer! Soll ich zu dir vielleicht Herr Vollmeier oder Herr Jagdvorsteher oder Herr Gemeinderatsmitglied sagen? Professor und Geheimrat und das andere bin ich, wenn ich die Kellneruniform anhabe? hier heiße ich Hagenrieder und damit basta. Prost, Korl! auf daß deine Kinder einen klugen Vater kriegen!" In der Stadt hinwiederum hatte man keine Ahnung davon, daß der Herr Geheimrat, der fesselnde Plauderer, da hinten in der Haide wie ein Halbindianer lebte und mit einem Mädchen, das mir und mich verwechselte, selbst wintertags keine Hosen trug und mit dem Messer aß, auf du und du und so weiter stand und ihr beim Holzhacken und Stallausmisten half. Die einzigen Stadtleute, die darum wußten, Hennig Hennecke und der Prinz, sprachen darüber nicht.

Mehr als einmal hatte Helmold es vorgehabt, sich seiner Frau zu entdecken; doch stand er davon ab, indem er sich sagte: „Wozu soll ich sie ärgern?" Und dann wußte er auch, daß er ihr eigentlich gar nichts verheimlichte, denn was war ihm Annemieken schließlich mehr als ein Teil des Dorfes, ein Stück der Landschaft? Die Zeit der Liebe war vorbei für ihn, also auch die Zeit der heimlichen Sünde.

Er hatte sich jetzt völlig in der Hand; sein Herz lief Schritt und Trab, wie er es haben wollte. Nur ein einziges Mal schlug es noch etwas über die Stränge. Das war auf dem großen Maienfeste, das die Künstlerschaft im Hirschgarten veranstaltete. Es fiel gerade in die Zeit, in der sich Swaantje bei Benjamin einer

215

Behandlung unterzog. Sie wohnte bei Hagenrieders. „Ist es dir auch nicht unangenehm?" hatte Grete gefragt. „Durchaus nicht," antwortete ihr Mann.

Mit einer gewissen Feindseligkeit im Herzen trat er ihr anfangs gegenüber, doch fand er bald, daß er sich unnütz in Pauktwichs geworfen hatte. Ihre Stimme klang nicht mehr bis zu seiner Seele, und seine Augen streichelten sie weder, noch drohten sie ihr. Er vermied aus Nützlichkeitsgründen das Alleinsein mit ihr; ließ es sich aber nicht umgehen, so zwang er sich zu einem leichten freundlichen Plaudertone. Sobald sie aber eine ernste Frage an= brach oder an sein Innenleben heranging, machte er kehrt.

Ganz kalt beobachtete er sie. Sie war noch ebenso schön wie einst; aber er hatte zu lange hinter ihr hergeweint, als daß seine Augen für sie nicht erblindet wären. Er liebte sie nicht mehr, und fühlte auch keinen Haß gegen sie; sie war ihm nichts, als das Bild eines Menschen, den er einst heiß geliebt hatte.

„Schade," dachte er, „daß es so ist; aber nichts ist überzeugen= der als die Wucht der Tatsache!"

Er sah sie im Garten neben Grete stehen. Er zog sie mit den Augen aus, betrachtete ihren Akt, gab ihr alle Stellungen und setzte sie jeglicher Beleuchtung aus, schüttelte den Kopf und dachte: „Es war einmal! Ein Segen, daß sie nicht meine Frau geworden ist." Und mit einem Male mußte er auflachen. Er hatte Pro= fessor Groenewald kennen gelernt, einen Mann, der nach Eitel= keit und Kölnischem Wasser roch, Weiberhände hatte und einen Brillantring trug. „Schmalzlerche!" hatte Helmold gedacht, als er ihn sah. Nun aber dachte er: „Solche Männer, die keine sind, gefallen so'nen Weiber, die keine sind."

Bei der Tafel hatte er Swaantje halb rechts gegenüber sitzen; ein großer Strauß trennte zumeist ihre Blicke, so daß er sich völlig seiner Tischdame widmen konnte, eben jenem schönen Mädchen,

216

das ihm einst in der Eisenbahn ihr Herz umsonst hingehalten hatte, und das den rosenroten Namen Meinholde Marten trug. Sie war glücklich, neben ihm sitzen zu können; ihre Augen funkelten noch mehr, als die Demanten in ihrem goldenen Haar und auf ihrem herrlichen Halse. Seine Blicke streichelten ihre Schultern und stahlen sich dahin, wo ihre Brüste im Schatten der Spitzen auf und abhüpften, ab und zu freudig errötend, wenn eine zarte Schmeichelei oder ein kecker Vergleich sie in Erregung versetzte.

Niemals war Helmold bezaubernder gewesen, als an diesem Abend: er focht Dessin mit seinen Worten, schlug ganz leichte Terzen an, gebrauchte listige Finten und setzte dann eine Tiefquart dahinter, daß Lappen und Knochensplitter flogen und die Abfuhr völlig war. Aber das war nichts als Schlägermensur; mit dem krummen Säbel trat er erst an, als er sich zum Trinkspruche erhob, denn da sah man den Renommierfechter. „Ich habe den peinlichen Auftrag erhalten, den Trinkspruch auf die Damen auszubringen," begann er und sah kalt von rechts nach links in die vierhundert verblüfften Augen. „Ich denke gar nicht daran, den Auftrag zu erfüllen; denn," er sprach es mit einem bösen Blicke, „den Frauen und Jungfrauen will ich ein Lobredner sein, so gut ich es kann." Alle Augen wurden hell. „Dame, was ist das?" fuhr er fort; „ein wälsch Wort, ein farblos Wort, ein Unwort. In der galanten Zeit kam es auf, und bedeutete nichts Sauberes, schmeckte nach Liebelei, aber nicht nach treuer Liebe, sagt doch der alte gute Friedrich von Logau: „Was Dame sei und dann, was Dama wird verspürt, daß jene Hörner macht und dieses Hörner führt."

Er lachte lustig und rief: „Fort mit dem dämlichen Wort!" Und dann wand er den Frauen und Jungfrauen einen Kranz aus roten und weißen Blüten; er huldigte ihnen als Mann, nicht als Knecht; er gab ihnen die Hand, küßte ihre aber nicht, die Kniee

217

beugend; vergaß keine, weder die vornehme Frau noch die ein=
fache Magd, und dann schwenkte er ab, näherte sich gefährlichen
Punkten, daß die Männer unruhige Augen bekamen und den
Frauen das Herz stille stand, weil sie ihn schon abstürzen sahen;
doch mit einem harmlosen Lächeln gab er seinen Worten eine
Wendung, die ihn rettete. So führte er seine Zuhörer ein dutzend
Male an gefährlichen Abgründen vorbei, um sie schließlich zu
einem Gipfel zu leiten, von dem aus sich ihnen eine Aussicht bot
auf lauter Sonne und Wonne.

Alle Augen an der Tafel waren erfüllt von dem Abglanze
seiner Worte, als er endete und hinter einem Gitter weißer Arme
verschwand, die ihm die Sektkelche entgegenstreckten, deren helles
Klirren sich von dem neidischen Beifallsgemurmel der Männer
abhob, wie weiße Blumen von abendlich dunklem Gebüsche.
Doch am meisten leuchteten die Augen seiner Tischnachbarin; als
er mit ihr anstieß, hauchte sie: „Du!"

Swaantjes Augen aber standen schwarz in ihrem weißen Ge=
sichte; ihr Mund war wie ein Strich, und ihre Hand lag geballt
auf dem Tische. Sie hatte das selbe Gesicht, wie an jenem Tage,
als er in der Werkstatt um einen Kuß flehend vor ihr stand,
Tränen in den Augen. Nun stieß er, sie unbefangen anblickend,
mit ihr an und setzte sich nieder, seiner Tischnachbarin ein Wort
zuflüsternd, das Abendröte auf ihrem Gesichte hervorrief.

Keinen Augenblick ließ Swaantje das Paar mit den Blicken
los, solange die Tafel währte. Ihr Vetter merkte es wohl; als
er sah, wie blaß sie war, stieg ein unbehagliches Gefühl in ihm
auf. Aber da er rundumher nur zärtliche Augen erblickte und der
Sekt sein Blut erhitzte, und das Mädchen, das neben ihm saß,
ihn ganz in Anspruch nahm, und zudem der Fliederstrauß Swaantje
halb verbarg, so vergaß sein Herz sie.

Und dann kam der Fackelreigen durch den dunkelen Wald, an

218

deſſen Rändern die Nachtigallen ſchlugen, und er hatte das
wunderſchöne Mädchen erſt am Arme, und bald darauf, als
der Zug ſich auflöſte, im Arm, und der Kauz rief und der
Waldmeiſter und das junge Buchenlaub dufteten, und Helmold
küßte Meinholde und ſie küßte ihn wieder, bis ſie aufſeufzte und
flüſterte: „Nun geh! ſonſt reden ſie über uns.“

Dann aber fand er ſich mitten im Trubel, ſtand vor Swaantje
und bat ſie um den Walzer. Sie tanzte ſchlechter als ſonſt, und
ſah ſo bleich aus, daß er ſie zu einer Bank führte, ſich zu ihr ſetzte
und einen leichten Ton anſchlug. Sie antwortete matt und lächelte
kaum, wenn er etwas Luſtiges ſagte, und mit einem Male ſah ſie
ſtarr nach ſeiner Hemdenbruſt, ſtand jäh auf und ſagte: „Ich
muß einen Augenblick allein ſein; mir iſt ſo ſonderbar.“

Als ſie ihn verlaſſen hatte, nahm er das goldblonde lange Haar
fort, das an der Perle hing, die ſein Hemd zuſammenhielt, und
er wußte nicht, ſollte er die Stirn runzeln oder lächeln. Aber
dann erinnerte er ſich an das, was er ſich an dem Tage vorge=
nommen hatte, als er den Mordhirſch im Schandenholze geſchoſſen
hatte. „Blut um Blut!“ dachte er.

Am folgenden Tage fuhr er zur Jagd; abſichtlich fuhr er in
aller Frühe fort, ohne Abſchied zu nehmen. Als er nach einer
halben Woche wieder kam, nach jungem Birkenlaube und Poſt
duftend, drei Birkhähne in der Hand, traf er Swaantje ganz
allein zu Hauſe, denn ſeine Frau hatte einen Beſuch zu machen,
und die Mädchen waren mit den Kindern aus.

„Du ſiehſt nicht beſonders aus, Kleine,“ ſagte er und tätſchelte
ihr die Backen wie einem Kinde. Sie bediente ihn beim Kaffee;
er freute ſich der kraftloſen Anmut ihrer Bewegungen und nahm
den Klang ihrer weichen Stimme dankbar hin, ſuchte aber ver=
gebens nach den goldenen Blumen in ihren Augen und lauſchte
umſonſt auf den Widerhall ſeiner Liebe in ſeiner Bruſt.

Wenn er sie ansah, war ihm zu Mute, als käme er in eine Stadt, in der er einst viele liebe Freunde hatte, und nun waren sie alle tot.

Doch als er dann in der Werkstätte war, dachte er: „Ich will sie an ihre Schuld mahnen, jetzt gleich. Donnerwetter, sie ist und bleibt doch immer eine Lücke in meinem Leben, über die ich in Gedanken alle naselang noch stolpere!“ Er gedachte der Nacht, in der sie in dem Büchersaale von Swaanhof vor ihm stand in dem weißen Nachtkleide, den hellen Schein der Kerze über ihrer Brust, auf die der Schatten des Palmenwedels mit kecken Fingern deutete, und des Maientages, an dem sie mit dem Rade fiel und ihre Röcke so schüttelte, daß ihre Hosen bis über die Hüfte sichtbar wurden, und er sagte sich: „Ich will mir holen, was mir zukommt; denn ich habe es mit meinem Leben erkauft. Also!“

In diesem Augenblicke kam Swaantje aus dem Wohnhause und ging in den Garten, ein Buch in der Hand. „Aha!“ sagte er sich; „läuft der Hase so?“ Denn sie hatte ein weißes loses Kleid an, fast ganz so wie jenes, das einst seine Hände hungrig gemacht hatte.

Er ging ihr entgegen: „Du hast mein neuestes Bild noch nicht gesehen, Swaantien,“ sagte er. Sie wurde rot und folgte ihm. „Ach, wie schön,“ flüsterte sie und sah ihn mit hingebungsvollen Augen an.

„Bleibe ein bißchen hier und erzähle mir was, Maus,“ bat er und deutete auf das Ruhebett. Sie gehorchte und sah ihm zu, wie er an dem Bilde einige Stellen vollendete.

„Ach was, malen!“ rief er und stellte den Pinsel in das Glas; „ich habe keine rechte Lust dazu!“ Er schob einen Sessel heran und setzte sich zu ihr. „Hast du nichts Neues geschrieben?“ fragte er. Sie schüttelte den Kopf: „Ich habe es aufgesteckt; ich habe gar kein Talent.“ Er lächelte in sich. „Ist auch besser so. Talentvolle Frauen sind keine.“ Und dann fragte er weiter: „Hat dir

Benjamin geholfen?" Sie nickte: „Etwas!" antwortete sie. Er
strich über ihre Schläfe. „Immer noch die alte Stelle?" Sie nickte
und sah ihn dankbar an, denn seine Hand war ihr eine Erquickung.
Er legte den Arm um ihren Nacken, küßte sie auf den Mund und
flüsterte: „Meine Swaantje!" Ihre Arme erhoben sich, als wenn
sie seinen Hals umfassen wollten, aber dann stieß sie ihn zurück
und rief: „Aber Helmold, schäme dich!" Er ließ sofort von ihr ab
und lächelte: „Entschuldige, liebe Swaantje; das verflixte Kleid!"

Als er zu Bette ging, fragte ihn seine Frau: „Hast du Swaantje
etwas Böses gesagt? Sie war so sonderbar und will morgen ab=
reisen." Er errötete etwas, erwiderte jedoch ganz ruhig: „Ich!
wie sollte ich dazu kommen?" Doch ehe er einschlief, schämte er
sich, einmal, weil er seine Hände nach einem Weibe ausgestreckt
hatte, an dem ihm nichts gelegen war, und dann, weil er fühlte,
daß er sie doch noch liebte, wenn auch nicht als Weib. „Ich habe
in ihrer Seele, die ich immer und ewig liebe und begehre, mein
Bild zerschnitten," dachte er und nahm sich vor, sie um Verzei=
hung zu bitten.

Dazu kam er aber nicht, denn als er sie am Frühstückstische
traf, sah sie nicht bleich und elend aus, wie er gefürchtet hatte,
sondern eher froh und glücklicher als in den letzten Wochen, und
als sie abreiste, nickte sie ihm aus der Wagentür freundlich zu.

„Der Teufel soll aus dem Frauenzimmer klug werden," dachte
er und kam sich wie ein dummer Junge vor, der eine kokette Ab=
wehr ernst genommen hatte. Späterhin aber freute er sich des
Mißerfolges. Was früher seine höchste Wonne gewesen wäre, nun
wäre es besten Falles weiter nichts gewesen, als ein Vergnügen.

„Ich hätte nicht mehr davon gehabt, als wenn ich die Zunge
zum Fenster hinausgehalten hätte," dachte er, suchte einen be=
spannten Keilrahmen heraus und entwarf ein Bild von ihr.

Der Sarg

Es wurde ein wahrhaftiges Kunstwerk; es war so schön, daß er dachte: „Eine Liebeserklärung auf Leinewand!" Dann aber lächelte er und meinte zu sich: „Nicht ganz, eher das Gegenteil." Als er aber das Bild, bevor er es einpackte, noch einmal ansah, schien es ihm doch anders. Er setzte sich ihm gegenüber und sah ihm in die Augen, bis das weiße Mädchenangesicht, das hell und kühl aus dem Schatten des Kieferntwaldes hervordämmerte, zu lächeln begann und mit bittenden Lippen flüsterte.

„Meine Nonne," dachte er, „warum liebte ich dich so sehr, ohne dich zu begehren? und begehrte dich, ohne dich zu lieben? Weil ich der einzige Mann bin, der dich aus deiner Nonnenhaftigkeit erlösen konnte, aus deinem eiskalten Alleinsein, dir ein Kind schenken, ein warmes Leben, damit du des Nachts nicht frierst, wenn du erwachst?"

Er dachte daran, daß alle Kinder Angst vor dem Mädchen hatten, oder wenigstens keine Zuneigung für sie, und daß kein Mann sie ansah, außer ihm selbst und Brüne. Und mit einem Male sah er den Freund, den einsamen, der keine Frau hatte, und der vielleicht nie eine Geliebte gehabt hatte, der zwischen seinen Büchern und Gemälden und Bildwerken das tote Leben des unfruchtbaren Ästheten führte, und erkannte, daß dieser Mann denselben unerfüllten Wunsch in den Augen hatte, wie Swaantje, und dasselbe hoffnungslose Bitten um die Lippen.

„Was ist es," dachte er, „das diese Menschen zu mir hinscheucht

und mich zu ihnen, mich, dem alles Halbe, Unfertige, Dilettan=
tische gleichgültig ist? dem das Problematische kein Problem ist,
und dem das Rätselhafte nicht wert dünkt, es zu raten?" Er sah
zwei Gärten vor sich, von Mauern umschlossen, alte stille Gär=
ten, deren Blumen nur verstohlen dufteten, und in denen die
Vögel ganz anders sangen als sonstwo, ohne Wunsch und Wille.
Er sah Brüne in weißer Kutte und Swaantje in der steifen, kühlen
Tracht der Bräute Christi, und beide blickten ihn an mit wunsch=
leeren Augen, in denen ein hoffnungsloses Bitten lag.

Er pfiff das freche Lied von der Lüneburger Haide, steckte sich
eine Zigarre an und dachte an die vielen, vielen schönen Frauen
und hübschen Mädchen, die in seinen Armen verschmolzen waren.
„Restlos zerschmolzen," dachte er und lächelte spöttisch; „Weh
und Wonne hinterlassen gleicherweise keine sichtbaren Spuren in
der Erinnerung; wenigstens nicht auf die Dauer."

Früher hatte er sich in lauen Stunden gern der roten Küsse er=
innert, die rechts und links in reicher Fülle neben seinem Wege
blühten. Sie waren verwelkt; dürre Stengel waren alles, was
von ihnen übrig geblieben war. „Das Leben lohnt sich wirklich
nicht," dachte er und folgte einem Winke des Standspiegels.

Er besah sich von oben bis unten, kehrte sich um und um, zer=
pflückte sich und betrachtete die einzelnen Stücke. Seine Augen
sprachen die Worte Antars, des Dichters: „Wir gehören zu einem
Geschlechte, das nicht in seinen Betten stirbt," tuschelten sie ihm
zu. „Irrtum, Herrschaften," sagte er, „zu dem Geschlechte derer,
die nur dann glücklich werden, wenn sie nicht in ihren Betten
sterben," Er langte die Chronik derer von Hagenrieder heraus,
ein Werk Henneckes, blätterte darin und sah, daß die Hagen=
rieder nur dann Glück fanden, wenn sie den Pflug oder das
Schwert geführt hatten.

Sein Vater fiel ihm ein, der strenge, gemessene, kühle Kauf=

223

mann, der daran gestorben war, daß er so oft verbindlich hatte lächeln müssen, wenn er lieber gebrüllt und dreingeschlagen hätte, und daß er selber, des früh Verstorbenen Sohn, niemals stolzer und froher gewesen war, als wenn er die Faust hatte gebrauchen können, als Werkzeug, wenn er den Garten grub oder Pürsch= steige schlug, oder als Waffe.

„So ist es," sprach er vor sich hin, als er die Bilderkiste zu= nagelte; „Kunst ist ungelebtes Leben, ist ein Notbehelf dafür, ein ganz elender Ersatz!"

Als er die Aufschrift auf die Kiste malte, mußte er lächeln; ihm war zu Sinne, als schicke er seine Liebe nach Swaanhof, damit sie dort an die Wand gehängt werde. „O, ich entbehre sie ja auch nicht mehr," dachte er. „Einst, als ich jung und heiß war, suchte ich in Swaantje den Frieden des Schattens, seine kühle Ruhe, seine sanfte Stille; was soll ich jetzt mit ihr, jetzt, da ich alt und kalt bin? Glut brauche ich heute, sehr viel Glut und Licht und Farbe für mein kaltes Herz. Mein ganzer Leib ist mit Küssen bedeckt, wenigstens bedeckt gewesen, aber mein Herz hat keine da= von abbekommen, mindestens lange nicht genug. Aber Tränen sind reichlich darauf gefallen, doch die wärmen nur einen Augen= blick; sobald sie verdunsten, erzeugen sie Kälte. Das weiß ich noch aus der Physikstunde."

Er schrieb den Frachtschein und freute sich, daß seine Handschrift noch genau dieselbe war wie vor dreißig Jahren, anspruchslos, ohne Schnörkel und übersichtlich. „Im Grunde bin ich ein ganz einfacher Mensch," überlegte er, „so gar kein bißchen kompliziert. Wenn ich mir und anderen manchmal so vorkam, so lag es daran, daß dies Leben, dies zivilisierte Leben von heute in diesem Koofmichzeitalter, in dieser Ära des geistigen Mittelstandes, in dieser Periode des be= kömmlichen Durchschnittes, so kompliziert ist. Ach ja, die goldene Mittelmäßigkeitsstraße! Freiheit für alle Unfreien, Gleichheit zwi=

224

schen Groß und Klein, Brüderlichkeit zwischen dem, was sich haßt; schöner Blödsinn, an dem wir vor die Hunde gehen werden."

Die Sonne fiel plötzlich so in die Werkstatt, daß die Büchse an der Wand grell funkelte. Er nahm sie herunter, spannte sie, stach den Hahn ein, suchte ein Ziel, drückte ab, repetierte, stach wieder, drückte wieder ab, schüttelte den Kopf und hängte sie an das Geweih. Sein Gesicht war ganz ernst geworden. Er dachte daran, daß er lange Zeit den heißen Wunsch gehabt hatte, eine Schlacht mitzumachen, aber vorne, in den ersten Reihen. Er lächelte und sagte sich: „Na die, in der ich mir damals den schwe= ren Blattschuß, zwölf Ringe, faustgroßer Ausschuß, geholt habe, die war schon blutig genug; vollkommen invalide, knapp land= sturmfähig kam ich nach Hause, und ohne Orden und Kriegs= auszeichnungen."

Er lachte, zog ein Buch aus dem Schranke, schlug eine Stelle auf und nickte: „Hast recht, Tscheng ki tong, wenn du schreibst: ‚Übrigens kann so etwas nie genug kosten, denn nur die Vergnügen, die uns ruinieren, haben wirklichen Reiz.‘" Er lä= chelte, als er das Buch wieder in die Reihe schob: „Stimmt, alter Chinese, und mit den Schmerzen ist es ebenso. Der Unterschied ist nur der, daß überstandenes Weh salzig schmeckt, verlorene Wonne aber bitter. Man kann jedes Leid wieder erleben, aber keine Lust."

Er ließ einen Dienstmann rufen, schickte die Kiste fort und ver= gaß Swaantje, bis ein Brief von ihr kam, oder vielmehr ein Kasten, in dem drei rote Rosen lagen, und eine Karte, auf der weiter nichts stand als die drei Worte: „Lieber guter Helmold!"

Sie klangen ihm wie ein Schrei. Dabei freuten sie ihn we= nig und schmerzten ihn kein bißchen, trotzdem er wußte, was sie bedeuten sollten, eine demütige Abbitte und eine Hingabe auf Gnade und Ungnade. Übrigens mangelte ihm auch die Zeit, sich

mit ihnen zu beschäftigen; ein ganz großer Auftrag nahm ihn
vollkommen in Anspruch, ein Auftrag, der sich nach jeder Seite
hin lohnte: ihm war der gesamte Wandschmuck und die Innen=
ausstattung für das neue Schauspielhaus übertragen worden,
ohne daß er sich darum beworben hätte.

Früher hätte er die Kasatschka getanzt, wäre ihm eine solche
Arbeit angeboten worden; jetzt verzog er keine Miene und sagte
beim Mittagessen so nebenbei: „Ich habe die Inneneinrichtung
und alle Wände für das Schauspielhaus bekommen, Grete, will
aber Kersten, Ludemann und natürlich für die Bildhauerarbeit
Voß und Meinecke heranziehen. Mir bleibt ja so noch genug
übrig.“ Seine Frau sah ihn groß an: „Wann hast du den Auf=
trag bekommen?“ und als er sagte: „Gestern abend,“ wurde sie
ganz blaß.

Denn war das noch ihr Mann, dessen fernster Traum es einst
war, einen solchen Auftrag zu bekommen? Und mit diesem Auf=
trag hatte er gut geschlafen und den halben Tag gearbeitet, und
er sprach davon, als wenn er eine Kiste Zigarren geschenkt be=
kommen hätte.

Angst und Trauer befielen sie, und nach dem Essen schrieb sie
an Swaantje, die bei Thorbergs in Weddingen war, daß Hel=
mold den Auftrag bekommen habe und für die nächste Woche in
Stillenliebe zur Jagd sei. Warum sie ihr das schrieb, wußte sie
nicht; sie fühlte nur, daß sie schreiben mußte. „Besuch ihn da
doch einmal,“ schrieb sie.

Es war einige Tage später, da kam Helmold gegen Mittag
von der Pürsch zurück. „Es ist auch ein Brief für Sie da, Herr
Hagenrieder,“ sagte der Wirt. Der Maler nickte und setzte sich,
trank sein Bier und spielte mit den Kindern. Als er nach dem
Essen auf sein Zimmer ging, um zu schlafen, sah er, daß der
Brief, der auf dem Tische lag, von Swaantje war. Sie schrieb

aus Weddingen: „Tjark und Jlsabe und ich kommen heute nach
Ohlenwohle mit dem Mittagszuge; hole uns mit Gespann ab.
Wir wollen gern einmal Stillenliebe sehen. Deine Swaantje."

Ein Gefühl peinlichen Unbehagens, durchduftet von etwas Ge=
nugtuung, überkam ihn. Aber als er über sich selber den Kopf
schüttelte, fand er, daß es weniger Genugtuung war als Freude,
und auch weniger Freude als Zärtlichkeit, und schließlich auch
das nicht, sondern ein Gefühl, in dem allerlei sich mischte, und
das er nicht genau betrachten konnte, weil etwas wie eine beschla=
gene Fensterscheibe davor war. Jedenfalls, das fühlte er, jauchzte
sein Herz nicht, und seine Seele schrie weder Hurra noch Hol=
drio. Aber er war betrübt, daß er nicht gleich auf sein Zimmer
gegangen war und den Brief aufgemacht hatte. „Nun sitzt das
arme Mädchen in Ohlenwohle in der Kneipe und langweilt sich
nach der Schwierigkeit", dachte er. Daß Tjark und Jlsabe bei
ihr sein mußten, daran dachte er nicht.

Er zog sich einen besseren Anzug an und war schon auf der
Treppe, als Reimers vom Treppenfuße aus ihm zurief: „Sie
werden von Ohlenwohle am Fernsprecher verlangt, Herr Hagen=
rieder, von einem Fräulein. Den Namen konnte ich nicht ver=
stehen." Ganz ruhig ging Helmold in die beste Stube und wun=
derte sich dabei, daß er so gelassen blieb. Aber sein Herz machte
doch einen kleinen Sprung, als er anfragte: „Bist du das,
Swaantje?" und er ihre Stimme und damit das ganze Mädchen
dicht bei sich hatte. „Tjark konnte nicht, er hatte wieder einen
Gichtanfall, und Jlsabe konnte deshalb auch nicht mit, und so
bin ich allein gekommen," antwortete sie. „Kannst du hier über
Nacht bleiben oder nicht, und wann mußt du wieder zurück?"
fragte er weiter. „Ich habe gesagt, ich führe mit dem letzten
Zuge, und der geht um sieben Uhr," kam es zurück. „Dann lohnt
es sich nicht, daß du erst hierherkommst," meinte er; „dann komme

ich mit dem Rade dorthin," setzte er hinzu. Eine Weile war es
still. „Bist du noch da?" fragte er. „Ja," rief sie; „dann komm,
lieber Helmold; das wird das beste sein." Es kam ihm vor, als
wenn ihre Stimme mit einem Male ganz anders geklungen hätte.

Er holte das Rad aus dem Schuppen und fuhr los. Er wunderte sich, daß er so unsicher war; sonst fuhr er den schmalen
Fußweg neben der Haidstraße, ohne vor sich hinzusehen; nun
mußte er die Lenkstange festhalten und bewußt aufpassen, und
wo bei einem Querwege eine sandige Stelle den Pfad unterbrach,
da wurde es ihm sauer, durch den Sand zu kommen. Er schrieb
das erst der Hitze zu, bis ihm einfiel, daß er um drei Uhr aufgestanden war und seitdem keine Stunde gesessen hatte.

Mit vor Schläfrigkeit gleichgültigen Augen sah er die herrlichen
Wacholdergruppen und den über und über mit goldenen Blumen
behängten Ginster an, der die Böschungen des Weges verbarg,
und das Gezwitscher der Hänflinge und das Geschmetter des
Baumpiepers kam ihm unbekannt vor, ja, er lachte nicht einmal,
als ein Rehbock, der im Graben gestanden hatte, so dicht vor
ihm absprang, daß er ihn beinahe umgefahren hätte. Erst als er
im Schneekruge einen Schnaps und ein Glas Wasser getrunken
hatte, wurde er einigermaßen munter und konnte wieder denken.

„Was mag sie haben, daß sie mit dieser elenden Klingelbahn
bei dieser üblen Hitze drei Stunden gefahren ist?" dachte er und
stellte sich vor, wie sie angekommen war und allen Glanz aus
den Augen verloren hatte, als sie ihn auf der Haltestelle nicht
vorfand. Und nun saß sie in dem Kruge und wartete auf ihn.
Aber warum hatte sie ihm auch keine Drahtnachricht geschickt,
sondern erst am Abend vor der Abreise den Brief, der mit der
üblichen Verspätung ankam? Und nun: was sollte es zwischen
ihnen geben?

Als er den Morgen vor dem Moore stand und sich über eine

Fuchsbetze freute, die mit vier Junghasen im Fange auf zwanzig Gänge bei ihm vorüberschnürte, hatte sein Gewissen ihm ganz gehörig die Leviten gelesen. Er hatte an alle seine Liebschaften gedacht und sich gesagt, daß er sich keine Vorwürfe darüber zu machen brauchte. „Banausen, Philister, Fünfgroschenmenschen scheuen sich durchaus nicht, ihrer Leidenschaft zu folgen; also warum soll ich, ein wertvoller Mensch, mich zum Verzichten nötigen?"

Aber da hatte eine fremde Stimme gelacht und gesprochen: „Du kamst dir doch immer als Übermensch vor, mein Herze, nicht wahr, und billigst dir dabei die Untermoral des waschlappigen Gesindels zu? Glaubst du vielleicht, die Borgias und ähnliche Kerle waren Helden? Jämmerlinge waren es, die sich kratzten, sobald es sie juckte. Rede dir nicht selber etwas vor! Seinen Instinkten zu folgen, ist keine Stärke; Schlappheit ist es, urmenschenhafte Schwäche oder Neurasthenie. Außerdem warest du doch stets stolz darauf, ein Mann von Wort zu sein; war dein Treueschwur vor dem Altar nicht ehrlich gemeint? Du kannst dich vor dir entschuldigen, das kannst du, mit Schwäche, mit Gedankenlosigkeit, mit was du willst; aber wenn du ver= suchst, dich zu rechtfertigen, dann machst du dich einfach lächer= lich. Du bist polygam veranlagt, sagst du. Schön, aber dann hättest du Junggeselle bleiben sollen. Du warst ja mehr als mündig, als du vor dem Priester dein Ehrenwort gabest. Also rede nicht!"

So kam er mit einem Herzen voller verschiedenartiger Empfin= dungen vor dem Ohlewohler Kruge an, grau und kühl wie der Himmel an einem toten Tage. Der Wirt stand vor der Tür, als er vom Rade sprang. „Das Fräulein ist rechts in der Stube," sagte er. Swaantje saß auf dem unbequemen Stuhle, als er ein= trat. Sie sah blaß und müde aus und hatte Schatten unter den

Augen; aber noch niemals war sie ihm so schön und hilfsbe=
dürftig vorgekommen. Sie errötete über das ganze Gesicht, als
er ihr beide Hände gab, und ihm war, als verlangten ihre Augen,
daß er sie in den Arm nehmen sollte, und daß er sie küssen möchte;
aber er hatte die Tür nicht hinter sich zugemacht, und auf dem
Gange standen Leute und vor dem Fenster auch, und da die Sonne
darauf lag, hätten sie sehen können, was in der Stube vorging.
So drückte er ihr die Hand, zwang sie in das Sofa und fragte:
„Hast du schon etwas gegessen?" Sie schüttelte den Kopf, und er
ging hinaus und bestellte Kaffee und Zukost. Dann setzte er sich
vor den Tisch auf den Stuhl.

Es wurde ihm schwer, etwas Vernünftiges zu sprechen. Der
pilzige Geruch des schlecht gelüfteten Raumes erstickte den Rest
von Frische, der noch in ihm war, und ein Mitleid, stark mit
Verlegenheit durchsetzt, machte ihn unsicher. Und Swaantje saß da,
sagte nichts und sah ihn an, mit einem rührenden Lächeln um
den blassen Mund, und ihre Augen schimmerten feucht.

Endlich sprach sie mit einer weichen, farblosen Stimme, daß sie
sich so sehr auf Stillenliebe gefreut habe, und daß sie vor Ent=
täuschung nicht habe schlafen können, als Tjark am Abend vor=
her seinen Anfall bekommen hatte. Und daß sie ihm für das Bild
doch endlich ihren Dank sagen müsse. „Denn schreiben, lieber
Helmold," sagte sie und lächelte ihn an, als wäre sie eben mit
ihm getraut, „das konnte ich doch nicht, wie sehr ich mich dar=
über gefreut habe." Sie nahm seine Hand und drückte sie: „Bist
du mir immer noch böse, lieber Helmold?"

Er wußte nicht, was er sagen sollte, und war froh, als die
Wirtin mit dem Kaffee hereinkam. Absichtlich bestellte er noch
Brot und Butter und dann eine Postkarte, denn er wußte wirk=
lich nicht, wie er sich verhalten sollte. Das weiße lose Kleid hatte
sie nicht an, wie damals im Garten, als er hinterher den Bajo=

230

nettangriff auf sie machte; aber sie war ihm nachgereist, die weiße
Fahne in der Hand.

Doch er traute ihr nicht und sich noch viel weniger. Ihr nicht,
weil sie ihm heute mehr denn je als reine Seele, als Nonne, als
unsinnliches Wesen erschien, und sich nicht, weil er sich nur als
Bruder oder Vater ihr gegenüber vorkam, und so gar kein biß=
chen als begehrender Mann. Dabei war sie ihm noch nie so schön
vorgekommen wie an diesem Tage. „Zum Erbarmen schön,"
dachte er. Gar zu gerne hätte er sie in den Arm genommen, ihre
Backen gestreichelt und ihre Stirn geküßt; aber er hatte Angst,
daß sie seine Liebkosungen mißdeuten oder Erwartungen daran
knüpfen könnte, die er nicht erfüllen konnte. So schleppte sich die
Unterhaltung lendenlahm und langsam hin.

Endlich hielt er es nicht mehr aus. „Komm, Swaantje," sagte
er; „wenn es dir recht ist, bummeln wir durch die Haide. In
dieser Luft schrumpelt einem ja das Gemüt ein." Sie nickte ihn
lächelnd an und erhob sich, wobei sie ihm ganz nahe kam. Wie=
der wurde es ihm so zu Sinne, als sei es seine Pflicht, sie zu lieb=
kosen, und ihre Augen sahen so aus, als sehne sie sich danach;
doch abermals streckte der Gedanke, daß nur ihre einsame, ver=
waiste Seele geküßt und umarmt sein wolle und nicht ihr Leib, die
Hand gegen ihn aus und hielt ihn zurück. Als sie vor dem Spiegel
ihren Hut aufsetzte, sah ihr Spiegelbild ihn mit vieler Zärtlichkeit
an, und er gab sich einen Ruck, um sie zu umfassen; doch da
polterte eins von den Kindern in das Zimmer, blieb mit offenem
Mund stehen, starrte das Mädchen an, wie einen Geist und stürzte
wieder hinaus; er aber atmete erleichtert auf, als sei er einer Ge=
fahr entgangen.

Sie schlenderten durch die Felder und unterhielten sich mit
Mühe. Erst als sie in die Haide kamen, frischte ihr Gespräch
etwas auf, flaute aber immer wieder ab. Swaantje fragte,

welcher Art die Bilder wären, die er für das Schauspielhaus male; dadurch kam etwas Zug in ihre Unterhaltung, so daß er schließlich, zumal er über die Schlafsucht hinaus war, ganz lustig wurde, und es zu einem ganz fröhlichen Geplauder kam, das aber rein äußerlicher Art blieb und sie im Grunde mehr auseinander= hielt als zusammenführte. Es war ihnen beiden zumute, als schritte irgend ein langweiliger Mensch zwischen ihnen, den sie nicht abschütteln konnten. Dazu begegneten ihnen fortwährend Leute, die vom Heuen kamen, darunter Marien. Seitdem sie ver= heiratet war, hatte Helmold sie nur einmal flüchtig gesprochen und sich darüber gefreut, daß sie tat, als kenne sie ihn nur ganz oberflächlich. Auch jetzt bot sie ihm mit unbewegtem Gesichte die Tageszeit wie einem fremden Menschen.

„Hier sind so viele Leute," klagte Swaantje. Er nickte und bog mit ihr in einen schmalen Pfad ein, der tief in das Haidkraut ge= treten war und nach einem kleinen Wäldchen führte. Ein weißer Bussard, der auf einem Irrsteine gefußt hatte, flog vor ihnen auf, und ein schwarzes Reh, das sich am Zwergginster äste, sprang an ihnen vorüber. Da der Weg nur drei Hände breit war, ging Helmold hinter Swaantje. Sie trug ein Kleid von ähnlichem Schnitt wie an jenem Tage, als er mit ihr nach dem Tödeloh ging, doch war es nicht rosenrot, sondern mattblau, und auch das Band, das den weichen Strohhut umgab, war von derselben kühlen Farbe.

Er nickte. „Ja," dachte er; „damals erschien sie mir als rosen= roter Traum; heute ist sie mir eine mattblaue Erinnerung."

Er sah sich um; der eiserne Ritter ging nicht hinter ihm. „Meine Liebe habe ich in der Bilderkiste eingesargt", dachte er, „und mein Verlangen; so blieb mir weiter nichts davon als das Gespenst. Aber ich glaube nun einmal nicht an Gespenster!"

Hinter dem Wäldchen lagen unter einer krausen Eiche zwei ge=

232

waltige Findelsteine; auf den einen legte er seinen Mantel und wies ihn Swaantje als Sitz an, auf dem anderen nahm er selber Platz. Vor ihnen kroch der bleigraue Pfad durch die braune Haide und verlor sich zwischen hohen Wacholdern und Ginster= büschen, die mit ihren gelben Blüten nur so prahlten; davor leuchtete das helle Grün einer quelligen Sinke.

„Wie wunderschön ist das," seufzte das Mädchen, und ihre Brust hob sich unter dem kühlen Kleide; „zum Weinen schön ist es," fügte sie nach einem Weilchen hinzu. Ihr Vetter nickte und dachte: „Ganz wie du." Er sah, daß ihre Hand zuckte, als wolle sie nach der seinen hin; aber da der Raum zwischen den beiden Steinen zu groß war, so glitt ihr Arm an dem Granitblocke her= ab und nahm eine Eulenfeder auf, die zwischen den grünen Ranken der Krähenbeere am Fuße des Steines lag.

Das Mädchen drehte die bunte Feder zwischen ihren farblosen Fingern, besah sie mit gemachter Aufmerksamkeit und fragte, ohne ihren Vetter anzusehen: „Von welcher Eule ist das?" Er antwortete: „Waldkauz" und flötete halblaut den Balzruf dieses Nachtvogels. Ohne ihn anzusehen, sprach sie: „Ich war neulich wieder einmal im Tödeloh." Er erwiderte nichts und sah nach dem runden weißen Fleck, der die Spitze des höchsten und schlank= sten Wachholders krönte. Er deutete mit dem Finger danach: „Der große Würger," sagte er.

Das Mädchen nickte, räusperte sich und begann wieder: „Sage mal, Helmold, was hast du dir eigentlich damals gedacht," sie stockte, scheuchte eine Mücke fort, die auf ihrem Arme saß und sprach dann weiter, „damals, als ich dir in dem Walde sagte, du weißt doch, als uns der Oberbürgermeister begegnete, daß," sie stockte, „daß das, du weißt ja, vorbei sei?" Er sah nicht auf und erwiderte mit gleichmütigem Tone, über den aber ein tiefer Klang von Verständnis hinwegsah: „Das wußte ich schon vor dem."

233

Swaantje nickte, strich sich mit der Eulenfeder über die Stirne und fuhr fort: „Das war vorbei, seitdem du mir im Tödeloh das eine Wort sagtest." Er nickte, sah nach einem blanken Raub= käfer, der eine Raupe umbrachte, und sprach leise: „Das schien mir damals auch schon so." Der Würger verließ den Wachholder= busch, rüttelte eine Weile über der Sinke und strich mit klirrendem Rufe ab. Helmold sah hinter ihm her.

Die Brust des Mädchens hob sich schwer. „Du verstehst doch, lieber Helmold," sie sprach es matt, aber er vernahm die tiefe Zärtlichkeit, die dahinter lag, „nicht wahr, daß ich nicht anders handeln konnte?" Er nickte, sah sie aber nicht an. „Denn sieh mal, lieber Helmold, Grete, du weißt, das ging doch nicht."

Ihm wurde immer trauriger zumute und immer hilfloser, ihretwegen und seinethalben erst recht. Da hielt sie ihm nun ihr Herz auf den Händen hin, dieses arme, ledige, verwaiste Herz, und er konnte es nicht hinnehmen. Er wußte, was sie ihm gerne gesagt hätte, aber nicht sagen konnte, daß Grete ihr nämlich dasselbe gesagt hatte, wie ihm, daß sie an dem ganzen Unglücke schuld sei, das über ihn und das Mädchen und auch über die Frau gekommen war, und daß sie drei zusammengehörten, daß sie drei eins waren und sein sollten. Aber Swaantje wußte es nicht, und er konnte es ihr nicht sagen, daß es dafür zu spät sei.

Er sah, daß die Mücken häufiger flogen, und war ihnen dank= bar dafür, denn nun konnte er mit Anstand rauchen. Er scheuchte eine summende Mücke fort, langte sich eine Zigarre heraus und zündete sie an. Swaantjes Lippen versteckten sich. „Sieh mal nach der Uhr," bat sie; „ich glaube, wir müssen gehen, denn ich möchte nicht zu spät kommen." Sie fuhr heftig zusammen, denn in dem Gebüsch hinter ihnen schreckte laut ein Reh.

Sie gingen einen anderen Weg zurück. Die Frösche prahlten in den Gräben, und eine helle Weihe schwebte über den Wiesen.

234

Swaantje schritt vor ihm her. „Mein Gott, mein Gott," klagte
es in ihm; „wie schön ist sie, wie wunderschön!" Er sah ihre
Nackenlocken an und den vornehmen Bogen ihrer Backen und
dachte: „Warum lege ich nicht meinen Arm um sie, warum küsse
ich sie nicht? Sie will es doch so gern."

Der Weg zwillte sich. Swaantje ging nach rechts. Er faßte sie
unter den Arm und zog sie nach links. Er hatte vorgehabt, sie an
sich heranzuziehen und ihren Mund zu küssen; aber als seine Hand
wohl die Wärme ihres Armes spürte und sein Herz sich doch nicht
regte, ließ er sie los und ging stumm hinter ihr her, bis der Pfad
in den Weg einlief und sie nebeneinander gehen konnten.

Da begann Swaantje wieder zu reden: „Du bist mir doch
nicht mehr böse, lieber Helmold?" Sie errötete, als sie das sagte,
und sah ihn halb von der Seite an und mit einem Blicke, in dem
Sehnsucht und Verlegenheit miteinander rangen. Er lächelte sie
an und versetzte: „Aber, Swaantje, wie kannst du das denken!"
Und dabei keuchte es in ihm: „Ja, aber warum küsse ich sie denn
nicht? Deutlicher kann sie es mir doch nicht zeigen, daß sie sich
selber zürnt, weil sie mich damals zurückstieß."

Er kam sich vor wie ein rätselhaftes Tier, das ihm noch nie=
mals über den Weg gelaufen war, ein Geschöpf, ebenso unheim=
lich wie lächerlich. In dumpfem Schweigen schritt er neben ihr
her und rauchte.

„Und zwischen dir und Grete ist auch alles wie früher?" fragte
endlich das Mädchen. Er seufzte und antwortete: „Ja, vollstän=
dig." Nach einer Weile fuhr er fort: „Das heißt, es bleibt doch
ein Riß, Swaantje; denn sieh mal, ich bin damals zerbrochen,
und wenn der Bruch auch wieder heilte, eine gewisse Schwäche
blieb zurück."

Er räusperte sich, ehe er weiter redete: „Ich habe nämlich,
verstehst du? ich bin nämlich, ich werde nie wieder das sein, was

235

ich war. Ich bin alt geworden damals, zum Greis geworden, wenn ich auch nicht so aussehe. Mein Mai ist vorüber, und der Sommer ist hin; ich bin beim Grummet, beim dritten Schnitt; ich bin kein voller Mann mehr."

Er stockte, warf seine Zigarre in einen Tümpel und sprach leiser: „Swaantje, ich, weißt du? ja, das ist nun so!" Er zeigte neben den Weg: „Ich bin wie die Haide hier, zertreten und kurz, weil lange Zeit Tag für Tag graue Gedanken auf mir herumtraten und mich kurz hielten." Als er sah, daß das Mädchen ganz blaß war, setzte er hinzu: „Doch du, liebe Swaantje, meine Gefühle dir gegenüber sind die selben geblieben; wenn ich auch ein anderer Mann geworden bin."

Sie antwortete nicht und hatte einen ganz engen Mund. Er sah nach der Uhr. „Wir haben noch reichlich Zeit, was sollen wir so lange in der muffigen Bude sitzen," meinte er. „Wollen noch einen Umweg machen." Er schlug den Weg nach einem Birkenwäldchen ein. Die Augen des Mädchens belebten sich, und ihr Mund blühte wieder auf.

„So," sagte er sich; „nun, sobald wir im Walde sind, und ich halte Wort, soll sie den Kuß haben, den ich ihr schuldig bin, und mir das geben, was sie mir schuldet." Warm lief es ihm über die Brust, und mit heißen Blicken streichelte er ihren Nacken.

„Sieh mal, Swaantje," sprach er mit zärtlichem Klange; „als wir nach dem Tödeloh gingen, nahm ich mir fest vor, dich umzufassen und in mein Herz hineinzuküssen. Ich habe dir das schon einmal gesagt; ganz fest nahm ich mir das vor. Ich glaube, das wäre für uns beide gut gewesen.

Vielleicht war es aber damals noch zu früh, weil du glaubtest, du liebtest den andern noch, obgleich ich damals schon wußte, oder vielmehr ahnte, daß es nicht so war." Sie antwortete ganz leise: „Aber ich habe dir doch niemals etwas gesagt, lieber Helmold."

236

Er schüttelte den Kopf: „Nein, so schwer dir das auch wurde."
Sie seufzte und er fuhr fort: „Das war stark von dir, und ich
achtete dich darum hoch; aber klug war es nicht. Es hat uns
beide zerbrochen."

Sie sah ihn demütig an: „Aber ich konnte doch nicht anders,
Helmold!" Er lächelte sie zärtlich an, so daß sie rot werden mußte.
„Nein, Geliebte, du hast keine Schuld, und ich auch nicht. Sieh
mal, ich kann dich nicht so behandeln wie andere Frauen; du bist
so ganz anders, und ich empfinde dir gegenüber auch ganz anders!
Im Ihdeloh solltest du mein sein, ganz mein sein, das hatte ich
mir auf Ehrenwort versprochen, und ich mußte es brechen, denn
mein inneres Wollen stieß meinen äußeren Willen beiseite." Das
Mädchen atmete schwer und drängte sich dichter an ihn, denn der
Weg war nur eben breit genug für sie beide.

Da, wo der Weg sich teilte, kam ihnen ein stattlicher, sehr an=
ständig gekleideter Zigeuner zwischen zwei jungen, grell aufge=
putzten Weibern, die beide guter Hoffnung waren, entgegen. Hel=
mold kannte den Mann; er blieb stehen und rief: „Na, Jorgas Mi=
chali, wohin und woher?" Der Zigeuner lachte und sagte: „Von
der Windwiege nach dem Windgrabe, Herr Maler." Die Weiber
sahen Swaantje an, wie ein Heiligenbild. „Na, welche von
beiden ist denn deine Frau?" fragte Helmold. Der Zigeuner
grinste: „Beide, Herr Maler!" Hagenrieder lachte: „Vertragen
sie sich denn?" Jorgas' Raubtiergebiß blitzte aus dem schwarzen
Krausbarte heraus: „Wollt' sie kuranzen, wenn nicht," sagte er
und machte eine Bewegung mit der Hand, als wenn er eine
Peitsche darin hielte, und die Frauen lachten. Der Maler gab
ihm eine Zigarre und jeder der Frauen ein blitzblankes Markstück.
Sie küßten ihm die Hände. „Viel Glück, Herr," riefen sie, ver=
beugten sich vor Swaantje und setzten hinzu: „und deiner scheenen
Frau ville Kinder!"

237

Als die Zigeuner hinter den Büschen verschwunden waren, fragte Swaantje leise: „Sind das wirklich beides seine Frauen?" Ihr Vetter nickte. „Natürlich; er hat vielleicht noch ein paar. Jorgas Michali ist einer der reichsten Häuptlinge; er hat drei große Häuser bei Berlin und Geld auf der Bank. Und er hat eine schwere Hand. Horch, wie schön der Kuckuck ruft! immer drei=mal." Er deutete nach dem Birkenwäldchen, in dem der Kuckuck läutete und die Zippe schlug.

Vor seinen Augen tanzten goldene Flammen, sein Herz schlug fieberhaft, und der Atem pfiff ihm im Kehlkopfe. „Drei Schritte noch," dachte er, „drei Schritte noch, und ich küsse sie, und nehme sie mir." Gerade wollte er den Mund öffnen, um „Swaantje, meine Swaantje!" zu sagen, da stand ein alter Bauer vor ihnen, der ihnen freundlich die Tageszeit bot und sagte: „Na, dennso kriege ich noch seine Begleitung auf den Weg." Helmold wußte nicht, ob er dem Manne danken oder fluchen sollte; er hörte nur mit einem Ohre auf das, was er erzählte, und wußte nicht, ob er sich be=dauern oder beglückwünschen sollte. Mit Gedanken, so umrißlos wie Wachholderbüsche im Herbstnebel, kam er im Kruge an.

Das Abendessen verlief anfangs recht still, obgleich Helmold sich alle Mühe gab, das Mädchen aufzumuntern; doch da er, wie er wußte, um das, was Swaantje am meisten am Herzen lag, herumgehen mußte, kam ihm jedes Wort, das er sprach, unehr=lich und verlogen vor. So war er froh, als die Kastenuhr drei=viertel auf sieben meldete. „Noch zwanzig Minuten," sagte das Mädchen, und er fügte hinzu: „Ja, es ist schade, daß wir nur die paar Stunden für uns hatten; wir haben uns so lange nicht gesehen." Sie sah ihn an und ihre Augen fieberten. „Ja, wenn sie mir den Wagen nicht zur Bahn schickten," sagte sie, schwieg einige Zeit und fuhr fort: „Ich hätte so gern einmal Stillenliebe gesehen und länger mit dir geplaudert. Wer weiß, wann wir uns

238

nun wiederſehen. Muhme Geſe will nach Karlsbad, und ich muß
wohl mit." Mit einer haſtigen Bewegung, die ſo gar nicht ihrem
wirklichen Weſen entſprach, haſchte ſie nach ſeiner Hand, die auf
dem Tiſche lag, führte aber ihre Abſicht nicht aus, da er vor ſich
hinbrütete, ſondern drehte die alte Taſſe um, als wollte ſie ſich
die Aufſchrift anſehen.

„Wollen gehen," ſprach ſie dann matt und ſah nach der Uhr.
Er half ihr in den Mantel hinein und klingelte dem Wirte. Der
ließ die Türen hinter ſich offen, und während Helmold bezahlte,
klang aus der Gaſtſtube lauter Geſang herüber. Swaantje wurde
kreidebleich, als ſie das Lied erkannte; es war das, was Helmold
ihr geſungen hatte, als er mit ihr zum Tödeloh ging, das kecke
Lied von dem Jäger und der Jungfrau im ſchlohweißen Kleid.
Ihre Augen wurden ſtarr, und ihre Lippen verkrochen ſich, als es
hinter ihnen herklang: „Denn deine Unſchuld und die mußt du
laſſen bei dem Jäger auf der Lüneburger Haid, eins zwei."

Der Zug hatte Verſpätung. Sie lehnten an dem Geländer.
Swaantje ſah nach der alten Kiefer hin, die ihr düſteres Haupt
hinter einem mooſigen Giebel erhob, und ihr Vetter betrachtete
ihr Geſicht und wunderte ſich über ſich ſelber. Plötzlich kehrte ſie
ſich zu ihm: „Nun habe ich die Hauptſache beinahe vergeſſen,
lieber Helmold!" Sie drückte ihm die Hand. „Ich danke dir viele
Male für das Bild, viele Male!" Ihre Augen wurden dunkel.
„Du glaubſt gar nicht, wie ich mich darüber gefreut habe!"
Wieder drückte ſie ſeine Hand. „Ich dachte, du wäreſt mir böſe
geweſen. Biſt du das auch ganz gewiß nicht mehr?"

Er wußte nicht, was er ſagen ſollte, und lächelte ſie an, als er
den Kopf ſchüttelte, und er wußte, ſein Lächeln mußte gefälſcht
ausſehen. „Ich bin dir nie böſe geweſen, und wenn ich es einmal
war, ſo redete ich mir das ein, weil ich dir einen Begriff unter=
legte, der nicht auf dich paßte, dich als Weib ſchlechthin und nicht

239

als das sehen wollte, was du bist!" Etwas heiser klang seine
Stimme, als er das sprach.

Der Zug lief ein. „Schade, daß du nicht mitkannst, lieber
Helmold," sagte Swaantje und umklammerte seine Hand; „in
Bocfshorn habe ich fast eine Stunde Aufenthalt." Helmold
fühlte, daß ihm das Blut in das Gesicht schoß. „Einsteigen!"
rief der Schaffner. Helmold half dem Mädchen in das Abteil
und stieg auf den Tritt. „Lebe wohl, lieber, guter Helmold,"
flüsterte sie und beugte sich zu ihm herunter, als wollte sie ihn
küssen. Aber da schrillte die Pfeife, und eine harte Stimme
schnarrte: „Abfahren!" Er hatte eben noch Zeit, ihre Hand zu
küssen, und er küßte sie, daß sie seine Zähne fühlte, dann schlug
der Schaffner die Tür zu, und der Zug ruckte an.

Swaantje stand an dem offenen Fenster, stützte den Ellenbogen
auf die Fensterleiste und hielt den Rücken ihrer rechten Hand,
den Helmold geküßt hatte, an die Lippen. Ihr Gesicht war ganz
weiß, ihre Augen sahen schwarz aus, und sie lächelte, daß Hel=
mold elend zumute wurde. Der Zug fuhr ab; das Mädchen
nickte ihm zu, küßte ihren Handrücken und gab ihm so seinen
Kuß zurück, und nickte und winkte, solange ihr Vetter in Sicht
blieb, und ehe der Zug hinter den Bäumen verschwand, grüßte
sie ihn noch einmal mit ihrem Tuche.

Das Schlußlicht des Zuges war schon lange unsichtbar, da
stand er noch auf der selben Stelle und starrte nach dem Walde
hin. Er ballte die Faust, denn er hätte sich am liebsten in das
Gesicht geschlagen. Er warf sich rohe Schimpfworte zu. „Du
Idiot," schrie es in ihm; „du dreimal vernagelter Idiot; wie
eine Dirne hast du sie behandelt! Warum fuhrest du nicht mit
nach Bocfshorn? Weil du kein Nachthemd und keine Zahn=
bürste bei dir hattest? Jahrelang wimmertest du hinter ihr her,
und nun, wo sie daherkommt im Brautkleide, den Myrtenkranz

240

im Haare, dachtest du daran, daß der Wagen sie in Weddingen erwarte, und daß du dich für morgen mit dem Prinzen verab= redet hast, und dabei hatte sie gesagt: ‚Ich möchte nicht gern zu spät kommen.' Bist doch sonst so neunmalweise, und merktest nicht, daß das hieß: ‚Vorausgesetzt, daß du mich daran nicht hinderst, Geliebter!' Kauf' dir einen Strick und hänge dich an den ersten besten krummen Birkenbaum am Wege; mehr bist du wahrhaftig nicht wert."

Der ganze Bahnhof drehte sich mit ihm herum, so daß er erst, als er schon aus dem Dorfe heraus war, daran dachte, daß er sein Rad im Kruge hatte. Er ging zurück, suchte es im Haus= flur und im Stalle, bis ihm einfiel, daß es im Schuppen stand. Endlich hatte er es. Ein quälender Durst trocknete ihm den Hals aus; er wollte schon in die Gaststube treten, ließ es aber und fuhr zum Dorfe hinaus. Ganz sicher fuhr er, ohne auf die Sandstellen und Löcher im Wege zu achten, und so rasend, daß die Leute, die ihm entgegenkamen, ihm verwundert nachsahen. Aber in der Haide mußte er stoppen; sein Herz schlug ihm zu grob gegen die Brust.

Er sah über das dämmernde Land, an dessen Rande ein Fern= gewitter seine blutigen Witze riß. In einem schwarzen Wach= holderbusche war ein weißer Fleck; wie ein menschliches Gesicht sah es aus. „Das ist meine Swaantje," dachte er, „meine ge= liebte Swaantje," obgleich er ganz genau sah, daß es der Stamm einer Birke war. Einzelne warme Regentropfen fielen. „Jetzt weint meine Swaantje," dachte er, „meine geliebte Swaantje." Ein Windstoß bewegte die weißen Zweige der Birken. „Meine Swaantje ringt ihre Hände," dachte er, „meine liebe, geliebte Swaantje." Einmal huschte so etwas wie Genugtuung über sein Herz, und es war ihm, als wenn er dachte: „Nun habe ich die Rache für meine Tränen"; aber dieser Gedanke wurde sofort vom Winde fortgewirbelt.

Es begann stärker zu regnen; die Birkenbäume stellten sich wie wahnsinnig an, und die Wachholder taten so, als wenn sie weglaufen wollten; in der Ferne murmelte das Gewitter unverständliche Drohworte. Die Regentropfen klatschten Helmold auf Gesicht und Hände und schlugen ihm durch die Hose. Siedehitze kribbelte ihm unter dem Hute, und über seinen Rücken lief ein eisiger Schauer.

Vor sich sah er den Schneekrug; er blickte ihn mit zwei leuchtenden Augen so einladend an, daß er absprang und sein Rad hinter die Krippe stellte. Er besann sich einen Augenblick, ob er eintreten oder ob er weiter fahren sollte, aber der Regen stürzte nur so aus dem Himmel, und das Gewitter begann sich deutlicher auszudrücken. So schwenkte er seinen Hut aus und trat ein.

Er hatte noch niemals im Schneekruge vorgesprochen, aber er war dort sofort zu Hause; es war eine Wirtschaft noch ganz von der alten Art, mit brauner Balkendecke, Kugelfußtisch und den bunten Bildern an den verräucherten Wänden, die des Jägers Hochzeit, Taufe, Grab und Auferstehung darstellten, und die noch nicht von Plakaten verscheußlicht und von einer Musikmaschine veralbert war.

„'n Abend zusammen!" rief er, „binnen is 't beter as buten," und nahm an dem Tische unter der Hängelampe, an dem schon drei Bauernsöhne saßen, Platz. „Mehrste Heu rein?" fragte er, als er seinen Kümmel und sein Bier getrunken hatte. Die Bauern nickten, und bald war er mit ihnen im besten Erzählen.

„Ordentlich kalt geworden," sagte der eine, und schüttelte sich. „Da ist Grog gut für," versetzte er und bestellte eine Runde; „aber nicht mit so viel Wasser, sonst wird er zu kräftig," setzte er hinzu, und die Männer lachten. „Auf einem Glase kann man nicht gut stehen," meinte er, als die Gläser leer waren und eine zweite Runde kam, und dann die dritte.

242

„Haben Sie's große Loos gewonnen?" fragte der eine Bauer, der ein Gesicht hatte, als trüge er für gewöhnlich den Offiziers= rock. „Jawollja," rief der Maler, „aber ich habe es vor der Ziehung verloren. Das macht aber nichts. Herr Gastwirt, noch ein' Rundgang!"

Es kamen noch vier Gäste, die nach Ohlenwohle wollten, aber von dem Gewitterregen in den Krug gejagt waren, und nun wurde es ganz lustig, denn zwei davon kannte Helmold. Rund= gesänge wurden angestimmt, und dazwischen Witze zum besten gegeben, daß der Saft bis an die Deckenbalken spritzte. So wurde es fast zwei Uhr, als er fühlte, daß er nichts mehr trinken durfte, wollte er sich in der Hand behalten. Es regnete immer noch, und es war so dunkel, daß er nicht daran denken konnte, zu fahren; so blieb er im Kruge.

Er schlief sofort ein, als er in dem Bette lag, und wachte erst auf, als die Uhr acht schlug. Frisch und munter kam er in die Gaststube, lachte den Wirt, der über Haarweh klagte, aus, aß tüchtig, trank einen großen Schnaps dazu, machte die Zeche glatt, steckte sich eine Zigarre an und fuhr mit leichtem Herzen davon.

Es war ein bildschöner Morgen. Am Himmel war keine ein= zige Wolke, die Sonne lachte, die Vögel sangen, was sie nur konnten. „Heute müßte Swaantje kommen, heute," dachte er, während er durch die Pfützen sauste, daß das Wasser spritzte; „heute bin ich ein anderer Kerl!" Er kam sich gar nicht mehr so alt und kalt und abgestanden vor und stellte sich für sein gest= riges Verhalten ein gutes Zeugnis aus. „Denn," sagte er sich, „gestern litt ich an allgemeiner geistiger Körperschwäche und war wirklich nicht hochzeitsmäßig gekleidet."

Dann dachte er, wie häßlich und dumm die äußeren Umstände waren, falls, ja, falls er Swaantje bei alle den deutlichen Wor=

ten genommen hätte, die sie nicht ausgesprochen hatte. Und er
sah ein weißes Haus, das lag vor einem grünen Walde, in dem
viele Nachtigallen schlugen, und oben in dem Hause war ein
Zimmer mit roten Rosen auf den Fenstervorhängen und in dem
Zimmer standen zwei Betten nebeneinander, und weiter kam er
nicht mit seinen Augen, konnte sich den Rest nur denken.

Er schleuderte seine Zigarre in den Graben; sie schmeckte ihm
bitter, und er lachte sich selber aus, weil er einsah, daß er blanken
Blödsinn gedacht hatte. „Wenn du sie liebtest, mein Lieber," so
spöttelte er, „dann wäre es dir gleich, ob das Haus weiß oder
eselgrau wäre, und ob es im Walde stände oder zwischen Straßen=
bahngeleisen. Du würdest dann überhaupt nicht denken; nein,
so unkeusch wärest du nicht; handeln würdest du. Du liebst ja
Swaantje gar nicht mehr; Swaantje ist tot. Du hast sie in den
Sarg gelegt, und den hast du zugenagelt und als Eilgut zur
Eisenbahn geschickt, samt deiner Liebe; das, was du dafür hältst,
das ist das Gespenst deiner Liebe, das auf dem Kirchhofe herum=
spukt und dein totes Herz beunruhigt. Streue Kümmelsamen
hinter dich, damit der Spuk zurückbleiben muß!"

Er nickte; es war so. Er sah sich in seiner Werkstatt stehen
und Swaantjes Bildnis in einen Sarg betten, in einen flachen
Sarg, der aus weißen Brettern zusammengeschlagen war; und
ein Dienstmann mit roter Nase holte ihn ab, legte ihn auf einen
Karren und fuhr ihn fort, den Sarg, Swaantje und Helmolds
heiße Liebe zu ihr.

Einst hatte er um Swaantje geweint; nun galten seine Seufzer
seiner toten Liebe.

Die Panne

In der nächsten Zeit kam er aber nicht dazu, an Swaantje und an seine verstorbene Liebe zu denken und an sich selber, denn das Leben warf so schwere Wellen gegen sein Dasein, daß alle seine leisen Gedanken von dem Rauschen und Brausen überbrüllt wurden.

Zuerst nahm ihn die Arbeit für das Schauspielhaus mit Leib und Seele in Anspruch. Wenn er sich auch manchmal vorgeredet hatte, daß seine Kunst ihn, seitdem er es darin zur Meisterschaft gebracht hatte, langweile, das war doch nicht der Fall, besonders bei diesem Auftrage.

Er hatte völlig freie Hand, sowohl was den Inhalt anbetraf, wie in der Behandlung. Der Direktor Meier setzte ihm gar keine Schranken, und die Bankleitung, die hinter dem Unternehmen stand, erst recht nicht. „Machen Sie, was Sie wollen, Herr Geheimrat," sagte Herr Meier, ein blonder Jude, einst ein beliebter Tenor, nun infolge einer reichen Heirat Millionär, „Sie werden schon das Richtige treffen."

Sie saßen hinter einer Flasche Wein, als Meier so sprach. „Sie haben gut reden," meinte der Maler; „früher glaubte ich, Schrankenlosigkeit sei das beste für mich. Jetzt sehe ich ein, daß ein gewisser Zwang viel bequemer ist." Der andere nickte: „Glaub' ich; geht mir auch so. Wissen Sie, was habe ich früher oft geflucht, wenn ich gerade das singen mußte, was zu meiner Stimmung so paßte, wie der Igel zum Schnupftuch. Jetzt, wo ich nur ab

245

und zu in Konzerten finge, und fingen kann, was ich will, macht mir die Sache eh' keinen Spaß mehr. Das ist genau so, wie mit der Liebe. Solange ich ledig war, konnte ich davon haben, so viel ich wollte, machte mir aber nichts daraus, und ich kann Ihnen sagen, es waren Weiber darunter, erstklassig! Na, und jetzt? Der Mensch ist das meschuggenste Tier. Meinen Sie nicht auch?"

„Stimmt," sagte Hagenrieder. Er wünschte, daß Meier ihm die Stoffe vorschriebe, meinte er dann. Aber der lachte und sagte: „Zerbrechen Sie sich Ihren Kopf gefälligst darüber, was Sie malen wollen, und nicht meinen; krieg ich das Honorar oder Sie? Malen Sie nur nicht so, daß jeder Esel glaubt, er müsse sich dabei wer weiß was denken. Im Theater soll das Volk nicht denken, sonst wird es gefährlich. Fühlen soll es und das bar bezahlen, im Vorverkauf mit Rabatt. Dann ist das Geschäft richtig."

Der Maler lächelte, weniger über das, was der andere sagte, als darüber, was diese Worte in ihm locker machten. Er war lange überzeugter Antisemit gewesen, bis er einsah, daß damit die Judenfrage nicht zu lösen wäre, und daß dieses Volk für die Germanen bitter notwendig sei, damit sie sich an dessen Emsig keit aus ihrer angeborenen Trägheit emporärgerten. „Und außerdem," fiel ihm nun ein, „sie sind doch gewaltige Umwerter und Anreger trotz oder vielmehr wegen ihrer völligen Unproduktivität. Produktive Nichtproduzenten! Wie Figura zeigt."

Denn die Worte des Direktors hatten ihn auf den Weg gebracht. Er sah die Wände, die ihm zur Verfügung standen, sich mit Bäumen, Blumen und Gestalten beleben, bei deren Anblicke der Fröhliche noch fröhlicher wurde und der Betrübte seine Traurigkeit vergessen mußte. Eine Welt wollte er malen, die leichte Herzen noch höher hob und schwere von ihrer Unbeholfenheit befreite.

246

Und das gelang ihm auf das beste. Als Meier die Entwürfe
sah, bekam er einen ganz roten Kopf und sagte: „Hab' ich es Ihnen
nicht gesagt, daß Sie was können? Wissen Sie was? Ihre Bil=
der sind allein das Entree wert! Wahrhaftig, wenn ich nicht solch
Theaternarr wär', möcht' ich das Geld meiner Frau in Ihnen
anlegen. Ob ich 'n Geschäft mach'?"

Mit ganzem Herzen ging Hagenrieder an die Ausführung und
hatte eine Freude wie ein Kind, als seine Vorstellungen Form
und Farbe annahmen. Am meisten freute er sich darüber, daß
er nur Schaffenslust, aber kein Arbeitsfieber beim Malen hatte;
er aß und schlief wie ein Junge, war ein netter Gatte und Vater
und dachte an seinen Auftrag bloß, wenn er auf dem Gerüste
stand. Alles, was er liebte und geliebt hatte auf der Welt, brachte
er auf die Wände, und so bedeckten sie sich mit viel Licht und
Sonne, und wer sie ansah, dem hob sich das Herz. „Herr Ge=
heimrat," sagte ihm eines Morgens einer der Tischler, „gestern
hatte ich einen schweren Ärger gehabt und wollte mir eigentlich
einen andudeln; aber da sah ich mir ihre Bilder an und mir
wurde gleich besser, und so bin ich denn vernünftig gewesen."
Die Tage, Wochen und Monde flogen dahin, wie die Schwalben,
und kaum einmal kam Hagenrieder dazu, auf sich und sein Leben
hinabzusehen. Einmal war Swaantje auf einen Tag gekommen;
Karlsbad hatte auch ihr gut getan, und sie sah frisch und blü=
hend aus. Deswegen und weil er ganz in seiner Arbeit war, zer=
wehte der Besuch ihm die Stimmung nicht, zumal er keinen
Augenblick mit ihr allein blieb. Als das Mädchen schrieb, sie
käme, hatte er zu seiner Frau gesagt: „Tu mir den Gefallen,
Grete, und laß mich mit ihr nicht allein," und als seine Frau
nickte, fuhr er fort: „Das arme Mädchen! So ganz allein zu
sein, das ist eigentlich das Schrecklichste, was es gibt."
Einige Tage darauf hatte Direktor Meier ihn und seine Frau

247

eingeladen. Als Helmold gerade den Frack anziehen wollte, kam Grete hereingestürzt, ganz unglückliche Augen in dem kreideweißen Gesicht, die linke Hand auf dem Herzen und ein großes Schrift= stück in der anderen. „Nanu?" rief er, „was ist denn los?" Sie hielt ihm das Papier hin, setzte sich auf das Bett und fing hell= auf zu weinen an. „Lieber Helmke," schluchzte sie, „um Gottes= willen, da, lies, ich habe, denke dir, wir haben, von Ohm Mette haben wir fünfhunderttausend Mark haben wir geerbt." Kaum hatte sie das gesagt, so fiel sie in Ohnmacht.

„Verdammter Blödsinn," knurrte ihr Mann; „mußte der Esel von Anwalt das auch jetzt gerade schicken!" Er klingelte nach dem Mädchen und brachte mit ihr zusammen seine Frau zu Bett. Sie erwachte bald wieder, sagte aber, ihr sei so schlecht, daß sie ihn nicht begleiten könne. Er fühlte, daß ihr Herz zu eifrig ar= beitete und ließ Benjamin rufen. Der kam sofort, untersuchte den Herzschlag und verordnete ein leichtes Schlafmittel, machte einen Umschlag und sagte lächelnd: „Na ja, liebe Frau Hagen= rieder, wer kann für Malhör! Morgen werden Sie den Schlag verwunden haben." Als er aber mit ihrem Manne allein war, sprach er: „Hagenrieder, sie hat kein gesundes Herz von Hause aus. Wer hätte das gedacht; solche blühende Frau! Also immer nett und freundlich zu ihr sein, und sie mit Ihren Privatsorgen verschonen! Sie hat reichlich viel Aufregungen und Kummer ge= habt in den letzten Jahren." Am anderen Tage war sie aber schon wieder ganz vergnügt und freute sich in ihrer kindlichen Weise über das viele Geld, und ihr Mann tat so, als ob ihm auch so viel daran gelegen wäre, obgleich das durchaus nicht der Fall war. Es war ihm natürlich angenehm, daß die Zukunft seiner Frau und Kinder gesichert war, aber die Menge von Schererei, die die Erbschaft mit sich brachte, weil ein Teil davon in Häusern und Grundstücken bestand, war ihm sehr lästig, und es war ihm äußerst unbequem, daß er deswegen mehrere Reisen machen mußte.

Er hatte seine Frau gebeten, den Kindern nichts von der Erb= schaft zu sagen, aber sie hatten es in der Schule gehört, und Swaan sowohl wie Swenechien trugen die Nasen nun noch ein= mal so hoch. Das verdroß ihren Vater über die Maßen, und als der Junge eines Tages fragte: „Kaufen wir uns nun ein feineres Haus?", da fuhr er ihn recht grob an und fauchte: „Wir? welcher Wir? Glaubst du, das Geld gehöre dir mit? In diesem Hause ist deine Mutter zur Welt gekommen, und es ent= spricht der Stellung deines Vaters vollkommen. Glaubst du, wir sollen uns mit solcher Protzscheune lächerlich machen wie Noltens, als sie das große Loos gewannen und sich gleich einen Nagel in den Kopf traten?"

Swaan bekam einen feuerroten Kopf und würgte an seinem Bissen herum; dann aber sah er Swenechien an und lächelte heim= lich. Hagenrieder hatte es schon öfter bemerkt, daß die Kinder über ihn lachten, wenn er ein derbes Wort oder einen klobigen Vergleich gebrauchte, und anfangs hatte er sich darüber gegrämt. Seitdem sein Herz aber kälter geworden war, war es ihm gleich= gültig, wie seine Kinder sich zu ihm stellten; er wußte es, daß es sein Schicksal war, allein zu bleiben.

In der ersten Zeit nach der Auszahlung der Erbschaft hatte Grete einen Anfall von Einkaufsfieber gehabt; das hatte sich je= doch sehr bald gelegt. Sie quälte ihn eine Zeitlang mit der Bitte, sich etwas zu wünschen, bis er schließlich sagte: „Eine gute Doppelbüchse mit Sicherheitsverschluß für rauchloses Pulver und Mantelge= schoß, elf Millimeter, Nickelmantel und Stahlkern, die hätte ich schon lange gern gehabt; war mir bloß immer zu teuer." Er be= kam sie zum Geburtstage, und er überlegte lange, was er seiner Frau schenken solle, bis er hörte, daß das Nachbargrundstück verkauft würde. Da erwarb er den größten Teil des Gartens von dem Gelde, das er für die Ausmalung des Schauspielhauses bekommen hatte, schickte seine Frau und die Kinder auf acht Tage nach Swaanhof, ließ den Zaun abreißen und die Neuerwerbung in den alten Garten hineinziehen. Grete bekam nasse Augen, als sie am Morgen ihres Geburtstages von ihm in den Garten geführt wurde, denn ihr Vater hatte einst, als er Verluste gehabt hatte, die Hälfte seines Grundstückes an den Nachbar abgetreten, und jedesmal, wenn sie über den Zaun sah, tat ihr das Herz weh, denn gerade das Stück jenseits des Gatters war früher ihre liebste Spielecke gewesen. „Du einziger Mann," rief sie, und küßte ihn wie in der Flitterwochenzeit. „Aber nun darf ich dir auch etwas recht Schönes schenken, nicht wahr?" jubelte sie; „einen kapitalen Elch und einen Hauptbären? Bitte, bitte!"

Er nahm lachend an; er wollte ihr die Freude nicht verderben. Vor fünf Jahren hätte er ein Indianergeheul ausgestoßen, hätte er auf Elch oder Bär jagen dürfen; nun waidwerkte er nur noch aus Gewohnheit, und um mit Anstand den Asphalt hinter sich liegen lassen zu können. Wenn er mit seiner Frau durch den Stadtwald ging, und die Ulenflucht kam heran, dann sagte er wohl aufseufzend: „H'ach, ich muß doch einmal wieder hinaus!" War er dann im Wald und auf der Haide, dann gab er sich wenig Mühe um Bock und Hirsch, und wenn er den Finger krumm machte, dachte er: „Hoffentlich hört es den Knall nicht mehr, daß ich es nicht abzufangen brauche!" Mußte er es dennoch tun, so ekelte ihn das auch nicht weiter; nur der Gedanke daran war ihm unbequem.

Er fuhr schließlich mit dem Prinzen nach Rußland, legte auch einen sehr starken Elchhirsch auf der Pürsche aus freier Hand auf die Decke, schoß einen fast ebenso guten vor den Hunden, regte sich aber so wenig dabei auf und schoß so kalt wie auf eine Geltricke,

250

so daß er sich sagte: „Den Bären will ich nun nicht mehr; erstens mache ich mir aus dem Totschießen gar nichts mehr, und zweitens hat mir der Bär zu viel Gemüt." Der Prinz lächelte und sagte: „Du auch? Mir geht es ebenso."

Nach einer gut gelungenen Saujagd saß Helmold mit ihm im Jagdhause vor dem brennenden Kamine. Das Gespräch tropfte langsam. Mehrere Male schien es dem Maler so, als ob der andere etwas auf dem Herzen habe, aber er fragte nicht; niemals waren zwischen ihnen persönliche Dinge zur Sprache gekommen; immer nur hatte sich die Rede um Jagd, Kunst, Literatur, Musik, Philosophie, Religion und Politik gedreht. Der Prinz wußte, daß Annemieken Hagenrieders Geliebte war; er ahnte auch, daß zwischen seinem Freunde und Swaantje ein Gewitter nieder=gegangen war; doch nie hatte er ein Wort darüber verloren.

Helmold war manches rätselhaft an Samlitz, den er von der Quarta an kannte, aber er hatte niemals darüber nachgedacht. Jetzt, wo er in seinen Augen eine schüchterne Bitte zu sehen meinte, fiel ihm ein, daß er es noch nie bemerkt hatte, daß dieser große, ebenmäßig gewachsene Mann mit dem Apollogesicht einen weiblichen Mund und unmännliche Augen hatte, und es fiel ihm ein, daß Brüne so gut wie nie über Frauen sprach, ihre Gesell=schaft möglichst vermied und auch von ihnen wenig beachtet wurde, und daß er ihn sich mit einer Frau im Arme schlechter=dings nicht vorstellen könne. Er war aber von dem langen Wege im hohen Schnee so müde, daß der Gedanke, der in ihm aufstieg, verschwunden war, ehe er ihn genau ins Auge gefaßt hatte. Am anderen Morgen fand er die stumme Bitte nicht mehr in den Augen des Prinzen und wunderte sich auch nicht, daß dieser ihm länger und fester, denn je, die Hand drückte und sagte: „Lebe wohl, und auf ein schönes Wiedersehen!", denn Brüne hatte ihm gesagt, er habe eine längere Reise vor.

251

Drei Tage später, als er mitten in der Arbeit war, hörte er, wie die vierschrötige Magd in ihrer groben Weise sagte: „Unser Herr ist für niemand nicht zu sprechen", und als er aus dem Fenster sah, mußte er lachen, denn da stand Klaus Ruter, den Wolkenschieber auf die Nase gezogen, einen grünen Schal um den Hals und in Kniestiefeln, wischte mit einer einzigen Bewegung seiner ungeheuren Hand das Frauenzimmer beiseite und knurrte: „Ich bin auch kein Niemand nicht; ich bin der Vorsteher von Stillenliebe und ein Duzfreund zu deinem Herrn, daß du's weißt," und damit stieg er breitspurig quer über die verschneiten Beete, und die Magd machte Augen wie eine Kuh, wenn es donnert.

Helmold riß die Tür auf und rief: „Sieh, das ist ja fein, daß du dich wieder mal hergefunden hast, Rutersklawes; nun riecht es hier doch mal wieder nach Stillenlieber Torf!" Der Bauer sah sich um, stellte seinen Eichheister in die Ecke, drehte dann den Schal von dem Halse und sagte: „Du mußt nicht für ungut nehmen, daß ich hier so hereinkomme, wie ich bin; ich hatte ein eiliges Geschäft und konnte mich nicht erst fein machen." Hagenrieder lachte, drückte ihn in einen Sessel und sagte: „Du bist mir in Joppe und Kniestiebeln lieber als der König von Spanien in Frack und Lackschuhen. Hast du schon gefrühstückt?" Ruter schüttelte den Kopf, und so bestellte der Maler ein handfestes Frühstück.

Der Bauer sprach erst von der Jagd, dann davon, daß das Dorf im nächsten Jahre eine Haltestelle bekommen würde, und daß die Wirtschaft in Ohlenwohle abgebrannt sei, und der alte Hillmers vom Schneekruge hätte tags zuvor das Zeitliche gesegnet, und als er Messer und Gabel hingelegt und seinen Schlußschnaps getrunken hatte und die Zigarre anbrannte, sah er Hagenrieder etwas verlegen an, räusperte sich und sprach: „So, weswegen ich hergekommen bin: es hat sich etwas Unliebsames bei uns begeben, oder vielmehr ein Unglück." Helmold riß die Augen auf: „Mit Annemieken?“ Klaus schüttelte den Kopf. „Nein, der geht es gut, soviel ich weiß. Das heißt, ich habe sie manchen Donnerstag nicht gesehen; denn wann komm' ich mal nach dem Osterhohl!“ Er drückte an seiner Zigarre, obschon die sehr gut brannte. „Es handelt sich um den Prinzen.“ Hagenrieder wurde es leichter um das Herz, denn wenn Annemieken ihm seit längerer Zeit nur noch eine Freundin war, oder vielmehr eine Zuflucht, war ihm die Stadt zu bunt und ihr Volk zu laut, ihr Schicksal lag ihm doch sehr am Herzen, und er hatte sich etwas erschrocken, als er sie das letztemal blaß und mager vorgefunden hatte. Als Ruter nun ganz trocken fortfuhr: „Das heißt, ich glaube, daß es sich um ein Unglück handelt, und daß er nicht selber Hand an sich gelegt hat“, da wunderte Hagenrieder sich, wie wenig ihn das zuerst berührte.

Als Ruter sich aber verabschiedet hatte, kam es Helmold kalt in seiner Werkstätte vor. Er zog die Schieblade auf, in der er seine Skizzenbücher verwahrte, nahm ein grünes Heft heraus, schlug es auf, besah lange das Blatt, auf dem der Prinz in voller Gestalt zu sehen war, und die, auf denen sein Gesicht abgezeichnet war, setzte sich vor den Kamin, stützte den Kopf in die Hände und sann lange nach, sich dabei bittere Vorwürfe machend.

„Ich hätte ihn doch fragen müssen; seine Augen baten so sehr darum,“ dachte er; „vielleicht lebte er dann noch.“ Denn er wußte, es war ganz ausgeschlossen, daß ein Unfall vorlag; so sorgsam, wie Samlitz, ging kein Mensch mit Schußwaffen um. Ein einziges Mal hatte er ihn grob werden sehen; das war, als ein Jäger beim Treiben mit dem Gewehr durch die Schützenlinie zog. „Ist Ihre Waffe nicht geladen?“ hatte er den Herrn gefragt, und als der ein verwundertes Gesicht machte und sagte: „Natürlich!“, kam die eiskalte Antwort: „Na, dann benehmen Sie sich bitte dementsprechend!“

Es stand für ihn fest, daß Samlitz Selbstmord verübt hatte. Er sann vergeblich darüber nach, was der Beweggrund dafür gewesen wäre. Mangel an Geld oder Schulden kamen nicht in Frage; seit fünf Jahren war der Prinz sehr reich. Irgend eine schlechte Tat konnte auch nicht vorliegen, denn er war ein zu gefestigter Mann, um sich einer Leidenschaft hinzugeben. Helmold hatte ihn oft deshalb bedauert. Niemals hatte er bemerkt, daß Brüne mehr als drei Glas Wein auf einem Sitz trank, und über zwei Zigarren und eine Zigarette brachte er es keinen Tag. Auch konnte kein Weib die Ursache dieses unpathetischen Trauerspiels sein, weder mittelbar noch unmittelbar. „Vielleicht liegt doch ein Unglücksfall vor," dachte er schließlich.

Am folgenden Tage wußte er, daß das nicht der Fall war. Zwar war Samlitz unter einer Wildkanzel gefunden worden, aber gerade das machte Hagenrieder stutzig; denn daß der Prinz mit geladener Büchse den Hochsitz erstiegen haben könnte, das war undenkbar. Außerdem saß der Schuß zu gut, Mitte Blatt. Aber den Ausschlag gab der Brief, der auf dem Schreibtische des Prinzen lag, und der an Hagenrieder gerichtet war, einen kleinen Schlüssel und folgende Zeilen enthielt: „Lieber Freund, in dem Geheimfache meines Schreibtisches, das du hinter der linken Schublade findest, liegt etwas für dich. Lies es, und sei gut zu mir, wenn wir uns wiedersehen. Dein Brüne." In dem Fache lag ein versiegelter Umschlag, der Hagenrieders Namen trug und darin war ein schmales, in schwarzes Leder gebundenes Büchlein, dessen fünfzig Büttenpapierseiten mit der gesucht kräftigen Handschrift des Prinzen bedeckt waren.

Als Helmold das Buch zu Ende gelesen hatte, schüttelte er sich; das Herz fror ihm. Er hatte geglaubt, sein eigenes Schicksal sei schrecklich; das des Freundes war grauenhaft. Nun, da er tot und kalt war, fühlte er, daß er ihn liebte, oder daß er ihn jetzt erst lieben gelernt hatte. „Barmherzigkeit!" dachte er, „wenn ich das geahnt hätte! Wie gern hätte ich ihm, wenn ich ihm auch nicht helfen konnte, die Lippen geöffnet, daß er einmal in seinem Leben einem Menschen sein Elend klagen und einen Teil davon abgeben konnte. „Immer und immer wieder mußte er den Schluß der Niederschrift lesen: „Und weil mir das Schicksal bestimmt hatte: du sollst nicht wissen, was Liebe ist, und weil es mir keine Fähigkeiten gab, durch die ich der Menschheit nützen konnte, und mein Elend dadurch vergessen, so bin ich ohne Liebe und ohne Haß durch das Leben gegangen, ein überflüssiger Mensch, nicht mehr wert als ein seiner selbst unbewußter Trottel. Ich hoffe, daß mir drüben das gegeben wird, was ich hienieden nicht kennen lernte: eine Liebe und ein Haß."

Helmold ging an die Kredenz und trank drei Gläser spanischen Wein, so fror es ihn. Und dann fiel ihm Swaantje ein, und er fand, daß ihr Geschick dem des Toten ähnele, und er fühlte etwas wie Genugtuung, daß er ihr wenigstens eine unglückliche Liebe aufgezwungen hatte. „Das ist doch besser als gar keine," dachte er und staubte den Rest der Vorwürfe, die er sich ab und zu ihret= wegen noch machte, von seinem Gewissen herunter.

Er besorgte alles, was der traurige Fall erforderte, und dann ging er zu Annemieken, um an ihrem stillen Wesen Beruhigung zu suchen. Die fand er bei ihr auch, so daß er am folgenden Tage dem Bruder des Toten gefaßt gegenüber treten konnte.

Er fand einen großen, schweren Mann mit gutmütigem Gesichte, dem man es nicht ansah, daß er im französischen Kriege eine Batterie über den Haufen geritten und hundert Buschklepper hatte zusammenschießen lassen. Er hatte so etwas Bestimmtes in seinem Wesen, daß Hagenrieder mit der Wahrheit nicht hinter dem Berge zu bleiben vermochte. Als der Fürst das Buch gelesen hatte, fragte er: „Darf ich es behalten?" Der Maler nickte: „Ich danke Ihnen, mein Freund," sagte der andere ernst, indem er ihm fest die Hand drückte; dann legte er das Heft in das Kaminfeuer, und Hagenrieder schickte den Brief Brünes hinterher.

„Daß etwas anders als ein Unfall vorliegen könnte," fing der Fürst nach einer Weile an, vermutet hier niemand?" Als sein Gegenüber durch eine Kopfbewegung verneinte, murmelte er: „Um so besser!"

Hagenrieder begleitete den Fürsten nach Hohen=Samlitz, wo die Beisetzung stattfand. Die Fürstin, eine sehr große und schöne Frau mit jungen Augen und ganz weißem Haare, empfing ihn, auf einem Ruhebett liegend. Nachdem sie dem vierten Kinde das Leben gegeben hatte, war sie leidend geblieben. „Also Sie waren unseres armen Brüne einziger Freund?" sprach sie leise, ihn voll ansehend; „er hat sehr oft von Ihnen gesprochen und ganz anders als von seinen übrigen Bekannten. Sind Sie sehr vertraut mit ihm gewesen?" Der Maler verneinte. „Also auch Sie nicht, selbst Sie nicht! Er war so unglücklich sein Leben lang, denn ich kannte ihn von klein auf. Die Mutter hat ihm gefehlt; sie starb, bevor er sprechen lernte. Jetzt erst, wo er von uns gegangen ist, weiß ich, wie gern ich ihn hatte; aber er war so unnahbar. Erzählen Sie mir von ihm, wenn Sie mögen!"

Obwohl Hagenrieder gleich nach der Beisetzung fortgefahren war, hatte die Fürstin einen so tiefen Eindruck auf ihn gemacht, daß er während der ganzen langen Fahrt ihr Gesicht vor Augen hatte. „Was ist das bloß wieder mit mir?" dachte er; „ich habe mich glatt in sie verliebt, in ihre Augen, ihr Haar, ihren Mund, ihre Hände und in ihre Stimme." Es bekümmerte ihn sehr, daß diese schöne, stolze und gute Frau, einst eine der besten Reiterinnen im Lande, in deren Stimme so viel Kraft und Leidenschaft lag, seit langen Jahren mit hilflosem Körper da lag, ein Wrack am Strande.

„Merkwürdig," so sann er, „und ich liebe sie gerade deswegen. Und darum liebte ich Swaantje auch so sehr, und darum liebe ich nachträglich den armen Brüne, alles gefesselte Seelen, und das war es auch wohl, was mich zu Annemieken zog, das Leid, das hinter ihrem hübschen Kindergesichte lag." Er hatte sie niemals gefragt, welcher Art das Unwetter gewesen war, das sie erlebt hatte.

Zwischen ihr und Helmold war aus der Liebschaft ein Verhältnis geworden, wie zwischen Bruder und Schwester. Er schlief jetzt immer im Kruge, denn das Mädchen sagte einmal: „Es könnte darüber doch einmal so laut geredet werden, daß es in der Stadt zu hören ist; na, und das willst du doch auch nicht gern!" Aber wenn er in Stillenliebe war, kehrte er zum Vesper immer bei ihr ein und blieb bei ihr, bis es Schlafenszeit war. Er saß dann im Backenstuhl am Feuer, rauchte, sah ihr beim Spinnen zu, dachte an das, was ihm das Leben an Licht und Schatten gebracht hatte und fand, daß er damit eigentlich zufrieden sein könne.

Ab und zu sah er in dem wirbelnden Herdrauche Swaantjes Gesicht. Ohne Eigenleid dachte er an sie; denn er war sich ganz klar darüber, daß er ihr mehr gewesen war als sie ihm. Er hätte ihr Leben ausfüllen können; sie wäre ihm nur eine Ergänzung gewesen.

Überhaupt sah er jetzt ganz klar. Eines Tages fuhr er im Kraftwagen nach Stillenliebe, um den Pachtvertrag auf seine Person umschreiben zu lassen. Hennig begleitete ihn, wie jetzt öfters, wenn er auch kein Gewehr anrührte. Helmold hatte am Tage vorher einen langen Brief vom Fürsten bekommen, der den letzten Willen Brünes betraf, und wonach Hagenrieder mit der Bauleitung und Ausschmückung für ein Soldatenheim betraut wurde, das der Verstorbene seiner ehemaligen Garnison stiftete. Das

Honorar war so hoch bemessen, daß der Maler dem Fürsten schrieb, er wolle erst persönlich mit ihm Rücksprache nehmen.

Gerade setzte er Hennig die näheren Umstände auseinander, da gab es einen Stoß, und das Auto wollte nicht vom Flecke; die Vorderachse war gebrochen. Da Hennecke sich den linken Schenkel etwas verstaucht hatte, verbot es sich, daß er die zwei vollen Stunden nach Stillenliebe zu Fuß abmachte; darum schickte Hagenrieder den Wagenlenker nach einem Fuhrwerke.

„Ein Segen, daß es sich aufgeklärt hat," meinte Hennig und räkelte sich im Haidkraute; „wenn es jetzt regnete, fände ich den Fall tragisch." Sein Freund lachte: „Optimist, der du bist!" Der andere zuckte die Achseln: „Na, und du bist es ja auch!" Der Maler steckte sich eine Zigarre an und sah gegen den Himmel, unter dem ein Gabelweih kreiste. „Hm," meinte er dann, „anders bleibt einem ja schließlich auch nichts übrig, wenn man kein ober= flächlicher Kopf ist. Sieht der Milan da nicht herrlich aus, und wie schön die Haidlerche singt!"

Er streichelte ein goldrot blühendes Moospolster. „Du hast einmal gesagt, Hennig, man ist, wie man ist. Das stimmt. Was habe ich früher an mir herumgebogen; Zweck hat es nicht gehabt. Ich habe immer gedacht, als Bauer oder Trapper wäre ich glücklicher geworden; das war natürlich Unsinn. Ich habe auch geglaubt, ich sei ein Ausnahmemensch, eine untypische Erschei= nung. Jetzt sehe ich ein, daß ich ein Typus bin und dessen Ge= setzen unterliege, mit selber keine schaffen kann. Weil ich aber ein Künstler bin, bin ich stets unzufrieden gewesen. Zufriedene Maler und Bildhauer und Dichter und Musiker, die gibt es wohl, aber dann sind es eben Handwerker. Die Unzufriedenheit ist die Grundlage der Kunst und alles andern Schaffens."

Er sah Hennecke an, lachte süßsauer und fuhr fort: „Früher, hurra, was fühlte ich mich! Aber meine Kunst, die war doch

258

eine künstliche Maschine, wie diese rote Karre da, die jetzt mit ge=
brochenem Schlüsselbein auf der Nase liegt. Vorzüglich in die=
sem Koofmichzeitalter ist die Kunst kein solides Lebensfahrzeug.
Das Kunstwerk ist Ware geworden. Ich male ein Bild mit Hirn
und Herzblut, und dann kommt irgend ein weltfremder Kerl und
kauft es, und ich und mein Volk haben das Hinterhersehen. Ach
ja, man sieht mächtig klar, liegt man einmal neben der Karre im
Straßengraben!‘"

Er pfiff leise vor sich hin und fragte dann: „Stimmt das?"
Sein Freund nickte. „Ja, und dann," spann er weiter an seinen
Gedanken, „in dieser barbarischen, kulturlosen Zeit, in diesem
exakten Präzisionszeitalter, wo alles Wertlose seinen festen
Barwert hat, führt die Kunst nicht mehr, sie rennt hinterher
und nebenher; sie schenkt nicht mehr, sondern sie schachert; sie
ist nicht mehr Königin, sondern Konfektionöse; dient nicht dem
Volke, sondern dem Kapital. Das habe ich wohl immer gefühlt,
aber nun erkenne ich es. Verfluchte Zucht!" Er warf seine Zigarre
gegen den Erdboden, daß es sprühte.

Sein Gesicht sah ganz gleichmütig aus, als er weiter sprach:
„Irgend ein zielbewußter Idiot hat gesagt, der Künstler müsse
sich selbst genügen; das ist hervorragender Blödsinn! Der Künst=
ler will wirken! Wenn ich ein Mädchen in den Arm nehme, was
suche ich dann: Vergnügen oder Fortpflanzung? Ich meine das
letzte! Aber uns bildenden Künstlern von heute fehlt jede Fern=
wirkung; ein kleiner Zeitungsschreiber wirkt weiter als der größte
Maler. Alles verhunzt uns dieses Jahrhundert der Schacher=
machai, Kunst, Liebe und Leben. Man existiert, aber man lebt
nicht, und macht man mal den Versuch, schwupp, beißt einen
das sogenannte Gewissen. Der Held dieses Jahrhunderts ist der
Philister; sogar ein Bismarck strich sich demgemäß an, um sich
in dieser halbseidenen Zeit durchsetzen zu können. Wir müßten

einmal wieder einen Krieg bekommen und gründliche Keile, das ist das einzige, was uns helfen kann, damit wieder Männer oder besser, Kerle an die Spitze kommen, statt dieser Knechte, die sich Herren schimpfen."

Er nahm einen roten Feuersteinsplitter auf, besah ihn lange und murmelte: „Was hat uns bloß so minderwertig gemacht? Die Technik oder das Christentum? oder der Protestantismus? Ich weiß es nicht. Aber ich weiß: ich möchte Seeräuber gewesen sein oder Beduinenscheik und jetzt", er lachte Hennig an, „Mönch, aber nicht in einem Kloster, in dem Schuhe und Stiefel unter demselben Bette stehen. Aber ich würde es doch wohl nicht länger als acht Tage aushalten!"

Er legte den Stein wieder in den Sand. „Quatsch!" Ich will lieber vespern; ich merke, mir wird flau. Vielleicht philosophiere ich dann etwas positiver.

Hennecke lächelte, als er sah, wie tapfer sein Freund aß und welchen gefährlichen Zug Portwein er hinterher nahm. „Das Essen schmeckt dir ja noch anscheinend und der Wein auch," meinte er, „und ich glaube, ein junges Mädchen im Alltagskleide ist dir immer noch lieber als ein alter Pastor im Sonntagsstaat. Hm?" Der Maler verlor mit einem Male jede Spur von Humor aus den Augen, lachte dann aber laut auf und sagte: „In der Theorie, ja! Sonst aber, weißt du, Hennig, die Frauen sind mir in der Hauptsache nur noch hübsche Bilder, und du weißt, ich mag in meinen Räumen keine Bilder leiden."

Er sah dahin, wo ein Turmfalkenpaar über einem Birkenwäldchen schwebte und laut kicherte, und er dachte an die junge frische Witwe, die ihn, den halbreifen Knaben, die Liebe gelehrt hatte, oder vielmehr die Lust. Früher hatte er immer gedacht, daß das ein Glück für ihn war; nun erkannte er, daß es sein Verderben gewesen war, denn seitdem hatte er kein hübsches Weib ansehen

260

können, ohne es zu begehren. Nur in der Zeit, da er lichterloh für Grete brannte, hatte es für ihn keine Frauen gegeben; aber dieser Zustand der Reinheit hatte auch nicht lange gedauert.

„Das kommt vom späten Heiraten", dachte er; „stückweise habe ich mein Herz verschleudert und es unkräftig für eine große Liebe gemacht." Einst hatte es seiner Eitelkeit geschmeichelt, daß so viele Frauen und Mädchen seine Augen suchten; nun sah er den Grund dafür ein. „Sie sahen in mir den liebeshungrigen, ungesättigten Mann, den unglücklichen Mann, hatten Mitleid mit mir, und Mitleid und Zuneigung sind Zwillingsgeschwister." Er schämte sich. „Pfui! Mitleid! Das empfindet man mit Krüppeln."

Ihm fiel der seltsame Blick ein, mit dem Prinzessin Almut ihn bei der Beisetzung angesehen hatte. Das hatte seiner Eitelkeit ge= schmeichelt, aber weiter keine Wirkung auf ihn gehabt, obgleich das junge Mädchen eine Schönheit war und Augen hatte wie ihre Mutter. Der Blick, mit dem sie ihn ansah, hätte ihn früher in Brand gesteckt; jetzt wurde er kaum warm davon.

Daß es so war, merkte er, während er eine Woche darauf auf Hohen=Samlitz zu Gaste war. Als er mit dem Fürsten und der Fürstin über Brünes letzten Willen sprach und meinte, daß das Honorar das übliche Maß weit übersteige, erwiderte der Fürst: „Ihre Kunst ist überhaupt nicht mit Geld zu bezahlen: bitte fassen Sie die Summe nur als Sinnbild der Wertschätzung auf, die mein Bruder Ihnen entgegenbrachte." Da schwieg der Maler. Als der Fürst ging, fragte die Fürstin, ob Hagenrieder nicht Lust habe, sie alle zu malen, und da versetzte er: „Durchlaucht ver= zeihen, aber ich glaube, das ist nicht gut", und als sie ihn ver= wundert ansah, sagte er leise und er wurde ganz rot dabei: „Ich bin nicht eitel, Euer Durchlaucht, aber ich habe ein sehr bitteres Erlebnis gehabt, und seitdem habe ich das Unglück, auf Frauen

261

von Herz sonderbar zu wirken, und noch mehr auf ganz junge Mädchen, die Mitgefühl und Liebe verwechseln."

Die Fürstin sagte nichts, hielt aber bei der Tafel die Augen offen, und so entgingen ihr die Blicke nicht, die ihre jüngste Tochter dem Maler schenkte. Geflissentlich fragte sie ihn nach seiner Frau und seinen Kindern, und von da ab sah Almut auf ihren Teller. Nach dem Essen bat die Fürstin ihn, ihr das Bild seiner Frau zu zeigen. Er holte es, und sie ließ es rund gehen. Die Prinzessin war ganz blaß, als sie es ansah, so daß ihre Mutter sie zu Bett schickte.

Hatte auf der ersten Rückfahrt von Hohen-Samlitz die Fürstin Helmolds Gedanken beschäftigt, so sah er während dieser Reise das Gesicht ihrer Tochter vor sich und späterhin noch oft genug. Er stellte es sich vor, welch ein Glück es sein müßte, sie im Arme zu halten und küssen zu dürfen, aber es schien ihm doch, als wenn er sie nur wie ein Vater würde küssen können, und daß das zärtliche Verlangen, das ihn in der letzten Zeit ganz jungen Mädchen gegenüber beschlich, wohl darauf beruhte, daß es ihm an einer Tochter fehlte, die in ihm aufging; denn Sweenechien entfernte sich immer mehr von ihm. „Ich habe zu spät geheiratet," dachte er; „die Kinder haben keine Schuld, daß sie fern von mir stehen; ich bin zu alt für sie, zu alt und zu kalt. Und darum ist eine Kluft zwischen ihnen und mir."

Seine Augen verhärteten sich; denn sein Verstand raunte ihm zu: „Sie reden Unsinn, Herr Hagenrieder; jeder Mensch bleibt für sich allein; versuchen Sie logisch zu denken, und Sie werden einsehen, daß Sie vom Wege abgekommen sind und sich verbiestert haben. Solange man verliebt ist, ist es anders; aber das hält nicht vor, ist also ein plumper Schwindel von der Natur, die euch damit ihren Zwecken dienstbar macht. Und ist die heiße Liebe abgeblüht, dann gibt es einen Kompromiß mit den not-

262

wendigen Kompromißverständnissen. Kein Mensch kann aus seiner
Haut heraus, keiner sein Ich dem andern geben, Mann und Frau
sich nicht, Eltern und Kinder sich nicht."

Sein Herz wehrte sich gegen diese Worte, aber es konnte nichts
Triftiges darauf erwidern, und ihm wurde kalt vor Einsamkeit.
„Leben wir denn bloß, um uns fortzupflanzen?" fragte er.

Das Soldatenheim brachte ihm aber so viele Arbeit, daß er
keine Zeit behielt, sich zu bedauern. Auch Ärger brachte ihm der
Auftrag, denn der kommandierende General, ein straffer, kurz
angebundener Herr, machte wiederholt Versuche, ihn in der Wahl
der Stoffe zu beeinflussen, bis Hagenrieder die Geduld riß und
er sagte: „Nach dem letzten Willen meines Freundes habe ich
unbeschränkte Vollmacht! lehne ich den Auftrag ab, so fällt das
ganze Unternehmen." Da ließ ihn der General in Ruhe.

Hagenrieder arbeitete nun darauf los, wie es ihm gefiel. Er
hatte in der Garnison einen tüchtigen jungen Baumeister ge=
funden, dem er trotz aller Quertreibereien der einflußreichen
Klüngelkreise den Bau gab. Er hatte ihn gefragt, wie er sich das
Haus denke: „Einfach und gemütlich," hatte Kolden geantwortet,
und der Maler erwiderte: „Sie sind mein Mann."

Als der Bau fertig war, gefiel er ihm so sehr, daß er voller
Freude an die Arbeit ging. Er verzichtete vollkommen darauf, die
Wände mit Schlachtenbildern zu bedecken; er malte Landschaften
mannigfachster Art, in deren Vordergründen der Bauer bei der
Arbeit dargestellt war. Nur die Hauptwand des Vortragssaales
bekam ein Bild anderer Art, eine weite Herbsthaide, rechts und
links von goldenen Birken umschlossen, und über die Haide ritt
an der Spitze seiner Reiter, die wie Schatten aus dem Frühnebel
auftauchten, der König als oberster Kriegsherr.

„Ich habe immer gedacht, Uniformen könne man nicht malen,"
sagte Kolden; „ich habe mich geirrt." Der Maler lachte: „Ja,

ohne die Eselsbrücke mit dem Nebel wäre es auch nicht gegangen."
Aber er freute sich selber, daß das Bild ein Kunstwerk geworden
war, und als der kommandierende General ihm die Hand schüttelte
und sagte: „Ganz recht von Ihnen gewesen, daß Sie sich mein
Dreinreden verbaten; Sie haben alle meine Bedenken schlank
übergeritten," da fühlte er, wie ihm das Gesicht heiß wurde.

Am Tage darauf war er bei dem General zu Tisch geladen.
„Sagen Sie mal, was haben Sie eigentlich," fragte der ihn
beim Braten; „machen immer so hinterhältische Augen. Auf Ihr
Wohl!" Helmold lachte und sagte: „Schlechte Kinderstube, Ex=
zellenz!" Nach aufgehobener Tafel überreichte er dem Gastgeber
ein gestempeltes Schriftstück. Der alte Herr, der drei Feldzüge
mitgemacht hatte, zog die Augenbrauen immer höher, je länger
er las, und ließ sogar seine Zigarre ausgehen. Dann legte er das
Aktenstück auf den Tisch, schlug mit der Hand darauf, sah seine
Frau, den Adjutanten, den Baumeister und dann den Maler an,
holte tief Luft und stöhnte: „Na, das muß ich aber sagen; besser
konnten Sie es mir gar nicht geben. Hört mal, Kinder: unser
Freund hier verzichtet auf das ganze Honorar zugunsten des
Militärhülfsvereins. Pff! Ich muß einen Kognak trinken. Erst
Gänsebraten und dann der Schreck!"

Hagenrieder hatte die Schenkung gemacht, weil eine wahrschein=
lich von den Klüngelkreisen beeinflußte recht minderwertige Zei=
tung eine Andeutung gemacht hatte, als habe er Samlitz be=
wogen, ihm den Auftrag zuzuwenden, und dann war ihm auch
zu Ohren gekommen, daß an einigen Stammtischen gesagt war,
mit dem vierten Teile der Summe wäre seine Arbeit reichlich be=
zahlt. Er lachte aber nur, als er einige Zeit darauf das plumpe
Lob las, das ebendieselbe Zeitung vor seiner Hoteltür ablud,
und als er mit den Leuten zusammenkam, von denen er wußte,
daß sie ihm von hinten gegen den Rock gespuckt hatten, ließ er

264

es sie nicht merken, daß er genau darüber unterrichtet war. Aber als er mit ihnen anstieß und ihnen freundlich zunickte, dachte er: „Ach ja, ich kann mich sogar diesem Gesindel gegenüber beherr= schen; was hätte es mir früher für einen Spaß gemacht, ihnen die Reißzähne zu zeigen. Man wird alt."

Zu der Einweihung des Soldatenheimes erschien der König selbst. Er zeichnete Hagenrieder sehr aus und ließ sich sagen, welche Absicht er gehabt habe, daß er bis auf das eine Bild ledig= lich bäuerliche Arbeit dargestellt habe. „Ja," erwiderte der Maler, „Majestät, gedacht? Ich denke beim Malen nicht. Aber ich hatte so das Gefühl: du malst für Soldaten, und mußt ihnen das Komplement zum Soldatenleben geben." Der König sah ihn ernst an, nickte mehrere Male und sagte: „Ich glaube, Sie haben das Richtige getroffen. Anfangs stutzte ich, als ich unter dem Hauptbilde im Lesezimmer den Spruch des großen Korsikaners las: ‚Den Acker bestellen, das ist der wahre Beruf des Men= schen,' denn er wirkt unwillkürlich wie ein Witz, und ob der Mann das ehrlich gemeint hat, ist noch fraglich, denn seine Sankt Helenaer Aussprüche schmecken zum Teil sehr nach Kaptatio bene= volentiae. Aber eine Wahrheit wird darum nicht entwertet, wird sie nicht aus ehrlicher Absicht gesagt." Er betrachtete dann auf= merksam das Gemälde im Vortragssaale, sprach aber nur von der Landschaft und wandte sich zu dem Baumeister.

Hagenrieder bekam die nächste Klasse des Ordens, den er schon besaß, und beim Geburtstage des Königs wurde ihm der Adel, den seine Vorfahren abgelegt hatten, wieder verliehen. Er holte Hennecke ab: „Komm mit nach Stillenliebe, Hennig," bat er; „es ist nicht zum Aushalten; jeder Ochse tut so, als wenn ich auf einmal ein anständiger Mensch wäre. Ich komme mir wahrhaftig beinahe selber schon so vor."

Auf dem Bahnsteige begegnete ihm Kommerzienrat Britting

mit feiner Frau Meinholde geborene Marten. Sie war noch
fchöner geworden und fah den Maler fo an, daß Hennecke dachte:
‚Dunnerkiel!' Er fagte jedoch nichts. Er hatte feinen Freund und
fie vor Jahren einmal im Walde getroffen, Helmold aber nie
nach ihr gefragt. Der grüßte höflich wieder, ohne den heißen
Blick zurückzugeben. Zwifchen ihm und ihr hatte fich beinahe
eine Liebfchaft angeknüpft, und es wäre ihm leicht gewefen, das
Mädchen ganz zu gewinnen. Da bemerkte er bei einer Gefellfchaft,
daß fie mit einem häßlichen Blick nach dem Nacken feiner Frau
fah. „Unverfchämtheit!" hatte er gedacht, und fie fortan gemieden.

Während der Zug durch das herbftliche Land fchnaufte, dachte
er an alles das, was ihm im Leben entgangen war, aber mit
demfelben Gleichmute, wie an das, was es ihm befchert hatte.
„Du", fagte Hennig, und hielt ihm die Zeitung hin, „die Prin=
zeffin hat fich verlobt." Sein Freund nickte; das rührte ihn nicht
mehr als das Adelsprädikat, als Meinholdes einladender Blick,
als das ganze Leben mit allem feinem Drum und Dran. Er er=
fchrak fogar recht wenig, als er Annemieken wiederfah; fie hatte
eine verdächtige Glut in den Augen, auf jeder Backe einen kreis=
runden roten Fleck, und ihr Huften war hart und trocken. Er fagte
ihr, fie folle fich einmal gründlich unterfuchen laffen, und er
wollte fie gern nach dem Süden fchicken, aber fie wehrte ab:
„Das geht vorüber. Und mich vor dem Doktor nackigt aus=
ziehen, ich müßte mich ja totfchämen. Und unter fremde Leute
kann ich fchon gar nicht gehen."

Als er abends mit Hennecke im Jagdhaufe vor dem Kamin faß,
wunderte er fich, wie ftumpf er geworden war. „Sehe ich fehr alt aus,
Hennig?" fragte er ihn. „Du alt?" erwiderte er lachend: „Mann
in den beften Jahren! Ordentlich heiratsfähig fiehft du aus!"

Helmold aber dachte: „Das ift bloß äußerlich; mein Herz wird
immer knickebeiniger."

266

Nachspuk

Die Brennheze lag im Moore und schlief; da kam der Süd=
westwind angegangen und kitzelte sie mit einem Grashalme in der
Nase, so daß sie niesen mußte, und davon wachte sie auf.

Sie gähnte, reckte sich, schüttelte ihre Röcke zurecht, klopfte die
Schürze glatt, lächelte, wiegte den Kopf hin und her und begann
zu tanzen, daß der feuerrote Rock und die gelbe Schürze wie
Flammen leuchteten.

Da sah sie dort, wo zwischen den Birkenbüschen Wasser blitzte,
einen hellen Fleck, und das war ein menschliches Angesicht, und
es gehörte zu einem Manne im grünen Rocke, der mit der Büchse
auf dem Rücken langsam dahinging.

„He du!" rief die Brennheze und winkte ihm, aber Helmold
Hagenrieder hörte nicht. Er blickte gerade aus, denn er sah einen
mit Kienruß schwarz gemachten Sarg, und darin ein weißes Ge=
sicht, und zwei wachsgelbe Hände, die einen Rosmarinstrauch
in Händen hielten, Hände, die ihn so manche Nacht lieb gehabt
hatten, wenn er des Stadtlebens müde und des Malens satt, in
dem Strohdachhause unter dem Osterhohl eingekehrt war.

Es war keine Trauer in ihm, sondern nur ein Mitleid mit sich
selber, daß er jetzt niemand mehr hatte, dem er sagen konnte, daß
sein Herz unter der Erde läge, unter einem Hügel, auf dem ein
Brett stände mit der Inschrift: „Es ruhe in Unfrieden."

Gleichmütig rauchte er seine Pfeife. „Herr Geheimer Hofrat
Senator Professor Helmold von Hagenrieder, erster Vorsitzender

des Kunstvereins, Ehrenmitglied der Kunstgenossenschaft, In=
haber von einem halben Dutzend goldener Ehrenmünzen und
Staatspreisen, Ritter hoher Orden, wissen Sie, was Sie sind,
Verehrtester?" sagte er zu sich und sah sich spöttisch an: „erin=
nern Sie sich noch jenes Ligusterschwärmerweibchens, das Sie
als zwölfjähriger Bengel fingen, mit Schwefeläther töteten, na=
delten und aufspannten? Als Sie nach vier Tagen das Spann=
brett vom Schranke nahmen, bewegte der Schmetterling ruhig
und besonnen den Hinterleib hin und her und entledigte sich
seiner Eier, obgleich sein Vorderleib gänzlich abgestorben war.
In demselben Zustande, mein Lieber, befinden Sie sich; ruhig
und besonnen schaffen Sie ein Kunstwerk nach dem anderen,
aber nur mit Kopf und Hand, denn Ihr Herz ist längst tot."

Das sah die Brennhexe auch ein. Sie war ganz dicht hinter
ihm gewesen, aber als sie sein Gesicht sah, machte sie eine ver=
ächtliche Bewegung mit der Hand und blickte sich nach einem
anderen Tanzeschatz um, dessen Augen nicht so kalt aussahen
wie Moorwasser im März. Da sie aber immer noch so hübsche
Beine hatte, wie damals, als sie den selben Mann quer durch
das Moor gehetzt hatte, so war der Torf wieder lichterloh ver=
liebt geworden, und Helmold Hagenrieder mußte machen, daß er
weiterkam, denn das Feuer rückte ihm von drei Seiten auf den Leib.
Dieweil er aber den Springstock nicht bei sich hatte, so wurde es
ihm schwer, die Moorgräben zu nehmen, so daß er schließlich in
einen Abstich springen und bis an den Hals untertauchen mußte.

Ziemlich lange mußte er im Wasser bleiben, obgleich ein Schauer
nach dem andern ihn schüttelte, denn er war unfrisch und müde.
Er war, nachdem er Annemieken die letzte Ehre erwiesen hatte,
die ganze Nacht aufgeblieben und hatte sich mit dem Monde
unterhalten; er hatte in der Backenstube neben der Feuerstelle ge=
sessen, und der Mond hatte sich in dem Spinnstuhle niedergelassen.

268

Es war kalt gewesen in der Nacht; denn das Feuer war ausge=
gangen, und das Spinnrad stand still; es sah wie ein Gespenst
aus, und der Kesselhaken hatte ein trauriges Gesicht.

„Ja, ja, Kerl," hatte der Mond gesagt, „es nimmt eben alles
einmal ein Ende; auch ich war einst jung, hatte ein rotes Herz
und Gedanken, so grün wie Maibaumlaub zur Pfingstzeit. Das
ist schon manchen Donnerstag her, und mir ist so, als wäre das alles
nicht wahr, die vulkanischen Träume meiner Jugend und meines
Mannesalters Ebbe und Flut. Aber so stehe ich mich schließlich
doch besser; man hat keine Hoffnungen mehr, aber auch keine
Enttäuschungen. Sei froh, Kerl, daß es dir ebenso geht!"

Sein Freund hatte sich eine neue Pfeife gestopft und nichts gesagt,
so daß der Mond geärgert aufstand und fortging. Helmold hatte
gegen Morgen ein Glas kalte Milch getrunken, ein Stück Brot ge=
gessen und war auf die Frühpürsch gegangen; doch machte ihm das
Waidwerken gar keine Freude. „Lebendiges Leben ist so schön",
sagte er sich, als er den Hauptbock in der Wiese stehen sah, wie
eine Flamme in der ersten Sonne leuchtend; „lebe und liebe, du
adelig Getier, bis deine Zeit um ist. Ich weiß, was es heißt, zu
sterben vor der Zeit, die einem bestimmt ist! Er hatte sich umge=
dreht und war weiter geschlichen.

„Es ist immer das selbe", dachte er; „der Himmel ist blau und
die Sonne gelb. Man müßte eigentlich einmal in ein Land gehen,
wo der Himmel weiß und die Sonne schwarz ist, oder dahin, wo eine
weiße Sonne in einem schwarzen Himmel steht. Ein wie das andere
Jahr blüht das Moor im Spätsommer rosenrot; hinterher werden
die Birken gelb; dann kommt der Schnee, und so geht es in derselben
langweiligen Weise weiter. Das kenne ich nun ein halbes Jahr=
hundert lang und bin seiner satt. Und mit Liebe und Haß ist es
ebenso: erst rot, dann gelb, dann braun und zuletzt weiß, immer
in derselben eintönigen Art; ich mache mir nichts mehr daraus."

Er fuhr nach Hause. „Du siehst nicht gut aus, Liebster," sagte seine Frau. „Bißchen erkältet," antwortete er und ging an seine Arbeit. Er lebte in stiller Tätigkeit drei Tage hin, bis ein heftiges Kopfweh, Schüttelfrost und Fieber ihn zu Bette brachten. In der Nacht wachte er auf und sah den grauen Engel vor seinem Bette sitzen. „Meinetwegen!" sagte er zu ihm. Eine alberne Angst kniete ihm auf dem Herzen, würgte ihm am Halse und schlug ihn, daß ihm der Kopf zu zerspringen drohte, er weckte seine Frau aber nicht, um sie nicht zu ängstigen.

Am Morgen sah er so elend aus, daß Grete Beni Benjamin herbeirief. Der untersuchte ihn, runzelte die Stirn und sprach nachher zu Frau Hagenrieder: „Es steht recht schlimm; doppel= seitige Lungenentzündung. Bereiten Sie sich auf alles vor, liebe Freundin. Und lassen Sie Hennig rufen."

Am Nachmittage des dritten Tages, nach dem Helmold sich niedergelegt hatte, gab der Arzt keine Hoffnung mehr. „Trösten Sie sich, Frau Hagenrieder," sagte er: „er hat alles erreicht, was einem Menschen beschieden sein kann, und mehr gelebt, als wenn er hundert Jahre alt geworden wäre." Der Frau liefen stumme Tränen über das Gesicht. „Nein," erwiderte sie und schüttelte den Kopf, „nein, das hat er nicht."

Sie seufzte auf und begann wieder: „Lieber Hennig, und bester Herr Doktor, was meinen Sie, soll ich nicht Swaantje telegra= phieren? Vielleicht ist es ihm eine Freude, sie noch einmal zu sehen. Der Arzt sah Hennecke an und dieser ihn. „Er hat von ihr kaum mehr gesprochen," antwortete Hennig, und Benjamin setzte hinzu: „Auch in seinen Fieberdelirien nicht. Ich glaube, er denkt nicht mehr an sie. So ist es wohl besser, wir stören ihn nicht beim Einschlafen." Hennecke aber fragte: „Wann kann sie spätestens hier sein?" „Morgen mittag," antwortete sie. „Dann hat es keinen Zweck mehr;" dachte der Arzt, „denn er überlebt

270

die Nacht nicht mehr." Dann schwiegen die drei Menschen und sahen mit leeren Augen aneinander vorbei.

„Grete," flüsterte es im Nebenzimmer. „Helmold?" rief die Frau, nötigte ein Lächeln auf ihr Gesicht und ging zu ihrem Gatten. Seine Augen waren ganz klar. Er griff schwach nach ihrer Hand; sie gab sie ihm, und er drückte sie. „Es ist alles in Ordnung," murmelte er, „das Testament, und das andere. Weißt du mit den Kindern," er schloß die Augen, „nicht Bescheid, Hennig, hilft dir, und Beni auch." Sie flüsterte ihm zu: „Sollen die Kinder kommen?" Er winkte mit den Augen ab und hauchte: „Schlafen lassen!" Er fing an zu keuchen und wand sich hin und her. „Kommen Sie," sagte der Arzt und führte die Frau hinaus, denn er sah, daß es zu Ende ging.

Der Kranke keuchte immer schwerer und murmelte bald laut, bald leise. „Alles in Ordnung, alles, alles," flüsterte er; „mündel= sicher angelegt." Seine Stimme starb, und sein Atem schlief ein. Noch einmal stieß sein Leben den Tod zurück: „Bravo, Prinz!" murmelte er; „er hat die Kugel zwölf Ring, der Hirsch. Frau Pohlmann, einen können wir noch!" Er hielt an und flüsterte: „Klaus, wollen eins singen!" Wie aus weiter Ferne klang es: „Ein Jägermädchen, das trägt ein grünes, grünes Kleid." Sein Kopf fiel herum; der Arzt sah, daß die Augen gebrochen waren. „Annemieken!" flüsterte der Sterbende, und die Stepp= decke zitterte.

Der Arzt horchte eine Weile, murmelte etwas, drückte dem Toten die Augen zu, zog die Bettdecke zurecht und ging hinaus.

Es war ein Uhr in der Nacht, als er das Haus verließ; Hennig blieb zurück, damit die Frau nicht allein mit dem Toten wäre. Als der Arzt am anderen Vormittage zurückkehrte, fand er Swaantje Swantenius bei Frau Hagenrieder. Er begrüßte sie kühl, und Hen= necke, der bald darauf auch kam, benahm sich noch kälter gegen sie.

Zwei Tage später wurde Helmold Hagenrieder begraben. Wagen auf Wagen folgte dem Sarge, und hunderte von Männern zu Fuß gingen hinter ihm her. Als der Geistliche die Leichenrede hielt, wurde er fast verwirrt, denn noch niemals hatte er ein so verschiedenartiges Gefolge gesehen. Die höchsten Staatsbeamten, das ganze Stadtverordnetenkollegium samt dem Magistrate waren zugegen, viele Offiziere, Förster und Jagdaufseher und eine lange Reihe von Bauern und Landarbeitern mit ihren harten Gesichtern und unmodischen Hüten.

Der Himmel war von einem abgeschmackten Grau, ein langweiliger Wind ging, und mit blassem Gesichte stand der Mond am Himmel und sah mit gleichgültigen Augen auf die Menschen, die das Grab umgaben, und als sie sich verkrümelten, lächelte er ein bißchen spöttisch über den Wall von kostbaren Kränzen, der die Stätte bedeckte, wo Helmold Hagenrieders leerer Leib lag; denn dessen Seele war gänzlich verschwunden, weil sie schon vor dem Tode ihren Inhalt verloren hatte. „Ein schöner Blödsinn", dachte der Mond, schüttelte den Kopf und verzog sich bis auf weiteres.

In der Nacht aber suchte er Swaantje Swantenius auf. Sie lag ohne Schlaf in ihrem Bette und lauschte auf das, was die Stille sprach, und sah, was die Dunkelheit ihr wies.

Die Stille sang ein höhnisches Lied, und die Dunkelheit hielt ihr Helmolds Gesicht hin. Sie streckte die Hände danach aus und flüsterte: „Ich habe dich so oft heimlich lieb gehabt, so oft; hast du es nie gefühlt?" Aber das weiße Gesicht starrte sie an, als wäre sie nicht da.

Bittend sah sie den Mond an: „Du warest sein guter Freund, du weißt alles von ihm; denkt er noch an mich, weiß er noch von mir?" Der Mond sah sie nicht einmal an.

Sie schlief die ganze Nacht nicht und reiste am andern Morgen ab, worüber Frau Hagenrieder sich sehr wunderte.

Inhaltsverzeichnis

Druck der Spamerschen Buchdruckerei in Leipzig

Hermann Löns, Der Wehrwolf. Eine Bauernchronik aus dem 30 jährigen Kriege. 271. Tausend. br. M 3.75, Leinen M 6.—, Halbleder M 8.—, Ganzleder M 15.—

Hermann Löns, Der kleine Rosengarten. Volkslieder (ohne Melodien). 83. Tausend. kart. M 2.75

Der kleine Rosengarten vertont von Fritz Jöde
Ausgabe für Singstimme. 30. Tausend. kart. M 1.—, geb. M 2.—
Ausgabe für Laute. 93. Tausend. kart. M 2.50, geb. M 4.50
Ausgabe für Klavier. 117. Tausend. kart. M 3.—, geb. M 5.—

Max Tepp in der „Pädagogischen Reform": In den Löns-liedern scheint mir Jödes Wollen den reinsten Ausdruck gefunden zu haben. Die straffe Form, die logische Verknüpfung ist nicht an die Lieder herangetragen; sie ist aus dem Liede selbst mit zwingender Not-wendigkeit hervorgegangen. Fritz Jöde darf seine Lieder genau wie Hermann Löns seine Dichtungen Volkslieder nennen. Hier scheinen sich Dichter und Musiker in der Volksseele vereinigt zu haben.

Traugott Pilf, Hermann Löns, der Dichter. Mit 4 Löns-bildnissen. 16. Tausend. geb. M 3.—

Wie kaum ein anderer ist Traugott Pilf dazu berufen, dem vor Reims gefallenen Hermann Löns ein Ehrendenkmal zu setzen; denn er hat ihm nicht nur als Arzt nahegestanden, sondern war mit ihm auch in jahre-langer Freundschaft verknüpft. Keine literarische Abhandlung, keine Biographie im landläufigen Sinne will Pilf uns geben, sondern Liebe zum Dichter und seinen Werken erwecken, wie er ihn selbst geliebt und erlebt hat. So läßt er das Bild seines Freundes vor uns erstehen, nicht etwa, indem er es nun nach der Art der üblichen Biographien chrono-logisch beziffert und aktenmäßig einheftet, sondern indem er uns hin-durchführt wie durch Wald und Heide, zu allen Jahreszeiten, bei Regen und Sonnenschein, bei Tag und Nacht. Gelegentlich läßt er auch Löns selbst das Wort ergreifen in Briefen, Liedern und Gesprächen, und das ist's, was den Eindruck des Buches so unmittelbar und lebendig gestaltet. Dann läßt er ihn durch seine Dichtungen zu uns sprechen, geht seine Werke durch, wie sie ihm vor der Seele stehen oder wie er sie zur Lektüre herausnimmt, teilt charakteristische Stellen daraus mit und gibt auch treffende Urteile, wozu er als Schriftsteller besonders berufen er-scheint. So ist das Werk nicht nur imstande, Löns' Freunden den Ur-quell seines dichterischen Schaffens aufzudecken, sondern auch diejenigen zu ihm zu führen, die seinem Kreise bisher noch ferngestanden haben.

9 783368 619510